LA LUMIÈRE DU LIBÉRATEUR

LE CODE DU HÉROS
TOME 4

A.R. KNIGHT

CHAPITRE 1
RAID

SACRIFIER le tout pour sauver la partie.

Aegis fusillait du regard ces mots, laissés par sa fille Celice sur son Tama, codés de telle sorte que l'écran du bracelet les affichait chaque fois qu'Aegis le regardait. Il balaya la phrase d'un geste pour pouvoir voir les plans et les projeter aux vingt personnes qui attendaient avec lui dans le hangar de l'avion-cargo.

Un navire jaillit d'abord de son Tama, puis du projecteur lié que Celice avait branché à l'arrière ennuyeux de l'avion. Elle avait également trouvé assez de pièces et de personnes pour faire voler cet engin à hélices pour la première fois depuis avant la naissance d'Aegis.

Deux pilotes étaient assis dans le cockpit, transportant la force de frappe combinée des Paragons et des normaux au-dessus des eaux sombres et profondes de l'océan Pacifique. Leur cible se trouvait à quelques minutes, juste assez de temps pour un dernier coup d'œil à la façon dont ils allaient nuire à Ziran, l'entreprise qui volait le monde.

Non, pas voler, capturer. Prendre par la force.

— Au dernier décompte, commença Aegis, faisant de son mieux pour que sa voix ne trahisse pas ses nombreuses nuits blanches, Ziran a cinq drones sur le navire. Une autre équipe de chair et d'os derrière eux.

— Ordres habituels ? demanda Particle, un Paragon qui avait prouvé sa valeur avec un fusil d'assaut plus de fois qu'Aegis ne voulait compter.

— Ordres habituels. Aegis balaya du regard les combattants. Ils portaient tous désormais des tenues noires et ternes, un équipement tactique et protecteur récupéré où ils le pouvaient. Plus de bleu Paragon. — Les normaux, signalez si vous repérez un drone. Ne vous engagez pas. Votre mission ici est d'atteindre ces commandes et de diriger le bateau vers nous.

Parce que les Paragons avaient besoin de ces fournitures. Des armes, de la nourriture, tout ce qui pouvait être utilisé. Aegis observa la projection du bateau tourner au centre du hangar. La fuite laissait entendre qu'il pourrait y avoir quelque chose de plus intéressant dans la cale de ce navire. Celice voulait qu'on l'examine suffisamment pour demander personnellement à son père de participer à cette mission.

Il l'obtiendrait pour elle.

Les deux escouades, moitié Paragon et moitié normale, se séparèrent et enfilèrent leurs parachutes. À l'avant, les pilotes allumèrent le voyant d'avertissement. Aegis se prépara, essayant d'apaiser ses pensées tumultueuses.

Comme au bon vieux temps. Une autre mission, des chances difficiles, mais qu'il pourrait surmonter, lui, Aegis, le protecteur du peuple et une légende vivante. Il était revenu de la quasi-mort plus fort que jamais, et il le prouverait à nouveau ce soir.

Sauf qu'Aegis l'avait prouvé, jour après jour et heure après heure depuis que Mila et le caisson de guérison dans le sous-sol de l'Usine l'avaient remis sur pied. Il avait détruit des centaines de drones, mené assaut après assaut durant les deux mois depuis la disparition de Mynx et le retournement de ses machines.

Pour tous ces efforts, Aegis n'avait pas grand-chose à montrer.

— Presque au lancement, dit Aegis dans son Tama en prenant position à l'extrémité du hangar, où la rampe allait s'abaisser d'une seconde à l'autre. Tout va bien à la maison ?

— Concentre-toi, papa, dit Celice.

— Je vérifiais juste si tu étais attentive.

— Ziran n'a pas encore tous les yeux. J'ai un flux granuleux, mais ne sois pas téméraire. Tu es trop loin pour des renforts.

Avec un grincement qui trahissait l'âge de l'avion, la porte s'inclina. L'air tira sur Aegis, sifflant dans ses cheveux courts et sa barbe naissante. Derrière lui, des clics résonnèrent alors que son équipe vérifiait son équipement et se mettait en position.

— Tant qu'on a une évacuation, dit Aegis.

— Elle est à proximité, répondit Celice. Espérons que vous n'en aurez pas besoin.

— Espérons.

Le voyant au-dessus d'Aegis passa au vert. Les champions n'hésitent pas, alors Aegis ouvrit la voie, descendant la rampe d'un pas lourd et sautant dans un ciel argenté. En bas, le navire s'étalait sur toute sa longueur, ses feux de position formant un phare contre l'eau noire.

Une sensation familière envahit Aegis alors qu'il tombait, les secondes défilant dans sa tête tandis que la chute secouait ses bras, ses jambes, son estomac. L'équipe le suivait, sautant et tirant sur leurs parachutes comme ordonné.

Aegis ne chercha pas à atteindre le sien.

Des lentilles de contact reliées au Tama d'Aegis inondaient ses rétines de données pendant sa chute. Le navire, mis en évidence dans un vert néon, grandissait tandis qu'un compteur d'altitude défilait rapidement dans le coin supérieur droit de sa vision. Des conteneurs empilés les uns sur les autres dominaient la surface du navire, des tours d'acier avec d'étroits espaces entre les rangées. Le Tama repéra et mit en évidence les drones et les gardes en patrouille dans ces espaces en rouge sang. Un Noël sinistre.

Quand le compteur atteignit deux mille, Aegis tira sur le parachute. Se déployant, le parachute tira Aegis en arrière, bien que les trous dispersés dans le tissu maintinssent l'élan du Champion. Il les avait lui-même découpés dans un moment de méditation plus tôt dans la journée, connaissant le nombre précis depuis une époque bien antérieure à l'existence des Paragons.

À l'époque, l'armée américaine contrôlait les sauts d'Aegis. À l'époque, ils lui disaient comment être efficace, comment maximiser l'effet de surprise. Quelques années plus tard, Aegis retourna cette formation contre ses propriétaires. Se battit et gagna sa liberté.

Aegis replia ses genoux, guidant le parachute vers un atterrissage sur une tour de conteneurs. Le métal nervuré brillait d'un éclat argenté sous la lune et les étoiles, juste assez clair pour qu'Aegis roule en touchant le sol. L'impact ébranla ses genoux, faisant claquer ses dents alors qu'il s'écrasait sur le conteneur. Sa main droite bougea par instinct, libérant le parachute tandis qu'Aegis terminait sa roulade, envoyant la toile flotter dans la nuit.

Son arrivée ne passa pas inaperçue.

Les alarmes se déclenchèrent rapidement, de nouvelles lumières clignotantes s'allumant sur tout le navire tandis que quelqu'un aboyait des ordres dans des haut-parleurs. Ces accessoires jouaient en arrière-plan tandis qu'Aegis se concentrait sur une menace plus immédiate : deux drones, le flanquant de chaque côté du conteneur.

Ces machines, des drones gladiateurs rénovés, ressemblaient à des poêles à frire avec un peu trop de poignées. Des jets directionnels jaillissaient de leurs bases, tandis que des armes létales et non létales parsemaient ces bras métalliques. Les drones avaient maintenant un revêtement blanc, orné d'un logo orange de Ziran pour s'assurer qu'Aegis sache exactement qui allait lui tirer dessus.

— Je vous préférais avant, dit Aegis à celui qui était le plus proche, près du milieu du navire.

Le métal noir et la peinture bleue Paragon avaient *vraiment* l'air plus cool.

Il fit deux grands pas pour traverser la largeur du conteneur et sauta de son rebord. Une énergie brûlante l'accueillit, une autre modification de Ziran. Des flashs azur accompagnèrent la douleur alors que l'équipement tactique d'Aegis se révélait incapable de supporter la chaleur. Les brûlures, cependant, n'atteignaient pas la même mesure que le métal dur logé dans le cœur d'Aegis.

Et les lasers n'arrêtèrent pas l'élan du Paragon.

Aegis heurta violemment le drone, envoyant la machine voler en arrière tandis que ses jets essayaient de compenser les kilos supplémentaires. La tâche de la machine devint plus difficile lorsque son compagnon, continuant à griller Aegis, se montra indifférent aux tirs amis. Les plaques blanches virèrent au noir lorsque l'énergie frappa, suivant Aegis alors qu'il grimpait au milieu du drone de trois mètres de long.

Une horloge tournait dans sa tête, et lorsqu'elle atteignit zéro, Aegis frappa vers le bas avec ses deux poings, abandonnant son ascension. Ses mains traversèrent la structure plus souple du drone en son centre, des fragments dentelés lui lacérant la peau.

Le Champion grogna pour chasser la douleur.

Le drone suivit sa programmation, se retournant. La manœuvre orienta les jets du drone vers le haut, envoyant la machine en chute libre vers le pont du navire. Aegis essaya de libérer ses mains, de s'échapper. Sa combinaison, sa peau s'accrochèrent au métal et aux fils. Remontant ses genoux, Aegis poussa avec ses pieds, se libérant au moment où le drone frappait le sol.

Le pont du navire se froissa lorsque le drone et sa crêpe

humaine le heurtèrent, les plaques s'affaissant sous l'impact alors que l'élan de la machine surpassait un pont qui n'était pas exactement conçu pour qu'un Champion s'y écrase. Aegis sentit l'acier se briser sous son dos, se plier contre ses épaules, se déchirer sous sa tête tandis que le drone le poussait à travers. La machine elle-même resta coincée, ses périphériques manquant de poids.

Aegis atterrit sur un caillebotis rouge rouille, regardant la carcasse étincelante et cabossée du drone. Son corps tressaillit, trembla alors que ses cellules se réparaient d'elles-mêmes. Avec un gémissement, Aegis s'assit, étirant son cou à gauche et à droite. Sa combinaison ne pendait plus qu'en lambeaux, et le choc avait fait voler sa ceinture et son équipement supplémentaire quelque part où Aegis ne pouvait pas les voir.

Les yeux du Champion trouvèrent cependant beaucoup d'autres choses. Le couloir étroit du pont inférieur aurait dû être l'endroit où les gardes passaient leurs nuits, ou servir d'espace de chargement supplémentaire pour les jouets de Ziran. Au lieu de cela, Aegis vit des lignes bleues vives coupant le couloir du sol au plafond sur sa gauche, menant vers la passerelle du navire.

Sur les murs autour de lui étaient accrochés des panneaux hâtifs, en plastique, plaqués contre le métal gris-vert. En gras blanc sur rouge, des lettres mettaient en garde contre la poursuite du chemin. Contre l'agitation et les plaintes.

Contre les capacités d'anomalie.

— Tu es en vie, Aegis ? La voix de Particle lui parvint par le Tama alors que des bruits sourds, des coups de feu et au moins une explosion crépitante filtraient à travers la nouvelle porte du pont.

— Vivant et en mouvement, répondit Aegis en se levant. Sa propre capacité avait empêché le drone de le tuer, mais Aegis ressentait les douleurs en se redressant. Il lui faudrait des jours après ça pour retrouver sa forme de combat. Il y a quelque chose de bizarre ici en bas.

— Super. Il y a des choses normales et dangereuses là-haut si tu es disponible ?

Aegis leva brusquement les yeux vers le drone qui crépitait. D'accord. Prendre le navire et il pourrait découvrir ce qui se trouvait en dessous plus tard. Ignorant le couloir et son appel, Aegis se tourna vers le mur le plus proche et y donna un coup de poing près de sa taille.

Il recommença un mètre plus haut.

— J'arrive, dit Aegis, satisfait de son travail.

Reculant, Aegis fit un seul pas et sauta. Son pied droit attrapa le métal plié comme appui, lui donnant suffisamment d'élan pour se créer une prise pour ses mains et assurer la prise de son pied gauche. Regardant vers le drone, Aegis s'accroupit, se donna autant d'élan que possible, et sauta.

En tendant les bras, ses mains attrapèrent des débris de plaques du pont, les bords tranchants s'ajoutant aux coupures qu'Aegis avait déjà collectées pendant la mission. Aucune ne laisserait de cicatrice, toutes auraient disparu à la fin de la journée. La douleur s'estompa, l'expérience et la concentration faisant leur travail pour maintenir le Champion en train de grimper, de pousser, de frapper et de déchirer jusqu'à ce qu'il voie à nouveau le ciel nocturne.

Le feu interrompait maintenant la beauté stellaire.

Autour d'Aegis, des Paragons et des commandos atterrissaient, leurs parachutes se détachant alors que la force combinée rencontrait des drones et des gardes de Ziran qui se précipitaient à leur rencontre. Un soldat trop zélé, à la gauche d'Aegis, contourna une pile de conteneurs se détachant sur les projecteurs bleu-blanc. L'homme pointa son fusil — un modèle interdit depuis longtemps, mais Ziran avait dû en trouver un stock — vers un autre Paragon, une femme grisonnante qui se relevait tout juste de son atterrissage.

— À couvert ! cria Aegis, se précipitant vers le garde.

Le bruit de l'arme indiqua qu'Aegis n'arriverait pas à temps. La capacité du Paragon indiqua que cela n'avait pas d'importance.

Le garde, ayant appuyé sur la gâchette, se retrouva debout cinq mètres plus loin, la balle tirée le frappant dans le dos. Il n'avait pas avancé, n'avait pas couru, mais était simplement apparu là. Aegis cligna des yeux alors que l'homme s'effondrait, jeta un coup d'œil vers le Paragon et aperçut un clin d'œil.

Aegis voulut soupirer, mais d'autres cibles approchaient de la zone d'atterrissage. Si cela avait été une véritable opération Paragon, une mission menée avec plus de planification, des équipes mieux établies, il aurait su ce que le Paragon pouvait faire. Il aurait su où se placer pour utiliser ses capacités.

Au lieu de cela, il avait perdu des secondes à jouer la défense alors qu'elle n'était pas nécessaire.

Les anciens jours avaient été tellement meilleurs.

Trois autres gardes suivirent le premier, appelant le nom de leur camarade à terre. Cette fois, quand Aegis fit un signe de tête à la femme Paragon, ils se comprirent. Les gardes visèrent Aegis, levant leurs armes.

Et un dieu se tenait parmi eux.

Aegis frappa vite et avec finalité, mettant un garde à terre de chaque poing et le troisième d'un coup de tête dans un craquement sonore. Il s'agenouilla, ramassa un fusil du garde inconscient.

— Donne-moi une cible, Particle, dit Aegis.

L'anomalie, prenant sa position de vue aérienne au sommet d'une tour de conteneurs, attira le regard d'Aegis vers un drone semant le chaos près de la poupe du navire. Les normaux, arrivant plus tard, atterrissaient à l'arrière du bateau, autour de la passerelle. Le drone en profitait, ses armes travaillant à asperger les parachutes entrants et leurs charges d'un feu étincelant.

— Je ne peux pas l'atteindre d'ici, répondit Aegis, se mettant à courir.

— Alors rapproche-toi.

Aegis leva une main en courant, espérant que sa nouvelle partenaire comprendrait. De plus petites tours de conteneurs parsemaient l'espace entre le point d'atterrissage d'Aegis et la passerelle du navire, certaines brillant là où les tirs de drone ou les capacités des Paragons avaient manqué leurs cibles. Entre et autour des blocs, les gardes Ziran, les drones et les Paragons exécutaient une danse dangereuse.

Une danse à laquelle Aegis n'avait pas le temps de se joindre.

Il sauta, et Aegis sentit la partenaire Paragon le propulser en avant, une fois, deux fois, et une troisième fois. Il continua à bouger entre les secousses, retombant au sol. La dernière poussée projeta Aegis contre un autre garde, envoyant le soldat voler contre un conteneur rouge betterave. Aegis ne s'en sortit pas beaucoup mieux, perdant l'équilibre et trébuchant dans une roulade.

Celles-ci, au moins, Aegis les comprenait.

Le Champion sortit de la roulade d'un coup de pied pour se relever, gardant l'élan. Chaque seconde passée, ses alliés perdaient plus de vies. La ruée rétrécit la vision d'Aegis, repoussant ses os douloureux.

Le garde, secouant sa propre tête, se détacha du conteneur, son rouge formant la part inférieure d'une pile de deux en acier.

— Mauvaise idée, dit Aegis, sautant à nouveau.

Le garde leva les yeux à temps pour voir Aegis atterrir sur ses épaules, se propulsant et la renvoyant au sol. L'élan le porta plus haut, suffisamment pour que sa partenaire — sa capacité avait-elle une portée ? — propulse Aegis encore plus haut. Il vola par-dessus les conteneurs, atterrissant de l'autre côté dans la dernière étendue plate avant la passerelle.

Une hélistation, occupée.

Les pales du véhicule blanc et orange tournaient déjà, les pilotes dans le cockpit et les portes se fermant. Aegis aperçut un pied disparaissant de l'autre côté de l'hélicoptère. Aegis voulut se précipiter après, le voulut jusqu'à ce que Particle ramène brusquement sa vision vers le drone et ses dévastations continues.

— Priorités, dit Particle. On pourra s'occuper de l'hélicoptère plus tard.

— Pas s'il s'échappe, grogna Aegis, mais il passa outre quand même, contournant l'hélistation et se précipitant vers la passerelle.

Alors qu'il passait, l'hélicoptère fit ce que font les hélicoptères : ses pales s'accélérant, le véhicule s'éleva rapidement de la surface du navire.

— On l'abat ? demanda Particle alors qu'Aegis sautait une rambarde, le drone à seulement quelques mètres.

Et risquer de tuer des gens se battant à la surface du navire ? Qui savait ce qu'il y avait dans l'hélicoptère de toute façon ?

— Trouve un moyen de le suivre, répondit Aegis. Objectif secondaire.

Devant, le drone pivota, sa forme de disque révélant les traces d'une raclée où des normaux désespérés avaient tenté de le combattre. Au-dessus et derrière le drone, comme d'étranges nuages, d'autres normaux descendaient, leurs parachutes flottant.

Sauver des vies. C'est ce que faisaient les Champions.

Aegis leva son fusil volé, maintint la gâchette enfoncée en courant vers le drone. Les balles jaillirent, atteignant leur objectif dans des étincelles colorées sans plus d'effet. Le drone riposta, ses propres éclairs brûlant la peau nue d'Aegis. Plus de douleur à ignorer.

Le drone dut décider que ses attaques n'avaient pas beaucoup d'effet, car il accéléra vers Aegis. Sautant, Aegis rencontra le drone en l'air, visant le centre de la machine, ce nid de circuits vulnérable implorant une absolution par balle. Après s'être lacéré la peau sur le dernier drone, percer du métal n'était plus en haut de la liste des choses à faire d'Aegis.

Pas que le drone s'en souciait. Il dévia alors qu'Aegis sautait, tournant son bord pour attraper Aegis dans le ventre. Les jambes sous le drone, ses bras, la main droite tenant toujours le fusil au-dessus, le Champion essaya de retrouver son souffle et échoua. Ses poumons ne pouvaient pas se dilater, le drone les poussant tous les deux dans une accélération folle le long du navire.

Le désespoir prit le dessus. Aegis maintint la gâchette du fusil enfoncée alors que la vitesse du drone le maintenait plaqué à l'avant. De si près, les balles du fusil rebondissaient toujours, mais quelques-unes trouvèrent des endroits plus mous, déchirant le milieu du drone. La machine modifia son plan en sentant le tir d'Aegis, agissant de manière bien trop intelligente et freinant brusquement.

L'élan d'Aegis l'emporta loin du drone, le projetant au-dessus de la mer. En tombant, il pointa le fusil vers le haut, vida le chargeur dans les réacteurs inférieurs du drone. Aegis heurta l'eau violemment, son froid s'infiltrant rapidement alors que le Champion essayait de reprendre son souffle. Au-dessus, une fois de plus, ces étoiles brillantes disparurent.

La cause cette fois-ci ?

Une grosse boule de feu là où se trouvait le drone.

— Nous avons sécurisé le navire, nous procédons au nettoyage maintenant, dit Particle alors qu'Aegis flottait dans les vagues. C'est toi là-bas, Champion ?

— Beau travail, répondit Aegis. Je vais avoir besoin qu'on vienne me chercher, Particle. Et d'une serviette.

Alors que des morceaux de drone s'écrasaient autour de lui, Aegis regarda vers le navire. Un autre raid, une autre victoire. Mais ça n'arrêterait pas Ziran.

Pas encore.

CHAPITRE 2
LA ROUTINE

KAT ATTENDAIT cinq pizzas enfournées dans un sac spécial qui les garderait au chaud pendant le trajet. Elle était assise à une table graisseuse, couleur pâte, sur un carrelage qui n'avait pas été nettoyé, imaginait-elle, depuis une décennie. Des tas de neige fondue et boueuse s'accordaient avec l'écran de télévision suspendu dans le coin, offrant un divertissement bancal aux clients en attente. Un présentateur vociférait à propos d'un autre raid, survenu plus tôt dans la matinée, sur un cargo Ziran.

Les Paragons étaient de nouveau à l'œuvre, recourant au terrorisme dans leurs derniers moments d'agonie.

Deux mois après que les drones aient changé de camp, les années Paragon appartenaient déjà à l'histoire horrifiée. L'existence de Kat en tant que traqueuse était reléguée aux côtés des régimes cauchemardesques du passé de l'humanité, comme si elle avait frappé aux portes avec l'intention de détruire les familles qui s'y trouvaient. Le fait que les Paragons gardaient les anomalies en sécurité et les normaux encore plus en sécurité restait sous silence.

Faire autrement aurait risqué d'irriter les machines flottant à l'extérieur.

Kat remonta sa capuche grise sur sa tête, ses mèches non coupées flottant devant ses yeux et découpant la vue derrière le comptoir alors qu'elle détournait le regard de la télé. Des machines non armées supervisées par des humains normaux pétrissaient la pâte à pizza, hachaient des tomates cultivées dans des jardins concentrés à l'arrière du restaurant. Cet endroit gardait sa qualité là où ça comptait : la nourriture. En dehors de la croûte, ils s'en fichaient royalement.

Ce qui en faisait l'endroit parfait pour une ancienne traqueuse essayant d'apporter le déjeuner à ses amis interdits.

Quelques minutes plus tard, le sac de pizzas attaché à son dos, Kat rejoignit un certain chiot qui creusait l'herbe mouillée dehors. Brunes et fraîchement exposées, les pelouses de Chicago n'avaient pas encore retrouvé leur vigueur printanière et, si Seeker avait son mot à dire, elles ne le feraient jamais. Le husky semblait considérer toute opportunité de créer un trou comme une chance à ne pas manquer, peu importe le nombre de fois où Kat essayait de lui dire non.

Il faut dire qu'elle n'était pas douée pour ça.

— Tiens, dit Kat en lui tendant plusieurs tranches de pepperoni que le propriétaire du restaurant lui avait données. Un petit geste qui assurait qu'elle resterait une cliente régulière, bien que l'homme ne sache pas que les choix de Kat pour le déjeuner étaient limités.

Seeker engloutit le délice offert, puis un autre, et un troisième avant que Kat ne montre sa paume vide. Le husky jeta un coup d'œil vers la pizzeria et souffla.

— Modération, mon ami, dit Kat en s'engageant sur le trottoir et en entraînant Seeker avec elle.

Une nacelle passa en trombe, transportant des gens dans sa bulle teintée vers des destinations inconnues. La sphère sur roues ne produisait rien de plus qu'un bourdonnement à peine audible, les pneus crissant plus fort que les batteries qui la propulsaient. Kat en aurait appelé une, se serait épargné des pâtés de maisons de marche dans l'air frais, sauf que les nacelles n'étaient pas privées.

Ziran serait à l'écoute.

Ziran écoutait toujours maintenant.

Les bras de Kat se balançaient alors qu'elle marchait, son bras gauche dépassant le droit, sa légèreté étant encore une sensation nouvelle. Le Tama qui s'y trouvait avait disparu, ainsi que le bracelet qui le retenait. Une petite plaque reposait sur sa peau, couverte par une manche longue, attendant d'être branchée. Elle allait devoir attendre encore longtemps. Pas question que Kat s'attache un appareil fabriqué par Ziran de sitôt.

Weed, le Paragon agissant maintenant comme le chef de Chicago — comme si une telle chose existait encore vraiment — avait toujours son Tama et affirmait que Ziran n'avait pas infiltré tous les systèmes des Paragons. Aegis, le Champion revenu d'entre les morts, en avait apparemment un et n'avait pas encore été retrouvé. Quoi qu'il en soit, Kat avait le pressentiment que Ziran gardait ses cartes près du corps.

Si votre ennemi était content de révéler sa position, pourquoi ne pas le laisser faire ?

Le soleil s'estompa rapidement, une ombre soudaine n'appartenant pas à un nuage passager. Kat aperçut le reflet dans une fenêtre voisine alors qu'elle marchait, un drone gladiateur déplaçant son corps de la taille d'un camion le long de l'avenue. Une patrouille normale qui, quelques mois auparavant, aurait fait se sentir Kat en sécurité, protégée. Maintenant, elle détournait le visage, se penchant comme pour attacher les lacets de ses bottes.

Ziran connaissait son visage. Wexley connaissait son visage. Il avait peut-être des priorités plus importantes maintenant, mais Kat pensait qu'il finirait par venir après elle.

Ou était-ce de la vanité qui parlait ? Wexley avait maintenant un monde à défendre. Il ne se souvenait probablement même pas de l'existence de Kat. Il ne prendrait pas le temps d'envoyer des drones à sa recherche.

Kat gardait sa capuche relevée quand même.

Cinq pâtés de maisons plus loin, dans un quartier résidentiel délabré où des maisons de plain-pied témoignaient d'une construction vieille d'un siècle longtemps laissée à l'abandon alors que l'argent se déplaçait ailleurs, Kat ramassa quelques crottes de Seeker et jeta un coup d'œil aux alentours.

Malgré tous les bouleversements, l'humanité continuait d'avancer. Les gens prenaient des trains et des nacelles pour se rendre à leur travail, ou s'installaient dans des bureaux à domicile. Kat pouvait voir des têtes collées à des écrans dans les fenêtres des salons. Quelques-uns la rejoignaient sur le trottoir, souvent en marmonnant dans leurs Tamas alors qu'ils tenaient leurs réunions en marchant. Personne ne faisait ce que Kat voulait faire : hurler une question demandant si tout le monde avait perdu la tête.

Elle avait vu ce que les anomalies pouvaient faire. Elle avait perdu sa famille à cause de l'une d'elles quand les cellules de sa sœur s'étaient tordues de la mauvaise façon et avaient envoyé les parents de Kat, leur maison et la sœur elle-même dans l'au-delà. Kat n'avait pas d'amour particulier pour ces humains affligés de capacités, mais elle s'était fait un foyer dans la maison que les Paragons avaient construite. Ça fonctionnait, c'était propre et clair.

Désormais, Chicago marchait au rythme d'un tambour effrayant, surveillée et obéissante à un essaim de machines exigeant que ses citoyens continuent. Qu'ils envoient leurs e-mails, déposent leurs rapports et fassent tourner l'économie sans se demander qui en bénéficiait vraiment.

— J'aimais mieux quand je devais juste attraper un autre crétin, dit Kat en s'engageant dans une allée dont les fissures étaient destinées à être envahies par les mauvaises herbes.

— Qui tu traites de crétin ? lança Smoke, une Paragon qui

avait adopté le look sans uniforme pour traîner en tenue décontractée, depuis le porche en ciment de la maison.

— Personne, répondit Kat en faisant glisser son sac à dos et en le laissant tomber près de la porte. Le déjeuner est servi.

— Tu l'as gardé chaud cette fois ? Smoke regardait la boîte à pizza avec un mélange de désir et de dégoût. Si je dois encore manger ça, je...

— Tu es libre d'aller le chercher toi-même.

Kat n'attendit pas que Smoke trouve une réplique et entra, Seeker sur ses talons. Elles savaient toutes les deux que Smoke ne s'éloignerait pas beaucoup de la maison, où un drone pourrait bien l'apercevoir. Les machines semblaient reconnaître les visages des Paragons au premier coup d'œil — comment Weed pouvait concilier cela avec son refus de croire que Ziran avait accès au système des Paragons, Kat ne pouvait le comprendre — et réagissaient à une capture potentielle avec enthousiasme.

Quand les secours arrivaient, les anomalies ne trouvaient même plus de corps.

À l'intérieur, l'ingéniosité improvisée régnait. Des paires improbables se penchaient sur des écrans installés sur des tables de fortune, les câbles d'alimentation formant un labyrinthe susceptible de faire trébucher tout nouveau venu inattentif. Des anomalies et des normaux, les quelques-uns qui se souciaient suffisamment des Paragons pour vouloir leur retour, fourmillaient dans l'espace. Un lave-vaisselle bourdonnait en arrière-plan et, plus loin dans la maison, les machines à laver continuaient leurs vibrations constantes.

— Où est Weed ? demanda Kat à un homme debout juste à l'intérieur de la porte, les yeux fixés sur la grande fenêtre de devant.

Le guetteur de l'heure, le second de Smoke pour le quart.

— Salle de briefing, dit l'homme sans daigner jeter un regard à Kat. Ils ne lâchent pas prise.

— Avec toutes nos victoires récentes, pourquoi le feraient-ils ?

L'homme fronça les sourcils, mais n'ajouta rien au sarcasme de Kat. L'humour était mort rapidement après que les drones avaient changé de camp, malgré les tentatives de réanimation de Kat. Pas qu'elle arrêterait : un peu de rire était la seule chose qui la maintenait saine d'esprit.

Ça, et l'espoir d'un signe.

La salle de briefing aurait été une blague n'importe où ailleurs. Une terrasse en pavés fissurés à l'arrière se cachait maintenant sous une tente de fête vert citron récupérée, un échec décoratif criant adopté par nécessité. Kat gardait ses critiques pour elle : son propre appartement, maintenant laissé en friche une fois qu'elle avait découvert que des drones traqueurs le surveillaient, aurait échoué à tout examen de design.

Elle regrettait cependant Tap. L'IA surfeuse qui gérait sa vie là-bas avait été un plaisir constant. Tap existait-elle encore, discutant avec un appartement vide ? Se demandant où était passée la femme qui commandait quotidiennement des brunchs tardifs ?

Seeker ramena l'attention de Kat sur le rassemblement, un événement solide de six personnes, qui se déroulait devant eux alors que Kat passait par les portes coulissantes arrière. Weed tenait la cour, un projecteur relié au Tama de l'homme projetant un plan sur un vieux tableau noir. Kat ne reconnaissait pas la disposition, mais les mots en haut indiquant *Centrale électrique* répondaient clairement à la question.

— Pourquoi ? Frapper ici et nous couperons l'électricité dans les banlieues nord pendant trois jours, dit Weed, l'homme échevelé se tenant néanmoins droit devant ses charges. Calvin avait mentionné qu'il l'aimait bien.

Calvin.

Kat ferma les yeux une seconde. Les rouvrit en équilibre.

— Et en quoi est-ce important ? continua Weed. Chaque jour sans électricité, chaque jour où les affaires sont perturbées, nous les ramenons de notre côté. C'est une longue guerre, et nous la gagnerons par de petites victoires.

En regardant les dos, Kat ne pouvait pas dire si l'audience de Weed le prenait au sérieux, mais quand Weed les congédia tous pour qu'ils s'équipent, les cinq membres formant l'escouade Rookery — Weed et Beth, la chef Élémentaire partageant le pouvoir dans cet endroit, avaient choisi des noms d'escouades basés sur les monuments de Chicago pour varier — se levèrent pour rassembler leur équipement.

— Enervez suffisamment les citoyens et ils voudront votre retour ? dit Kat, laissant Seeker libre de courir dans la cour.

Weed, balayant la projection, se gratta le nez et haussa les épaules. — C'est quelque chose à essayer. Plus encore, ça nous maintient en action.

— Et ça vous fait tuer là-bas.

— Mieux vaut ça que de se morfondre ici. Au moins, on essaie, et on n'est pas seuls. Aegis...

— A pris un autre bateau. Devine combien Ziran en a là-bas ?

— Tu sais ?

Kat s'effondra dans une chaise pliante, son coussin rigide n'offrant absolument aucun confort. — Bien sûr que je ne sais pas, mais ça doit être plus d'un. Elle secoua la tête, leva les yeux. — Quelque chose ?

Weed grimaça, imita son hochement de tête. — Nous n'avons rien entendu de plus. Gordon n'a pas envoyé un mot depuis une semaine.

Le traqueur avait disparu avec quelques anomalies en mission pour voir exactement pourquoi les Paragons et les Élémentaires disparus étaient justement ça : disparus. Les drones, étant donné les proclamations répétées de Wexley et Ziran que les anomalies devaient être détruites, auraient dû laisser des corps criblés de balles dans les rues. Au lieu de cela, les anomalies semblaient simplement disparaître.

Kat avait lu assez de romans, vu assez de films pour avoir plein d'idées sur où ils pourraient être, ce qui pourrait leur arriver, mais jusqu'à présent personne n'avait trouvé la moindre trace.

Calvin en avait fait partie. Weed avait décrit le jour, quand Kat était à l'hôpital sous une plongée étourdissante de médicaments pour la faire passer à travers une chirurgie d'urgence cruciale. Calvin et d'autres Paragons, Weed inclus, avaient essayé d'empêcher la fin du monde avec une frappe sur un centre de réparation de drones dans le sud de Chicago. La mission s'était soldée par un succès, Calvin étant la seule victime.

Du feu et des drones partout, avait dit Weed. Ils n'avaient pas pu voir ce qui était arrivé à Calvin, n'avaient pas pu risquer de retourner le secourir.

Kat avait quand même donné un bon coup de poing à Lob, le Paragon qui faisait les allers-retours rapides pendant la mission. Maintenant, il quittait les pièces dès qu'elle entrait, et Kat n'en éprouvait pas le moindre regret.

— Alors, la pizza est là ? dit Weed après un long soupir.

L'homme avait au moins la grâce d'avoir l'air gêné de demander.

— Si tu en veux une part, tu ferais mieux d'y aller, répondit Kat. Weed lui fit un signe de tête et suivit le conseil.

Au-dessus, le soleil mourut à nouveau, cette fois de manière plus lente et naturelle. Des gouttes de pluie suivirent, frappant la toile avec des bruits sourds et éclaboussants. Kat fixa le tableau noir, essayant de trouver quelque chose de significatif dans sa surface noire et vide.

Au moins Seeker, qui happait les gouttelettes, s'amusait.

La pluie se transforma en averse, si dense que même Seeker chercha refuge sous la toile. L'orage assourdissant faisait tant de bruit et embrumait tellement la cour que Kat ne remarqua pas le sac voler par-dessus la clôture jusqu'à ce qu'un corps le suive. Seeker aboya tandis que Kat se levait, sa main disparaissant sous sa veste pour saisir le pistolet à canon court qu'elle gardait désormais sur elle. Les armes semblaient déplacées dans un monde Paragon, mais étrangement appropriées dans cette nouvelle dystopie, prêtes à mettre fin à la vie d'un ennemi aussi facilement qu'à celle de Kat, si les circonstances tournaient trop mal.

Les aboiements de Seeker firent lâcher prise à Kat, leur ton suggérant moins une intrusion qu'un retour. Remontant à nouveau sa capuche, Kat quitta l'abri et se précipita à travers la cour vers le corps, ses bottes s'enfonçant déjà dans l'herbe détrempée et boueuse.

Gordon Holyoak semblait avoir rencontré quelques ennemis. Des ecchymoses parsemaient son visage, et Kat aperçut le crâne de l'homme là où des cheveux avaient été arrachés avec violence. Sa tenue portait des déchirures et des trous, certains allant jusqu'à laisser voir des lignes sanglantes sur la peau du traqueur.

— Tu es vivant, mec ? demanda Kat, s'agenouillant au-dessus de lui et prenant le visage de Gordon entre ses mains.

Ses yeux ne maintinrent pas le suspense longtemps, s'ouvrant au contact de Kat. La barbe naissante rivalisait avec la boue pour occuper l'espace sur le visage de Gordon, bien que la pluie transformât cette dernière en rivières brunes tandis que Kat le relevait. Seeker bondissait autour d'eux, aboyant et n'aidant pas le moins du monde.

— Hé, dit Gordon, ses mots à peine audibles sous la pluie. Tu peux prendre mon sac ?

Laissant Gordon appuyé sur ses épaules, Kat se pencha et ramassa le sac de sport qui s'était fait un nouveau foyer dans la cour boueuse. Passant son bras gauche autour de la taille de Gordon, Kat fit demi-tour vers la maison.

Derrière elle se tenait l'armée de fortune de Weed et Beth, ou du moins la quinzaine de personnes prêtes à jouer le jeu, certaines avec des armes levées et d'autres les bras tendus, prêtes à déployer la magie que leurs cellules leur avaient donnée. Weed et Beth se tenaient à leur tête, tous deux les bras croisés, les yeux scrutant depuis la toile.

— Un peu d'aide, peut-être ? appela Kat. C'est Gordon, et il est blessé ?

— Comment a-t-il passé la clôture, Kat ? demanda Beth.

Cette femme, une leader Élémentale que Kat ne détesterait pas affronter dans un ring sans règles, prenait ce nouveau monde comme une nouvelle tenue. Elle enveloppait le désastre autour d'elle comme un manteau et s'en servait pour couvrir les défauts, parcourant ses forces diminuées comme une experte qui pourrait, avec assez de cran et de détermination, remettre les Élémentaux et leurs amis Paragon désabusés au sommet.

Quand Kat avait mentionné que Beth était derrière d'innombrables attaques contre les propriétés Paragon, qu'elle avait failli tuer Kat elle-même avec une sale ruse d'anomalie, Weed n'avait guère fait plus que se détourner. Ils avaient besoin de chaque anomalie maintenant, peu importe leur passé.

Alors Kat recevait les ordres de celle qui avait failli la tuer et les exécutait avec un sourire forcé après l'autre.

Pourquoi ?

Parce que rester ici lui offrait sa seule chance d'avoir quelque chose de plus que la rue. Elle avait donné sa vie aux Paragons, et ils l'avaient récompensée avec une carrière qui lui appartenait. Ils avaient ressuscité une adolescente brisée et lui avaient appris à se battre, à traquer une anomalie renégate, à faire face à un mur de connards comme celui-ci et à le traverser à coups de poing.

— Il s'est hissé tout seul, dit Kat. Je l'ai vu.

— Dans cet état ? demanda Weed.

Gordon se redressa, sifflant de douleur. — Tout seul, oui. Ça ne me dérangerait pas de sortir de cette pluie, cela dit ?

Weed et Beth affichèrent une moue assortie qui aurait été mignonne si Kat n'envisageait pas de sortir son arme et de leur tirer à tous les deux dans le ventre sur-le-champ. Le leader Paragon, puisant peut-être au plus profond de lui-même, trouva son cœur et fit signe à Kat et Gordon d'avancer. Tandis que Kat et son ami avançaient, plusieurs anomalies suivirent le signal de Beth et sortirent du rang. Ils dépassèrent Gordon, se dirigeant vers la clôture. Un autre s'éleva dans les airs avec un bruit de flûte, flottant vers le haut comme une feuille dans l'averse.

Un mouvement risqué d'utiliser une telle capacité si évidente en plein air, mais préférable au risque d'exposer toute la maison à une embuscade potentielle.

Weed et Beth voulaient un débriefing immédiat, mais Gordon déclina, affirmant qu'une chance de se nettoyer et de recevoir des premiers soins était prioritaire. Kat aida le traqueur à descendre au sous-sol, dans une vaste pièce agrandie grâce à des capacités d'anomalie judicieuses pour s'étendre sous toute la cour arrière. Les Élémentaux, qui avaient une certaine expérience dans la construction de bases de fortune, avaient divisé la nouvelle chambre d'un blanc calcifié en diverses pièces, dont un micro-hôpital de trois lits.

Gordon passa de la douche au lit, Kat l'aidant à appliquer des bandages. Seeker, leur apparent protecteur, s'enroula, tout trempé, à leurs pieds, ses yeux bleus vigilants.

— Tu restes silencieux, dit Kat alors que le silence devenait pesant. Gordon n'avait pas dit un mot, hormis des remerciements récurrents pendant les soins. Je te laisse t'en tirer encore une minute, puis je vais craquer.

Gordon rit une fois, puis tourna son visage meurtri vers Kat, — Je ne parle pas parce que j'essaie de comprendre ce que je dois dire.

— C'est là ton problème. Tu ne peux pas trop réfléchir. Parle, c'est tout, Gordon. Qui t'a fait tout ça, et pourquoi ? Tu as encore planté une fille ?

Un autre rire, plus triste celui-là.

— Ce n'est pas qui, Kat. C'est quoi. Je n'ai pas tout compris, mais j'en ai assez trouvé. J'ai une localisation.

— Une localisation pour quoi ?

— Pour les anomalies, dit Gordon, un sourire menaçant d'apparaître sur ses lèvres. Ils sont vivants, Kat. Calvin est vivant.

CHAPITRE 3
LA VIE DE FAMILLE

RHIMES TRAQUAIT l'objectif sous les palmes. Cacher des armes légères sous une chemise et un short amples s'avérait plus délicat par temps de Los Angeles que de Chicago, mais l'agent et son équipe se débrouillaient. De l'autre côté de la rue et venant du sens opposé, trois mercenaires complétaient l'escouade de quatre membres de Rhimes.

Ils soutenaient les armes principales : un duo métallique qui se faufilait dans les jardins voisins. Les drones de pistage, des robots semblables à des cafards aux bords tranchants, prendraient la tête.

Rhimes se fichait de déléguer les responsabilités initiales. Toute attaque comportait le plus de danger dans ses premiers instants, quand les plans tournaient mal et que les failles du renseignement devenaient évidentes. Mieux valait risquer des robots qu'on pouvait produire par centaines chaque jour qu'une seule vie normale.

Du moins, c'est ce que Rhimes disait à Wexley, qui ne protestait pas.

— Dernière vérification, dit Rhimes. On y va ?

Ses trois agents cliquèrent pour confirmer, et les deux drones, posés quelque part à la gauche de Rhimes derrière une clôture blanche, suivirent avec leurs propres validations. Leur cible, un bungalow de deux étages au design moderne, tout en crème et bois foncé, se dressait devant eux et semblait, comme la plupart des maisons de cette rue résidentielle, être déserte.

Si seulement.

— Allons-y, dit Rhimes, déclenchant l'opération.

Plongeant la main dans sa chemise légèrement boutonnée, Rhimes sortit une arme combinée de son holster d'épaule. À double canon et conçue par ses soins, Rhimes faisait produire ces petites merveilles par l'Usine assez rapidement pour équiper toute la force de Ziran. Un petit interrupteur permettait de basculer l'arme entre létale et non létale, une discrétion devenant de plus en plus importante à mesure que l'influence d'Adriana supplantait les instincts plus sanglants de Wexley.

Rhimes ne savait pas ce qu'Adriana faisait de ses prises, mais au moins elle gardait le nombre de victimes bas. Toute révolution s'accompagnait de pertes, mais Wexley voulait que ces drones se transforment rapidement en exécuteurs d'anomalies jusqu'à ce qu'Adriana le convainque du contraire. Pas tout à fait la société égalitaire que Zhan-Yo avait prêchée.

Quoi qu'il en soit, Rhimes régla le pistolet sur paralysie et s'approcha de la maison en trottinant légèrement. À sa droite, il vit ses agents entrer dans une autre maison, une qui avait été réquisitionnée auprès de ses propriétaires soudoyés pour l'événement du jour. Dans quelques secondes, Rhimes aurait une couverture sur le toit. Dans encore moins de temps, les drones seraient à l'intérieur.

Les drones de pistage avaient leur propre penchant létal, mais ils privilégieraient un agent neurotoxique, un qui plongerait le corps de la victime dans un choc statique pendant suffisamment d'heures pour l'emmener là où Adriana avait besoin qu'elle aille.

Où c'était, Rhimes ne le savait pas. Il n'avait pas demandé. Suffisamment d'anomalies pouvaient lire dans les pensées pour que Rhimes garde sa propre vie aussi confidentielle que possible.

Un hélicoptère bourdonnait au-dessus, son bruit masquant celui des drones de pistage alors qu'ils découpaient les fenêtres arrière de la maison. Rhimes observait l'entrée sur son Tama tout en se mettant à couvert derrière une capsule garée dans la rue près de la maison. Commençait alors la danse délicate entre l'observation de la progression des drones et le maintien de sa propre vigilance au cas où les anomalies décideraient de s'enfuir.

Cela dit, il y aurait du bruit en quantité. Les anomalies n'agissaient pas en silence.

Sur l'écran du Tama, Rhimes captait une vidéo claire alors que les drones de pistage s'infiltraient à l'intérieur. La vue qu'il avait choisie dévia sur le côté alors que la machine escaladait le mur jusqu'au plafond, prête à bondir sur tout corps entrant. Le second drone traversa rapidement la cuisine, se positionnant sur un mur opposé aux portes vitrées où quiconque viendrait enquêter...

Là. Un homme, tenant un café alors qu'il se précipitait dans la pièce, les yeux écarquillés. Il se retourna, cria quelque chose vers l'intérieur de la maison, et remarqua le drone, de plus d'un mètre de long, accroché au mur.

Le dard, tiré d'une articulation de la patte avant droite du drone, l'une des six pattes semblables à des couteaux, se planta dans le cou de l'anomalie. L'homme tituba d'un pas en arrière, laissa tomber le café, puis s'effondra dans la flaque brune qui s'élargissait. Rhimes grimaça lorsque la tête de l'homme heurta le carrelage. Une vilaine commotion cérébrale en perspective, très probablement.

Cela dit, il préférait ça plutôt que l'anomalie utilise son pouvoir.

Les drones gardèrent leur position, attendant que le nouvel appât fasse effet. Combien pourraient-ils ajouter à leur collection ? Les renseignements recueillis par ces mêmes drones de pistage et la surveillance aérienne suggéraient qu'au moins cinq anomalies — toutes membres des Élémentaires — vivaient ici.

— Mouvement au deuxième étage, grésilla le second de Rhimes sur la mission, celui qui assurait la couverture sur le toit. Brielle avait une capacité à basculer que Rhimes enviait, passant de philosophe éloquente à tireuse d'élite impassible en une seconde, et maintenant elle avait activé son mode compétence. Je prends des tirs ?

— Seulement à la sortie, répondit Rhimes. Laisse les drones faire leur travail. Plus c'est silencieux, mieux c'est.

Au cours des deux mois qui avaient suivi la prise de contrôle — Wexley promettait toujours qu'il trouverait un nom officiel pour le moment où Ziran avait renversé les Paragons dans le monde entier, mais il ne l'avait pas encore fait — la société civilisée oscillait entre la panique totale et l'incrédulité soutenue que quoi que ce soit dans leur vie ait changé. Les marchés, la production et le bon vieux train-train quotidien prenaient leur temps pour se stabiliser, mais comme le soleil continuait de se lever chaque matin, de plus en plus de villes, de pays et de gouvernements se souvenaient de l'avant et y revenaient.

Une guerre ouverte dans les rues menaçait de perturber cet équilibre délicat, selon Wexley et ses mystérieux soutiens. Rhimes devait être discret, concentré et précis. Éliminer les anomalies, laisser les gens prendre leurs lattés. Un équilibre.

Deux autres silhouettes apparurent sur les caméras des drones. Ensemble, sans verres à la main, l'homme et la femme, tous deux d'un certain âge, regardaient la cible tombée et attendaient. Rhimes fit glisser ses doigts le long du Tama, zoomant sur le couple. Le drone qui captait l'image s'était lui-même coincé au plafond, niché derrière un ventilateur, mais il serait repéré si les deux osaient lever les yeux plus d'une seconde.

En y regardant de plus près, Rhimes vit ce qu'il soupçonnait : les doigts de la femme bougeaient, comme si elle jouait du piano dans l'air. Les yeux de l'homme avaient un air lointain, choqué. Tapotant sur le Tama, Rhimes envoya un ordre différent aux drones.

Plus d'attente. Il était temps de passer à l'offensive, avant que les anomalies ne finissent leurs absurdités.

Son Tama vibra. Un appel extérieur. Pas le moment de répondre.

Au lieu de cela, levant son arme, Rhimes contourna la voiture et se dirigea vers la porte d'entrée de la maison. Le soleil se reflétait sur les gouttières. Deux moineaux virevoltants passèrent, insouciants. Des enfants s'éclaboussaient et criaient dans une piscine de l'autre côté de la rue. Rhimes resta concentré, regardant le long du canon vers la porte rouge rosé.

Elle s'ouvrit. Un visage regardant à l'intérieur de la maison alors que la porte s'ouvrait en grand. L'homme plus âgé. Rhimes tira. La chambre supérieure siffla, fit un petit bruit, un lancement silencieux encore plus étouffé par la conception de l'arme. L'homme tressaillit lorsque le tir de Rhimes le toucha entre les épaules.

L'homme principal de Wexley accéléra, se mettant à courir alors que quelque chose de gros s'effondrait à l'intérieur, du métal grinçant contre du bois. Le Tama vibra à nouveau. Derrière Rhimes, il entendit d'autres pas courir. Ses deux agents de renfort.

— Deuxième étage, dit Brielle. Des adolescents aux fenêtres.

— Des anomalies ? demanda Rhimes alors que l'homme qu'il avait touché trébuchait sur le porche en ciment.

Rhimes atteignit l'homme au moment où il se retournait, plaça son pied gauche contre le talon de la victime et le plaqua au sol. Juste avant que la tête de l'anomalie n'ait une rencontre brutale avec le béton, Rhimes glissa sa main gauche en dessous. Il s'écorcha les articulations pour l'effort, mais l'anomalie ne laissa pas d'éclaboussures sanglantes, clignant plutôt des yeux flous vers Rhimes tandis que les drogues anesthésiantes faisaient leur effet.

— Pas clair, dit Brielle. Ils sont ensemble. Trois.

— C'est plus que ce qui a été signalé, dit Rhimes, visant à nouveau la porte ouverte. Un rapide coup d'œil au Tama montrait deux appels manqués et des parasites sur les flux des drones. La famille ?

— Tu poses des questions auxquelles je ne peux pas répondre.

Rhimes fit signe à ses renforts d'attendre, de surveiller l'ouverture pendant qu'il entrait. Utilisant la porte comme couverture sur sa gauche, Rhimes regarda à droite en entrant. Une salle à manger, des fleurs fraîches dans un vase sur du bois sombre. Des chaises bien placées. Des photos encadrées au mur, les enfants souriant. Personne ne l'attendait.

— Peux-tu les toucher ? dit Rhimes, fouillant dans sa ceinture pour trouver de l'aide. De vagues œuvres d'art étaient accrochées au mur bleu turquoise à sa gauche maintenant, la porte couvrant son dos, les deux à l'extérieur couvrant la porte et Brielle faisant ce qu'elle faisait sur le toit d'en face.

Le plan de la maison scintilla dans son esprit. Les escaliers seraient derrière lui, à droite. Si les enfants devenaient agités, ils feraient du bruit.

— Je peux, dit Brielle. Ils ont fermé la porte. L'un d'eux ouvre la fenêtre. J'y vais ?

Les balles paralysantes étaient dosées pour des adultes, pas pour des enfants. Toucher quelqu'un de trop petit et les drogues pourraient les assommer définitivement. Les plus jeunes n'étaient peut-être même pas des anomalies — les pouvoirs n'étaient pas toujours héréditaires. Équilibrer cela contre le fait qu'un adolescent pourrait être une bombe.

Protéger ses hommes. Ziran pourrait toujours prétendre plus tard que toute la famille avait des capacités.

— Vas-y, dit Rhimes. Et préviens les secours.

C'était un risque en soi, faire venir une aide innocente avant qu'il n'ait sécurisé le site, mais Rhimes aimait à penser qu'il ne s'était pas encore perdu.

— C'est fait.

Rhimes se retourna brusquement vers l'entrée de la salle à manger, couvrant l'ouverture menant à la cuisine. La moquette douce et crème rencontrait le carrelage bronze là où commençait la cuisine, la céramique étant inondée par les fluides dorés et bleus des drones. Ça fuyait vers la gauche, au-delà de l'arche en plâtre où Rhimes ne pouvait pas voir.

Du verre se brisa à nouveau alors que Brielle tirait.

— Surveillez les sorties, dit Rhimes, cliquant deux fois pour préciser que l'ordre s'adressait à ses deux agents au sol. Ils se sépareraient, un à l'arrière et un à l'avant pendant qu'il nettoyait l'intérieur. Que personne ne quitte la propriété.

— Les secours arrivent, dit Brielle, la voix froide, presque joyeuse. Deux à terre. Le troisième se cache derrière le lit.

Rhimes s'approcha de l'entrée de la cuisine. Il écouta et entendit des cliquetis scintillants. Les derniers soupirs d'un drone, ses fonctions luttant pour leur vie. Il hésita à appeler, à donner une chance de se rendre. Faire cela révélerait sa propre position, mais pourrait épargner la femme, ou ses agents, ou lui-même.

Au lieu de cela, Rhimes regarda dans la cuisine, surveillant la droite, où le micro-ondes, un modèle flambant neuf, lui servait bien : sa finition en verre donnait une vue miroir déformée du salon, où deux longs corps brillants montraient des drones qui avaient connu de meilleurs jours. Personne d'autre n'était avec eux.

Rhimes prit une inspiration, embrassa la peur prudente qui le hantait toujours dans ces moments-là, et passa sous l'arche.

Les drones exposaient leur trépas : une longue entaille sinueuse traversait leurs ventres, moins comme une épée et plus comme un peintre avec un coup de pinceau au rasoir.

Leurs entrailles répandaient circuits et liquide de refroidissement tout autour, condamnant la maison à une rénovation une fois cette aventure terminée. Le second drone, accroché au plafond, avait écrasé une table basse dans sa chute, ajoutant des morceaux de bois au désordre. Une télé montée au-dessus d'une cheminée, des murs couverts d'autres photos de famille.

Des dessins d'enfants avaient leur place sur le frigo derrière lui. De bons dessins, d'ailleurs : des coups de crayon vigoureux.

Rhimes avança, faisant rouler ses pieds avec l'arme levée.

— Le troisième est touché, dit Brielle. Il est allé vers ses frères et sœurs. Secours dans trois minutes.

Rhimes cliqua en réponse. Le mur à sa gauche s'enroulait autour de l'escalier central de la maison. Il le suivit jusqu'au bout, passant autour du bord jusqu'au dernier carré. Des toilettes sur la droite, porte ouverte et personne à l'intérieur. Le salon vide jusqu'au fond.

Juste l'escalier montant. Il voulait demander si quelqu'un avait vu la femme, mais ça n'aurait servi à rien. Son équipe aurait parlé, ils étaient bons. Un coup d'œil derrière Rhimes confirma que son agent avait une place dans le jardin près de la piscine, l'arme pointée vers le haut. Chaque fenêtre couverte, chaque porte surveillée.

Il était temps de parler.

— Abandonnez, cria Rhimes. Votre famille est à terre. Qu'ils vivent ou non dépend de vous !

Pas de réponse. Rhimes attendit trois battements de cœur, puis fit un pas de plus vers l'escalier. Un carillon mélodieux attira soudain son attention sur sa droite, vers ce téléviseur. Quelqu'un venait de l'allumer. L'écran afficha une sélection d'icônes. Rhimes en reconnut une qui brillait vers le haut, signalant un lien avec le Tama de quelqu'un.

Ils firent défiler les icônes, en sélectionnèrent une puis une autre, et Rhimes sentit sa peur se transformer en résignation.

Une vidéo choisie commença à jouer. Des enfants, probablement ceux à l'étage, riant et courant autour de la piscine. Les parents, tous deux en uniformes blanc et bleu de Paragon, partageant un verre avec leurs grands-parents en tenue décontractée. Les points se connectèrent d'eux-mêmes, comme toujours.

— Alors sauvez vos petits-enfants, lança Rhimes vers l'étage. Ne soyez pas égoïste.

Il ne pouvait pas dire à la femme qu'elle se sauverait elle-même, qu'elle pourrait les revoir. Il ne ferait pas de fausses promesses, pas maintenant.

— La porte s'ouvre, dit Brielle. Chambre d'enfant. C'est elle, mais je n'ai pas de visuel. Elle reste derrière la porte.

— J'y vais, répondit Rhimes.

Un escalier en érable, bois clair avec un tapis qui courait au milieu. D'un bleu-vert joyeux, assorti aux murs, à l'eau de la piscine par une journée ensoleillée. Une lampe éteinte pendait au-dessus de lui. Des photos de vacances de chaque côté, si nombreuses que la famille ne semblait pas supporter un espace vide. Rhimes continua d'avancer, rapidement maintenant, et atteignit le couloir à temps pour voir la femme passer par la porte devant à droite.

— Tire ! dit Rhimes.

La cloison sèche à sa droite s'ouvrit brusquement, une ligne verte vacillante la traversant vers Rhimes. Il recula, glissa et dévala les escaliers, atterrissant sur le dos, son arme pointée vers le haut.

Une détonation retentit dans l'air. Forte, sèche.

— Elle est à terre, dit Brielle. Jesse aussi.

Rhimes se releva d'un bond, gravit les marches quatre à quatre et s'engouffra dans la pièce, pistolet levé et prêt. Trois adolescents gisaient dans la chambre, effondrés et inconscients. Des affiches conquéraient les murs, un lit défait trônait au centre de la pièce. La cible, une tache rouge fatale s'épanouissant sous elle, y était allongée. Au-delà, des entailles profondes perçaient les murs de la maison, déchirant le jardin où Jesse, le troisième agent de Rhimes pour cette mission, avait perdu sa moitié inférieure.

Rhimes laissa retomber son pistolet, regarda les capsules médicales s'approcher en roulant, tandis que d'autres drones affluaient par le haut.

Adieu la discrétion.

Brielle l'intercepta à sa sortie. Le bureau de Ziran au centre de Los Angeles servait désormais bien plus que la foule des télécommunications, ses étages du haut en bas occupés par les forces maintenant les normaux aux commandes. Rhimes s'était glissé dans un ascenseur vitré, prêt à descendre les trente étages jusqu'aux douches, un vestiaire, puis une courte marche jusqu'au bar le plus proche.

Il lui faudrait trois verres pour dormir ce soir.

— Je n'en avais plus, dit Brielle en se tenant à côté de lui, vêtue d'une veste Ziran blanc-orange. Toujours loyale.

— On en porte deux par cible, dit Rhimes. Si tu...

— Les enfants, Rhimes. Ils ont bougé, j'ai épuisé mes paralysants. Je n'aurais pas tiré, mais elle s'en est prise à Jesse et j'ai cru qu'elle t'aurait ensuite.

Rhimes regardait défiler les bureaux. Encore pleins alors que l'après-midi s'étirait vers le soir. Des gens travaillant dur sur la révolution. Certains probablement en train d'élaborer une histoire sur ce que Rhimes venait de faire. Une famille d'anomalies, préparant des actes terroristes, neutralisée par de nobles agents de Ziran.

Tous des héros.

— Tu as pris la bonne décision, dit Rhimes. J'assumerai les conséquences.

Wexley ne serait pas content qu'ils aient perdu la femme. Ou plutôt, Adriana ne serait pas contente. Elle les voulait vivants, et Wexley lui accordait ça tant que les anomalies quittaient les rues.

Il avait franchi la ligne d'arrivée avec Wexley, mais le jeu continuait. Maintenant, il pointait, appuyait sur la gâchette, et attendait la fin.

— On fera mieux la prochaine fois, dit Brielle.

— Pas Jesse.

Les lèvres de Brielle se pincèrent tandis que l'ascenseur atteignait le rez-de-chaussée. Rhimes sortit, se dirigeant vers les vestiaires. Brielle le suivit jusqu'à la porte, pressant sa main contre celle-ci quand Rhimes voulut l'ouvrir.

— Je m'inquiète pour toi, dit Brielle. Tu n'es plus toi-même ces derniers temps.

Rhimes recula, s'éloignant de la porte des vestiaires pour se rapprocher d'une fougère en pot. Ses mains restèrent dans les poches de sa vieille veste en cuir noir. Le pistolet, rechargé, pendait contre sa poitrine.

— Qui l'est ? Toi ?

— Avec tout le respect que je te dois, Rhimes, ce n'est pas à propos de moi. Brielle attendit, comme si elle avait présenté un plateau pour que Rhimes y dépose ses sentiments.

— Ça a été une mauvaise journée. Une mauvaise semaine. On vient de perdre un agent, et j'ai besoin d'un verre.

Brielle tourna légèrement la tête, plissant les yeux. — Je comprends. Tu esquives. Je l'ai fait moi-même. Mais si tu veux t'ouvrir, tu peux toujours m'appeler.

— J'apprécie, répondit Rhimes. Maintenant, un homme peut-il prendre une douche ?

— Tu en as bien besoin, dit Brielle, puis elle donna une petite tape sur l'épaule de Rhimes avant de s'éloigner.

Dans le vestiaire, Rhimes se débarrassa de ses vêtements et trouva la douche. Il monta la température au maximum et attendit que la vapeur remplisse chaque recoin, l'eau rugissant de plusieurs robinets. Personne d'autre ne partageait l'espace, soit parce que Rhimes était tombé au bon moment, soit parce qu'il avait l'air d'une mauvaise compagnie.

Il vérifia quand même, confirmant que la pièce était vide, avant de s'enfoncer dans la vapeur. Sur son poignet gauche, luttant contre l'eau grâce à sa conception intelligente de Ziran, Rhimes examina son Tama. Un glissement fit apparaître l'écran, assez lumineux pour être vu dans les nuages si Rhimes l'approchait, affichant les messages.

L'homme avait essayé d'appeler deux fois, puis était passé à un texto. Un lieu, une heure et une requête.

Les morts étaient revenus à la vie, et ils voulaient des burritos.

CHAPITRE 4
DANS LE VENT

CASSIDY LANÇA LE VIDE, la minuscule déchirure de la réalité coupant plusieurs branches et leurs fruits du dragon roses et blancs suspendus qui tombèrent au sol. Encore du dessert. Derrière elle, trois adolescents observaient.

— Le contrôle, dit Cassidy en laissant le vide se dissiper. C'est la première chose que vous devez apprendre, peu importe ce que vous pouvez faire.

Les adolescents la regardaient fixement, et Cassidy se demandait à quel point ils comprenaient. L'anglais n'était pas leur langue, et elle n'avait appris que les bases du thaï durant les quelques mois passés dans ce désert. Néanmoins, les jeunes semblaient saisir son intention, et leurs hochements de tête donnaient un peu d'espoir que toutes ces démonstrations n'étaient pas inutiles.

Car si elles l'étaient, Cassidy pourrait bien aller se jeter à la mer.

Trois petits vides supplémentaires terminèrent la réserve de fruits du cactus élancé et le quatuor remplit leurs sacs de fortune. La randonnée de retour se passa en conversation, les adolescents parlant entre eux et Cassidy chassant les moustiques qui tourmentaient chacun de ses pas. Au camp, au moins, les moustiquaires et la fumée maintiendraient les insectes à un niveau gérable.

Finalement, Apinya insistait, Cassidy finirait par ne plus les remarquer du tout.

Au-dessus, la lune et ses étoiles accompagnatrices éclairaient la marche. Chaque fois qu'elle pouvait faire confiance au chemin devant elle, Cassidy laissait son regard errer vers le haut, cherchant des points en mouvement parmi ces objets stellaires. Chaque avion qui passait apportait avec lui un peu d'espoir, un peu de désespoir.

Un rêve qu'elle pourrait retourner à Pacifica, voir ses enfants.

Pas vraiment des enfants maintenant — plus âgés que les adolescents anomalies qui la suivaient, certainement — Cassidy ne savait pas comment sa famille avait réagi au nouvel alignement. La nouvelle société.

Ziran ne cessait de changer le nom de la prise de contrôle, testant la marque et décidant ce qui fonctionnerait le mieux avec une population confuse, effrayée et, si elle ressemblait en quoi que ce soit aux anomalies du camp, désireuse de stabilité plus que tout. À en juger par les drones qui chassaient quotidiennement au-dessus de leurs têtes, Ziran prévoyait d'obtenir cette stabilité par le génocide.

Apinya voulait trouver un avion. Ils avaient établi le plan après avoir fui Bangkok des mois auparavant, remplis de vengeance et d'esprit combatif, pour finalement découvrir les aéroports encombrés de machines meurtrières. Le visage d'Apinya, comme celui de tous les Paragons, avait une cible attachée. Cassidy et Thane avaient essayé une fois par eux-mêmes, pariant sur leur statut d'exilés pour se faufiler à travers le filet de Ziran.

Cela avait coûté plusieurs vies et mis le petit aéroport de Bangkok en confinement pendant trois semaines. Apinya disait qu'il pouvait voir les incendies depuis le camp, à des kilomètres au nord.

Ils avaient donc décidé de miser sur les autres Champions. Sur les anomalies plus proches de l'Usine qui pourraient réaliser le sauvetage, sauver le monde pendant que Cassidy enseignait à quelques orphelins comment ne pas se tuer avec leurs miracles génétiques.

— Tiens, dit Cassidy en détachant un fruit du dragon et en le lançant à un homme mince et âgé couvert de piqûres d'insectes. C'est délicieux.

Thane attrapa le fruit d'une main, y jetant un coup d'œil alors que Cassidy s'asseyait lourdement sur une souche à proximité.

— C'est la même chose que nous avons eue tous les soirs cette semaine.

— J'ai demandé aux cactus. Ils ne veulent rien faire pousser d'autre.

— Dommage.

Le feu de Thane était situé près du centre, avec une excroissance en spirale s'étendant sur plusieurs mètres dans toutes les directions. Le camp avait grandi au fil des mois, les messagers d'Apinya trouvant des communautés d'anomalies dans toute l'Asie du Sud-Est et les incitant à venir ici pour trouver refuge. Cassidy se demandait comment les drones ne les avaient pas encore trouvés, n'avaient pas organisé une attaque massive, mais Apinya ne semblait jamais s'inquiéter.

Peut-être avait-il une autre anomalie dans sa poche, quelqu'un qui gardait le groupe grandissant caché. Quoi qu'il en soit, ils étaient maintenant plusieurs milliers, et Cassidy pensait que quelqu'un commettrait bientôt une erreur.

— Quand ils nous trouveront, dit Cassidy entre deux bouchées du fruit mou tacheté de noir à l'intérieur, allons-nous fuir à nouveau ?

— Combattre, dit Thane, sans lever les yeux de son fruit, du feu. Apinya a déjà décidé. Il pense que nous pouvons détruire suffisamment de drones pour résister. Servir de symbole au monde.

— Et ensuite ?

— Mourir. C'est ainsi que le chemin se termine. Chaque drone que Ziran fabrique est une arme mortelle. La plupart des anomalies ont des capacités inutiles. De tous ceux que nous avons rassemblés ici, moins d'une centaine seraient utiles dans un combat.

— Qu'est-il arrivé à tout cet optimisme sur l'île ? demanda Cassidy.

— Je suis optimiste quand c'est mérité. Tous mes anciens plans sont sans valeur, conçus pour un monde qui n'existe plus. J'ai du mal à trouver un moyen d'en créer un nouveau.

Cassidy aurait pu rejeter ces paroles moroses si Apinya, ou une autre anomalie, les avait prononcées. Venant de Thane, surtout dans son état actuel flétri, elle ne put que regarder la terre et la remuer avec ses pieds. Les fines sandales, tressées par certaines anomalies aux compétences pratiques, ne faisaient rien pour empêcher la terre de toucher ses orteils, ne faisaient rien pour contrer le pessimisme de Thane.

L'homme voyait si loin alors qu'il ne pouvait pas faire un seul pas. Il serait maintenant plongé dans ses pensées, passant d'un scénario à l'autre à la recherche d'une chance. Des variables se mélangeant et se séparant dans un mixeur de probabilités. Thane l'avait décrit une fois comme une poussée d'adrénaline intellectuelle, sans fin jusqu'à ce que quelque chose l'arrache à son doux emprise.

Pour l'instant, Cassidy laissa Thane à son fruit à moitié mangé et au feu. Elle termina le sien et observa leur tente, une structure peu profonde qui servait néanmoins à les protéger de l'ombre pendant les journées de plus en plus chaudes. Les locaux disaient que dans quelques mois à peine, ils auraient les moussons, plus de pluie que Cassidy ne pouvait imaginer, noyant le camp et tout ce qui l'entourait.

Au moins, ils auraient plus frais à ce moment-là.

Apinya tenait sa cour au centre du camp, atteignant le zen

avec une telle facilité et en permanence que Cassidy évitait le Champion dès qu'elle le pouvait. Il prenait le désastre avec une grâce exaspérante, adoptant une posture de sage tandis qu'il enseignait aux nouvelles anomalies les maximes des Paragons et les techniques de méditation. Cassidy se souvenait de l'époque où le monde considérait Apinya comme un médium, un manipulateur capable de changer les rêves et les désirs de n'importe qui. Apinya pacifiait les vilains, insufflait du courage aux hésitants et inspirait des domaines scientifiques entiers lors de conférences.

Cassidy le savait bien : elle avait regardé des diffusions simultanées d'Apinya donnant aux enseignants du monde entier la motivation nécessaire pour offrir le meilleur à chaque élève. Elle avait senti son influence sur son esprit à l'époque, une chose légère et fugace qui avait néanmoins balayé sa frustration concernant le financement des fournitures, les clowns de la classe et son propre salaire de remplaçante. La sensation s'était estompée en un jour, mais Cassidy y revenait souvent, se remémorant cette sensation et l'embrassant chaque fois que les corrections et les leçons semblaient trop lourdes.

Maintenant, Apinya délivrait son évangile ciblé à trois personnes.

Cassidy pencha la tête en s'approchant, essayant d'identifier le groupe. Ils semblaient être en uniforme, tous debout pendant qu'Apinya parlait, le propre feu du Champion se réduisant à des braises derrière lui. Négligé, une anomalie. Apinya avait tendance à garder son feu grand comme un motivateur, un signal qu'un Champion vivait toujours au cœur du camp.

Apinya remarqua l'approche de Cassidy avant qu'elle ne s'annonce. Le Champion avait le même âge que Thane, mais là où le corps de Thane portait les marques de mille batailles, des décennies usées avec peu de nutrition et de soins, Apinya avait un éclat vivace. L'homme n'avait plus aucun cheveu sur son crâne lisse, mais les rides avaient peu progressé sur son visage, et des muscles fibreux enveloppaient les membres sains qui dépassaient de la robe d'Apinya tissée d'herbe.

— Juste quand nous avons besoin d'elle, elle apparaît, dit Apinya alors que Cassidy entrait dans la lumière. Cassidy, je te présente nos trois nouveaux amis.

Cassidy fit un signe de la main au trio qui se retournait. Elle garda ses mains — toujours murmurantes, toujours prêtes à lancer un vide — le long de son corps. En examinant de plus près les nouveaux arrivants, Cassidy vit des épreuves. Leurs uniformes arboraient des déchirures, des taches, et leurs visages portaient des ecchymoses et des entailles. Le jeune homme sur la gauche avait un œil complètement gonflé.

— Ils nous viennent de la ville, dit Apinya.

Encore ? Cassidy pensait que toute anomalie aussi proche aurait déjà fui Bangkok. Elle garda sa question pour elle, laissant un sourcil levé la poser à sa place.

— Nouvellement arrivés là-bas également, continua Apinya après une pause calculée. À bord d'un jet Paragon. Il semble que nos amis d'outre-mer aimeraient notre aide.

— S'ils sont arrivés en jet, où est-il alors ? demanda Cassidy, refusant de laisser l'espoir s'insinuer. Vous n'avez pas atterri dans le marécage ?

— Nous avons été forcés d'atterrir par des drones, dit l'homme borgne, révélant ses origines canadiennes en parlant. Nous nous y attendions, cependant. Le jet est en un seul morceau et en sécurité.

— Celui-ci, dit Apinya en hochant la tête vers l'homme qui parlait, a une capacité plutôt merveilleuse.

— Pouvons-nous lui faire confiance ? dit la femme, jetant un coup d'œil à Apinya. On nous a dit de vous trouver et seulement ceux que vous pensez utiles. Il n'y a pas beaucoup de place.

— Pas beaucoup de place ? demanda Cassidy. Dans le jet ?

— Il semble que les Paragons ne soient pas aussi résignés à laisser notre monde mourir que je le pensais, dit Apinya. Aegis est revenu vers nous, et il a besoin d'aide. Cependant, si l'existence de ce jet venait à se savoir, j'ai bien peur que nous ne déclenchions une panique.

— Parce que les gens pourraient vouloir quitter ce paradis ?

— Parce qu'un jet comme celui-ci peut vous emmener très loin, dit la femme. Nous n'allons qu'à Pacifica.

— Alors qu'attendons-nous ? demanda Cassidy, les premiers élans d'espoir trouvant leur chemin à travers sa répression. Apinya, tu sais qui vaut la peine d'être emmené. Allons-y.

— C'est là que réside le problème, dit Apinya. Nous ne pouvons pas. Le jet n'est plus sous notre contrôle.

Thane agit plus vite que Cassidy ne s'y attendait. Après avoir rencontré les pilotes, l'anomalie insista pour que la mission commence immédiatement. Une équipe devait aller libérer le jet et décoller avec pour retourner à Pacifica. Les drones seraient sans doute en attente, mais avec une frappe assez rapide, ils pourraient être vaincus et le jet utilisé avant l'arrivée des renforts.

Apinya tenta de retarder l'action avec une litanie bureaucratique, une odyssée dans les possibilités politiques et autres qui s'abattraient sur le camp s'il disparaissait avec les anomalies les plus puissantes de la société naissante.

Thane grogna à cela. Cassidy eut une meilleure réponse.

— Tu es un Champion pour le monde, Apinya, dit Cassidy. Du moins, c'est ce que tu nous as dit quand toi et tes amis avez déchiré ce que nous connaissions pour le remplacer par ce que vous vouliez. Tu as la responsabilité d'agir.

Que ce soient les paroles de Cassidy ou les regards combinés des dix autres anomalies composant le groupe le plus fort du camp — Daw et Kamnan parmi eux — qui aient convaincu le Champion, Apinya céda. Alors que l'heure avançait vers le petit matin, du café frais circulait dans le groupe tandis qu'ils faisaient leurs bagages, proposaient des idées pour briser l'emprise des drones sur le jet et faisaient leurs derniers adieux aux amis et à la famille qu'ils allaient laisser derrière eux.

Cassidy avait ses propres adieux à faire, réveillant et délivrant un merci, un mot d'encouragement et une dernière phrase aux orphelins qu'elle et Thane avaient sauvés de la maison du village il y a tant de semaines.

— Tu ne reviens pas ? dit la jeune femme menant le groupe, qui était resté soudé dans son propre enclave de tentes. Leurs yeux ensommeillés ne pouvaient cacher une certaine tristesse, une larme rebelle coulant ici et là.

Cassidy avait été leur parent de substitution, un rôle dans lequel elle s'était de plus en plus investie au fil des jours et des nuits marécageux dans la jungle. L'ennui se mêlait au désir d'une ancienne mère de voir les enfants égarés trouver leur voie dans un monde difficile qui ne ferait que se durcir. Maintenant, elle allait les confier au camp dans son ensemble, et Cassidy priait pour qu'ils trouvent leur place dans ce qui serait la confusion après le départ d'Apinya.

— Les Paragons encore ici ne sauront pas quoi faire de vous tous, dit Cassidy. Ne les laissez pas faire vos choix à votre place. Écoutez, puis décidez par vous-mêmes. Faites confiance à votre propre jugement. Restez unis.

— On dirait ces affiches qu'il y avait à la base, lança l'un d'entre eux.

— Ces affiches avaient la bonne idée, répliqua Cassidy. Quand nous gagnerons, venez me trouver. Je m'assurerai que vous obtiendrez ce dont vous avez besoin.

— Et si tu n'y arrives pas ? demanda un garçon, sa voix laissant entendre que le destin funeste de Cassidy était plus ou moins certain.

— Alors vous devrez compter sur vous-mêmes, comme vous l'avez déjà fait, dit Cassidy. Mais je m'en sortirai bien.

Que Cassidy y croie elle-même ou non n'avait pas d'importance.

Le trajet jusqu'à Don Mueang, l'aéroport plus petit situé au nord de Bangkok, aurait dévoré la nuit sans la deuxième pilote du trio. La jeune femme avait rassemblé les quatorze membres dans l'obscurité, à la lisière sud du camp. Ils s'étaient réunis, méfiants et fatigués, portant des sacs de fortune mais l'âme brillante. Cassidy sentait la nervosité tandis qu'elle rejoignait Thane, l'anomalie faisant monter un peu de colère pour atteindre un équilibre salutaire.

De la nervosité, mais pas de peur. Ces Paragons, ces anomalies, étaient prêts à se battre après des semaines passées à se cacher dans la boue et la fange.

Apinya, lui aussi, s'était transformé. Vêtu désormais d'une chemise et d'un pantalon plus adaptés à la mission, le Champion tenait son éternel bâton de marche et gardait le silence, ne l'interrompant que pour donner son autorisation à la pilote une fois que la dernière anomalie fut arrivée.

La pilote, tenant un briquet et utilisant sa flamme pour se guider, se plaça au centre du groupe.

— Ne bougez pas, dit-elle. Ça pourrait prendre une minute, et quand ça commencera, vous aurez une sensation étrange. Essayez de ne pas paniquer.

— C'est censé être une explication ? marmonna Thane.

— Elle parle comme toi, dit Cassidy.

Thane laissa échapper un rire étouffé.

Une brise, un plaisir occasionnel si profondément dans la jungle, ondula à travers les bois. Les arbres bougèrent, les feuilles frémirent, et Cassidy sentit l'air plus frais caresser ses cheveux collés par la sueur. Caresser, puis les traverser. Son corps se remplit de vent, se sentant à la fois léger et diffus, ses bras et ses jambes moins comme des membres et plus comme des ombres, des sensations, des rêves.

Sous elle, autour d'elle, Cassidy pouvait sentir Thane et tous les autres, même si le sol où ils s'étaient tenus s'éloignait.

Les arbres défilaient, Cassidy se précipitant autour d'eux, au-dessus des fougères et sous la canopée jusqu'à ce que, dans une poussée vers le haut, elle s'élève au-dessus des feuilles. Seulement, elle n'était pas vraiment là, du moins autant qu'elle pouvait en juger.

Elle ne pouvait voir personne d'autre non plus. La lune descendante, les étoiles, et une vaste étendue sombre se terminant par les lumières approchantes de Bangkok. La brise la portait — se portait elle-même ? Cassidy ne semblait plus avoir de corps — vers le sud à une vitesse de sprint. Bien plus rapide que de patauger à travers l'épais feuillage.

À la dérive, Cassidy se surprit à embrasser le voyage. Les pensées conscientes ne parvenaient pas à se former, les sensations dominant plutôt alors que son moi-vent coulait vers la ville et, une fois passés ses abords, vers les pistes clignotantes de l'aéroport.

Là, isolé sur une étendue de béton à l'écart des autres avions, se trouvait un mince jet privé Paragon. Il arborait les couleurs blanches et bleues des Paragons, étincelant sous les projecteurs. Quatre drones l'entouraient, deux gladiateurs au sol et deux machines de patrouille planant au-dessus. Une défense capable, sinon forte.

Cassidy n'eut pas d'avertissement. La brise les balaya vers l'avion et elle se retrouva les pieds touchant le sol dans une course trébuchante alors que les lois physiques reprenaient leurs droits. Cassidy serait tombée si elle n'avait pas réussi à attraper les roues arrière du jet.

Elle avait été lente.

Les cris vinrent rapidement, nets alors que les Paragons autour d'elle se reformaient et accomplissaient leur devoir. Cassidy vit Daw scintiller tandis qu'un Paragon lançait des poignards d'un jaune pur vers le gladiateur le plus proche. Les éclairs frappèrent le drone ramolli, éclatant en crépitements furieux qui rongeaient le métal de la machine. Il commençait à se tourner, à braquer une arme fonctionnelle, quand Thane, maintenant haut de plusieurs mètres et rugissant, réduisit le crâne métallique du gladiateur en bouillie.

Au-dessus, un drone aérien tenta de riposter, ses armes s'enclenchant seulement pour voir les projecteurs à proximité se balancer comme de gigantesques massues et le faire tomber du ciel. Le Paragon causant ces dégâts était accroupi à la base du jet, les yeux fermés et les mains pressées contre ses tempes.

Le second gladiateur ouvrit le feu, envoyant des balles et pire encore en direction du jet. Ignorant les Paragons pour détruire leur moyen d'évasion. Cassidy vit les obus frapper leur avion, pensant que tout le plan était perdu à cet instant, pour ne rien voir. Absolument rien. Chaque attaque touchant l'appareil semblait disparaître, comme si elle avait été aspirée dans l'un des vides de Cassidy.

Oh. Bien sûr.

Sentant l'élan dans ses doigts, Cassidy lança à droite et à gauche, chaque vide laissant une morsure de froid en quittant son corps. La chaleur remplaça rapidement cette morsure, lui montant au visage alors que les vides frappaient le second gladiateur, transformant un seul drone en un tas de ferraille en trois morceaux. Derrière elle, Cassidy entendit l'autre drone aérien s'écraser sur le béton, un feu vert mortel consumant ses entrailles.

— Pouvons-nous y aller ? annonça l'homme borgne, debout près de l'entrée du jet.

— Je vous en prie, répondit Apinya.

La pilote toucha le jet, frissonna, et sourit tandis que la porte d'embarquement de l'appareil s'abaissait. — Elle est prête maintenant.

Cassidy, se plaçant à côté d'un Thane qui rétrécissait, ne put que cligner des yeux.

Les anomalies. Toujours une surprise.

CHAPITRE 5
PLANIFICATION DISCRÈTE

LA CASQUETTE lui étouffait la tête, d'un rouge vif et arborant le logo d'une équipe de Los Angeles qu'Aegis ne connaissait ni ne se souciait de connaître. Il la portait avec une veste pastel générique, une chemise et un jean, tenue typique des happy hours en bord de plage. Les vagues n'étaient pas loin, le soleil matinal imprimant son empreinte dorée sur les crêtes blanches, leur fracas constant en arrière-plan interrompu par des noms criés dans les airs. Le système de distribution des boissons du café n'ajoutait aucun charme mais beaucoup d'efficacité à l'équipe du petit-déjeuner de la promenade, une population grandissante tandis qu'Aegis attirait les Paragons qui en valaient la peine dans son combat.

Sous ses pieds chaussés de baskets se trouvaient des planches sablées, et Aegis se surprit à baisser les yeux, repérant les interstices qui laissaient entrevoir les grains blancs en dessous. Crabes et mouettes attendant de manger des miettes parlementaient autour de la foule qui s'éveillait, alignée en une file désordonnée.

De retour à Manhattan, dans sa grande tour, Aegis aurait eu sa boisson de choix qui l'attendait à la sortie de la douche. Chaude et parfaitement préparée. Maintenant, il attendait derrière des employés se préparant pour leurs quarts de travail dans les boutiques et les quelques mordus prêts à profiter des soldes dès l'ouverture des magasins de la promenade. Le long de la plage, des panneaux s'agitaient devant les vitrines, annonçant des promotions en gros chiffres ronds.

Les Paragons étaient peut-être sonnés, Ziran et ses soutiens corporatifs installaient peut-être un nouvel ordre mondial, mais les maillots de bain et les souvenirs devaient toujours se vendre. L'économie devait continuer.

— N'oublie pas mon moka, dit Celice, sa voix résonnant dans l'oreille d'Aegis. Avec le shot supplémentaire.

Aegis leva les yeux, grimaça en voyant les personnes encore devant lui. Celice gérait mieux leur situation que lui. Elle saisissait les défis à venir et les transformait en tâches à accomplir, distribuant des missions et les faisant réaliser pendant qu'Aegis... eh bien, pendant qu'Aegis attendait dans la file pour du café.

C'avait été plus facile, des décennies auparavant, d'utiliser son esprit juste pour déclarer que le monde était un endroit corrompu et désordonné. Il s'était tenu devant les caméras, son visage rayonnant vers tous les gens qui souffraient, disant qu'une solution allait arriver. Les guerres, la pauvreté, la faim, tout cela prendrait fin, grâce aux Paragons et à leurs sauveurs surhumains.

Derrière lui, sur la plage, un enfant s'échappa de ses parents avec un cerf-volant. L'oiseau rouge et vert et sa ficelle attenante prirent leur envol, chevauchant la brise avec aplomb. Ils semblaient assez heureux. Assez en sécurité. Tout comme tant d'autres lorsque les Paragons avaient tenu leur promesse.

Alors pourquoi si peu se soulevaient-ils en signe de protestation ? Où étaient les gens normaux prêts à se ranger aux côtés d'Aegis et à se battre pour le monde meilleur qu'il avait créé ?

— Tu vas passer ta commande, mec ? dit un type à l'air morne derrière lui.

Apparemment, les files avançaient plus vite qu'Aegis ne s'en souvenait. En même temps, cela faisait longtemps qu'il n'avait pas fait la queue.

Peut-être était-il trop privilégié.

L'écran accepta les tapotements d'Aegis, lui demandant de payer ses représentations d'un ton joyeux. Aegis tint son Tama contre le terminal, et la même voix félicita 'Reed' pour son paiement réussi. Mathieu et Celice avaient mis ça en place, créant des comptes et des personnages pour accompagner le besoin soudain des Paragons de garder leur secret.

Quand ils avaient demandé à Aegis quel nom il voulait pour sa nouvelle identité, le Champion avait suggéré son nom d'origine. Il n'avait pas utilisé son nom de naissance en public depuis qu'il avait adopté Aegis. Le gouvernement, pour protéger sa famille et ses amis, avait effacé toute référence à l'ancienne vie d'Aegis. Cela semblait assez sûr, mais sa fille insista pour faire autrement. Quelque chose d'aléatoire, quelque chose sans aucun lien que quiconque pourrait établir entre ses syllabes et la personne qu'elles protégeaient.

Ainsi 'Reed', énigme aléatoire, se tenait sur le côté et attendait sa commande. Son Tama l'appelait, vibrant avec un autre appel, un autre message. Il ne pouvait pas y répondre ici, pas avec tant de gens autour qui pourraient entendre, mais il pouvait lire. Les petits messages s'empilaient sur l'écran au poignet, certains détaillant les opérations du jour, d'autres les résultats d'hier à travers le monde.

Attaques sur les installations de Ziran, mouvements défensifs pour protéger les Paragons et d'autres groupes d'anomalies. Coups et parades, estocades et déviations.

Il reconnaissait le jeu, car il n'y a pas si longtemps, Aegis était de l'autre côté.

Les Paragons avaient rapidement coupé le monde, renversant les grands acteurs et forçant la résistance à passer dans la clandestinité. Tout comme aujourd'hui, les gens regardaient autour d'eux et décidaient que, s'ils pouvaient nourrir leur famille et garder leur maison, cela ne valait pas la peine de prendre les armes pour résister. Particulièrement quand l'ennemi n'était pas un autre fou, mais des voisins victimes d'accidents génétiques.

Les guérilleros se battaient malgré tout. Petites actions, tentatives d'assassinat. Aegis lui-même avait reçu une balle de sniper dans la joue qui l'avait mis KO pendant un après-midi. Finalement, pas à pas, les Paragons et leurs Chefs champions avaient écrasé les cellules et cimenté leur contrôle.

Ziran leur ferait-il subir le même sort ?

Au-dessus, un drone gladiateur, tout blanc et orange aux couleurs de Ziran, flottait dans les airs. Omniprésents maintenant, ces engins.

— Reed ? demanda une femme, tenant un porte-gobelets en plus de sa propre commande. Ça fait quelques minutes qu'on vous appelle.

Pour atteindre les Paragons, pas besoin de codes secrets ou d'efforts extraordinaires. Aegis déambulait dans une boutique de vêtements de plage, se dirigeant droit vers l'arrière. Le magasin n'était pas officiellement ouvert, mais les portes déverrouillées laissaient Aegis entrer aussi facilement qu'elles l'avaient laissé sortir quelques minutes auparavant. Au fond, nichée entre les présentoirs de sandales et les bouées pour enfants, une fine porte marquée « Réservé au personnel » attendait.

Aegis jeta un coup d'œil à la poignée. Il laissa un petit sourire se dessiner sur ses lèvres en regardant en arrière, s'assurant que les maillots de bain bloquaient toute ligne de vue. Le Champion s'avança vers la porte et passa de l'autre côté, la boutique ayant disparu.

Au-dessus, là où aurait dû se trouver un plafond, une lueur bleu profond constante s'étendait à l'infini. Autour d'Aegis, des gens s'affairaient, regardant leurs Tamas ou les uns les autres. Des clics et des claquements résonnaient tandis que des escouades s'armaient à partir de râteliers alignés le long des murs sombres. Des enseignes vert néon marquaient les entrées et les sorties comme celle qu'Aegis venait d'emprunter.

Certaines menaient à des hôtels favorables aux Paragons, où les anomalies pouvaient se reposer. D'autres conduisaient à des restaurants, des salles de sport, ou n'importe où ailleurs dans un rayon d'environ cent kilomètres où un Paragon pourrait vouloir aller. Des câbles reliés sortaient d'une porte dimensionnelle pour tirer l'électricité, Internet, et les distribuer à toute la technologie à l'intérieur.

Pocket, l'anomalie qui avait créé cet espace, gisait en son centre. Aegis s'approcha d'elle avec les boissons, traversant l'étendue bondée pour rejoindre la zone revendiquée par sa fille pour le renseignement des Paragons. La vue de Pocket effaça le sourire d'Aegis : on l'avait gavée de médicaments stabilisateurs, branchée à des perfusions et des cathéters, maintenue dans un état de stase perpétuelle pour garder cet endroit en vie.

Combien de fois Pocket avait-elle créé des endroits comme celui-ci, plus petits mais tout aussi concentrés, pour donner aux Paragons une base d'où lancer une attaque ? Même pour préparer un spectacle particulier ? Pocket choisissait ses gens, ses sites, et étirait les limites physiques du monde pour créer de l'espace. Ensuite, elle sortait par une issue, exhalait un profond soupir, et le mini-royaume qu'elle avait créé s'évanouissait dans le néant.

Au-dessus de la tête de Pocket, relié à un grand écran qu'ils avaient traîné ici, un compteur en chiffres turquoise décomptait. Aegis l'observa, faisant le calcul dans sa tête.

— Il reste un jour avant qu'on ne bouge à nouveau, dit Celice, attrapant sa boisson sur le plateau et l'examinant. Tu es encore allé à un distributeur, papa ?

— C'est juste là, répondit Aegis. Facile.

— Ce que tu assimiles à « bon » pour une raison quelconque.

Aegis pointa le compteur du doigt.

— J'assimile ça au temps. Avons-nous choisi le prochain site ?

— Il y a un lotissement en direction de la ville, répondit Celice. Il y a assez de logements vacants pour qu'on n'ait pas trop de concurrence.

Trouver un endroit qui ne s'étonnerait pas de l'apparition soudaine de plusieurs centaines de nouveaux occupants demandait du travail, surtout quand ils devaient répéter le processus toutes les semaines environ. Si elle restait plus longtemps sur le lit de camp, Pocket risquait de ne pas survivre. Après quelques jours de repos, la dimension surgissait et leurs raids pouvaient recommencer. Une pause nécessaire.

Si elle effondrait sa dimension avec tout le monde à l'intérieur ?

Même le pouvoir de guérison d'Aegis ne le sauverait pas alors.

— Et le suivant ? demanda Aegis.

— Les trois prochains, dit Celice. On s'améliore.

Sa fille gardait une attitude enjouée, un revirement total par rapport à ce qu'avait été, d'après ce qu'on avait dit à Aegis, son comportement pendant qu'il était dans la cuve. Son rétablissement surprenant dominait leur relation père-fille, Celice essayant de confiner Aegis dans tous les rôles en coulisses, hors combat, qu'elle pouvait trouver. Comme si Aegis était revenu fait de verre.

Aegis suivit Celice jusqu'à son poste de travail, une pléthore d'ordinateurs dont chaque écran affichait des lectures qu'Aegis ne pouvait déchiffrer. Il savait se débrouiller avec un Tama, mais Celice opérait dans une autre sphère. Une qui semblait toujours trouver des distractions.

— Voici les cibles d'aujourd'hui, dit Celice, comme elle le

disait chaque matin depuis que la guerre avait vraiment commencé, depuis qu'ils étaient revenus en Amérique du Nord. Elle fit glisser son doigt sur un écran, faisant apparaître cinq colonnes divisées en rangées, chacune détaillant un objectif différent. Un bon ensemble aujourd'hui, risque minimal. Ziran essaie de s'adapter mais c'est lent. Comme si nous n'étions pas une priorité.

— Parce que nous ne le sommes pas, dit Aegis.

— Si tu es sur le point de dire qu'ils pensent au monde entier et que nous pensons petit, je vais m'énerver.

Aegis secoua la tête.

— Hier soir, sur le bateau. Un hélicoptère a décollé avec des gens à l'intérieur. Il y avait aussi des cellules.

— Vides.

— Tu sais comment elles étaient étiquetées.

Celice tourna sa chaise et pencha la tête vers son père.

— On sait que Ziran capture des anomalies quand ils le peuvent. Ce n'est pas une surprise.

— Mais les transporter outre-mer ? Aegis se pencha devant Celice, pointant du doigt un autre grand écran large montrant des rapports d'action par les médias, par des gens captant des choses sur leurs Tamas. Tu vois tout ça ? Les équipes que Ziran envoie partout ? Pourquoi prendre le moindre risque alors qu'un drone pourrait éliminer une cible à distance ?

— Tes super-vilains reviennent te hanter, papa, dit Celice. Admettons que Ziran capture des anomalies. Où, et pour quoi faire ?

— Je veux le découvrir. Ajoute-le à la liste.

— Plus haut que le numéro un ?

— Non. Ça reste.

Mynx et Mila occupaient la première place. Les Champions, dont la dernière apparition remontait à l'Usine, n'avaient pas été vus depuis la prise de contrôle de Ziran. Mynx n'abandonnerait jamais librement l'Usine et ses drones, sa fierté et, sinon sa joie, son obsession. Celice et Matthias avaient des gens qui scrutaient chaque chaîne, surveillaient chaque flux. Aegis avait des anomalies capables de lire dans les pensées qui rôdaient aussi près de l'Usine que le Champion osait, espérant voler des pensées utiles à un employé distrait.

Rien pour l'instant.

— Je veux attaquer à nouveau, dit Aegis.

Celice leva les yeux au ciel et tapota sur son Tama. Un écran d'appel apparut, répondu en une seconde par un homme qui avait poignardé Aegis dans le dos.

— Tu es là ? demanda Celice. Tu peux venir et dissuader mon père de faire une bêtise ?

— Trois fois, dit Zhan-Yo, les rejoignant à une table de conférence étroite. La micro-dimension de Pocket n'offrait pas beaucoup d'intimité, alors la table et ses chaises attenantes étaient à l'écart, mais sans murs ni portes. Le sol sous leurs pieds avait un halo violet, les distinguant de l'environnement par ailleurs sombre de la dimension. Nous avons essayé trois fois et ça a toujours échoué. Ça a toujours coûté des vies.

— Nous avons progressé à chaque tentative, dit Aegis en lançant un regard à Zhan-Yo, Celice et Mathieu. Une équipe bien différente des Champions avec lesquels il travaillait lorsque le monde était en crise, mais, mis à part lui-même, les autres Champions combattaient Ziran dans leurs propres régions. La prochaine fois, nous pourrions réussir à percer.

— Progressé ? dit Mathieu. Aegis, nous n'avons même pas franchi la porte d'entrée. Ziran a rendu l'endroit impénétrable, en grande partie parce que tu as clairement fait comprendre que l'Usine était notre seul véritable objectif.

— Hé, dit Celice, et Aegis remarqua que sa main se déplaçait vers le poignet de Mathieu.

— Parce que c'*est* notre seul véritable objectif, rétorqua Aegis. L'Usine fabrique la plupart des drones du monde. Ils sont tous contrôlés depuis l'intérieur de ces murs. Si nous la prenons, l'effort de Ziran est terminé.

Zhan-Yo leva un doigt, puis prit son Tama et fit glisser l'écran sur la table. Des noms s'affichèrent, répartis selon les lieux. Zhan-Yo fit glisser un doigt sur son Tama et plusieurs noms furent mis en évidence, dont un qui fit grogner Aegis avant qu'il ne se reprenne.

— Je ne vais pas contester cela, dit Zhan-Yo, mais j'ai été dans ta position, Aegis. Je voulais une fin rapide au combat, mais je n'étais pas préparé à y parvenir. Au lieu de cela, j'ai fait les choses à moitié et j'ai tout gâché.

— Si tu parles de la bombe, alors tu as raison, répondit Aegis.

— Papa, intervint Celice, continuant à jouer les médiateurs.

— Nous ne pouvons pas prendre l'Usine dans notre état actuel, dit Zhan-Yo, adressant un signe de tête respectueux à Celice. Nous avons besoin de plus d'aide, et je travaille pour l'obtenir. Des renforts arrivent qui peuvent faire pencher la balance en notre faveur.

Aegis pointa un nom du doigt. — Thane ? C'est ça ton idée d'un atout gagnant ? Il essaiera de nous tuer dès qu'il entrera ici.

— Apinya n'est pas d'accord.

— Apinya ? Tu as parlé à Apinya ? Aegis fixa Zhan-Yo du regard, les mains appuyées sur la table. Que cet homme, ce meurtrier, aille dans son dos et-

— Papa, dit Celice, plus fort cette fois. On peut parler, dehors ?

La brise marine apaisa la colère d'Aegis. De retour sur la promenade, cafés à la main, père et fille marchaient le long d'une jetée au-dessus des vagues. Ciel bleu, soleil, odeur d'embruns. Des familles riaient, quelques pêcheurs lançaient leurs leurres dans les vagues.

— Il prend le contrôle, continua Aegis, insistant sur le

sujet malgré les objections constantes de Celice. Maintenant, Zhan-Yo agit dans mon dos, rallie les autres Champions à sa cause.

— Il fait ce dans quoi il excelle, dit Celice. Nous le faisons tous. Zhan-Yo connaît la stratégie. Toi, tu sais comment frapper très fort les gens.

— Merci pour ça.

Celice eut un sourire narquois. — Ce n'était pas que toi la dernière fois non plus, tu sais.

Certes, mais à l'époque où Aegis et les autres Champions s'étaient réunis, ils étaient en pleine ascension. La force insurgée, sûre de sa cause et de sa victoire inévitable. Aegis pouvait être, et avait été, le porte-étendard pendant que Mynx, Apinya et les autres s'occupaient des détails.

Et la mère de Celice était là aussi, se battant à ses côtés, s'assurant qu'Aegis ne fasse pas les choses stupides sur lesquelles il s'arrêtait trop souvent. Tout comme Celice le faisait maintenant.

— Nous avons fait des erreurs à l'époque aussi, dit Aegis, trouvant un endroit vide et posant ses coudes sur la rambarde en bois. Des compromis qui ont terni un peu notre image en échange de victoires plus propres. Moins de morts. Je ne veux pas répéter ça.

— C'est là que Thane entre en jeu ?

— Nous l'avons d'abord utilisé comme un marteau. Lui et moi, on fonçait ensemble, l'instrument contondant délivrant la justice des Paragons à quiconque défiait notre contrôle. Aegis se frotta le menton. Il n'avait pas eu besoin de se raser depuis que Mila avait fait son truc. Plus fort que jamais, peut-être, mais son corps avait changé. Ta mère le calmait après les missions, le ramenait à un état stable.

Celice resta silencieuse.

— Ça a bien fonctionné jusqu'à ce que ça ne fonctionne plus, dit Aegis. On pensait les avoir tous eus, jusqu'à ce qu'un crétin avec une arme décide qu'il est temps de mourir en tirant. Ta mère tenait Thane dans ses bras, le calmant, quand les balles ont frappé. Je ne sais pas combien, ça n'avait pas d'importance. Il lui avait brisé le cou avant que l'homme n'arrête de tirer.

Même Mila ne pouvait pas ramener quelqu'un d'entre les morts. Elle avait quand même essayé. Peu de temps après, les Champions se sont séparés. Trop de traumatismes et pas assez de temps pour guérir.

— Ce n'était pas sa faute.

— Je sais, dit Aegis. Je sais, je sais, je sais. Bon sang. Mais il est imprévisible, Celice. Il pourrait faire la même chose à n'importe qui. À toi. À moi.

— Si nous n'entrons pas dans cette Usine, dit Celice, un drone fera ce que Thane pourrait faire. Ziran va effacer les Paragons de la planète, et les anomalies avec eux. Zhan-Yo a raison d'essayer ça.

Aegis posa une main sur l'épaule de sa fille. — Alors, quand le moment viendra, tu resteras loin de celui-là. De tous. J'ai enterré ta mère et je ne t'enterrerai pas.

CHAPITRE 6
DIALOGUE AU DÎNER

CHICAGO S'ESTOMPAIT dans le rétroviseur. Ses grands bâtiments, une ligne d'horizon dont Kat n'avait pas été privée depuis tant d'années maintenant, disparaissaient avec la pluie. L'autoroute, encombrée de capsules filant dans une synchronisation efficace, s'élançait vers l'horizon et au-delà. Ils allaient la parcourir jusque-là et plus loin encore.

Gordon, pansé et au repos, dormait à côté de Kat. Sa respiration s'accompagnait du bruissement caractéristique annonçant un rhume, que Kat n'avait aucune envie d'attraper, mais aucun moyen d'éviter. Prendre des capsules séparées pour un voyage à travers le pays semblait stupide, rhume ou pas, et l'avion aurait été encore plus idiot.

Les drones auraient abattu Gordon s'il s'était présenté à l'aéroport. Puis ils auraient peut-être aussi abattu Kat, juste parce que.

Gordon n'avait pas de lieu précis, mais il avait une idée approximative. Une région identifiée grâce au ping d'un traceur. Gordon avait raconté l'histoire dans la petite maison, entouré de Paragons et d'Élémentaux avides d'apprendre où leurs amis étaient partis.

Il rôdait autour du quartier général de Ziran, cherchant un

moyen d'entrer qui ne se terminerait pas avec ses entrailles à l'extérieur. Une anomalie — Gordon supposait que le coupable était un Paragon mécontent — avait utilisé ses pouvoirs contre un drone, l'endommageant avec un spray acide et attirant l'attention. Alors que les drones descendaient, Gordon avait repéré son ping, était passé en courant tout en feignant la panique, et avait collé le ping sur l'anomalie.

Les tirs des drones avaient effleuré Gordon alors que l'homme fuyait, mais les machines avaient fort à faire avec le Paragon. Glissant d'une capsule à l'autre, d'une rue secondaire à une autre, Gordon avait fait son chemin sanglant de retour.

— Et le ping ? demanda Beth, l'Élémental dominant les jambes de Gordon au bout du lit de camp.

Une lampe de coin ne pouvait rivaliser avec les écrans d'ordinateur et leur lumière bleue éclaboussante. La lueur se frayait un chemin entre le cercle serré d'épaules, frappant Gordon d'une silhouette d'ombre striée.

— Toujours en mouvement, dit Gordon. Se dirigeant rapidement vers l'ouest.

— Attends, intervint Weed, à la droite de Gordon. Tu as dit que les anomalies sont vivantes. Un ping ne te dit pas ça.

— Mais leur direction, si, dit Kat, épargnant à Gordon quelques respirations. S'ils ne faisaient que tuer les anomalies, pourquoi les emmener loin de la ville ? Ziran doit vouloir quelque chose d'elles.

— Tu fais une grosse supposition, dit Beth.

— Salut, je suis votre réalité. Je suis désespérée et j'ai besoin d'un grand coup pour renverser la situation, alors que diriez-vous qu'on s'en tienne à cette idée ?

— Parce qu'on ne peut pas se permettre de courir après des rêves, dit Weed. Aegis nous a donné nos ordres. Harceler et entraver autant que possible jusqu'à ce que lui et les autres Champions rétablissent la situation.

— Je dis la vérité, protesta Gordon, l'air si pathétique dans ce lit.

— Personne ne doute de toi. Weed haussa les épaules. Je ne peux simplement pas risquer des vies pour poursuivre un drone qui a déjà traversé le Mississippi.

— Alors tu n'as pas à le faire, dit Kat. Fais-moi juste une faveur : garde un œil sur mon chien.

Kat regardait son Tama, une vidéo jouant sur son petit écran. Tap, l'IA de son appartement, la lui avait envoyée il y a des semaines, l'enregistrement datant de plusieurs mois. L'IA avait un réflexe programmé pour enregistrer les moments heureux, des choses que Kat pourrait vouloir revivre. Sur son Tama, Calvin jouait avec Seeker. Kat n'était pas là — à une réunion d'Élémentaux, très probablement — mais l'anomalie et le chien de Kat dansaient autour de l'appartement, jouant avec une corde à jouet. Calvin riait, chambrait le husky, qui ne s'en souciait pas le moins du monde.

Une vidéo mièvre, une vidéo mielleuse. Pas le genre de chose que Kat aurait choisie d'elle-même, qu'elle aurait choisie il y a quelques mois.

— Remarque, qu'est-ce qui n'a pas changé ? marmonna Kat.

Autour d'elle, Kat sentait sa combinaison, son arsenal de gadgets nichés dans ses poignets, contre sa taille, ses jambes, et reposant sur sa tête. Chaque objet acheté et intégré pour capturer ces anomalies tout comme les drones de Ziran le faisaient maintenant. À l'époque, elle l'avait fait pour l'argent. Comme un moyen de survivre.

Maintenant ?

Elle pouvait les utiliser pour quelque chose d'un peu plus important que sa réputation.

— On est arrivés ? demanda Gordon en se redressant.

— Les banlieues ? répondit Kat. Tu les as manquées.

— Oh non. Gordon secoua la tête, regarda l'autoroute. Puis l'écran de la capsule montrant les heures ridicules qu'il faudrait pour arriver à LA. J'imagine que tu n'as pas apporté un jeu de cartes ?

Le ping situait l'anomalie de Gordon bien au nord de la ville, mais même la nature imprudente de Kat ne suggérait pas d'envoyer deux humains contre ce que Ziran faisait là-bas. Kat estimait que les drones gardant toutes ces anomalies devaient se compter par centaines, par milliers.

L'Usine de Mynx pouvait-elle en fabriquer un million ?

— Je n'en ai jamais possédé, dit Kat.

— Quoi, des cartes ? répliqua Gordon. Jamais ? Même pas comme, genre, un souvenir ?

— Avec qui jouerais-je ? Seeker ?

— Je n'étais pas toujours absent.

Kat laissa le coin de sa lèvre se relever alors qu'elle regardait à nouveau son Tama, la vidéo avec Calvin et Seeker bouclant pour une nouvelle lecture.

— Et tu n'avais jamais l'air si triste, continua Gordon.

— Je n'étais pas triste, et je ne le suis pas maintenant, répondit Kat. Ce n'est pas parce que je n'ai pas choisi d'être comme toi que ma vie n'était pas bonne.

Gordon leva les mains. — Paix, Kat. Ce n'est pas un court voyage, et je ne veux pas passer mon temps à me disputer.

— Alors que dirais-tu de planifier ? dit Kat.

— Pour quelque chose qu'on ne connaît ni ne comprend ? dit Gordon. Mon *plan* était de bien observer l'endroit et d'improviser à partir de là.

— Je suppose que tu as raison, Kat balaya la vidéo sur le Tama, s'adossa au siège. Je ne sais pas, Gordon. Comment aimerais-tu passer le voyage ?

— Des films ? Gordon fit un signe de tête vers la console de la capsule. Il y en a quelques milliers là-dessus, je crois. Je ne sais plus quand j'en ai regardé un pour la dernière fois.

— J'en ai assez vu à l'hôpital.

C'étaient des jours sombres. Gordon passait de temps en temps, mais avec l'effondrement des Paragons, tout et tout le monde était sur les nerfs. Kat, largement immobilisée, avait dû décider si elle allait embrasser le chaos et sombrer dans les nouvelles désastreuses ou s'en échapper complètement. Elle avait choisi la deuxième option, surtout quand Calvin n'avait jamais répondu, quand Gordon avait dit qu'il ne pouvait pas trouver l'anomalie.

Plus facile de s'échapper, une heure de fantaisie à la fois.

— Ouais, dit Gordon. Mais je parie que tu n'as pas vu mes préférés.

Kat ferma les yeux, laissa ses lèvres sourire à nouveau, — D'accord Gordon, choisis-en un. Épate-moi.

À la décharge de Gordon, les mélanges de comédie-drame composant sa playlist de pod ont transformé le voyage de la journée en un travail rapide. Avec le pod filant le long des kilomètres, Kat et Gordon se sont plongés dans des histoires ridicules, leurs rires, les enjeux absurdes et les conclusions réconfortantes adoucissant les contours du voyage jusqu'à ce que le pod glisse vers la destination de la première nuit.

Lincoln, nichée dans les champs stériles du Nebraska, semblait largement intacte par la révolution. L'Université dominait, bien que Gordon ait dirigé le pod pour rester en périphérie de la ville. Kat aurait suggéré de dormir dans l'engin si ce n'était pour les propres blessures de Gordon. Les pansements devaient être changés, des douches devaient être prises.

Et, si elle était honnête, dormir dans un vrai lit plutôt que sur un canapé partagé semblait une bonne affaire.

L'hôtel de chaîne que le pod avait choisi — Gordon avait entré leur budget et il avait choisi en conséquence — évitait tout contact personnel, laissant le couple s'enregistrer via un écran à l'entrée. Les clés tombèrent dans une fente, accompagnées d'une recommandation insipide d'essayer le restaurant de l'hôtel, également entièrement robotisé.

— Tout simplement délicieux, dit Kat alors qu'ils se dirigeaient dans un couloir sans caractère vers leur chambre désignée. Pourquoi est-ce que je ne voyage pas plus souvent quand c'est si amusant ?

— Allez, dit Gordon. Les films n'étaient pas si mauvais, si ?

— Ils étaient bien, dit Kat, abandonnant le cynisme. Merci.

— Oh, ne me remercie pas encore. Gordon passa la clé, déverrouillant la porte sur une autre chambre sans âme. Deux lits les attendaient, avec la télé standard et des reproductions de fleurs sur les murs. On a encore deux jours comme ça.

Deux jours plus longs, mais au moins le paysage serait plus intéressant. Kat s'accrochait à cette idée alors qu'ils prenaient leur tour dans la douche, examinant leurs maigres valises pour de nouveaux vêtements, et finalement sortant pour trouver un endroit où manger. Leur pod était à sa station de recharge, aspirant de l'énergie. Gordon se dirigea vers lui jusqu'à ce que Kat pose une main sur son bras.

— Je ne remonte pas dans ce truc avant demain, dit-elle. Que dirais-tu de là-bas ?

Leur hôtel dominait un quartier classique en bordure d'autoroute, avec peu de maisons et des chaînes en abondance. L'industrie de passage prospérait encore plus avec les pods, le voyage devenant bon marché et personne n'ayant à dépenser des reps pour l'essence ou l'assurance automobile. Le père de Kat, quand elle était toute petite, avait désigné ces étranges oasis comme un mélange de futur-passé.

Le temps ne prend pas tout. Du moins pas tout de suite.

Puis il souriait, demandait à Kat de choisir un endroit, c'est là qu'ils iraient, tous les quatre. Souriant, riant, et—

— Tu sais ce que tu veux commander ? dit Gordon, le menu plastifié sur la table blanche mouchetée entre eux. Les hamburgers ont l'air bons. C'est trop cliché de prendre un milkshake et des frites ?

— Jamais, répondit Kat.

Elle avait elle-même jeté un œil aux boissons dessert. Le restaurant n'était pas un diner, mais plutôt un qui remplissait son menu de tendances de toute l'Amérique. Trop de pages, trop d'options et trop d'ambiance.

De l'extérieur, le restaurant — *Americana* — semblait être un endroit amusant, avec du néon et des souvenirs le long de son bardage en bois. Des plaques d'immatriculation, anciennes et nouvelles, tapissaient les murs. Des photos signées de diverses célébrités, la plupart inconnues de Kat, décoraient l'entrée. Gordon pensait qu'elles n'étaient pas vraies, mais qui savait et qui s'en souciait.

Au moins cet endroit avait de vrais humains pour servir, bien que ceux-ci semblaient être les seuls dans l'établissement. Kat vérifia à nouveau son Tama. Seulement neuf heures. Pas exactement tard, mais elle fonctionnait à l'heure de Chicago. Peut-être que le Nebraska voyait les choses différemment.

Ou peut-être... Kat aperçut un mouvement, leva les yeux alors qu'une personne qui n'était définitivement pas le jeune homme qui les avait installés se dirigeait vers eux. Ce gars semblait avoir le double de l'âge de Kat, arborait des boucles d'oreilles et des cheveux argentés balayés en arrière assortis à son tablier de chef. Une longue brûlure remontait le bras droit de l'homme, facilement visible lorsqu'il posa ses deux paumes sur leur table.

— Je ne sais pas qui vous êtes, mais je sais ce que vous êtes, dit l'homme. Et je ne veux pas de vous ici.

Gordon semblait stupéfait, comme si le traqueur ne pouvait jamais s'attendre à une telle impolitesse à son égard. Kat avait fréquenté les endroits plus sombres de Chicago, cependant, où être poli correspondait rarement à la réalité. Passer trop de temps dans le pod l'avait aussi mise sur les nerfs, alors quand la demande de l'homme offrit de faire basculer l'interrupteur de Kat, toute l'énergie accumulée lui donna le feu vert.

— Qui pensez-vous que nous sommes ? dit Kat, plantant son coude sur la table et son menton sur sa main, fixant l'homme.

— Les traqueurs ont une façon de marcher, répondit l'homme. Une façon de regarder autour d'eux que je n'aime pas particulièrement.

— Parce que vous êtes une anomalie opérant sous le radar ?

L'homme soupira, se redressa et fit un signe de tête vers la porte du restaurant, — Je vous ai demandé de partir.

— Allez, Kat, commença Gordon avant que Kat ne le fasse taire d'un geste.

Sans bouger, elle inclina la tête vers le chef, — C'est quoi votre problème, mec ? Vous savez que les traqueurs n'opèrent plus. Nous ne sommes plus rien maintenant. Juste des gens normaux. Comme vous.

L'homme secouait déjà la tête avant que Kat ne finisse. — Je me fiche de ce que vous êtes maintenant. Des gens comme vous ont poussé mes amis dans les Paragons. Vous ne réfléchissez pas, vous appuyez juste sur la gâchette. Vous prétendez que c'est pour le bien de tous. Il s'arrêta, pointant maintenant vers la sortie. S'il vous plaît, partez.

Gordon essaya à nouveau, et cette fois Kat le laissa faire. Ensemble, ils se glissèrent hors du box. Le chef leur laissa de la place. Gordon en profita, mais, debout, Kat fit face à l'homme. Elle lut dans ses yeux de près, les lignes de son visage. Ce n'était pas la colère qui parlait, mais l'expérience, une expérience épuisée.

— Je suis désolée pour vos amis, dit Kat, puis elle fit un geste vers le restaurant silencieux. Vous êtes sûr de vouloir nous mettre dehors ? On dirait que vous n'avez pas beaucoup de clients.

— Ce n'est pas votre problème. L'homme rougit, plus dans sa gorge tannée qu'ailleurs.

— Partons, Kat, chuchota Gordon.

— Non, pas encore, dit Kat, croisant les bras. Vous savez ce qu'on apprend vite en tant que traqueur ? Lire les gens, comprendre quand ils mentent, quand ils cachent quelque chose.

L'homme croisa également les bras, imitant Kat. — Partez.

— Quelle est votre capacité ? dit Kat. Faire un parfait médium-saignant à chaque fois ?

Gordon attrapa Kat, la fit pivoter, — Qu'est-ce que tu fais ?

Kat se libéra, mit un pas d'espace entre elle, Gordon et l'homme, un triangle humain entre les box.

— Ce sont tous des anomalies, Gordon, dit Kat, désignant l'homme, l'hôtesse, le garçon qui les avait installés à leur table. Et tout le monde en cuisine aussi, non ?

Le visage de l'homme perdit soudain ses couleurs, ses bras musclés retombant le long de son corps. Il secoua à nouveau la tête, mais sans conviction.

— En quoi est-ce important ? demanda Gordon. Qui se soucie s'ils sont-

— Parce qu'ils se cachent, Gordon, dit Kat. Ils se cachent ici au lieu de se battre. Les Parangons meurent chaque jour, et ils pourraient avoir besoin d'aide. Au lieu de ça, ce type est ici à faire des milkshakes avec combien, cinq ? Dix anomalies ?

— Trente-quatre, dit l'homme en se redressant. Tous des réfugiés fuyant vos Parangons ou les drones qui ont suivi. Nous ne voulons pas prendre part à votre guerre.

— Ma guerre ? Kat rit, sentant une pointe de folie s'y glisser. Tu n'as jamais lu un livre d'histoire ? Tu ne sais pas ce qui arrive aux gens qui ne se lèvent pas quand on les appelle ?

Gordon regardait les deux, perdu. Tant qu'il restait silencieux, Kat s'en moquait. Calvin, autant réfugié que ces gens, s'était jeté dans la bataille. Que ce type ose garder autant d'anomalies sur la touche... ça ne semblait pas juste. Même si leurs capacités n'avaient pas leur place sur le champ de bataille, ils pourraient toujours cuisiner, nettoyer, réparer des choses pour les Parangons qui pouvaient se battre.

— Je sais que les Parangons locaux sont tous morts le jour où Ziran a pris le contrôle, dit l'homme. Je sais que certains ne se sont pas réveillés quand les drones ont fait exploser leur bâtiment. Je sais que c'est ce qu'ils nous feraient. Ce n'est pas courageux, mais nous avons des enfants ici. Des mères, des pères, des familles. Ils n'ont pas leur place dans ce combat.

— Ils n'auront peut-être pas le choix, rétorqua Kat et, une fois de plus, l'homme haussa les épaules.

Le chef ne semblait pas prêt à bouger. Il ne lançait aucun appel à l'action, n'avait aucune révélation sur l'embarquement de son équipe vers la cellule de résistance la plus proche. Kat ne pouvait pas se qualifier de diplomate, et elle n'avait plus rien à dire.

Au lieu de cela, cédant aux instances de Gordon, Kat se retourna et ils quittèrent tous deux le restaurant. Ils s'arrêtèrent dans un autre établissement, tenu par des robots, et prirent des plats épicés à emporter, errant dans l'obscurité jusqu'à leur chambre d'hôtel.

— Tu devais vraiment te disputer avec ce type ? demanda Gordon alors qu'ils s'installaient. Tu en avais vraiment besoin ?

— Je ne sais pas pourquoi, dit Kat, fixant son riz frit comme s'il pouvait contenir des réponses. Je ne me suis jamais sentie appartenir à quoi que ce soit avant. Pas jusqu'à maintenant, et voir que nous sommes tous entassés dans cette maison, à lutter pour survivre, pendant que ces gens restent simplement sur la touche ?

— C'est leur choix, Kat. Leur vie, leur choix.

— Ils choisissent mal.

— Les Parangons ont essayé de faire des choix pour eux, et regarde ce qui s'est passé ? Peut-être que c'est pour ça qu'on en est là.

— Les Parangons ?

Gordon hocha la tête, et pour une fois, Kat pensa qu'il avait peut-être raison. Aegis et ses Champions, leur code rigide. Elle avait réussi à y échapper grâce à ses gènes normaux, mais pour ces anomalies, rien n'avait vraiment changé. Avant, ils étaient chassés par des traqueurs. Maintenant, par des drones.

— Alors qu'est-ce qu'on fait, Gordon ? Est-ce qu'on aide les mauvaises personnes ?

— De mon point de vue, dit Gordon en séparant des baguettes bon marché, on essaie de récupérer notre ami.

Ça, au moins, c'était une cause que Kat pouvait soutenir.

CHAPITRE 7
PROMOTIONS

MARCHER dans la maison d'un autre mettait Rhimes mal à l'aise. Cependant, il ne remarqua guère sa nervosité en franchissant les épaisses portes séparant l'Usine de la résidence personnelle de Mynx. Ces imposantes barrières étaient si étrangères aux espaces de bureau normaux, aux maisons, à n'importe quel endroit, qu'elles avaient tendance à effacer vos pensées.

Rhimes, lessivé et essoré par l'assaut de la veille, ayant passé la journée en débriefings et travail de bureau, avait troqué sa tenue tactique pour un costume gris ample. Sans holster, sans armes, il passa donc le contrôle du gladiateur personnel de Wexley. Le drone se tenait droit juste après les portes, observant Rhimes de son regard implacable.

— Tu vois ? Tout va bien, dit Rhimes à la machine.

Le drone ne répondit pas, sauf pour faire signe à Rhimes d'avancer avec ses quatre bras. Néanmoins, alors que Rhimes faisait ses premiers pas feutrés, un compagnon bourdonnant se détacha du dos du gladiateur pour le suivre. Prêt et disposé à lancer un dard paralysant ou, si la situation s'aggravait, un dard létal, le drone volant prit position un mètre derrière la tête de Rhimes.

La sécurité occupait une place primordiale ces jours-ci, tous les anomalies ayant le visage de Wexley en tête de leur liste de cibles. Au début, même avant qu'ils n'aient attaqué l'Usine, Rhimes voulait savoir ce que Wexley prévoyait pour cette partie.

Comment se défendre contre des gens qui pouvaient être n'importe qui, être n'importe où, pouvaient raser une ville d'un simple regard mauvais ?

La réponse, selon Wexley, était de s'assurer qu'ils soient trop effrayés pour agir. Ensuite, pendant que les anomalies hésitaient, utiliser les drones pour les capturer ou les tuer en premier. Jusqu'à présent, la stratégie fonctionnait, bien que certaines cellules Paragon refusaient de mourir.

Rhimes attribuait cette obstination à la réapparition d'Aegis. Le retour du Champion avait redonné du courage aux Paragons en déroute, les ramenant d'un bord désorganisé à une force agaçante. Quand Wexley avait envoyé à Rhimes la demande de réunion, ce dernier avait supposé que la campagne en cours serait le sujet principal.

Avec un peu de chance, la réunion serait courte. Rhimes avait un endroit où aller.

La maison principale de Mynx avait un luxe épuré et discret. Le design océanique se mêlait à une efficacité désintéressée pour créer un intérieur blanc, rempli de verre et lumineux. Des bois doux et des tapis élaborés. Des photos en noir et blanc encadrées de l'époque glorieuse des Champions. Mynx avait même quelques couvertures de magazines, ces artefacts imprimés, mises en lumière. Pas au point d'être cliché, mais suffisamment pour faire savoir à un visiteur que son hôte avait une réputation.

Cet hôte, en ce moment, était assis dans un tube profondément enfoui sous l'Usine. Rhimes estimait que moins de cinq personnes connaissaient l'emplacement final de Mynx, ou même si elle était encore en vie. Il était descendu la voir lui-même, en partie pour évaluer la prison du Champion et s'assurer qu'elle ne la libérerait pas de sitôt. En partie, aussi, pour observer une légende sans avoir besoin de lui tirer dessus.

Car malgré tous les discours, tous les espoirs et les rêves portés par Zhan-Yo et maintenant repris par Wexley, ils se battaient toujours contre les personnes qui avaient défini le monde de Rhimes pendant des décennies. Aegis et son équipe étaient peut-être devenus des dictateurs, mais au début, c'étaient de vrais héros. Volant autour du monde et parfois au-delà pour repousser le danger où qu'il surgisse.

— Tu es distrait ? demanda Wexley, faisant signe à Rhimes de le rejoindre depuis la porte vitrée coulissante menant à la vaste terrasse. Je te dirais bien de t'abandonner à tes pensées, mais on est pressés aujourd'hui.

— Pressés ? demanda Rhimes, suivant la direction de Wexley vers l'extérieur, où la brise marine se mêlait au soleil chaud.

La terrasse dominait un recoin entre les falaises abruptes et leur cousin océan. Un chemin taillé menait de la plateforme en bois blanc jusqu'au sable et aux vagues au-delà, tandis que derrière, des pierres et des arbres clairsemés formaient une barrière entre la maison et les rouages bourdonnants de l'Usine.

Wexley arborait un look approprié, chemise ample flottant au vent, lunettes de soleil épaisses et cheveux coiffés en une mèche agressive. Des brûlures rouge vif gâchaient cependant l'image, creusant ses bras et sa poitrine, visibles à travers le tissu fin de la chemise. Le prix de la victoire, comme l'appelait Wexley.

Un anomalie aurait pu effacer ces cicatrices dans n'importe quel grand hôpital, mais jusqu'à présent, Wexley les avait laissées telles quelles.

— Aegis et son équipe agaçante ont attaqué un autre navire la nuit dernière, dit Wexley. Cinq autres sont passés sans encombre, mais quand même. C'est un fléau.

— Nous essayons de les traquer. Rhimes s'en tint aux mots

qu'il avait préparés pendant le trajet en capsule. Ils se déplacent souvent, et pas d'une manière que nous comprenons.

— Parce qu'ils ont un anomalie qui les aide. C'est toujours la réponse, Rhimes. Quand quelqu'un triche maintenant, ce n'est pas parce qu'il est malin, mais parce qu'il a trouvé quelqu'un qui peut enfreindre les règles sans effort.

— C'est vrai, dit Rhimes, prenant l'eau pétillante que Wexley lui tendait. Une salade de saumon à moitié mangée trônait sur la longue table en verre de la terrasse, des écrans intégrés affichant des nouvelles éparpillées autour de l'assiette. On finira par les trouver.

— C'est pour ça que je t'ai fait venir, dit Wexley. Le leader de Ziran et donc, par extension, du monde, agita son propre verre vers l'océan. Des formes grises et sinistres se déplaçaient à l'horizon, des cargos de Ziran apportant des pièces à l'Usine. Je n'ai pas besoin que *tu* trouves Aegis. J'ai besoin que tu supervises cet effort. J'ai besoin que tu gères ma sécurité. J'ai besoin que tu surveilles cette planète que nous nous retrouvons à contrôler et que tu t'assures qu'elle reste ainsi.

Rhimes s'efforça de garder une expression neutre pendant que Wexley parlait. Il attendit que l'homme fasse une pause, lut le léger sourire entendu sur le visage de Wexley et comprit que ce dernier s'attendait à ce que Rhimes dise exactement ce qu'il était sur le point de dire.

Mais la vérité était la vérité.

— Je ne suis pas un manager, dit Rhimes.

— Tu diriges très bien une escouade, dit Wexley. À Chicago, tu gérais toute notre entreprise hors-bord. Tu ne peux pas te qualifier autrement que de manager.

Rhimes ouvrit la bouche, et Wexley posa sa main libre sur l'épaule de Rhimes.

— C'est le moment où tu dis oui, dit Wexley. Il n'y a personne en qui j'ai confiance qui puisse gérer ça. Je ne veux pas que tu sois sur le terrain, où n'importe quelle anomalie pourrait avoir de la chance. Tu vas être ici, à l'Usine, travaillant avec moi pour définir un meilleur avenir.

Wexley posa son verre, retira sa main de l'épaule de Rhimes et lui tendit l'autre pour une poignée de main.

— Revendique ta place dans l'histoire, Rhimes. Sois mon général.

Avec le drone et ses armes mortelles bourdonnant derrière lui, Rhimes fit la seule chose qu'il pouvait : il serra la main.

Wexley n'attendit pas longtemps pour mettre son général au travail. Dès que la poignée de main se termina, le Tama de Rhimes explosa de messages entrants. Tous préprogrammés, et tous plaçant Rhimes dans des initiatives couvrant le globe. Il y avait des assauts visant à éliminer les Élémentaires à Londres, un effort coordonné de cyber-traque en Chine destiné à bloquer les méthodes de communication des Parangons, et, bien sûr, des déploiements de drones sur tous les continents à examiner.

Le plus important ? Trouver les Champions encore en vie et s'assurer qu'ils soient morts ou capturés le plus rapidement possible.

En quittant l'Usine, Rhimes appela une nacelle et fixa un itinéraire particulier, balayant d'un geste les demandes criantes sur son poignet et s'adossant aux minces coussins du siège tandis que le paysage urbain de Los Angeles défilait.

Il avait commencé chez Ziran comme agent de sécurité, une façon modeste de rentabiliser son expérience militaire dans un monde qui n'avait plus besoin d'armées. La compétence gravit les échelons, et avant longtemps, Rhimes s'est retrouvé devant le bureau de direction. Il a rencontré une femme nommée Sylvie alors qu'elle sortait d'un tête-à-tête avec Zhan-Yo. Elle l'a jaugé, a sorti un petit carnet, a écrit un lieu et une heure sur une page, l'a arrachée et la lui a tendue.

Maintenant, Sylvie occupait une tombe quelque part dans cette ville et Rhimes employait un truc qu'elle lui avait appris : ne jamais prendre une nacelle directement là où l'on veut aller.

Rhimes quitta celle-ci à quelques pâtés de maisons, mais toujours dans un quartier en pleine construction et démolition. Le stade détruit des mois auparavant absorbait encore l'industrie de LA dans son enlèvement et son renouvellement, drones et humains grouillant autour du site, laissant des traces sous forme de panneaux d'avertissement, de ruban de mise en garde et de commerces fermés.

Pas que les drapeaux aient dissuadé la cible de Rhimes. L'homme occupait un banc, un burrito à la main et un sac contenant le choix de Rhimes tenant une place sur le siège en bois tanné. De l'autre côté d'une rue fermée à la circulation, la carcasse déchiquetée du stade se cachait derrière des échafaudages, des bâches et des corps en mouvement, mécaniques et non. Les mégaphones se mêlaient aux bips anonymes et à la musique assourdissante du jour accompagnant partout le travail. L'équipe de jour cédant la place à celle de nuit, le nettoyage étant une affaire de tous les instants.

Rhimes prit place, ajusta sa veste, garda les yeux droit devant lui. Zhan-Yo, à côté de lui, se penchait en avant dans son chapeau de paille, sa fine chemise à motifs floraux et son short blanc mettant en valeur ses genoux noueux, ses jambes un peu atrophiées par leur temps passé à se cacher. Des lunettes de soleil cachaient les yeux de l'homme, la salsa traçait une ligne dégoulinante sur son menton et atterrissait sur une serviette bien placée sur ses genoux.

— Ça fait longtemps, dit Zhan-Yo.

— Pas si longtemps, répondit Rhimes. Dis-moi que tu as une raison de m'avoir fait venir ici au-delà des burritos.

— Tu en veux un si fort que ça ?

La voix de Zhan-Yo crépitait, la verve se cachant derrière les bouchées. Si Wexley offrait une efficacité froide, Zhan-Yo sonnait comme le vrai révolutionnaire, toujours à un souffle d'un discours épique.

— Un burrito ?

— Une raison de le quitter, répliqua Zhan-Yo.

— Ce n'est pas ce à quoi je m'attendais, dit Rhimes. Pas de raison de cacher les choses à Z. Le patron avait toujours été perspicace concernant ses employés, sinon toujours ses propres objectifs. Tu penses avoir gagné et puis tu découvres qu'il y a tellement plus, et que c'est tellement pire.

— Pire ?

Rhimes se pencha, regarda dans le sac. Un burrito, des chips. Il sortit ces dernières, croqua dans le sel. Il aurait aimé avoir apporté de l'eau.

— Je ne vais rien dire de plus tant que je n'aurai pas compris ce que tu fais, dit Rhimes. Personne n'a entendu parler de toi depuis Londres.

— Tu as appris ça, hein ?

— Le monde t'a vu être mis sur une plateforme, ta tête sur le point de partir en balade.

— Quand ça ne s'est pas produit, j'ai changé de camp.

Le patron continua pendant que Rhimes passait de ses chips au burrito, plongeant dans le poulet adobo tandis que Zhan-Yo détaillait un voyage de cape et d'épée à travers l'Atlantique et le vaste centre américain pour arriver ici. La nécessité avait cimenté des alliances entre lui et Aegis, entre les Parangons qu'ils pouvaient trouver et les normaux qui s'étaient autrefois battus pour les saper.

— La plupart des gens veulent l'égalité, la liberté, dit Zhan-Yo. Ils ne veulent pas une destruction totale ou un génocide.

— Wexley appellerait ça du contrôle, dit Rhimes en s'essuyant les mains et la bouche. C'était un sacré bon burrito. Difficile de laisser des bombes vivantes se promener librement.

— Un humain n'a pas besoin d'être une anomalie pour causer des dégâts. Zhan-Yo hocha la tête vers l'évidence devant eux. Aegis et moi sommes un début. Si Wexley pouvait être convaincu, si nous arrêtions les raids et les attaques de drones, nous pourrions former un monde commun ensemble.

— Si Wexley pouvait être convaincu de faire quoi ? De tout abandonner ?

Zhan-Yo s'adossa au banc, leva les yeux vers le soleil et un drone passant au-dessus de leur tête.

— Chacun a ses motivations. Quelles sont les tiennes ?

— J'ai rejoint Ziran pour un travail. Je t'ai aidé pour une cause. Je ne me suis jamais inscrit pour une extermination, mais c'est ce que c'est. Je ne vais pas prétendre être un idéaliste, mais je pensais que c'était pour plus qu'un décompte de cadavres.

— Si tu rappelles ça à Wexley, il pourrait voir les choses comme toi. Sur sa trajectoire actuelle, il n'y a pas d'échappatoire. Soit il perdra, soit il gagnera, mais il sera un monstre dans les deux cas.

— D'accord, alors je fais quoi ? J'entre là-bas et je dis : "Hé, mon pote, et si tu te calmais une minute et annulais tout ça ?"

— Pas toi. Zhan-Yo plongea la main dans la poche avant de sa chemise, décorée d'une orchidée couleur pêche. Il en sortit un autre petit carnet, juste comme celui qu'utilisait Sylvie. Il arracha une page sans y écrire d'abord, la tendant à Rhimes. Elle.

Un nom banal, une adresse intéressante. Un centre de soins dans la banlieue nord de Chicago.

— Qui est-ce ? dit Rhimes.

— Elle te le dira, répondit Zhan-Yo, se levant et étirant ses deux bras haut au-dessus de sa tête. Elle a la clé pour arrêter Wexley assez longtemps, peut-être, pour qu'il reconsidère la situation.

— Elle doit être quelque chose.

— Elle l'est certainement. Reste en contact, mon ami. Il se pourrait bien que nous puissions empêcher que ça empire trop.

De retour à l'Usine, Rhimes regarda autour d'un bureau vide. L'espace s'ouvrait sur une vue du sol bourdonnant d'activité des drones et, étant donné les divers crochets au plafond, avait été conçu pour certains travaux de prototype avant son affectation actuelle. Aucune œuvre d'art n'était accrochée aux murs, seuls un bureau préfabriqué et une chaise noire à roulettes occupaient son centre.

Un connecteur Tama et un moniteur l'attendaient.

Alors que l'après-midi tirait à sa fin, Rhimes parcourait frénétiquement les messages et les rapports de mission. Il déléguait avec une rapidité mal assurée, s'appuyant sur l'ordre de Wexley de commander, et non d'agir, comme guide. Au début, Rhimes percevait les questions dans les réponses des gens, la confusion face à son changement de ton. Des silences ponctuaient les conversations, les partenaires, agents et techniciens de Rhimes s'attendant à ce qu'il assume sa charge habituelle, ce qui n'arriva pas cette fois-ci.

— Je ne peux pas, dit Rhimes lorsque Brielle lui demanda pourquoi il ne dirigerait pas personnellement un raid. Wexley a modifié ma description de poste. Il me promeut, et maintenant je te promeus.

— Tu penses que je suis prête à diriger une équipe toute seule ? demanda Brielle.

— Si je ne le pensais pas, je ne te le demanderais pas.

— Alors, où seras-tu ? Derrière un bureau ?

Rhimes soupira, plongea la main dans sa poche et en sortit le papier de Zhan-Yo. Il relut l'adresse. Il avait passé les dernières heures à signer des mandats de mort et de capture pour des anomalies à travers le monde. Chacun d'eux ne lui apportait absolument aucune satisfaction. Il avait voulu se battre pour quelque chose, ou être payé pour protéger quelqu'un.

Maintenant, il se sentait comme le chasseur de rats le plus high-tech du monde, traquant la vermine avant qu'elle ne gâche la fête.

— Je vais faire un petit voyage, dit Rhimes, et quand Brielle commença à l'interroger sur des vacances, il l'interrompit. J'ai juste besoin de régler quelques affaires en suspens au bureau principal.

— Chicago ? Prends des vêtements chauds.

— J'y suis déjà allé une fois ou deux. Rhimes tapota son Tama, appela un pod pour venir le chercher. Il vérifierait les vols en route, il y aurait sûrement un vol de nuit disponible. Fais-moi une faveur, Brielle, et ne te fais pas tuer.

— Toi aussi, patron. Toi aussi.

CHAPITRE 8
ATTERRISSAGE DIFFICILE

LORSQUE L'AVION vira brusquement vers le nord, Cassidy jura que les bouts d'aile touchaient les vagues. Le coucher du soleil mit le vol en perspective, la course vers la Californie et l'Usine presque terminée, mais maintenant interrompue, selon les pilotes Paragons, par une forte présence de drones. Leur zone d'atterrissage prévue était couverte de machines volantes vérifiant les numéros de vol et les listes de passagers des avions entrants.

Quelque chose que les Paragons, malgré leurs capacités d'anomalie, ne pouvaient pas falsifier.

— Restez calmes, annonça Apinya à travers l'intérieur de l'avion, des mots qui, seuls, n'avaient guère d'effet, mais qui, soutenus par la subtile influence mentale de la Championne, apaisèrent l'envie de Cassidy de lancer un vide.

Avec Thane à côté d'elle, une autre plongée explosive dans l'eau ne semblait pas si impossible.

— Tu as nagé aussi loin la dernière fois, marmonna Cassidy à Thane, qui avait les yeux fixés sur un Tama portable. Un autre article sur la portée mondiale de Ziran, ses propositions pour un monde post-Paragon. Tu pourrais le refaire, n'est-ce pas ?

— Oui.

Thane n'offrit rien de plus et Cassidy n'insista pas.

Dans l'ensemble, les heures passées dans les airs avaient été calmes. Cassidy elle-même avait dormi pendant plusieurs d'entre elles, puis elle avait répondu aux questions d'autres Paragons qui n'avaient jamais traversé l'océan. Comment était la Californie, à quoi ils devaient se préparer.

Cassidy leur donna des informations vieilles d'une décennie, mais ils semblaient satisfaits, et Cassidy ne pouvait pas se mentir : c'était agréable d'être à nouveau enseignante, de se sentir utile et nécessaire. Si ses élèves cette fois-ci étaient des adultes, plus âgés et plus jeunes qu'elle, avec une compréhension variable de l'anglais, qu'il en soit ainsi.

Alors que l'avion approchait de la côte de Pacifica, les pilotes mirent fin à la conversation. Des turbulences, probablement artificielles et forcées par les patrouilles de drones de Ziran, étaient à prévoir. Alors Cassidy et Thane s'assirent, attachés à leurs sièges, Thane sur son écran Tama et Cassidy regardant par l'étroite fenêtre.

Le virage vers le nord terminé, l'avion s'engagea dans une montée, grimpant en hurlant et laissant les vagues derrière lui. Cassidy ne comprit pas pourquoi jusqu'à ce qu'une anomalie en face d'elle, Daw, se recule de sa fenêtre avec des yeux écarquillés et une forte emprise sur son voisin de siège, son mentor et garde apparemment omniprésent, Kemnan.

— Ils nous ont trouvés, dit Daw, sa voix portant à travers l'avion, son intérieur silencieux, les turbines électriques de l'appareil tournant doucement.

— Fais confiance aux pilotes, répondit Kemnan, l'homme stoïque gardant les yeux fixés droit devant. Ils ont déjà fait ça.

Comme pour mettre les paroles de Kemnan à l'épreuve, l'avion trembla, oscillant de gauche à droite alors que son ascension se poursuivait. Dehors, les vagues se fondirent en une masse bleue, quelques brins de nuages s'interposant. De nouvelles formes entrèrent dans le champ de vision, des taches blanc-orange se révélant être divers drones qui montaient en flèche derrière l'avion. Les moteurs des drones laissaient des traînées brumeuses derrière les machines elles-mêmes, des traits flous contre le sol lointain.

Cassidy jeta un coup d'œil à Thane, fronça les sourcils. De cette hauteur, pas moyen qu'ils survivent à une chute.

— Nous avons été repérés, dit la pilote principale, la même femme qui les avait tous rejoints avec le vent et les avait conduits à l'avion. Tous ceux qui peuvent abattre un drone depuis l'intérieur de l'avion, allez-y. Les autres, restez assis et attachés. Il y aura des chutes soudaines.

Des chutes soudaines ?

Par la fenêtre, les drones rendirent leurs intentions claires. Cassidy vit leurs armes donner l'alerte, des éclairs lumineux montant en flèche et dépassant l'avion. Des ratés, bien que l'avion ne soit pas particulièrement agile.

— Des tirs de sommation, dit Kemnan à Daw, qui continuait de le harceler sur ce qu'ils devraient faire. Ils vont nous forcer à descendre s'ils le peuvent.

— Pourquoi ? demanda Daw.

— Parce que faire s'écraser des avions n'est pas un comportement stable, dit Thane, rangeant le Tama dans la fente de l'accoudoir à côté de lui. Ziran ne veut pas avoir à expliquer un avion écrasé. Ils ne veulent pas de panique. Ils veulent la normalité.

D'autres éclairs. L'avion tourna vers l'est. Deux anomalies qui avaient voyagé depuis Bangkok se détachèrent et se dirigèrent vers l'arrière. Cassidy ne connaissait pas leurs pouvoirs, mais vu la détermination sur leurs visages, le duo semblait prêt à livrer une destruction de drones.

Elle aurait pu faire de même si une porte ou une fenêtre ouverte avait existé pour lancer ses vides. Depuis l'intérieur de l'avion, cependant, Cassidy ne ferait que briser l'appareil. Alors elle regarda, offrant un signe de tête lorsque l'un d'eux jeta un coup d'œil dans sa direction.

— Donc ils ne nous feront pas de mal ? continua Daw.

— Un algorithme, dit Thane. Une horloge qui tourne à la fois en fonction du temps et de la distance. À mesure que nous approchons de la côte, les drones changeront de tactique.

— Et ensuite ?

— Nous verrons à quel point ces pilotes sont bons.

Kemnan lança un regard noir à Thane.

— Il n'y a pas besoin de lui faire peur.

— Daw n'est pas un enfant, Thane regarda au-delà de Kemnan, vers Daw. A-t-il besoin que tu le protèges ?

Daw secoua la tête, abandonna la conversation en se tournant vers la fenêtre. Kemnan s'installa dans un froncement de sourcils. Thane se tourna ensuite vers Cassidy. L'avion trembla à nouveau, son nez s'inclinant vers le bas.

— Est-ce que j'ai bien géré ça ? demanda doucement Thane.

— Quoi ?

— Toi et Apinya avez clairement fait comprendre ces derniers mois que la loyauté est plus que le pouvoir lui-même, dit Thane. Si je dois trouver ma place ici...

L'avion se figea, tomba. L'estomac de Cassidy lui remonta dans la gorge, ses nerfs s'embrasant. Elle s'éleva, la ceinture de sécurité s'enfonçant dans sa taille. Elle aurait peut-être crié, sauf qu'elle ne pouvait pas reprendre son souffle. À côté d'elle, Thane grandit, tirant parti de cette peur pour se rendre aussi invincible que possible.

Doucement, le jet se dégela et s'élança, arrêtant sa chute et filant vers la côte californienne. Cassidy voyait maintenant les drones au-dessus d'eux, se tournant pour poursuivre un avion qui devait sembler en déclin terminal.

— Maintenant, grogna Thane, sa gorge se serrant, son esprit reprenant ses esprits. Ils vont attaquer de toutes leurs forces.

Les drones firent comme Thane l'avait suggéré, déversant

plus d'énergie brûlante, mais complétant ces tirs par des munitions physiques. Le jet s'arrêtait et redémarrait, gelait et dégelait dans une descente effrénée. Chaque fois que l'avion semblait se figer, Cassidy entendait les cliquetis des balles ricochant sur la coque indestructible du jet.

L'autre pilote, celui qui avait rendu le jet invincible à Bangkok, faisait sa part.

La danse entre l'accélération vulnérable et la sécurité en chute libre tourna rapidement contre les Paragons. Les drones se rapprochèrent, intensifièrent leurs tirs, et Cassidy sentit son estomac subir des pauses de plus en plus longues. L'avion, lui aussi, grondait et craquait alors que les tirs entrants traversaient les secondes protégées.

Au moins, la perte d'altitude les rapprochait des vagues, des falaises sablonneuses marquant l'arrivée sur la terre ferme. Cassidy pouvait à nouveau distinguer les crêtes blanches, voir une route sinueuse avec quelques capsules filant le long. De retour dans la distance de sécurité de Thane ?

Thane, cependant, ne pourrait sauver que Cassidy.

Cette pensée poussa son regard à parcourir l'avion. La plupart des Paragons à bord étaient presque paniqués, agrippant leurs amis, leurs partenaires ou les accoudoirs. Daw scintillait, tandis que Kemnan restait stoïque, regardant droit devant lui, prêt à accepter ce que la vie lui réservait. Thane gardait une posture plus forte, jetant occasionnellement un coup d'œil à Cassidy pour voir par sa fenêtre et marmonnant pour lui-même. Apinya avait les yeux fermés, sans doute engagée dans une manœuvre mentale.

Sur l'île de Mynx, Cassidy avait traité les autres anomalies comme des ressources. Certains étaient devenus des amis, oui, mais tous comprenaient que leurs vies étaient fragiles. Faciles à perdre au milieu d'une lutte de pouvoir entre anomalies.

Ici ?

Tout le monde était du même côté, assumant le rôle de Paragon pour essayer d'arrêter un génocide d'anomalies mené par des drones.

Cassidy détacha sa ceinture, se leva en chancelant. Thane lui demanda ce qu'elle faisait, où elle allait, mais elle l'ignora. Elle se dirigea droit vers le cockpit et les sorties avant. Les deux anomalies qui avaient répondu à l'appel initial à l'aide contre les drones étaient à côté de la porte fermée du cockpit, dans un état qui indiquait qu'elles n'étaient pas vraiment là.

La femme était assise sur le sol, les yeux fermés et la tête appuyée contre la paroi de l'avion. Une fine ligne sanglante coulait de ses oreilles, mais Cassidy voyait sa poitrine se soulever et s'abaisser. En face d'elle, l'homme se tenait immobile, les mains jointes sur la poitrine. Malgré les virages et les secousses du jet, l'homme ne perdait jamais l'équilibre, ne semblait pas bouger du tout. Ses yeux, ouverts, regardaient à travers Cassidy.

Quoi que fasse le duo, Cassidy ne pouvait pas le voir de l'intérieur. Elle continua, appuya sur la poignée de la porte du cockpit et l'ouvrit. La côte dorée s'étendait, nue, à travers le pare-brise du cockpit. Les rochers sablonneux et les grands arbres se rapprochaient à grande vitesse. Des balles et des rayons d'énergie passaient sur les bords de la vue, s'écrasant dans la mer ou se brisant sur les rochers.

À droite, l'homme qui rendait l'avion invincible recommença, bloquant ses bras contre le tableau de bord. Le jet trembla, son nez pointé vers le bas, et Cassidy tendit les mains de chaque côté, appuyant pour ne pas tomber en avant.

— Fermez cette porte et sortez ! cria la femme à gauche. Vous devriez être attachée, pas ici !

L'homme libéra ses bras, libérant le jet, qui reprit brusquement un vol horizontal. Plusieurs alarmes retentirent.

— Vous devez atterrir, dit Cassidy. Nous ne pouvons pas vous aider à combattre tant que nous sommes en l'air.

— Si on atterrit, on se fait submerger, dit la femme, faisant virer l'avion vers le sud alors qu'il laissait l'océan derrière lui. Maintenant, tout atterrissage forcé se ferait sur la roche, pas dans l'eau. Il n'y a pas d'échappatoire si...

— Il n'y a aucune chance si vous ne nous déposez pas sur la route, dit Cassidy. Faites-le !

— Que veux-tu...

— Elle a raison, dit l'homme. Je peux nous garder en sécurité quand nous toucherons le sol. Nous perdons trop d'altitude pour continuer.

Un bang plus fort, une alarme stridente forcèrent l'argument de Cassidy. La femme jura, notant que la queue du jet avait été touchée. Le jet commença une lente rotation, plongeant vers le bas et autour. Loin de cette route. La torsion projeta Cassidy de sa prise, l'étalant sur le sol du jet. Le verre se brisa alors que les drones, poursuivant leur attaque, faisaient mouche. Des balles traversèrent le fuselage, les ouvertures faisant éclater la pression de la cabine et faisant éclater les oreilles de Cassidy.

Quelque part dans tout ça, elle se mordit la langue, le goût métallique du sang inondant sa bouche. Des instincts brouillés, des muscles meurtris. L'odeur âcre du feu chatouilla son nez et ramena Cassidy à la réalité.

— Je ne peux pas éviter l'arbre, disait la femme. Plus de puissance.

Les vides appelaient, et cette fois, Cassidy répondit.

Elle lança le premier dans un jet sauvage, la déchirure de la réalité tranchant le nez de l'avion et frappant un arbre épais juste sur leur trajectoire descendante. Le vide sectionna le tronc, transformant une barrière solide en une barrière lâche alors que le jet rebondissait sur l'arbre à moitié debout. Le métal vola partout, et le choc accéléra la rotation du jet.

— Joli tir, dit l'homme, lui jetant un coup d'œil. Tu peux déplacer cette falaise ?

Le prochain obstacle du jet couvrait l'horizon, un mur beige destiné à écraser l'avion et ses occupants comme des crêpes. Cassidy pensa que le truc d'invulnérabilité de l'homme ne ferait rien pour arrêter leur élan, transformant l'avion brisé en cercueil.

À moins que Cassidy ne puisse briser la trajectoire.

Elle lança un second vide vers le bas et l'avant, coupant à travers l'avion sous les deux pilotes. Leurs sièges soudain privés de support, les deux pilotes tombèrent par le trou, plongeant vers le sol. Un atterrissage brutal, peut-être, mais une chance de survie. Se retournant, Cassidy envoya un autre vide tranchant le train d'atterrissage de l'avion.

Le métal se déchira et disparut, exposant la terre à quelques mètres en dessous. La fumée et le feu voilaient la vue, dernier souffle de l'avion en train de s'écraser. Daw et Kemnan tombèrent par le trou. D'autres suivirent alors que Cassidy lançait un vide puis un autre, découpant des trous dans l'avion jusqu'à ce qu'il se brise, sa propre section tournoyant sur son propre élan.

Au moins, elle avait une belle brise.

Le cadre de la porte du cockpit de Cassidy culbuta et elle tomba librement, rejoignant les débris, les corps, alors que les Paragons plongeaient vers la route. Elle avait espéré qu'ils étaient assez proches pour survivre, assez proches pour atterrir avec des os brisés mais vivants.

Elle s'était trompée : l'arbre qu'elle avait sectionné vivait sur un promontoire, et l'échappatoire improvisée de Cassidy canalisait les gens dans une chute libre à plus de cent mètres au-dessus du sol.

Les capacités des Paragons se manifestèrent alors qu'ils tentaient de se sauver. Les cheveux de Cassidy lui fouettaient le visage, le vent la bousculait, et elle se dit que cette dernière chute à vous retourner l'estomac serait la fin.

Au moins, elle mourrait en faisant ce qui était juste, en essayant de sauver ses amis.

Des bras d'acier évitèrent la catastrophe. Cassidy, qui adressait mentalement un dernier je-t'aime à ses enfants, trouva l'impact brutal mais pas mortel. Un choc solide résonna dans ses os, l'air fut expulsé de ses poumons, mais elle survécut et ouvrit les yeux.

Un drone la tenait dans une seule griffe. Le gladiateur, un monstre à quatre bras, tenait le copilote invincible dans le membre opposé à Cassidy. Le drone enfonçait ses griffes dans sa cargaison, Cassidy sentant les coupures le long de sa peau, dans son dos. Elle étouffa un cri, s'efforçant plutôt de tendre le cou pour essayer de comprendre ce qui s'était passé.

Les preuves n'étaient pas difficiles à trouver : les drones qui attaquaient la navette avaient plongé pour sauver ses occupants. Les anomalies en chute libre se retrouvèrent saisies par des sauveurs métalliques, les drones remontant maintenant dans le ciel avec leurs prises.

Pourquoi les machines ne les avaient-elles pas laissés tomber ?

Cassidy n'avait pas de réponse à cette question, mais elle avait des vides. Alors même que Cassidy cherchait à les invoquer, leur drone s'éleva rapidement dans les airs, remettant en question une attaque de vide. Elle venait d'être sauvée d'une chute fatale, Cassidy voulait-elle vraiment prendre un autre risque ?

— Que se passe-t-il ? cria Cassidy.

— Je ne sais pas ! répondit l'homme, lui-même bien calé dans la prise du drone. Je n'arrive pas à me libérer.

— Je ne te parlais pas, dit Cassidy, mais comme le drone ne lui donnait pas de réponse, l'homme devrait faire l'affaire. Pourquoi nous a-t-il sauvés ?

En dessous d'eux, la falaise californienne s'éloignait. Des pins côtiers majestueux apparurent, offrant une vue magnifique si ce n'était la situation. Cassidy plissa les yeux, apercevant certains de ces arbres qui oscillaient, tombant sur un chemin les suivant à la trace.

— Je pense qu'on nous emmène quelque part, dit

l'homme, énonçant l'évidence avec un calme résigné. Ziran capture des anomalies, mais nous ne savons pas pourquoi.

Oh, super. Cassidy aurait pu mourir rapidement et proprement, mais maintenant elle allait avoir droit au traitement en laboratoire. Les histoires de Thane sur des années coincé dans une installation Paragon, drogué et laissé seul, lui revinrent en mémoire. Pas bon, pas une vie qu'elle pourrait supporter.

— Ça te dérange si je détruis ce truc ? dit Cassidy.

— Vas-y. Je vais m'en sortir !

Bien sûr qu'il s'en sortirait.

Cassidy se tordit, essayant de mettre un bras en position. Si elle lançait le vide juste comme il faut, elle pourrait ne pas détruire tout le drone d'un coup, pourrait avoir une chance de...

Elle projeta le vide étroit et tranchant. Il trancha la section médiane du drone et le cou de la chose. Des étincelles jaillirent, des fils s'étalèrent comme des araignées, et la machine plongea en piqué. Exactement ce que Cassidy ne voulait pas.

— Encore un beau tir, dit l'homme. Je suppose que tu es morte maintenant !

Les griffes du drone se desserrèrent tandis que sa programmation ne parvenait pas à prendre en compte son nouvel état sectionné. Cassidy essaya de placer la griffe sous elle, essaya de mettre la masse métallique du drone sur le chemin.

Plus tard, Cassidy insista qu'elle y serait parvenue. Qu'elle aurait chevauché la carapace du drone jusqu'au sol avec style.

Thane s'assura que cela n'arrive pas. Telle une bête fonçant, Thane s'élança des bois dans un bond trop désordonné, trop brutal pour être majestueux. Tout en peau tendue et salive volante, Thane s'écrasa contre le haut du corps du drone qui se débattait et l'enveloppa dans son étreinte alors qu'ils s'écrasaient. Coincée entre la griffe du drone et le corps massif de Thane, Cassidy se demanda, et ce n'était pas la première fois, comment diable sa vie en était arrivée là.

Ils atterrirent dans un fracas d'écrasement, des aiguilles de pin volant partout. Des égratignures ajoutèrent leurs signaux de douleur au nouveau répertoire de Cassidy, le corps du drone rebondissant au loin, le feu et les débris partant avec lui. Thane respirait derrière elle, des souffles de colère qui se calmaient à chaque respiration.

— Eh bien, dit l'homme invincible en contournant un arbre brisé. C'était nul, non ? Il grimaça. Je crois que c'était notre dernier jet, en plus.

— Aegis, grogna Thane tandis que Cassidy s'éloignait, se frottait les bras et regardait le ciel. Où est-il ?

Cassidy n'entendit pas la réponse. Pour le moment, elle ne sentait que la forêt sous ses pieds, l'air frais entrant dans ses poumons meurtris. Le voyage avait été un désastre, mais elle se tenait là pour la première fois depuis tant d'années. Ses enfants n'étaient plus à une distance impossible. Si elle le voulait, si elle en avait l'occasion, elle pourrait aller...

Chez elle.

CHAPITRE 9
ÉPAVE

ZIRAN A ATTAQUÉ L'AVION.

Le signal de détresse est arrivé d'un coup. Aegis a entendu le rapport et s'est arraché à une autre séance de planification de raid de navire. L'équipe de sauvetage serait réduite : la cachette violet-noir de Pocket abritait moins d'anomalies que d'habitude, la plupart étant en mission du soir pour sécuriser des fournitures, tendre des embuscades aux drones ou prendre un repos bien mérité.

Celice et Mathieu, cependant, tenaient leurs positions, baignés dans la lueur azur des écrans. Aegis s'est approché de sa fille et elle n'a même pas eu besoin de demander pourquoi.

— Ils ont deux anomalies qui brouillent les drones depuis l'intérieur de l'avion, a dit Celice en cliquant entre les écrans. Ils ne sont pas très efficaces.

— Qu'est-ce que ça veut dire, « pas très efficaces » ? a demandé Aegis, essayant de déchiffrer ce qu'il voyait sur l'écran de Celice. Un moniteur montrait une étendue noire avec une croix saphir au milieu, entourée de carrés rouges tourbillonnants. Sur le côté droit de l'écran, un grand blob vert herbe s'approchait. Vont-ils s'en sortir ou pas ?

— Je ne pense pas, a dit Celice, portant un doigt à ses lèvres. Nous aurions dû les diriger plus au nord, loin d'ici.

— Les transporter par voie terrestre comporte ses propres risques. Ziran se rapproche chaque jour, et nous devons agir vite. Pouvons-nous leur apporter de l'aide ?

— Rien qui ne fasse une différence dans le combat.

— Mais après ?

Mathieu, s'approchant de sa station, s'est penché et a regardé le moniteur, posant une main sur l'épaule de Celice. — Quand ces drones auront fini, il ne restera pas grand-chose à trouver.

Celice a froncé les sourcils, imitant le regard de son père vers Mathieu, bien qu'elle n'ait pas les yeux plissés d'Aegis. — Depuis quand es-tu devenu si insensible ? Il y a toujours de l'espoir.

— Il y a une différence entre l'espoir et l'illusion, a répliqué Mathieu. Tout ne se passe pas toujours bien.

— Pour toi, peut-être, a dit Aegis, ignorant Mathieu qui levait les yeux au ciel. Celice, trouve-moi quelqu'un de disponible et une capsule. S'il y a une chance qu'Apinya s'en sorte vivante, je vais la saisir.

— Mathieu, tu as entendu mon père. Trouve-nous une capsule.

— Nous ? a demandé Aegis.

— Tu vois quelqu'un d'autre ici prêt à te suivre dans ce chaos ? Non ? Alors je suppose que c'est une journée père-fille.

Aegis aurait peut-être souri, peut-être ri, mais sur l'écran derrière Celice, ces carrés rouges convergeaient. La croix bleue ralentissait. Un autre avertissement de détresse résonnait doucement sur les haut-parleurs de Celice.

Son équipe était en danger, et Aegis n'était pas là.

Ils ont trouvé des débris bien avant le site du crash. Remontant une autoroute dans une capsule déconnectée du réseau de Ziran, reprogrammée par des réfugiés Élémentaux pour permettre un contrôle manuel, Aegis et Celice ont ralenti en passant devant une aile brisée plantée dans le sable comme une tombe grossière. Le soleil poursuivait l'après-midi, projetant des reflets sur l'océan et dans leur véhicule à la vitre arrondie. La route elle-même était totalement déserte, toutes les capsules normales ayant été détournées de la scène.

La cause officielle clignotant sur les Tamas locaux ? Glissement de terrain.

Ziran, toujours doué pour couvrir ses traces.

— On ne peut pas dire que ce soit de bon augure, a murmuré Celice alors que la capsule passait. Elle avait les mains sur le manche de contrôle manuel, un bras métallique maladroit surgissant du plancher de la capsule. Si on commence à voir des corps...

— On n'en verra pas, a répondu Aegis.

— Tu penses qu'ils s'en sont tous sortis vivants ?

Les signaux de détresse de l'avion s'étaient arrêtés au moment où Celice et son père étaient montés dans la capsule. Le pilote de l'avion, échevelé par le vent, couvert d'égratignures et de débris de verre, était apparu alors qu'ils grimpaient, déclarant l'avion perdu. Quelques secondes plus tard, le message d'éloignement de Ziran était arrivé. Bien qu'Aegis ne puisse pas connaître le sort final de l'avion, son évasion semblait l'option la moins probable. Les pouvoirs que certains passagers possédaient pouvaient assurer leur survie, sinon leur sécurité, et des anomalies blessées à pied n'avaient pas beaucoup de chances face aux drones poursuivants.

Mais Ziran n'était pas intéressé par la mort. Du moins pas tout de suite. Et même un corps pourrait s'avérer utile pour ce que Ziran faisait.

— Capturés, a dit Aegis. Tous.

— Alors pourquoi, exactement, sommes-nous ici ?

D'autres éclats de tôle parsemaient la route, Celice les

contournant. Des falaises s'élevaient sur leur droite, baignées d'orange.

— Parce que certains se battent peut-être encore, a dit Aegis.

— Et nous allons renverser la situation ?

Aegis a soupiré. Celice avait ses armes, y compris de nouveaux pistolets armés de munitions EMP que Ziran lui-même avait conçues pour combattre les drones de Mynx. Les Paragons avaient rétro-conçu les balles après en avoir trouvé suffisamment autour des stratagèmes de Wexley à Chicago, et maintenant tout le monde en avait à la ceinture. Aegis, lui aussi, avait ses poings presque invincibles.

Ni l'un ni l'autre ne résisteraient longtemps à une attaque de drones.

— Soulager et secourir, a dit Aegis. Ils se sont peut-être cachés aussi. Il y a une chance.

— Il y a toujours une chance, a répété sa fille.

Cette chance s'est présentée quelques minutes plus tard, dans l'ombre encore fumante de l'avion. La carcasse envoyait sa fumée noire vers le ciel, tandis que des rochers brisés et des arbres fendus encadraient l'épave. Des douilles de balles et des scories brûlées éparpillées sur la route, les buissons et la terre racontaient l'histoire de l'assaut. Pas seulement un crash d'avion, mais une annihilation.

Et pas un seul corps.

— Presque inquiétant, a dit Celice, arrêtant la capsule et ouvrant son dôme. Il n'y a personne ici.

— Nous aurions envoyé une équipe de secours, a dit Aegis, la rejoignant sur l'asphalte. Même si tout le monde dans cet avion avait été un ennemi, nous aurions fait le minimum.

Celice l'a regardé. — Tu te serais assuré qu'ils étaient morts.

— Si c'était nécessaire, oui. Je ne reculerai pas devant ce que nous avons dû faire pour garder le monde en sécurité.

— J'ai adhéré à tout ça, tu sais. Mais des affirmations comme celle-là sont peut-être la raison pour laquelle Wexley voulait te voir partir.

— Cela n'a rien à voir avec les Paragons, dit Aegis. Cet homme veut le pouvoir, tout simplement, et il n'aimait pas que nous l'ayons à sa place.

Une brise violente souffla, dirigeant la fumée vers eux. Aegis s'avança vers l'épave, ne sachant pas exactement ce qu'il allait y trouver mais estimant que leur voyage méritait au moins un coup d'œil. Celice le suivit, les yeux levés vers les étoiles, guettant les lumières des drones.

— Zhan-Yo dit le contraire, dit Celice. Il pense que Wexley, comme lui, veut une société plus égalitaire. Tu n'as jamais pensé à faire ça, quand tu étais aux commandes ?

— Nous avons rendu la société égalitaire, répondit Aegis en s'approchant du nez de l'avion et en poussant de côté le tas de débris avec l'aide de ses jambes. Aucun corps écrasé en dessous. Les riches et les pauvres n'ont jamais été aussi proches. Les droits fondamentaux ne tenaient pas compte de la couleur de peau, du genre ou de la citoyenneté.

— Ils faisaient sacrément la différence entre les anomalies et les normaux.

— Parce qu'on ne peut pas ignorer les pouvoirs. Je suis désolé, mais c'est impossible. Quelqu'un qui peut raser un pâté de maisons ou guérir n'importe quelle maladie d'un clignement d'œil doit être traité différemment que... Il essaya de trouver un exemple approprié qui ne sonnerait pas insultant pour la femme normale qui se tenait juste là. Tu comprends.

— C'est peut-être pour ça que c'est un normal qui dirige le monde maintenant, dit Celice. Vous ne nous avez jamais vus comme une menace.

Aegis n'avait pas de réponse à cela et haussa les épaules. Il jeta un autre long regard autour de l'épave. Aucune preuve, aucune piste à suivre. Il appela Apinya plusieurs fois, des cris puissants qui résonnèrent le long des falaises.

— Ils les ont tous emmenés, dit Aegis quand rien ne lui revint. Absolument tous.

Celice avait fait demi-tour avec la nacelle, prenant la route vers Pocket et l'ancien centre commercial qui abritait leur quartier général actuel, quand la route devant eux se fendit et disparut. Un nouveau trou, juste au centre, dévorant la ligne jaune. Celice arrêta la nacelle et Aegis en sortit rapidement, dégainant son arme anti-drone et cherchant une cible.

— Désolée ! cria une femme, derrière et en haut de la falaise. Un Tama — pas le sien — brillait à proximité, éclairant son visage d'une lumière gris-vert. Je ne savais pas comment attirer votre attention autrement.

Agitant la main à côté d'elle, Aegis reconnut Samir. L'anomalie avait une capacité intéressante, parfaite pour protéger des personnes ou des objets de valeur. Il avait été le copilote lors de cette extraction particulière, et sa présence ici signifiait...

L'esprit d'Aegis se vida à la vue du corps suivant près de l'arbre. Mince, émacié, mais toujours aussi vif, Thane rencontra le regard d'Aegis avec un air moqueur. Peu importe les efforts d'Aegis, semblait dire le regard de Thane, Thane survivrait toujours, reviendrait toujours.

— Papa ? dit Celice, le rejoignant à l'extérieur de la nacelle. Tu vas ranger ton arme ?

— C'est Thane, répondit Aegis. Juste là, c'est l'homme qui a tué ta mère.

— Le vieux ? Je croyais que Thane était un gros monstre ?

— Seulement quand il est en colère. Aegis bougea, se plaçant devant Celice. Reste derrière moi. Je ne sais pas ce que Samir fait là, ni cette femme, mais Thane n'est pas un ami.

La femme sur la falaise, celle qui avait crié, semblait partager la confusion de Celice. Elle regarda tour à tour Aegis et Thane avant de lever les bras et de faire signe à Samir d'avancer. Le Paragon la guida le long des rochers buisson-neux et sablonneux tandis que Thane restait exactement où il était, soutenant le regard d'Aegis seconde après seconde dans un duel visuel qui signifiait bien plus.

La dernière fois qu'ils s'étaient rencontrés, Thane avait failli tuer Aegis. Certes, quelques heures plus tard, Aegis et ses renforts Paragons, Mynx incluse, avaient réussi à vaincre Thane grâce à leur puissance de feu écrasante, mais l'humiliation du combat singulier persistait. Pire encore, Aegis n'avait plus ce soutien maintenant. Si Thane décidait d'envoyer Aegis et sa fille faire un rapide voyage vers l'au-delà, Aegis ne pourrait peut-être pas l'en empêcher.

— Celice, dit Aegis. N'attends pas. Monte dans la nacelle et pars.

— Quoi ?

— Thane ne pourra pas te rattraper si tu pars maintenant. Va-t'en, puis appelle Ziran si tu n'as pas de nouvelles de moi. Dis-leur d'envoyer les drones. Laisse leur armée s'écraser sur lui.

Peut-être que Wexley et les drones pourraient gagner. Offrir une bonne mort pour la planète.

— Papa, dit Celice, ne faisant aucun geste vers la nacelle. Pourquoi penses-tu qu'il est ici ?

— Comment le saurais-je ?

— Il se tient là avec Samir, près de l'avion écrasé. Peut-être qu'Apinya le ramenait de l'autre côté de l'océan ?

— Jamais.

Alors qu'Aegis parlait, Samir et la femme atteignirent le bas. Elle jeta un regard exaspéré vers Thane, puis le duo s'avança droit vers Aegis. Samir, malgré ses vêtements en lambeaux, avait l'air parfait. Sa nouvelle partenaire, en revanche, saignait de multiples égratignures sur tout le corps, à peine couverte par les haillons qui lui servaient de vête-ments. La femme tendit la main et, quand Aegis hésita, Celice la serra.

— Cassidy, dit la femme.

— Celice. Je dirais que c'est un plaisir, mais je préfère vous demander à tous les deux si vous savez ce qui s'est passé ?

— Pas encore, dit Cassidy, coupant Samir avant que l'homme ne puisse se lancer dans son récit. Je pense qu'il y a d'abord quelques malentendus à dissiper.

— Tu crois ? répondit Celice, faisant un signe de tête vers Aegis.

— Je le crois. Autant j'aimerais prendre une douche et mettre de vrais vêtements, ce que je veux d'abord, c'est des excuses et une promesse. De lui, et de toi.

Thane s'approcha pendant que Cassidy parlait, après qu'il fut devenu clair pour tout le monde que la querelle entre Aegis et son rival de longue date n'était pas le seul bâton dans leur boue actuelle. La vieille anomalie restait svelte, alors Aegis rangea son arme et garda un œil sur Thane tandis que son attention se portait sur l'histoire de Cassidy.

Une vie bouleversée par une décennie sur l'île-prison de Mynx. Les mots semblaient irréels lorsque Cassidy les prononça, et Aegis sentit une fois de plus son monde vaciller. Il avait pensé, en tant que Champion en chef et porte-drapeau des Paragons pendant si longtemps, qu'il comprenait le monde qu'Aegis et ses amis avaient créé. Au lieu de cela, il ne cessait de tomber sur des aspects qui échappaient à sa compréhension, à sa connaissance.

Il savait que Mynx avait l'île, bien sûr. Il savait que Mynx l'utilisait comme décharge pour les anomalies impossibles ou gênantes à tuer. Une condamnation à perpétuité pour une bombe nucléaire. Aegis supposait que les anomalies qui y étaient larguées finissaient inévitablement par s'entre-tuer, ou au mieux, menaient une existence oubliée jusqu'à ce que la maladie ou le temps résolve le problème.

Pourtant, voici quelqu'un qui portait les cicatrices de ce choix. Aegis ne se souvenait pas des crimes de Cassidy, mais la justice des Paragons était absolue. Peu de sympathie et peu de recours pour les accusés, car toute autre option aurait signifié risquer que des anomalies se déchaînent. Combien de jurys pourraient être influencés par une seule anomalie aux pouvoirs mentaux ? Impossible. Si une anomalie ne voulait pas rejoindre les Paragons, alors elle était une menace, et ils-

— Papa ? Tu vas t'excuser comme elle le demande ?

Cassidy le regardait en haussant un sourcil, comme une enseignante qui savait qu'il connaissait la bonne réponse à la question, mais qui doutait qu'il la dise.

— Tu veux que je dise que nous avons créé un monde imparfait, dit Aegis.

— Tout à fait, répondit Cassidy.

— En quoi est-ce important ? Tu n'es plus sur l'île maintenant, si cet endroit existe encore.

— Parce que je suis revenue ici à la demande de votre Champion. Il veut que nous aidions à remettre les Paragons aux commandes, et je ne suis pas sûre que ce soit une bonne idée, vu que vous êtes une bande de crétins rancuniers.

— Voilà qui est bien culotté pour quelqu'un qui voyage avec celui-là. Aegis jeta un coup d'œil vers Thane.

— Oh, le type que vous avez gardé enfermé et drogué dans un sous-sol pendant la majeure partie de sa vie ? Cassidy tendit la main et posa un doigt sur la poitrine d'Aegis. Les yeux de Celice s'écarquillèrent à ce geste, sa main glissant vers sa taille, mais Aegis secoua la tête dans sa direction. Vous avez causé tant de souffrances à tant de gens, et pourtant nous voilà, presque mourants, juste pour que vous puissiez recommencer. Alors oui, j'aimerais que tu dises que tu es désolé. Cassidy prit une inspiration, une légère rougeur embrassant ses joues alors qu'elle atteignait son crescendo. Et si ça sonne comme si je parlais à un enfant, c'est parce que je pense que c'est le cas. Un enfant qui ne sait pas mieux, et qui a besoin de grandir s'il veut obtenir mon aide.

Aegis cligna des yeux tandis que Cassidy retirait sa main et croisait les bras. La portion d'asphalte disparue persistait à sa droite, un rappel que peu importe à quel point Aegis pourrait vouloir céder à ses instincts agressifs et montrer à Cassidy pourquoi le menacer n'était pas une bonne idée... peut-être que la menacer n'était pas non plus le meilleur plan.

D'ailleurs, ces semaines à se démener avec Pocket avaient continuellement prouvé un point : la société ne semblait pas considérer la destruction des Paragons avec désespoir. Si Ziran n'était pas meilleur que les Paragons avec leurs drones, ils n'étaient pas beaucoup pires. Voir l'œuvre de sa vie disparaître de la Terre avec un haussement d'épaules avait tendance à vous faire reconsidérer les choses.

— Tu veux des excuses, dit Aegis, alors mérite-les. Je ne suis pas parfait, je ne l'ai jamais prétendu, mais Mynx t'a mise sur cette île pour une raison. C'est ton opportunité de réparer ça, et je suis prêt à te donner cette chance.

— C'est le mieux que tu obtiendras, ajouta Celice. Le mieux que j'aie vu quiconque obtenir, en fait.

Cassidy réfléchit, puis laissa tomber ses bras. — Je n'ai pas vraiment beaucoup d'options. Mais qu'en est-il de ce type ?

Thane vint se placer aux côtés de Cassidy, fixant toujours Aegis d'un regard noir.

— Tu as dit qu'Apinya t'avait amenée ? demanda Aegis, et Cassidy acquiesça. Thane, Apinya t'a amené *toi* ?

— Nous avions un plan, dit Thane lentement, sa voix rauque et faible. Un plan qui a encore une chance si tu peux être intelligent pour une fois dans ta vie.

— On verra bien, dit Aegis, sentant l'inquiétude de Celice à son égard. Elle pensait qu'il allait donner un coup de poing à l'instant. Et il le voulait, oh comme il voulait toujours envoyer Thane mordre la poussière. L'avion, cependant, continuait de fumer autour d'eux. Tous ces Paragons et Apinya avaient disparu. Ce n'était pas le moment pour les rivalités, les règlements de comptes. Je ne te pardonne pas, mais nous sommes dans une mauvaise passe. On pourrait utiliser ton aide. Vraiment.

— Avec une promesse, dit Thane. Si on gagne, alors on sera libres. Casiers judiciaires effacés.

— Ça ne te ressemble pas. Où est passé ton plan de domination du monde ? Tes grands projets ?

— Une chose à la fois, Aegis. Les lèvres flétries et minces de Thane s'étirèrent en un sourire. Une chose à la fois.

CHAPITRE 10
DÎNER TARDIF

LE DISTRIBUTEUR automatique n'impressionnait pas. Alors que l'heure approchait vingt-trois heures et que l'influence du dîner s'estompait, Kat était partie à la recherche d'un en-cas. Des chips et des bonbons abondaient, ainsi que des barres de céréales qui semblaient avoir dépassé leur date de péremption depuis une décennie. Elle voulait quelque chose de plus consistant, avec plus de beurre de cacahuète. Elle hésitait, le doigt au-dessus d'une sélection, se mordant la lèvre et se demandant si c'était le bon choix. Si Kat l'achetait, elle devrait le manger, et alors elle serait trop rassasiée pour en choisir un autre, donc...

Ce fichu restaurant l'agaçait. Il avait gâché l'ambiance de la soirée dès le début, puis avait pourri un mauvais film et la décision de Gordon d'aller se coucher tôt. Son excuse ? Que s'ils allaient se disputer à ce sujet toute la journée du lendemain, il ferait mieux de se reposer.

Pas un mauvais plan.

Kat jeta un coup d'œil à son t-shirt et son pyjama. Une tenue qu'elle n'avait pas portée en dehors de son appartement depuis des années, et qui ornait maintenant le couloir poussiéreux et sépia de l'hôtel. La machine à glace gargouilla, peut-être en signe de jugement.

— Tu n'as pas l'air en meilleur état, dit Kat à la boîte carrée marron.

Ce qui ne l'empêcha pas de prendre de la glace. L'eau du robinet avait besoin de tout ce que Kat pouvait y ajouter ce soir.

En retournant à sa chambre, une barre chocolatée et un seau à glace à la main, Kat aperçut un éclat à travers la fenêtre au bout du couloir. Une lumière blanche qui ne correspondait pas à la lueur de l'hôtel et qui disparut en un instant. Une personne lambda n'aurait peut-être pas su ce qu'elle venait de voir, ou ne s'en serait pas souciée, mais Kat avait trop d'expérience pour ne pas cataloguer cette vision et en déduire la cause probable : un drone.

Kat laissa la glace devant sa chambre, garda la barre et en prit une bouchée en se dirigeant vers le bout du couloir. La fenêtre sale, mouchetée des restes boueux de l'hiver, offrait une vue imparfaite : de l'autre côté du parking et sur la gauche se trouvaient le restaurant et son cadre d'anomalies. Les drones — Kat en compta quatre — encerclaient le bâtiment. La corpulence des machines suggérait des gladiateurs, les machines de prédilection de Ziran pour la collecte d'anomalies.

Deux se détachèrent de leur surveillance aérienne, atterrissant dans le parking et s'approchant de l'entrée du restaurant. Les drones allumèrent des lumières sur leurs épaules et leurs poitrines, baignant l'enseigne au néon d'un blanc cru destiné à aveugler toute embuscade potentielle. La paire en vol se déplaça vers l'arrière du restaurant avant d'atterrir à son tour, s'approchant à pas lourds que Kat pouvait entendre.

Toute anomalie dans le nouveau monde de Ziran avait des raisons de craindre, devait s'attendre à ce qu'un drone puisse arriver à tout moment avec l'intention de la tuer ou de l'enlever. Pourtant, Kat avait du mal à concilier l'attaque de ce soir avec son arrivée et celle de Gordon. La coïncidence semblait une explication trop simple.

Elle ne trouverait pas de réponses dans le couloir.

Gordon ne mit pas longtemps à se réveiller une fois que Kat mentionna les drones. Allumer les lampes vives de leur chambre et jeter le sac de Gordon sur son lit aida aussi. L'expérience leur permit d'enfiler leur équipement rapidement, prêts à partir au moment où Kat finissait sa barre. La longue veste sombre de Gordon cachait des armes dans une douzaine de poches, son pantalon tactique gris et son gilet fournissant des cachettes pour des outils nombreux et meurtriers. La combinaison blanche de traqueuse de Kat, équipée de lanceurs aux poignets, un casque à capuche complété par une visière surveillant ses signes vitaux, réglait la température de Kat à son idéal de combat tandis que le duo quittait l'hôtel.

— Et tu penses que nous en sommes responsables ? marmonna Gordon alors qu'ils traversaient un parking silencieux, quelques modules garés et sombres dans des espaces alignés, vestiges d'une autre époque.

— Je ne sais pas, répondit Kat, mais j'aimerais le découvrir. J'ai suffisamment de choses dont je me sens coupable sans ajouter quelques anomalies effrayées à la liste.

Elle devrait agir vite pour faire une différence : les drones n'avaient pas attendu les traqueurs. L'entrée du restaurant — Kat ne pouvait pas voir l'arrière depuis le sol — avait ses portes enfoncées, son enseigne fendue en deux et étincelant sur une allée avant battue. Des éclairs jaillissaient à travers les fenêtres brisées, des crépitements statiques claquant dans l'air alors que les capacités des anomalies paraient les armes des drones et leurs détonations sèches.

— Ils se battent encore, dit Gordon, jetant un coup d'œil à Kat. Dernière chance ?

— Nous avons pris des vies pendant longtemps, dit Kat. Et si on en sauvait quelques-unes, pour changer ?

Elle n'attendit pas Gordon et se mit à courir. D'un geste

rapide, Kat arma un grappin dans son poignet gauche. Un autre mouvement chargea deux sphères argentées dans son poignet droit, modifiées par les Élémentaires pour s'amuser un peu avec ses adversaires plus mécaniques.

Les deux traqueurs traversèrent le parking de l'hôtel, puis la rue devant le restaurant sous un ciel nuageux. La combinaison de Kat indiquait une température d'environ seize degrés avec du vent, un cadre parfait pour une bagarre. Un cadre gâché par un pilier de flammes bleues jaillissant soudainement du centre du restaurant et s'élevant dans les airs. Gordon jura, Kat s'arrêta net dans sa course, et tous deux regardèrent des braises s'envoler de ce pilier. Pas de minuscules étincelles, mais de grandes formes planant vers le toit et le parking.

L'une atterrit à deux mètres du duo de traqueurs, sa forme incandescente refroidissant, se transformant en une adolescente. Derrière elle, la colonne de feu diminua et disparut, laissant de la fumée dans son sillage. Kat s'avança, tendit une main pour aider la fille à se relever. L'enfant de feu regarda le visage de Kat, plissa le sien dans une peur haletante, ses mains se retirant et commençant à briller.

— Attends ! dit Kat, levant la main et rétractant sa visière. Humaine, tu vois ? Je suis de votre côté.

— De notre côté ? demanda la fille, secouant la tête, puis elle regarda en arrière vers le restaurant. Les autres braises se transformèrent en plus d'anomalies et d'enfants plus jeunes. Tous se précipitèrent vers le bord du toit du restaurant, essayant d'en descendre. Les drones sont...

— On comprend, dit Gordon. Tu ne vas pas les battre. Tu dois fuir.

— Fuir où ? La fille se leva, tournant ses mains brillantes vers le restaurant. C'est notre maison.

— Plus maintenant, répliqua Kat. Y en a-t-il d'autres à l'intérieur ?

La fille acquiesça. À ce moment, quelque chose gémit dans

le restaurant, et trois drones gladiateurs jaillirent à travers le plafond, atterrissant sur le toit fragile. Des pouvoirs d'Anomalie, variés en lumière, son et couleur, jaillirent des mains, esprits et corps paniqués vers les machines en une vague fluorescente. Les drones n'en avaient cure, leurs propres attaques perçant à travers. Des fléchettes et pire encore frappèrent les anomalies en fuite, en projetant certains du toit dans de longues chutes vers le béton. D'autres disparurent derrière le rebord du toit, abattus et tombés.

Peu importait s'il y en avait d'autres à l'intérieur. Kat et Gordon auraient du mal à sauver ceux qui étaient dehors.

— Trouvez des capsules, dit Kat à la fille. On va les occuper aussi longtemps que possible.

— Tu montes, dit Gordon, contournant la fille qui semblait encore confuse. Elle devrait comprendre rapidement, les traqueurs ne pouvaient pas perdre plus de temps. Je prends par en dessous.

— D'accord. Kat abaissa sa visière en se dirigeant vers le restaurant, son programme trouvant déjà les points d'accroche idéaux. Envoie-moi après trois drones.

— C'est toi qui as la combinaison sophistiquée, lança Gordon, bifurquant à droite alors qu'ils approchaient du restaurant et visant un trou béant dans le mur de façade.

Une combinaison conçue pour les anomalies, pas pour les gladiateurs, mais Kat garda sa langue et tira son grappin quand même. Le câble d'acier jaillit de son poignet, trouva prise sur la grande enseigne, maintenant brisée, qui surplombait encore le toit. Kat fléchit les genoux et sauta en courant, tordant son poignet juste assez pour amorcer la traction du grappin.

Le câble tira Kat en avant et elle balança ses jambes, les laissant heurter le mur avant du restaurant. Pompant, Kat courut le long du mur alors que des éclairs d'énergie bleus et blancs scintillaient au-dessus d'elle. Des appels à esquiver, attaquer, fuir retentissaient entre les ordres répétés des drones de se rendre. Des balles frappaient avec une touche plus douce, révélant à Kat leur nature caoutchoutée, une approche visant à neutraliser plutôt qu'à tuer.

Ziran devait vraiment vouloir tous ces anomalies vivants.

Avec un peu de chance, cela signifiait que Calvin était encore en vie.

Kat atteignit le sommet du toit, détachant son grappin de l'enseigne tandis qu'elle se faufilait sous sa structure métallique. Devant elle, les drones menaient une guerre gagnante contre une cohue d'anomalies. À côté de Kat et allant dans la direction opposée, sautant du toit et se faisant prendre dans d'autres geysers brûlants et téléporteurs, il y avait des enfants. Les aînés guidaient les plus jeunes, criant des encouragements alors qu'ils sautaient.

Derrière eux, leurs parents retardaient et distrayaient les drones.

La visière de Kat mit en évidence les combattants, étalant les quinze anomalies adultes encore en lutte dans des halos vert menthe. Les trois drones en rouge rubis, chacun avec ses quatre bras ciblant et délivrant. Les gladiateurs avançaient, leurs lourds pieds fissuraient le toit brisé à chaque pas et activaient des jets intégrés chaque fois que des tuiles s'effondraient.

Contre une force Paragon entraînée, Kat estimait que quinze anomalies pourraient gagner, peut-être même facilement si leurs capacités touchaient les bons points. À première vue, ceux-ci n'étaient pas à la hauteur. Elle en vit un lançant des couverts lumineux orange, les fourchettes et les cuillères frappant les drones et fondant en liquide chaud, ne laissant aucune marque et ne causant aucun dégât. Un homme plus âgé donnait des coups de poing dans le vide, ses poings atteignant un drone, l'agaçant suffisamment pour que la machine lui tire dessus avec plusieurs fléchettes à la fois.

Une autre agitait les bras, créant des fissures dans l'air qui attrapaient les fléchettes sortant des canons des drones et les immobilisaient, apportant au moins une certaine valeur. D'autres lançaient leurs capacités, trempant les drones dans des liquides collants, des pluies glacées ou des rayons violets.

Aucun ne faisait grand-chose à part attirer une attention dévastatrice.

Kat pouvait faire mieux que ça.

Se mettant à courir droit vers les drones, qui s'étaient répartis uniformément sur le toit du restaurant, Kat ouvrit son poignet gauche, tapota quelques boutons sur son Tama. Un programme se mit en marche, faisant tic-tac pour gagner une opportunité. Kat secoua son poignet et envoya à nouveau son grappin voler, cette fois vers le drone le plus à gauche.

Le crochet d'acier perçant fila droit vers la machine, mais le drone le vit, agita son bras supérieur droit à une vitesse trop rapide pour être égalée par les humains, et attrapa le grappin de Kat.

Bien.

Le programme Tama se déclencha, et la visière de Kat crépita alors que chaque fréquence radio se retrouvait recouverte d'un charabia ciblé. Chaque commande de la bibliothèque de Mynx, toutes conçues pour faire se rendre les drones, les faire rentrer chez eux, se retirer, explosa dans toutes les langues supportées par les drones. Weed pariait que Ziran ne réécrirait pas tout le code, pas entièrement et pas tout de suite. Kat n'en était pas si sûre, mais une chance valait mieux que rien du tout.

— Courez, bande d'idiots ! cria Kat en tirant sur son grappin, volant vers un drone hésitant.

Des regards la suivirent alors que les anomalies apercevaient la traqueuse en combinaison parmi eux, ou plutôt, voyaient la silhouette de Kat traverser l'air brûlant. La traqueuse entendit quelques appels à courir, à ramasser des amis tombés, puis elle se retrouva les pieds plantés sur un gladiateur de quatre mètres de haut. Le visage métallique du drone semblait stupéfait, ses yeux vides alors qu'il faisait face à l'assaut de commandes.

Peut-être que Weed avait raison.

Avec le grappin l'attachant au bras du drone, Kat porta sa main droite à sa ceinture. Elle en sortit un nouvel outil assemblé à Chicago, une fine batterie avec deux broches n'attendant qu'un circuit fermé. La tenant dans sa main droite, Kat attendit, respira, jeta un coup d'œil vers le parking.

La fille s'avéra être meilleure que simplement effrayée après tout : des capsules filaient dans l'espace, les anomalies y grimpant. Les parents sautant du toit retrouvaient leurs familles, poussaient leurs enfants dans les véhicules. Ziran pouvait traquer les capsules, bien sûr, donc ils devraient s'en débarrasser rapidement, mais-

Le visage du drone bourdonna en bougeant, ces yeux implacables trouvant Kat. Pas de pupilles, pas de blanc, mais Kat sentit le regard quand même. Et elle vit très bien son autre bras tendu vers elle.

— Presque une minute, dit Kat en relâchant le grappin, tombant sur le toit et s'éloignant du bras tendu, laissant la ligne d'acier dans la prise du drone. Pas mal, Weed.

Elle planta la batterie dans le pied droit du drone, cette chose griffue en métal blanc offrant une cible ample. Kat visa l'espace entre les plaques blindées, une fine bande difficile à atteindre si on n'était pas juste dessus. Les pointes s'enfoncèrent, la batterie fit son œuvre, et le drone se figea alors qu'un fort courant faisait fondre ses fils, surchargeant ses transistors.

L'épaule gauche de Kat fut violemment secouée lorsque quelque chose la frappa. Le projectile rebondit sur les tuiles instables du toit, un dard paralysant roulant sur les ardoises. La traqueuse se détourna du drone mort pour voir ses deux compagnons concentrés sur elle.

— Gordon ? cria Kat, la combinaison transmettant le

message à l'autre traqueur via leur connexion localisée. À l'aide ?

Huit bras, chacun chargé de choses très désagréables, firent feu.

Kat plongea en avant, espérant que les drones supposeraient le contraire. La ruse échoua lorsque les drones couvrirent toutes les options, et Kat sentit deux lourds impacts la frapper à la tête et au dos alors qu'elle roulait sur le toit. Sa vision se brouilla, un bourdonnement couvrit la réponse de Gordon, et le bas du corps de Kat s'engourdit pendant un moment terrifiant.

Mais son élan continua de faire bouger Kat. Ses instincts, aiguisés par trop d'anomalies dans trop de situations terribles, lui dirent de faire un mouvement du poignet gauche. Le grappin répondit, manquant presque de briser le bras de Kat mais la projetant vers le haut et loin du champ de tir. Kat heurta violemment le bras du drone grillé, ajoutant plus d'étoiles à son crâne choqué.

Kat se dit qu'elle paierait pour ces commotions un jour, mais ce serait pour plus tard. Elle pouvait mourir maintenant.

Elle s'accrocha au bras de la machine morte, se débattant pour mettre le métal entre elle et les drones, alors qu'il se tenait sur le toit du restaurant, les tuiles sous ses pieds déjà fragilisées par leurs congénères tombées. Les balles en caoutchouc et les fléchettes des deux autres drones poussèrent le toit grinçant au-delà de son bord fracturé, et le drone mort bascula en arrière. Ce n'était pas le trajet auquel Kat s'attendait, mais comme les deux autres drones s'approchaient, essayant d'obtenir une cible claire, la traqueuse prendrait n'importe quoi pour s'éloigner.

Elle voulait aider les anomalies, pas mourir pour elles.

La chute ne dura pas longtemps. Un effondrement d'une fraction de seconde se termina par un bruit strident et craquant lorsque Kat et son drone mort heurtèrent quelque chose en dessous d'eux. Quelque chose qui ne supporta le poids du drone que pendant un instant. Kat, la tête qui tournait, les jambes flageolantes, sa visière lui annonçant une mauvaise nouvelle après l'autre, subit la deuxième chute jusqu'au sol, où l'atterrissage la détacha.

Allongée sur le dos sur la poitrine du drone, Kat fixa un ciel nocturne délavé par les lumières. Pas celles du restaurant, ni celles de la rue voisine, mais celles de ces deux maudits drones. Ils planaient au-dessus d'elle alors que Kat fit claquer son poignet pour rappeler son grappin.

— Kat ! cria Gordon, sa voix, sa vraie voix, venant de tout près. Merci pour le coup de main ! Un drone écrasant un drone !

Huit bras se levèrent à nouveau, visèrent à nouveau. Kat voulut bouger, mais ses jambes étaient comme de la gelée.

— Gordon ? cria Kat. À l'aide ?

Elle commença à rouler, allant vers la gauche, en direction du côté du restaurant et d'un toit encore debout. Elle leva son bras droit quand une fléchette frappa près de l'épaule de Kat. Un raté suivi d'un impact de balle en caoutchouc, celle-ci frappant Kat en pleine poitrine. Sa combinaison encaissa le plus gros du choc, mais la balle lui coupa le souffle. Toussant, haletant, Kat tourna la tête pour voir Gordon boitant vers elle.

Le traqueur avait la panique et la douleur inscrites sur tout le visage, son manteau déchiré et une fléchette paralysante plantée dans sa jambe comme un terrible appendice supplémentaire. Derrière lui, à travers les fenêtres, Kat pouvait voir les capsules filer au loin, les anomalies en fuite.

La griffe métallique coupa sa vue alors que Kat sentit la chaleur des réacteurs du drone. Ses doigts d'acier se refermèrent autour du corps de Kat, se resserrant et la soulevant. Gordon, dégainant une arme, tira une balle. Elle rebondit sur le gladiateur, le projectile disparaissant dans le chaos. Gordon tira encore et encore, chaque tir passant autour de Kat, frappant sa grande cible et ne faisant rien tandis que le ravisseur de Kat s'élevait dans le ciel.

Face vers le haut, Kat vit le reflet brûlant sur la poitrine du drone alors que la machine s'élevait, son armure abîmée mais toujours d'un blanc étincelant. Son partenaire, fonctionnel et en bon état, se lança à la poursuite, descendant dans le restaurant en train de s'effondrer après Gordon. Avec un peu de chance, l'homme réaliserait qu'ils avaient fait ce qu'ils devaient faire et s'enfuirait.

Avec un peu de chance, Gordon s'en sortirait. Avec un peu de chance, Kat ne perdrait pas ses deux meilleurs amis dans cette fichue guerre.

— Dis-moi où nous allons, chuchota Kat à sa visière alors que le drone continuait de monter de plus en plus haut dans le ciel.

La visière, calculant leur vitesse, la capacité de la batterie du drone et les destinations probables, afficha une liste en jaune pâle devant les yeux douloureux de Kat. Ils se déplaçaient rapidement et se dirigeaient vers l'ouest.

CHAPITRE 11
LOYAUTÉS

UN AUTRE CHAMPION CAPTURÉ VIVANT. Wexley avait annoncé la nouvelle alors que Rhimes s'élevait dans les airs au-dessus de Los Angeles lors d'un vol commercial vers Chicago. Son patron voulait un appel vidéo, une longue discussion sur ce que l'arrestation d'Apinya pourrait signifier pour leur stratégie, mais Rhimes avait décliné. Il avait prétexté que l'heure tardive et le déluge quotidien de comptes rendus empêchaient toute conversation. De plus, Rhimes avait argué dans des messages envoyés à la va-vite depuis son siège en première classe, les drones avaient emmené Apinya et les autres anomalies entrantes dans un endroit sûr et sécurisé. Ils avaient le temps de planifier, de décider comment Ziran pourrait diffuser cette grande victoire.

Adriana avait alors sauvé Rhimes, emmenant Wexley pour célébrer. Rhimes commanda son propre whisky pour porter un toast à la femme et à son timing, et les chariots robots qui montaient et descendaient les allées livrèrent la boisson en quelques secondes. Sa saveur fumée standardisée se fit sentir alors que Rhimes réfléchissait à cette femme, qui était arrivée comme une tornade auprès de Wexley, de Ziran et de leur révolution.

Les représentations, le soutien vocal lors des réunions et sa volonté de pousser Wexley toujours plus loin avaient tous fait qu'Adriana s'était attiré les bonnes grâces de Wexley, et Rhimes ne pouvait en blâmer aucun des deux. Ils formaient le couple de pouvoir parfait, s'emboîtant l'un dans l'autre comme s'ils avaient été conçus pour cela. Dès que Wexley avait sécurisé l'Usine, Adriana avait confié ses autres entreprises — les uniformes de Paragon n'étaient plus très demandés — à divers dirigeants et s'y était installée directement.

Les tests sur les anomalies avaient été son idée, et Rhimes ne s'y était pas opposé. Adriana avait poussé pour cela dès le début et Wexley lui avait donné l'autorisation, lui avait tout donné ce qu'elle demandait. Elle s'était jetée dans l'idée dès le départ, sécurisant l'espace, les drones pour que ça fonctionne, et dirigeant Rhimes et ses équipes pour se concentrer sur la capture plutôt que sur l'élimination.

Non pas que cela dérangeait beaucoup Rhimes. Bien qu'il supposait que les anomalies n'allaient pas dans un hôtel de luxe après que son équipe les ait emmenées, au moins elles n'étaient pas des taches de sang sur le mur.

Adriana fournissait aussi des arguments à Rhimes et Wexley : tester les anomalies, découvrir leurs secrets et apprendre à les désactiver. Un adolescent pris pour ce noble effort serait perçu différemment de celui abattu dans la rue. Un père anomalie enlevé dans la nuit pourrait être présenté comme un risque pour sa famille, son quartier, avec le vif espoir qu'il puisse un jour être guéri et rendu.

Juste au moment où Rhimes commençait à croire qu'Adriana était peut-être sincère dans toute cette affaire, elle avait lancé le dernier chiffre : avec suffisamment de temps, ils pourraient apprendre non seulement à désactiver les anomalies, mais aussi quelles capacités activer. Choisir parmi les loyaux, ceux qui pourraient faire le plus de bien sans trahir la cause de Ziran.

Maintenant, Adriana travaillait à une heure au nord, faisant exactement ce qu'elle avait dit.

Rhimes atterrit, accueilli par un baiser humide et brumeux du printemps de Chicago. Le drone tapota Rhimes sur l'épaule et le soldat sursauta, se retournant vers un avion vide. Le petit robot de service annonça quelque chose à propos des règlements et du prochain vol, alors Rhimes se hâta de sortir, déjà de retour sur son Tama tandis que ses pieds le portaient sur un trajet bien mémorisé de la piste de l'aéroport au taxi.

Il jeta un second coup d'œil à l'adresse griffonnée de Zhan-Yo et entra les chiffres et le nom dans l'écran lumineux de la capsule. La machine lui cracha un tarif représentatif qu'il écarta d'un geste pour son compte privé. Ziran aurait remboursé n'importe quel trajet en capsule que Rhimes aurait pris, mais certaines choses étaient mieux laissées hors des livres.

En parlant de cela, le Tama de Rhimes contenait d'excellentes lectures. Les rapports nocturnes des raids de drones et de mercenaires s'accumulaient au fil des minutes, la plupart exposant succès et échecs dans plusieurs colonnes bien définies. Des vies réduites à des variables, des x et des o sur fond noir. Ils avaient atteint soixante-dix pour cent de réussite la nuit dernière, un nouveau record et une marque au sommet de la courbe ascendante qui se construisait depuis la prise de contrôle des drones par Ziran.

Rhimes n'avait pas à se demander pourquoi les machines et leurs surveillants s'étaient améliorés : simple usure. Les drones pouvaient sortir nuit après nuit, les réparations des dommages étant effectuées sans relâche à l'Usine et dans d'autres centres infatigables. Toute anomalie en fuite, quant à elle, avait besoin de nourriture, de premiers soins, de sommeil. Ils pourraient survivre à un raid — comme ce groupe dans le Nebraska qui pensait pouvoir échapper à l'emprise de Ziran — mais au deuxième, ils seraient plus faibles.

Au troisième, ils seraient capturés ou morts.

La rencontre du Nebraska retint l'attention de Rhimes alors que la capsule s'éloignait d'O'Hare sur une montée sinueuse autour du centre-ville. Le responsable à Omaha avait marqué le raid d'un badge d'événement exceptionnel, quelque chose que Rhimes avait mis en place comme moyen de signaler l'activité de Paragon ou des Champions. Tapotant, Rhimes sauta la description tapée et alla directement au flux vidéo enregistré par le drone.

Il regarda le fichu film cinq fois, espérant à chaque visionnage que ça se terminerait différemment. Kat aurait dû être éparpillée sur ce toit, ou ensevelie dans le cadavre incandescent de ce restaurant en flammes. Rhimes ne connaissait pas l'autre qui l'aidait, aperçu seulement furtivement vers la fin. L'homme était probablement parti avec ces anomalies. Il serait arrêté quand les drones poursuivraient l'attaque ce soir.

Mais Kat ?

Le drone l'avait envoyée dans un centre de détention au Kansas. Ils la testeraient là-bas, découvriraient si Kat avait des pouvoirs d'anomalie, et quand ils découvriraient qu'elle était juste une normale... Rhimes se frotta le visage, regardant les centres commerciaux, les panneaux publicitaires annonçant les concerts de l'été. En tant que normale, elle serait accusée d'interférence. Enfermée.

Trop bon pour quelqu'un qui avait failli lui mettre une balle dans le cerveau. Qui avait tué certains des meilleurs soldats de Rhimes près de ce lac gelé.

Un appel, deux messages, et le voyage de Kat changea de cap. Pas de cellule de prison pour elle. Adriana pouvait toujours utiliser plus de corps sains pour les expériences. Kat devrait être une bonne candidate, en forme et parfaite pour un échec précoce et fatal.

Faire ces mouvements ne provoqua pas d'épanouissement satisfaisant, ni de rire sauvage. Rhimes hocha la tête vers le plafond de la capsule, vers ceux qu'il avait perdus. Ils comprendraient, ils sauraient que Rhimes ne les oublierait jamais.

Et maintenant, ils seraient vengés.

L'adresse de Zhan-Yo s'avéra jolie. Isolée au cœur des bois et au bord d'un autre lac, la capsule déposa Rhimes dans un endroit tellement en décalage avec la vie qu'il menait depuis... l'enfance ? Les fleurs de fin de printemps abondaient et, bien que l'heure fût encore matinale, les cuisiniers et leur café bourdonnaient déjà. Le petit matin maintenait sa présentation en niveaux de gris, la bruine mouchetant Rhimes alors qu'il quittait la capsule.

Rhimes s'approcha des portes d'entrée, s'attendant à ce que les portes coulissantes s'ouvrent à son approche. Au lieu de cela, elles restèrent fermées. La fille de quelqu'un arriva derrière lui, agitant son Tama vers une caméra cachée dans une fougère en pot à gauche de la porte, et l'entrée s'ouvrit. Rhimes fit un pas après la femme, jouant les suiveurs.

— Arrêtez-vous, s'il vous plaît, dit une voix brève et sèche venant de nulle part. Je suppose que vous n'avez pas de carte, sinon vous sauriez comment l'utiliser ?

Rhimes recula, gardant les mains libres. Il avait renoncé à l'équipement tactique aujourd'hui, optant pour une chemise légère et un jean comme tenue civile standard. Ses armes et ses tenues plus robustes attendaient dans sa valise, qui était restée dans la capsule en bas de l'allée, accumulant des frais de stationnement à chaque seconde.

— J'essaie de voir Regina, demanda Rhimes.

— Regina qui ?

— Regina Porter.

La voix se tut suffisamment longtemps pour que Rhimes regrette de ne pas s'être arrêté pour prendre un café. Son instinct lui disait que le nom de Regina Porter était assorti d'une longue liste d'exigences, d'obstacles à franchir avant que quiconque puisse aller la voir.

— Comment avez-vous dit que vous vous appeliez ? demanda la voix.

— Je ne l'ai pas dit, répondit Rhimes.

— Ça vous dérangerait de le partager ? Nous ne pouvons laisser entrer personne sans un nom. C'est la politique, vous comprenez.

Et voilà le moment décisif. Rhimes pouvait donner son nom, et il serait signalé. Wexley pourrait recevoir une notification sur son Tama immédiatement, et en moins de dix minutes, Rhimes se retrouverait sur la défensive face à l'entreprise dirigeante du monde et son homme de tête. Voulait-il affronter tout cela, juste parce que Zhan-Yo lui avait laissé une note sur un banc ?

Juste parce qu'une révolution pour un monde meilleur semblait se diriger vers la dystopie ?

— Désolé, dit Rhimes. Je reviendrai plus tard.

La voix ne répondit pas et Rhimes retourna précipitamment à la capsule, se glissa à l'intérieur et lui demanda d'aller lui chercher ce café. Il se passa à nouveau les mains sur le visage et respira profondément. Ce n'étaient pas ses nerfs, jamais ses nerfs qui le trahissaient. L'idée, cependant, qu'il se retournerait contre Wexley. Ridicule. Stupide. Il n'aurait pas dû venir ici du tout.

Mais.

Après que Zhan-Yo ait tué Aegis, Rhimes était devenu le garde du corps personnel de l'homme. Il avait escorté Zhan-Yo d'une cachette à l'autre, récupéré de la nourriture, du linge et tout ce dont Zhan-Yo avait besoin. Ils avaient passé des nuits dans des sacs de couchage et des journées à observer le monde depuis des chantiers de construction tranquilles ou des bars sombres. Alors que Rhimes pouvait s'asseoir et passer des heures sans dire un mot, Zhan-Yo s'avérait être tout le contraire.

Comme si l'homme avait besoin que Rhimes y croie, Zhan-Yo déversait sa vision encore et encore. Le récit, l'objectif n'était jamais identique, avec des variations introduites chaque fois que Zhan-Yo complétait sa révolution. Cette fois-ci, il y aurait un comité tiré au sort parmi tout le monde, cette fois-là les anomalies et les normaux éliraient leurs dirigeants, et la dernière supprimait complètement la variance : une représentation régionalisée, peu importe le statut normal ou anomalie.

Rhimes respectait le plus cette dernière : arrêter de diviser les gens par quelque chose qu'ils ne pouvaient pas contrôler. La couleur de peau, la langue, l'histoire familiale, toutes ces conneries n'avaient pas d'importance comparées à ce qu'une personne faisait de son temps. Mettre tout le monde sur un pied d'égalité et peut-être que Rhimes aurait moins de raisons de porter une arme, moins de raisons d'appuyer sur la gâchette.

Le café choisi par la capsule avait une ambiance lumineuse, un endroit local avec du caractère et de vrais gens derrière ses comptoirs. La capsule déposa Rhimes à la porte et alla se nicher dans un coin. Rhimes parcourut le menu, choisit un scone et un moka, puis s'installa à une table en bois bancale. Du bois flotté peint avec des dictons ringards envahissait les murs, entrecoupé de photos de famille qui devaient appartenir aux propriétaires.

— Voici pour vous, dit le barista en déposant la délicieuse double dose.

— Une question pour vous, dit Rhimes avant que le jeune homme ne puisse se précipiter vers le comptoir. Ce n'est pas comme si le café avait une centaine de clients à cette heure-ci de toute façon.

— Bien sûr ?

Oh, cette nervosité maladroite. Rhimes se dit qu'il avait dû être comme ça aussi, il y a bien longtemps. Comme ça disparaissait vite quand des vies commençaient à dépendre de vos actions.

— Disons que vous avez deux amis, et qu'ils ne s'aiment plus, dit Rhimes, et bien que le barista continuait à regarder vers le comptoir, il semblait écouter. L'un vous demande de l'aide pour quelque chose d'important, mais cela mettrait l'autre en colère. Ça vaut le risque ?

Rhimes grimaça intérieurement de sa propre explication.

— Je ne sais pas, monsieur, dit le barista. Je suppose que ça dépendrait de l'importance de la chose, et de l'ami que vous préférez.

Le barista n'attendit pas que Rhimes poursuive. Le garçon n'avait pas exactement lâché une perle de sagesse, mais à quoi s'attendait Rhimes ? À obtenir de la clarté d'un gamin qui avait moins de la moitié de son âge ?

Non, s'il voulait vraiment des réponses, il devrait aller à la source.

Rhimes sortit son Tama, composa le numéro et laissa sonner. Deux sonneries et Zhan-Yo décrocha.

— Je suis là, dit Rhimes.

— Et ?

— Je ne suis pas encore entré. Ils le sauront, il le saura quand je le ferai.

— Il finira par le découvrir de toute façon, répondit Zhan-Yo. Des parasites grouillaient en arrière-plan, comme si l'homme avait une fenêtre ouverte alors que sa capsule filait sur l'autoroute. Tu dois faire le bon choix.

— J'ai compris, il a une femme secrète cachée ici, dit Rhimes. Ce que je ne vois pas, c'est comment ça va valoir le coup de ruiner ma vie.

— C'est parce qu'elle connaîtra les mots.

— Quels mots ?

— Chaque drone a un dispositif de sécurité. Aegis nous l'a dit. Mynx l'a mis là, mais nous avons essayé le sien, et ça ne fonctionne pas, dit Zhan-Yo. Wexley a dû le remplacer.

— Ou l'a supprimé.

Le rire de Zhan-Yo se fit entendre. — Il a peur des anomalies, de tout ce qui est plus fort que les humains. Il n'y a aucune chance qu'il supprime la seule arme qu'il a contre les drones. Nous avons besoin de ce code d'accès.

Rhimes se pencha en arrière sur sa chaise, regardant les murs du café. Tous ces gens heureux, non perturbés par les machines déchaînées, les anomalies déchaînées.

— Je comprends, tu l'utilises sur un drone et il est changé à nouveau, dit Rhimes. C'est un mauvais plan.

— Non. Tu l'obtiens, tu t'infiltres dans le quartier général de Ziran là-bas, et tu l'envoies à tous les drones. À tous en même temps. Ça nous achète assez de temps pour faire ce qui doit être fait. Tu comprends ?

Rhimes aurait pu dire que Wexley gagnerait plus à l'Usine, mais il n'avait pas besoin de demander. Pas besoin non plus de s'interroger sur les raisons pour lesquelles Zhan-Yo n'était pas ici avec une équipe d'intervention sur les anomalies pour faire ce boulot. Les autres, tous ces Paragons sournois, attaqueraient l'Usine de toutes leurs forces. Ils coordonneraient probalement une action mondiale, frappant simultanément tous les sites de fabrication de drones sur la planète.

Un coup audacieux, peut-être le seul coup jouable. Maintenant Rhimes l'avait. Le livre entier. Il pouvait appeler Wexley qui brouillerait le code, le rendrait aléatoire, inconnaissable. Ensuite, ce serait une lente glissade vers une fin inévitable.

— Pourquoi tu me dis tout ça ? dit Rhimes. Tu ne l'as pas fait avant ?

— Parce que tu es allé à Chicago, répondit Zhan-Yo. Tu m'as fait confiance jusque-là. Je te fais confiance en retour. Des milliards de vies attendent que tu les sauves, Rhimes. S'il te plaît.

— J'y réfléchirai.

— Ne réfléchis pas trop longtemps. Des choses sont en

mouvement que nous ne pouvons pas arrêter. Dis-moi quand tu auras le code.

Rhimes raccrocha. Il fixa son moka, prit le scone et en essaya une bouchée. Sucré, avec de petits éclats orange. Le barista l'observait de derrière le comptoir. Peut-être que le gamin avait entendu la conversation, pas que ça ait de l'importance.

Il finit le scone, la moitié du moka, puis se leva. Il retourna au comptoir et attendit derrière deux lycéens et un livreur pressé. Le barista lui demanda ce qu'il voulait.

— Tu connais quelqu'un qui aimerait se faire un peu de rep ? demanda Rhimes.

Cette fois, le barista n'avait pas l'air si confus.

CHAPITRE 12

DOUCHES ET SURPRISES

LES BESOINS fondamentaux entraient en concurrence avec le traumatisme persistant tandis que Cassidy regardait la capsule s'éloigner avec Aegis, Thane et Samir, la laissant seule avec Celice au milieu des débris de l'avion. Elle voulait de l'eau, une douche, quelque chose pour nettoyer les coupures qu'elle avait subies en tombant dans une forêt, et, franchement, Cassidy aurait vraiment aimé avoir un baume pour les cicatrices de son esprit.

Maintes et maintes fois, elle avait surmonté le choc déchirant quand un compagnon, un ami quittait la vie. Cassidy avait connu les épreuves habituelles en grandissant : des parents qui décédaient ici et là, des funérailles et des éloges funèbres, et la prise de conscience de l'inévitable marche du temps. Mais une fois que Mynx avait abandonné Cassidy sur l'île-prison, cette marche était devenue un sprint viscéral.

Au début, les anomalies s'entre-déchiraient. Désespérés d'obtenir le moindre avantage, ou simplement parce que leurs actes dans la civilisation les avaient rendus inaptes à tout semblant de société, les démons largués sur l'île nécessitaient parfois des mises à mort sévères. C'est là que Cassidy avait appris à fendre quelqu'un avec son vide, appris à regarder la mort dans les yeux sans ciller.

— Ça ne devient jamais plus facile, dit Celice, la fille d'Aegis regardait les ruines encore fumantes. Les métaux chatoyants brillaient sous la lumière des étoiles, les falaises comme des obélisques dans la nuit. Celice inspectait comme une détective, la lumière de son Tama glissant dans les recoins, comme si un Paragon pouvait être caché sous les rochers. Même avant tout ça, on perdait des gens tous les jours pendant ces missions.

— Tu lis dans les pensées ? demanda Cassidy, restant de son côté de la rue.

L'océan s'étendait par là, une étendue noire brisée par les lueurs occasionnelles des navires se dirigeant vers le sud, vers les docks de Los Angeles. Le bruit des vagues avait toujours ce son réconfortant, un écho de sa jeunesse passée sur la côte de l'Oregon. L'épuisement arrivait avec la marée, et elle avait envie de s'allonger, ici même dans la poussière, et de sombrer dans le sommeil.

— Pas vraiment, dit Celice, mais il faudrait être un peu monstre pour ne pas penser à la mort après tout ça.

— Ils ne sont peut-être pas morts, répondit Cassidy. Elles criaient, réalisa Cassidy, dans et par-dessus la brise, les vagues. Facile à faire ici, quand on ne pensait pas aux murs, à qui pourrait écouter. Les drones semblaient ne pas vouloir nous tuer.

— Les anomalies ne quittent jamais ce camp, répliqua Celice, en marchant sur les gravats pour rejoindre Cassidy, son inspection apparemment terminée. Aucune de celles qu'on a trouvées. Ziran a capturé de bons Paragons, des forts qui auraient pu s'échapper de presque n'importe où, mais on n'a rien entendu. Elle jeta un coup d'œil à son Tama. La capsule est presque là.

— Et ensuite ?

— On rentre. On se nettoie. On examine ce qu'on a appris et on planifie la prochaine mission.

— Pour sauver Apinya.

— Et les autres, rétorqua Celice. On a envoyé l'avion en Thaïlande pour Apinya, oui, mais pas que pour lui. On a besoin de combattants. Toi et Thane et tous les autres Paragons dans cet avion.

— Et si je suis fatiguée ?

Celice rit. — Alors tu t'intégreras parfaitement.

Cassidy fit arrêter la capsule à mi-chemin dans une épicerie ouverte toute la nuit. À la périphérie de Los Angeles, ses étagères avaient des marques que Cassidy reconnaissait. Elle en avait eu un aperçu à Hawaï, mais cette escapade avait été trop rapide, trop frénétique pour toute rêverie. Et autant Cassidy voulait une douche, dès que cette capsule arriverait à destination, où que Celice l'emmenait, Cassidy serait à nouveau enchaînée.

Parcourant du doigt les boissons dans le grand réfrigérateur du magasin, Cassidy repéra celles que ses enfants adoraient. Les styles des logos avaient changé, bien sûr, mais les noms restaient les mêmes. Les saveurs aussi. Elle aurait pu remplir un chariot avec leurs préférées maintenant, elle se souvenait de la liste de courses comme si c'était...

— Tu sais pourquoi j'ai demandé à rester en arrière avec toi ? demanda Celice, entrant dans l'allée et faisant sursauter Cassidy. Elle le dissimula en prenant une bouteille — quelque chose d'énergisant citron-lime — et en la déposant dans le panier de Celice.

— Parce que partager une capsule avec Thane et Aegis serait un cauchemar ?

Un léger sourire, triste et sarcastique à la fois, — Il a tué ma mère, tu sais. Thane, je veux dire. Un accident.

— Il était en colère, devina Cassidy.

— Il en avait tous les droits.

— C'est une sacrée perspective, dit Cassidy, emmenant

Celice dans une autre allée, celle des soins de la peau, savons, shampoings. Qui savait ce que les Paragons stockaient réellement dans leur planque miteuse. Je dois avoir vingt ans de plus que toi et je ne pense pas que je pourrais laisser passer ça.

— J'ai déjà eu ma dose de vengeance. Ce n'est pas aussi amusant qu'il n'y paraît, ni aussi satisfaisant.

Cassidy décida de laisser le jury délibérer sur ce verdict pendant un moment. Bien que les drones l'aient enlevée, brûler les machines ne la faisait pas exactement se sentir comme un ange vengeur. Non, cela attendrait jusqu'à ce qu'elle remonte vers le nord, jusqu'à ce qu'elle trouve son ex-mari et ait une longue, très longue conversation avec lui.

Cela viendrait plus tard. Pour l'instant, elle avait mis assez dans le panier de Celice pour se nettoyer, pour avoir une autre tenue quand la première finirait par tomber en lambeaux, et le duo passa à la caisse. Celice passa son Tama et elles retournèrent sur le parking, vide à l'exception de leur capsule et d'une autre qui arrivait.

Cassidy sortit sa boisson, fit un signe de tête vers le trottoir devant le magasin et Celice comprit l'allusion, sortant son propre thé glacé en bouteille.

— Tu as déjà fait ça avant ? demanda Cassidy alors qu'elles choisissaient leur place, s'asseyant avec les pieds sur le béton. Derrière elles, des lumières jaune-blanc brûlaient intensément.

— S'asseoir devant un magasin ? Celice secoua la tête. Pas vraiment.

— Nous avions l'habitude d'aller manger des glaces, ma famille et moi. C'était plus agréable là où nous vivions. Pas autant d'autoroutes, pas autant de bâtiments. Mais nous prenions nos cornets et nous nous asseyions sur le trottoir, exactement comme ça. Elle prit une inspiration et Celice n'intervint pas, laissant Cassidy continuer à glisser dans ses souvenirs. À l'époque, les Paragons semblaient nouveaux. Ça faisait déjà des années, mais on ne change pas tout du jour au lendemain.

— On ne peut qu'espérer.

— On se concentrait sur les petites choses. L'école. Le sport. La météo ou le prochain jeu vidéo qu'ils voulaient. Cassidy prit une gorgée. Le goût était le même, sucré et acidulé, comme toujours. La nuit, mon mari et moi, on se disputait sur ce qui allait arriver ensuite. Comment pouvait-on parler à ses enfants de leur avenir quand tout pouvait partir en fumée à leurs treize ans ?

— Treize ans ?

— Les tests. Les examens d'anomalie que les Paragons faisaient passer à tous les enfants. Cassidy secoua la tête. Je comprenais pourquoi, nous le comprenions tous, ou du moins c'est ce qu'on se disait. Un soupir, Cassidy se mordit la lèvre. Je n'étais pas là quand c'est arrivé. Je n'ai pas pu les serrer dans mes bras, leur dire que tout irait bien, parce que j'étais sur cette foutue île.

Celice ne dit rien. Elle but, elle fixa leur pod. Cassidy attendit, et peut-être blessée parce qu'elle pensait qu'elles formaient une sorte de lien, parla d'un ton plus dur : — Rien à dire ?

Un haussement d'épaules. — L'île n'est peut-être pas la meilleure idée de Mynx, mais l'alternative ? On serait comme Ziran maintenant. Prendre tous ceux qui commettent un crime et les fourrer dans une cellule. Ou les tuer. Celice posa son verre, activa son Tama et appela le pod. Quand tout sera fini, si tu t'en sors, au moins tu pourras aller voir ta famille.

— C'est une promesse ?

— Pas une que je peux faire, dit Celice alors que le pod arrivait, mais une que tu peux gagner.

La cachette interdimensionnelle de Pocket n'avait pas l'eau courante. Pour cela, Cassidy dut prendre un pod séparé vers un hôtel voisin. Elle loua une chambre en utilisant un nom et un compte que Celice lui avait donnés, se ressaisit et fit une sieste bien méritée dans un vrai lit pendant que les autres s'affairaient à planifier. D'une certaine manière, c'était une bénédiction d'être un personnage secondaire : elle pouvait se blottir dans les draps frais pendant que tous les autres restaient éveillés en essayant de sauver la planète.

L'appel arriva bien avant que Cassidy ne veuille se réveiller. Le soleil était déjà bien avancé dans sa promenade matinale, mais les aventures de la veille ne se prêtaient pas à faire la grasse matinée. Néanmoins, Celice parla à travers le téléphone de la chambre, disant à Cassidy de se préparer et de la rejoindre dans le hall. Après sa deuxième douche — pas aussi bonne que la première, mais toujours incroyable après si longtemps dans les marais thaïlandais — Cassidy enfila le t-shirt et le jean déchiré du magasin et descendit.

Celice, inchangée depuis la veille à l'exception des cernes grandissants sous ses yeux et de la casquette de baseball noire sur sa tête, avait un café qui attendait quand Cassidy sortit de l'ascenseur. Avec peu de préambule, elle conduisit Cassidy à travers le hall banal et à l'extérieur, où elle s'attendait à ce qu'un pod l'attende.

Au lieu de cela, rien. Un parking avec quelques pods immobiles et du soleil. Des palmiers bordant l'hôtel.

— Quoi, il y a un pod invisible maintenant ? dit Cassidy. Une autre anomalie qui peut nous faire flotter au vent ?

— Pas tout à fait. Celice gardait un visage impassible sous cette casquette. Comment est le café ?

Cassidy but. Un peu trouble, et elle l'aurait préféré avec du lait, mais encore une fois, après l'île et les marais, elle ne se plaindrait pas.

— Le meilleur que j'ai eu depuis longtemps, dit Cassidy et Celice hocha la tête.

— Bien, continue à boire et suis-moi.

Cassidy éloigna la tasse de ses lèvres. — Quoi ?

Celice alla à droite, vers la route et un trottoir brûlé par le soleil. De l'autre côté de la rue, les commerces ouvraient, les détaillants enlevaient les panneaux "fermé" et mettaient les panneaux "ouvert". Les oiseaux qui s'attardaient dans les buissons se faisaient entendre. Cassidy réalisa que les chaussures qu'elle avait achetées au magasin la veille au soir n'allaient pas si bien, frottant ses pieds à chaque pas.

Pas que l'irritation comptait à côté de ce que Celice mijotait.

— Le plan, dit Celice, exige que tu continues à boire ce café jusqu'à ce qu'il soit fini.

— Que se passe-t-il ensuite ? Je me transforme en quelque chose ? On n'est jamais trop prudent avec les anomalies. Et quel est le reste de ce plan ?

— Je ne peux pas encore te le dire. Il y a toujours une chance que quelqu'un puisse lire dans tes pensées. Ou te briser.

Cassidy s'arrêta à la fin de l'hôtel, faisant danser la tasse au-dessus des fines fougères qui avaient élu domicile dans le paillis brun.

— Tu me dis, ou je jette ça tout de suite.

— C'est pour ta sécurité et la mienne. Celice, déjà sur le trottoir, se retourna vers Cassidy. Je ne connais même pas le reste. Juste te faire boire ça et marcher par ici.

De toutes les injustices. Combien Cassidy avait-elle fait pour Thane, combien avait-elle enduré juste pour qu'il puisse poursuivre toutes ses conneries, et maintenant, encore une fois, elle se retrouvait impliquée dans un stratagème. Thane devait aussi être derrière tout ça : Aegis ne connaissait pas du tout Cassidy, et si Celice ne connaissait pas le plan, alors elle ne serait pas celle qui offrait Cassidy pour ça.

— Si ça peut aider, dit Celice, Thane est faible. Vraiment faible. Il utilise tout ce qu'il a pour ça. Il a dit que tu étais la seule en qui il avait confiance pour cette partie.

— Il a dit ça ?

Celice ne cligna pas des yeux, ne haussa pas les épaules, ne détourna pas le regard. Droit dans les yeux avec ces yeux froids. Cassidy voulut grimacer que quelqu'un d'autre puisse être aussi abîmé qu'elle. Elle ramena le café du bord, l'avala d'un trait.

Elle n'arriverait jamais à rejoindre sa famille au nord, pas sans aide.

— Tu sais, dit Cassidy quand elle eut fini toute la tasse, nous n'avons jamais fait confiance aux Paragons. Jamais. Ça n'aide pas.

— Pas besoin que tu me fasses confiance. On a juste besoin que tu fasses ce qu'on te dit.

— Encore une fois, ça n'aide pas.

Mais elle suivit quand même Celice le long de la route. Cinq pâtés de maisons alors que la journée se réchauffait. Un ciel sans nuages donnait au soleil libre cours, et l'astre en profitait. Celice ne parlait pas et Cassidy ne lui demandait pas de le faire. Les centres commerciaux, les laboratoires pour la viande et les légumes, alternaient les uns avec les autres jusqu'à ce qu'ils se transforment en un parc. Un espace vert, tout soigné et prêt à être apprécié.

Cassidy compta déjà cinq enfants sur l'aire de jeux, les parents les poursuivant. Celice tourna dans le parc, mais resta à l'écart des familles. Au lieu de cela, elle dirigea Cassidy vers un terrain vide.

— Je ne peux pas dire que je comprends ce qui se passe ici, dit Cassidy.

— Attends, répondit Celice. Reste ici. Reste calme. Tu iras bien.

Celice posa sa main sur l'épaule de Cassidy alors qu'elles atteignaient le centre du terrain, fit un signe de tête à l'anomalie. Puis elle courut. Un sprint à toute vitesse qui n'avait aucune étincelle évidente jusqu'à ce que, jusqu'à ce que...

Merde.

Ils arrivèrent rapidement, de tous les côtés. Trois gladiateurs d'en haut, deux drones traqueurs d'en bas surgissant des buissons. Leurs alarmes hurlaient, avertissant les piétons de reculer. Cassidy sentit les vides sauter à ses doigts alors qu'elle tournoyait, essayant de décider lequel détruire en premier.

— Arrêtez-vous, dit un gladiateur alors que les drones approchaient, leurs couleurs blanc-orange terriblement déplacées dans ce parc naturel.

Cassidy aurait pu, aurait dû fendre le drone en deux avec un vide. Elle esquissa un geste du bras dans cette direction, mais s'arrêta. Elle sentit le café sur sa langue, entendit Celice parler dans son esprit.

Attends, reste calme. Le plan de Thane.

Au-delà des drones, Cassidy aperçut les enfants qui regardaient, leurs parents ramassant les tout-petits pour les emporter. Si elle affrontait les drones maintenant, il y avait une chance qu'elle meure. Qu'elle inflige à ces enfants une vision qu'ils n'oublieraient jamais.

— D'accord, dit Cassidy. Vous me voulez ? Vous m'avez.

Ils s'approchèrent alors lentement, leurs griffes d'acier déchirant l'herbe. Les drones traqueurs et toutes leurs pattes brillaient, les gros cafards s'approchant. Un gladiateur décida de prendre les devants et lorsqu'il fut à un mètre, Cassidy se tourna vers lui, levant ses deux mains en un magnifique double doigt d'honneur.

Elle sentit une piqûre, un choc dans son dos. L'engourdissement arriva rapidement, ses genoux cédant en un souffle. Au moins l'herbe lui offrait un atterrissage en douceur. Au moins elle ne sentit pas le drone la soulever.

Elle vit cependant, alors que sa vision se rétrécissait en un tunnel, ces parents paniqués et leurs protégés qui se retournaient vers elle. Sur ces visages, Cassidy ne vit pas de haine.

Mais elle vit de la peur, et pas dirigée contre elle.

CHAPITRE 13

RÉVOLUTIONNAIRES

LE SALAUD au sang-froid regardait les drones emmener son amie-petite amie ? Amour ?-sans un mot. Aegis, les bras croisés, partageait ce regard depuis le restaurant de l'autre côté du parc. À l'intérieur, derrière de grandes fenêtres captant le soleil, le trio explorait le café, attendait les œufs, et laissait une place libre pour que Celice les rejoigne. Les vêtements de ville abondaient, pas un murmure de Paragon parmi Thane, Zhan-Yo et Aegis. Le grand méchant lui-même restait mince, desséché.

Le fauteuil roulant de Thane était près de l'entrée, caché entre une grande fougère et une hôtesse d'accueil qui s'ennuyait.

— Je lui en ai fait voir de toutes les couleurs, dit enfin Thane, tournant ses yeux perçants et enfoncés vers eux. Elle a bien géré tout ça.

— Si proche du remords, et pourtant si loin, répliqua Aegis. Comme si tu savais ce que ce mot signifie.

Le trajet en navette vers la cachette de Pocket la veille avait été un exercice étudié de silence. Samir avait déversé toute l'histoire du jet pendant le voyage, donnant à Aegis l'occasion de poser des questions au pilote et d'éviter de remarquer Thane. Pas un regard, pas un mot, pas une tape dans le dos pour l'anomalie qui pourrait sauver le rêve d'Aegis.

Car, assis ici et dans cette navette, Aegis se demandait si un rêve nécessitant cela valait la peine d'être sauvé.

— Tu ferais la même chose et tu le sais, dit Thane. Sa voix sortait tremblante, si sèche et faible. Difficile de comprendre comment cet homme avait battu Aegis la dernière fois qu'ils s'étaient rencontrés. Tu ne peux pas changer le monde sans sacrifice.

— De grands mots avant le petit-déjeuner. Aegis promena son regard dans le restaurant, à la recherche du drone qui apporterait la première tournée. La machine n'était pas encore sortie de la cuisine, mais les quelques autres tables rondes occupées, recouvertes de nappes en lin, présentaient des mets délectables. Mais nous voilà.

— Nous y voilà en effet, dit Zhan-Yo, se levant et faisant une petite révérence à Celice alors que la femme prenait la quatrième chaise à la table. Nous sommes en mouvement ?

— Vous n'avez pas vu ce qui s'est passé ? demanda Celice, enlevant sa casquette de baseball et secouant ses cheveux courts. Cassidy est sur le plateau maintenant.

— Tout comme mon associé, dit Zhan-Yo. Il est temps que nous entrions en jeu.

Aegis pointa un doigt vers Thane. — Il reste à la maison. Quoi qu'il arrive.

Le vieil homme ne riposta pas. Ne dit rien. Disparut à nouveau dans sa propre tête, explorant des scénarios qu'Aegis ne pouvait imaginer, ou quelque chose comme ça. Durant toutes ces années où ils avaient gardé Thane enfermé, drogué, Aegis avait appris à réserver son offense pour la parole, pas pour le silence.

— Il jouera son rôle, sourit Zhan-Yo. Ce n'est pas le moment pour les rancunes, aussi méritées soient-elles.

Aegis grogna, Celice leva les yeux au ciel. Les œufs arrivèrent, et le quatuor resta silencieux pendant qu'ils dévoraient leur petit-déjeuner. Ils connaissaient le plan, comprenaient ce qui allait suivre.

Et on ne savait jamais qui, ou quoi, pourrait être en train d'écouter.

Aegis passa ses mains sur la sélection étalée sur le comptoir bleu tacheté et laminé. Une machine à café bouillonnait à proximité, sa boîte à bagels voisine faisant contrepoint aux machines de mort fraîches sous les doigts du Champion. Le soleil entrait par la droite, tamisé par des stores tirés mais suffisant pour baigner sa fille d'une belle lumière tandis qu'elle remplissait sa propre ceinture de moyens létaux.

— La première fois sur le terrain ensemble, dit Celice, cliquetant un chargeur dans son compartiment. Pas de munitions normales ici — les balles étaient difficiles à trouver — à la place, tous les chargeurs avaient leur contenu adapté pour le meurtre mécanique. Difficile à croire.

— C'est ma faute, répondit Aegis. Il trouva une matraque, son extrémité arrondie et argentée. Prête à conduire de l'électricité. Il la ramassa, actionna l'interrupteur du pouce et sentit le bourdonnement dans l'arme noire. Tu étais prête depuis longtemps.

— Qu'est-ce qui te fait dire ça ? Celice sourit en accrochant trois grenades à son équipement. C'est parce que j'ai traqué Zhan-Yo jusqu'à Londres, que je l'ai battu directement ? Ou...

— Avant tout ça, dit Aegis, et Celice perçut le ton, regarda Aegis placer la matraque dans sa pile à garder. Quand tu as fait venir Mynx à Manhattan. Quand tu as travaillé avec elle pour me convaincre que je ferais mieux de commencer à penser à l'avenir.

— En quoi cela me rend-il prête pour le service sur le terrain ?

— Parce que tu penses à ce qui vient après le prochain coup, répondit Aegis. Tant que les humains existeront, nous nous battrons pour quelque chose. Il y aura des gagnants et des perdants, mais si tu peux voir un peu plus loin, tu seras plus souvent du côté des gagnants.

— Se battre pour toujours ? Celice soupira. Papa, tu sais comment prendre un bon moment et le rendre amer.

— Peut-être que c'est ce que je suis maintenant. Amer.

— Je dirais plutôt acariâtre. C'est ça. Tu es un vieil homme acariâtre.

Aegis esquissa un sourire, regarda Celice et agita une deuxième matraque dans sa direction. — Fais attention, ou ce vieil homme acariâtre va te donner une leçon.

Celice étira ses bras au-dessus de sa tête. — Une leçon de quoi ? De mauvaise humeur ?

La matraque vola rapidement quand Aegis la lança, tournoyant fort vers l'estomac de Celice. Elle l'attrapa, roula de la chaise avec le mouvement et se releva debout, la matraque pointée vers son père.

— Tu vois ? Je ne baisse jamais ma garde non plus, dit Celice. Tous tes dictons, tes leçons. J'ai écouté.

— Je peux voir ça. Aegis hocha la tête. Tu es prête.

— Et toi ? Celice fronça les sourcils, s'approcha du comptoir et rendit la matraque. Je sais que Mila t'a rafistolé, que tu as frappé ces machines, mais tu as déjà essayé l'Usine avant.

Trois fois. Au début, quand ils avaient enfin atteint LA depuis Londres, via des trajets à travers le pays, Aegis avait foncé par là. Il avait traversé un gladiateur avant de réaliser que deux douzaines d'autres se tenaient sur son chemin, avant de réaliser que même lui serait assommé en essayant ça en solo.

La deuxième tentative fut coordonnée. Une attaque variée avec les Parangons et les Élémentaires de Los Angeles s'associant pour un grand raid. Ils avaient eu la puissance de feu, mais la mauvaise stratégie. Une grande force arrivant et exigeant satisfaction, avec les médias alertés pour mettre en scène la chute de Ziran, pour se faire prendre d'assaut par des machines et les commandos humains de Ziran de tous côtés. Une retraite drastique, trop d'anomalies capturées ou tuées.

Après cela, les choses s'étaient assombries pendant un mois. Aegis et les autres léchaient leurs blessures, cherchaient du soutien dans le monde entier. Zhan-Yo reconstruisait son réseau souterrain, trouvant des normaux sympathiques qui ne voulaient pas que le massacre total remplace le règne des Parangons. Cette réalité poussa Aegis vers la troisième tentative.

Car si Zhan-Yo ralliait tout le monde à sa cause, si l'homme qui avait bombardé un stade réussissait à orchestrer une mission libératrice du monde et mettant fin à la guerre, alors Aegis n'aurait aucune chance de rétablir les choses. Les Parangons seraient finis. Terminés pour toujours.

Il avait donc trouvé son équipe loyale, une petite force d'intervention de dix anomalies. Ils s'étaient élancés de la dimension de Pocket au cœur de la nuit, avaient creusé leur chemin grâce à une capacité jusqu'à l'ancienne maison de Mynx sur la côte. Évitant la porte d'entrée, ils étaient arrivés directement à ces escaliers, prêts à l'action.

Et ils avaient trouvé trop de métal qui les attendait.

Ça avait été le pire. Les drones de pistage jaillissant du sable à leurs pieds, les gladiateurs se dressant au-dessus des falaises. Sachant qu'ils étaient finis avant même que le combat ne commence. Aegis avait ordonné l'évacuation et sept s'en étaient sortis.

Depuis lors, il était resté silencieux, étouffant les voix paniquées chaque fois qu'elles s'élevaient pour dire qu'il avait échoué.

— Elle faisait un peu plus chaque jour, dit Aegis. Il était resté dans cette cuve, suspendu dans des produits chimiques. Démangé partout pendant que les enzymes, les protéines, peu importe, faisaient leur travail. Elle descendait, me donnait ce qu'elle pouvait épargner. Reeves envoyait un drone avec elle pour ramener Mila quand elle avait fini.

— Je ne savais pas qu'on pouvait être blessé à ce point et encore vivre.

— Ce n'était pas mon corps qui a pris le plus de temps. Mon esprit, Celice. Mila n'a pas seulement remis mes os en place, mais elle a trouvé mon cerveau, privé d'oxygène et malmené, et l'a remis en état aussi. Des synapses par millions.

Aegis posa ses paumes sur le comptoir. Mila avait aussi disparu. Disparue avec Mynx. Tout le monde supposait que les deux Champions étaient cachés dans l'Usine.

— Tu es sûr que tu en as autant ? demanda Celice, en penchant la tête et haussant un sourcil.

— Hé.

— Tu prends beaucoup de coups, papa. Les preuves sont accablantes.

Secouant la tête, Aegis se poussa en arrière, se dirigeant vers le salon de l'appartement. — Arrête de viser les cibles faciles et prépare-toi. Cette fois, c'est la bonne.

Zhan-Yo acquiesça quand Aegis lui dit la même chose. Malgré ses commentaires au petit-déjeuner, le combattant, bombardier, meurtrier et leader avait ses deux tachi étalés sur le lit. Aegis se focalisa sur les lames, sentant le tranchant coupant et déchirant la colonne vertébrale alors que l'une d'elles se plantait dans son dos. C'était dans les souterrains sombres de Chicago, dans une sous-station ou quelque chose comme ça couverte de crasse. Une embuscade avec des traîtres et-

— Es-tu concentré ? demanda Zhan-Yo, serrant un bandage autour de son poignet droit.

— Concentré ? demanda Aegis. À quoi d'autre pourrais-je bien penser ?

— À Thane, par exemple.

— Peut-être que c'est toi. Peut-être que je suis distrait parce que le gars qui m'a poignardé dans le dos me donne des ordres.

Zhan-Yo hocha la tête. — J'ai fait ce que je pensais être

juste. Tout comme toi quand tu as formé les Parangons et détruit la liberté de ma famille.

Une vieille effervescence monta dans la gorge d'Aegis. La chaleur lui monta aux joues et il sentit, il savait que l'argument allait venir. Les lignes sur la façon dont la sécurité et la prospérité nécessitaient quelques sacrifices. Les Parangons avaient des preuves montrant à quel point le monde fonctionnait mieux avec les Champions à la barre, et pourquoi tout le monde ne pouvait-il pas voir ça, et...

— La différence entre toi et moi, c'est que nous avions les outils et la volonté de continuer à essayer jusqu'à ce que nous obtenions ce que nous voulions, dit Aegis.

— Et au diable quiconque essayait de nous arrêter.

Aegis rejoignit Zhan-Yo à la fenêtre. L'appartement était niché dans un énorme complexe, l'un des plusieurs sécurisés avec des réputations et un peu de persuasion.

— Il y a longtemps, avant tout ça, dit Aegis, la plupart des Champions servaient leur pays. Ils étaient enrôlés, des marqueurs pour dire que telle ou telle nation avait la plus récente super arme.

— Je sais. Je l'ai vécu. Je me réveillais chaque jour en m'attendant à ce que l'un d'entre vous ou un pays ayant du dégoût pour le monde décide que ce n'était pas la peine de le garder.

— Aussi paranoïaque que moi alors.

— Vous nous avez montré une voie à suivre, dit Zhan-Yo, attirant un regard curieux. Nous nous débattions sans idées alors que les anomalies apparaissaient, et puis vous voilà avec la solution, bien qu'imparfaite.

— Imparfaite ?

— Les exclusions créent des classes, qui finissent par se retourner les unes contre les autres. Gardez vos traqueurs, vos Parangons, vos incitations pour que les anomalies choisissent une voie stable plutôt qu'une désastreuse. Mais donnez-nous une place, un certain pouvoir et un certain but.

— Tu veux dire des normaux comme Wexley.

— Vous avez déjà des anomalies comme Thane. Zhan-Yo fit un geste vers l'extérieur, les drones flottant au loin. Wexley est intelligent, fort et tordu par le monde que vous et moi avons contribué à créer. Nous-

— S'il te plaît, ne dis pas que nous pouvons le sauver. Ça ne marche pas. Pas une fois que ça va aussi loin. J'ai vu son genre. Il mourra avant de se rendre.

— Peut-être, mais laissons-lui ce choix, pas à nous.

La nacelle les déposa dans la vallée des heures plus tard. Un quatuor. Aegis, Celice, Zhan-Yo et Particle. Trois agents et leur marteau. Tout le monde avait des sacs à dos minces, des ceintures chargées de tout ce qui était possible.

Le soir approchait, transformant le sable blond et la roche en vagues violet-orange. Les broussailles craquaient dans le vent sec comme les pierres sous leurs bottes. Un coyote aboyait, seulement entendu et jamais vu. Aegis chercha des serpents, n'en trouva aucun.

Celice avait des peurs particulières, voyez-vous.

Particle prit la tête, s'éloignant sans cérémonie après qu'un hochement de tête d'Aegis eut fait passer la mission en état actif. Le dernier message de Zhan-Yo avait confirmé que tout était prêt. Son as, celui de Chicago, n'avait pas donné de nouvelles depuis un moment, mais Zhan-Yo avait confiance. La cible savait quoi faire, exécuterait la mission.

Aegis se rendit compte qu'il ne se souciait pas vraiment des détails. Avoir une autre chance contre l'Usine, contre Wexley serait suffisant.

— Tes lacets, papa, dit Celice, et Aegis jeta un coup d'œil à ses bottes. Celle de gauche pendait lâchement, les cordons traînant sur le mince asphalte. Je ne pense pas qu'on ait besoin que tu trébuches quand les combats commenceront.

Distrait. Pas d'excuse.

— Peut-être aurons-nous de la chance, dit Zhan-Yo en

regardant Aegis nouer sa botte. Peut-être que tous les drones recevront une mise à jour quand nous arriverons.

— L'espoir et la réalité sont deux choses différentes, dit Aegis, rejoignant les deux autres et commençant à suivre Particle. Les empreintes de l'anomalie se détachaient clairement dans la poussière, passant par-dessus et autour des brindilles et des buissons craquelés. Pas un seul n'était dérangé. Wexley ne nous laissera pas secourir Mynx sans un peu d'amusement.

— On pourrait courir, suggéra Zhan-Yo en jouant la scène, dépassant Aegis au petit trot avant de se retourner avec un sourire souple. Tu sais courir, n'est-ce pas, Aegis ?

— Je l'ai appris de toi, répondit Aegis. Combien de fois t'ont-ils trouvé à Chicago ?

— Salut, les interrompit Celice alors qu'ils marchaient. C'est la plus jeune ici qui vous demande de grandir un peu ?

— C'est ça le secret, rit Zhan-Yo. Plus on vieillit, plus on peut se permettre d'être jeune. Personne ne va te dire le contraire.

Même Aegis rit à cette remarque, bien qu'il ne fût pas d'accord. Alors que le travail de Mila avait permis aux balles, aux bleus, aux os brisés qui le maintenaient ensemble de se réparer, Aegis ne savait pas encore combien de temps son œuvre durerait. Quelle fusillade, quel coup de poing ou quel coup de couteau traverserait son corps rénové et mettrait un terme plus permanent à son existence.

— D'accord, Z, dit Aegis avec un soupir exagéré. Tu gagnes cette fois. Si les drones nous poursuivent, on court. Il leva un doigt, la peau presque lumineuse dans la lumière déclinante. Tu ferais mieux de rester près de moi si ça arrive, parce que je ne reviendrai pas te chercher.

— Voilà qui est digne d'un vrai Champion du peuple.

Aegis s'arrêta, les poings déjà prêts. Zhan-Yo sembla sentir le mouvement et se retourna. Les rides du vieil homme, ses yeux rieurs et la cigarette qui pendait à sa bouche atténuèrent un peu la tension. Il avait quand même poignardé Aegis dans le dos.

Il avait quand même fait exploser un stade rempli d'innocents.

— Tu sais, dit Aegis, je commence à penser que tu n'es plus nécessaire.

Celice, entre les deux, jetait des regards de l'un à l'autre. Elle aurait pu dire quelque chose, mais Aegis l'ignora. Ce n'était pas son combat.

— Et moi, je regrette que tu ne sois pas resté mort, répliqua Zhan-Yo.

Aegis fit un pas en avant, sa botte crissant sur la terre dure, — Si je n'avais pas gâché la fête de Gatete à Londres, ta tête serait sur une pique.

— Au moins, je n'aurais pas à t'écouter. Zhan-Yo tendit la main en arrière, la posant sur la poignée d'un tachi. Quelle merveille tu es, Aegis. Si puissant, et si myope.

— Devine lequel des deux va t'importer maintenant.

Un autre pas. Celice se planta sur le chemin d'Aegis, leur criant à tous les deux d'arrêter. Aegis la poussa de côté — il ne blesserait jamais Celice, jamais, mais elle n'allait pas arrêter ça. Zhan-Yo lâcha la lame, fit un petit signe de la main à Aegis, et s'enfuit.

Laissant le Champion le poursuivre.

Après tout, Zhan-Yo fuyait dans la direction de l'Usine. Aegis pourrait rendre une justice bien méritée, et toujours accomplir la mission principale.

C'était une belle journée pour une course.

CHAPITRE 14
SUJET DE TEST

LE DRONE s'arrêta plusieurs fois au cours de la nuit et de la matinée suivante, déposant toujours Kat de ses grands bras dans un enclos clôturé. Les puits de lumière effaçaient les étoiles tandis que d'autres drones observaient Kat trouver de l'eau, des toilettes et d'autres captifs comme elle. Ses instincts de traqueur s'affolaient alors qu'elle captait des visages, des regards vides tandis que les autres se tenaient debout ou étaient allongés dans la terre. Même sans leurs capacités — bien que certains portaient des cicatrices contre nature comme preuve — les anomalies se faisaient remarquer par leur état : tous étaient sédatés.

Les machines laissaient Kat tranquille, sauf quand son gladiateur choisi, le même qui l'avait transportée depuis le Nebraska, revenait sur scène en planant. Ses batteries rechargées, le drone planait au-dessus de Kat avant de faire clignoter ses lumières et d'étendre son bras. Un autre trajet à travers l'air froid.

Le nom de Calvin ne cessait de murmurer à ses oreilles tandis que Kat vérifiait son Tama et les fonctions de sa combinaison à chaque arrêt. Ceux-ci lui indiquaient que le drone continuait sa route vers l'ouest en direction de l'Usine. Tout le monde savait que les anomalies capturées étaient envoyées dans un grand camp par là-bas. Un camp qui semblait être exactement sur le chemin prévu par Kat.

Alors pourquoi essayer de s'échapper ? Kat se ferait cribler de tirs de drones pour ses efforts, et même si elle réussissait à s'échapper par chance, elle se retrouverait nulle part sans rien. Peut-être que si elle avait des gens vers qui retourner, si elle avait une cause à rejoindre, ses motivations seraient différentes.

Weed et son équipe surveillaient Seeker. Gordon la suivait probablement vers l'ouest maintenant, son pod rampant le long des autoroutes. Ni l'un ni l'autre n'avait besoin que Kat se démène, blessée et poursuivie.

Alors quand le drone lui offrit son bras, Kat grimpa. Elle fit de son mieux pour trouver une position confortable pour se pelotonner dans le repli d'acier. Quelques heures de sommeil se glissèrent dans les creux du voyage, interrompues enfin par le soleil éclatant et l'étincellement de l'océan à l'horizon.

La Californie.

En dessous d'elle, barricadé derrière de fins murs érigés à la hâte, le camp d'anomalies de Ziran faisait son apparition quadrillée et efficace. Coincé dans une vallée, le camp se nichait entre deux collines beiges, une sortie au doux écoulement menant vers l'océan et une autre, à l'avant, offrant un accès routier encombré. Alors que le drone de Kat volait, elle compta de nombreux pods sur ces routes, ramassant et déposant des gens dans les uniformes orange et blanc facilement reconnaissables de Ziran.

D'autres drones marquèrent l'approche de Kat, des machines plus petites grouillant dans les cieux. Trois se hissèrent aux côtés du transporteur de Kat, chacun tournant une lumière vert olive vers elle. Kat leur lança un regard noir et tira la langue au dernier. Ils émirent des bips en capturant son image, puis le trio se mit en formation en ligne, s'orientant vers le côté droit du camp. Le gladiateur de Kat suivit.

Des échafaudages abondaient dans le camp blanc-orange, des structures permanentes effaçant l'approche bâche-et-poteau qui avait fait avancer l'idée de Ziran depuis sa conception. Le côté gauche du camp, niché contre cette colline, abritait les plus grands bâtiments. L'un d'eux, déjà achevé, dominait tout le reste avec ses quatre étages.

Le grand Z sculpté sur son toit, orange flamboyant sur des tuiles blanches, aurait été une excellente cible pour un crachat si le drone de Kat l'avait fait voler plus près.

Des sentiers de terre battue pavaient la voie entre les structures plus petites, y compris de grandes tentes bâchées où Kat imaginait que ses partenaires anomalies passaient leurs nuits. Ces mêmes anomalies encombraient les chemins maintenant, guidées par des gardes de Ziran armés de matraques à décharge électrique. Des drones gladiateurs se tenaient à divers points, scrutant la foule à la recherche de toute anomalie qui penserait pouvoir utiliser ses pouvoirs.

Aucune ne le faisait.

Plus de sédatifs, ou une résignation face à des chances impossibles ?

Le gladiateur se posa sur une parcelle circulaire après avoir suivi les petits drones. La parcelle se trouvait entre deux grandes tentes, l'une étiquetée A, l'autre B en ces grandes lettres orange. Stylisées, aussi, dans la police moderne et ondulante de Ziran.

Jamais prêts à être basiques, ces gars-là.

Kat descendit du bras du drone, laissant son masque sur son visage. L'affichage confirmait les températures douces, son propre estomac grondant, et que la combinaison elle-même avait conservé ses capacités après le combat dans le Nebraska. Kat avait passé quelques heures d'escale à bricoler les articulations, essuyant les taches de cendres du feu du restaurant. Les drones qui observaient ne s'en souciaient pas alors et, à en juger par la façon dont aucune machine ne s'avançait vers elle maintenant, cette apathie restait la même.

— Toi ! Une vraie personne humaine appela en direction de Kat, et elle vit la femme armée et blindée s'approcher. — Ne bouge pas. La garde leva les yeux vers le drone gladiateur, la grande machine restant immobile. — Statut de sédation ?

— Négatif, répondit le gladiateur. La cible n'est pas une anomalie.

La garde fixa le drone. Les machines n'étaient pas les seules à se figer quand leur programmation se brisait. Kat sauta à travers ses propres cerceaux mentaux : elle était arrivée au camp d'anomalies de Ziran, mais elle n'était pas une anomalie. Un humain normal qui se retrouvait dans un endroit où il n'avait pas sa place, en particulier un endroit comme celui-ci, finissait généralement mort.

Pas bon.

— Il se trompe, dit Kat. Je me cachais avec d'autres anomalies. Je veux dire... Kat baissa les yeux sur elle-même, fit reculer son masque pour que la garde, maintenant curieuse, puisse voir son visage. — Mon pouvoir n'est pas grand-chose. Je ne l'utilise pas.

La garde, tenant cette matraque étincelante vers Kat comme si elle allait la lui passer pour un relais, s'avança vers la traqueuse. Le visage de la femme, visible à travers la visière teintée orange, indiquait qu'elle était assez âgée pour être la mère de Kat. Des yeux ridés baignés de suspicion, une bouche en un mince pli.

— Montre-moi, dit la garde. Prouve que cette machine a tort.

Montre-moi ce que tu sais faire.

Kat entendit ces mots dans un champ. L'herbe qu'on avait laissé pousser lui arrivait au-delà des mollets. L'air à quatre mètres autour d'elle dans toutes les directions scintillait, un effet produit par le Paragon se tenant à cinq mètres devant. Le

Paragon avait les yeux fermés, son uniforme bleu-blanc resplendissant. Une petite table se dressait à sa gauche, garnie de sodas et de snacks.

De l'autre côté de la table était assis un autre Paragon, l'air ennuyé mais son Tama levé. Les cheveux de l'homme étaient frisés, un détail dont Kat ne comprenait pas pourquoi elle s'en souvenait, sauf qu'elle devait se concentrer sur quelque chose, devait s'accrocher à quelque chose pendant que ses rêves étaient mis à l'épreuve.

— Je ne peux pas, dit Kat. Je ne sais pas comment faire.

Ses parents lui avaient dit qu'un pouvoir viendrait naturellement. Elle le sentirait, comme un nouveau bras, une nouvelle main. Elle s'était réveillée le jour de ses treize ans, le souffle coupé, dans l'attente. Maintenant, une semaine plus tard, elle ne sentait toujours rien.

— Ce n'est pas grave, dit le Paragon assis. Rappelez-vous, quatre-vingt-dix-neuf pour cent sont des normaux. Nous devrons juste confirmer que ce n'est pas latent. L'homme prit une inspiration, jeta un coup d'œil vers l'autre Paragon. Lancez les tests.

L'air scintillant s'intensifia, floutant tout sauf l'herbe aux pieds de Kat. Les Paragons, le ciel bleu s'estompèrent. Elle en avait entendu parler, l'avait vu présenté dans l'auditorium de l'école en début d'année. Ce serait le moment décisif.

Kat ferma les yeux, serra les poings, prit une profonde inspiration et *espéra*.

Un choc électrique vint d'abord. Puis un cri perçant. Quelque chose lui poignarda la jambe, tandis que sa main gauche s'engourdissait, comme recouverte de glace. Un million de petites pattes rampaient sur son cuir chevelu. Et bien que Kat eût les yeux fermement clos, elle pouvait soudainement voir sa famille tenue en joue par une silhouette obscure. Son père appelait Kat pour qu'elle les sauve, pour qu'elle fasse ce qu'elle savait pouvoir faire.

Rien ne vint. Rien ne se passa. Quand la séance prit fin,

Kat prit l'eau offerte, le bonbon, et un autocollant avec le P bleu des Paragons et les mots *J'ai été testé* en rouge joyeux. Elle attendit sur une chaise pendant vingt minutes avec d'autres enfants comme elle, surveillée par l'infirmière de l'école et un drone médical pour tout effet secondaire.

L'avenir de Kat se déversa dans le grand fleuve de la normalité. Pas de pouvoirs, pas de vie de Paragon travaillant aux côtés de ses parents. Quand l'infirmière lui dit qu'elle pouvait y aller, Kat alla en cours de maths, comme tous les autres de son niveau.

Kat donna un coup de pied à la garde. Elle frappa le tibia droit de la femme avec assez de force pour la faire glisser à genoux. La traqueuse attrapa la matraque oscillante de la garde à deux mains, tordit l'arme et le poignet de la garde de sorte que l'extrémité clignotante de la matraque trouva sa place dans le casque de la femme. Des étincelles frémirent, s'arquèrent sur cette armure blanche, et la garde s'effondra.

Les fléchettes s'enfoncèrent dans les épaules de Kat au moment même où la garde tombait. Une, deux, et une troisième dans le bas de son dos alors que les drones observateurs se mettaient en action. Les sédatifs frappèrent fort et vite, et Kat ne parvint même pas à faire un pas avant de rejoindre sa garde dans la poussière.

Seulement pour se faire traîner en avant, d'autres gardes arrivant et retirant le masque de Kat. Elle sentit une piqûre différente dans son cou, une vague luttant contre le sommeil engourdissant.

— Ne nous lâche pas maintenant, gronda une voix plus dure. Pas après un spectacle comme celui-là.

— Les rebelles ont droit à un traitement express, gazouilla une autre femme, plus jeune et à la voix aiguë. La troisième cette semaine, pas vrai, Terry ?

— Nos équipes ont toujours les meilleurs, acquiesça l'homme — Terry ? — en remettant Kat sur ses pieds, bien qu'elle ne puisse pas tenir debout. La femme se glissa sous l'épaule gauche de Kat tandis que Terry prenait place sous sa droite. Les gens parlent toujours de paix et de tranquillité, mais où est l'amusement là-dedans ?

Kat cligna des yeux, une affaire lente et fastidieuse pimentée par deux drones médicaux roulants, d'un mètre de haut chacun, qui passèrent en trombe devant leur trio vers la garde à terre. Des avantages sur place pour l'équipe.

Les gardes emmenèrent Kat loin des grandes tentes, se dirigeant vers le bâtiment plus grand et achevé de l'autre côté du camp. À leurs cris, les gardes dégagèrent un espace dans les files d'anomalies qui se bousculaient, attirant occasionnellement un regard et peu d'autre chose des personnes dotées de pouvoirs. Kat essaya de repérer Calvin, mais dans cette masse en uniforme, avec le soleil qui éblouissait, tout le monde semblait avoir la même apparence.

Étrange d'être portée tout en étant engourdie. Kat pouvait dire, grâce à l'air sur son visage, qu'elle bougeait, mais sinon, elle avait l'impression de flotter à travers le camp. Un fantôme en plein jour, ne hantant personne, n'effrayant rien. Et, comme un fantôme, elle entra par sa propre voie.

Le bâtiment avec son grand Z orange sur le devant s'élevait haut, son entrée divisée en rangées dominées par des anomalies en marche. Les gardes et les drones dominaient leurs sujets avec un désintérêt placide, soit par paresse, soit par confiance en leurs sédatifs. Kat n'eut pas vraiment l'occasion de décider lequel avant que ses ravisseurs ne l'amènent à la fin de la file de gauche, coupant directement vers un auvent vitré.

Un homme à lunettes était adossé dans une chaise de bureau noire bon marché reposant sur un carrelage gris bas de gamme. Derrière lui, les couloirs lumineux du bâtiment attendaient, grouillant d'anomalies poussées dans diverses pièces. Kat se retrouva poussée contre un bureau blanc avec une garniture orange. Des images et des mots dans un

schéma de couleurs bleu et blanc jaillirent du bureau et flot-
tèrent devant ses yeux.

— On en a une nouvelle pour vous, dit Terry. Elle est
rebelle.

— Qu'est-ce que je suis censé faire d'elle ? demanda
Lunettes, haussant des sourcils très touffus au-dessus de ses
verres. Vous voyez une ouverture ? N'y a-t-il pas une file
derrière vous, que vous avez, sans aucune nécessité, coupée ?

— Elle a frappé Sarah, dit la femme tenant l'épaule droite
de Kat. Elle est dangereuse.

— Vous ne pensez pas que c'est peut-être parce qu'elle
porte tout cet équipement ? Lunettes examina Kat. Le regard,
d'abord un examen désinvolte comme quelqu'un observant
un jardin mal entretenu, s'aiguisa. Attendez. Je crois reconnaître celle-ci. L'homme se pencha en avant sur sa chaise,
chassant les écrans d'un geste de la main. Quel est ton nom ?

Quand Kat ne répondit pas immédiatement, l'homme
lança un froncement de sourcils aux deux gardes : — Ne me
dites pas qu'elle est tellement sédatée qu'elle est inutile ?

— C'est la règle, dit Terry, maintenant Kat en équilibre
sous son épaule. Les anomalies qui s'agitent, on les assomme.

— Sauf qu'elle n'est pas une anomalie, répondit Binocles.
Rhimes l'a signalée, et Adriana a approuvé. Elle reçoit le
suppresseur.

C'était quoi, ce suppresseur ? Kat essaya de ne pas avoir
l'air d'écouter, de s'en soucier. Pas si difficile à feindre quand
tout son corps ne demandait qu'à s'allonger là et dormir.

— Tu viens de dire qu'elle n'est pas une anomalie ? Pourquoi elle reçoit ça ? demanda Terry, et Kat remercia silencieusement le garde d'avoir résolu son problème.

— Terry, ton boulot c'est de poser des questions ? dit
Binocles, adoptant le sourire suffisant qui semblait venir
gratuitement avec les postes d'autorité partout. Ou c'est
d'obéir aux ordres ?

Terry se dégagea de sous le bras de Kat, la laissant chanceler sur le côté. La femme passa son bras autour de la taille de Kat, stabilisant la traqueuse. Kat vit Terry faire un geste particulier d'une main avant de se retourner et de s'éloigner, marmonnant quelque chose pendant que l'homme à lunettes riait.

— La salle trois est prête, dit Binocles, se tournant vers l'unique aide de Kat. Lâche-la, enferme-la.

Les effets secondaires devraient être minimes. La piqûre piquerait lors de l'administration. Avait-elle des questions ?

La machine, un mince drone médical, était posée sur ses roues dans la cellule blanc éclatant de Kat. Kat, les bras et les jambes attachés avec du plastique fin, leva les yeux du sol vers l'ordinateur de deux mètres de haut. À l'extérieur, le drone ressemblait à quelqu'un qui aurait fait courir un couteau selon d'étranges motifs le long de son revêtement orange mat — de marque Ziran, évidemment. Les lignes découpaient de petites sections qui pouvaient émerger et se rétracter selon les besoins du drone.

Et là, maintenant, il avait vraiment besoin de piquer Kat avec un liquide vert-jaune. La seringue et sa longue aiguille émergèrent d'une de ces sections lignées, visant Kat et attendant son approbation avant de descendre.

— Je peux passer outre si tu ne dis pas oui, dit Binocles. Il s'intéressait personnellement au bien-être de Kat depuis qu'elle s'était présentée à son bureau.

— Pas question, dit Kat, les mots sortant pâteux.

Sa gorge ne s'était pas beaucoup remise, et tout ce qui était plus bas semblait encore déconnecté. Kat avait sa tête, ses yeux et ses oreilles et rien de plus. Comme un rêve, et Kat n'aurait pas été contre se réveiller.

— Veuillez confirmer, répéta le drone. Je ne peux pas procéder sans votre accord explicite.

Les Paragons et leurs lois. Apparemment, Ziran n'avait pas encore jugé bon de reprogrammer tous les robots médicaux. Nul doute qu'ils le feraient. Wexley pourrait faire en sorte que les robots proposent à tous les patients un nouveau plan Tama avec Ziran dans le cadre de chaque procédure.

— Kat, dit Binocles. Le temps presse.

Kat dit à l'homme de faire quelque chose de délicieux avec lui-même.

— Très bien. Binocles haussa les épaules, donna l'ordre de passer outre au drone. Soit comme ça.

La piqûre vint sans cérémonie. Un coup rapide, l'aiguille dedans, le liquide suivant, puis dehors avec une goutte de sang glissant le long du bras de Kat. Une autre fente sur le drone s'ouvrit, portant un minuscule tampon blanc. Le drone essuya la gouttelette rouge, fit glisser le tampon pour couvrir le site d'injection. Le bras métallique de la machine, un bâton chromé, pressa le tampon sur la peau de Kat pour le faire adhérer.

Tout au long du processus, Kat trouva de l'espoir : elle pouvait le sentir. La piqûre, la pression du tampon. Les coups anesthésiants qu'elle avait reçus s'estompaient. Les liens autour de ses pieds et de ses mains reposaient légèrement, une capture lâche faite par des gardes trop habitués à la séda- tion pour prêter attention à la technique. Ils seraient difficiles à secouer, mais pas impossibles.

Des idées.

Le drone médical battit en retraite, disparaissant par la porte de la pièce. Binocles resta où il était, observant Kat à travers la fenêtre.

— Ça agit vite ? demanda Kat.

— D'une minute à l'autre, dit Binocles.

— D'une minute à l'autre ? Kat garda sa voix épaisse, endormie.

Elle envoya quelques tressaillements d'essai dans ses jambes, ses doigts. Trouva des nerfs en attente, frémissants. Les bouts des doigts se touchèrent, les orteils se recroque- villèrent. Les biceps se contractèrent. Les mouvements venaient avec des retards, plus lents et plus faibles que Kat ne l'aurait voulu.

Mais elle pouvait travailler avec ça.

Kat laissa sa bouche s'ouvrir, un peu de bave s'échappant alors qu'elle laissait sa tête tomber en avant pour reposer contre le sol dur. Ses bras et ses jambes devinrent mous. Ses cheveux attachés retombèrent sur sa tête.

— Kat ? demanda Binocles. Tu vas bien ?

Kat marmonna quelque chose en retour. Des sons aléatoires. Un doux non-sens.

— Que ressens-tu ?

Un grognement cette fois. Un qui s'estompait à la fin. Kat jeta un spasme dans son côté droit, le bras et la jambe tressautant une fois, violemment contre le sol. Les attaches en plastique raclèrent. Elle sentit les carreaux froids. Goûta le désinfectant dans l'air.

— Kat ?

La porte de la cellule s'ouvrit. Des bruits de pas. Kat resta silencieuse. Les yeux ouverts. Binocles se pencha sur elle, tint sa main au-dessus de sa bouche pour sentir sa respiration. Kat retint son souffle, attendant qu'il vérifie le signe vital suivant.

Binocles se déplaça vers le cou de Kat, tendant lentement la main. L'homme sentait le café. Ses vêtements trop portés et pas assez lavés. Un gratte-papier pas prêt pour le travail de terrain.

En d'autres termes, une cible parfaite.

CHAPITRE 15
ÉVASION

LA PAUSE de Braden le barista était enfin arrivée. Le gamin frappa à la porte de la capsule, tirant Rhimes des rapports d'action de Ziran, des messages et des tâches administratives qui avaient occupé sa matinée. Croisant les bras et affichant une moue paresseuse, les yeux mi-clos, le barista haussa les épaules quand Rhimes lui demanda s'il était prêt à partir.

— Ouais, je suppose, ajouta le gamin, comme si cela clarifiait les choses.

— Il va me falloir une réponse plus affirmative, répliqua Rhimes, mais il se glissa quand même sur le côté droit de la capsule, libérant une place dans le véhicule. On ne va pas faire du shopping.

— Tant mieux, parce que je dois être de retour dans trente minutes. Le barista passa la tête à l'intérieur, jetant un coup d'œil. T'es pas une sorte de prédateur, hein ?

— Est-ce qu'un prédateur te demanderait de l'aider à entrer dans une maison de retraite ? Tu veux les crédits ou pas ?

L'argent graissa les paumes, calma les soupçons, et le gamin ferma la porte de la capsule derrière lui. Rhimes ordonna à l'engin de se mettre en route et la capsule s'exécuta, s'engageant dans des rues de banlieue baignées d'une lumière chaude. Un ciel sans nuages reflétait le soleil printanier, une ambiance plus joyeuse que celle que Rhimes pouvait prétendre. De grands arbres offraient leurs bourgeons alors que la capsule retournait sur le chemin boisé menant à la maison de retraite.

Cette fois, Rhimes fit déposer la capsule à mi-chemin de l'allée, là où un sentier croisait l'asphalte. Des voix sur la droite trahissaient la présence d'un groupe de marcheurs trop éloignés pour distinguer des mots précis, mais suffisamment proches pour donner une impression de détente.

— C'est ton opportunité, dit Rhimes à Braden, dont les yeux s'étaient écarquillés et dont les bras s'étaient à nouveau croisés. Rien d'illégal, rien de dangereux. Attire simplement leur attention.

— Et j'aurai les crédits ?

Rhimes tendit son Tama, Braden le tapota avec le sien. Le transfert s'effectua avec un joyeux carillon. Une étape étrange, payer un gamin pour faire le sale boulot. Mais après tout, combien de fois dans l'histoire le levier du destin n'avait-il pas été actionné par un acteur improbable ?

Braden courut sur le sentier en direction des voix, l'attitude de l'adolescent renforcée par le paiement reçu. Le chef de la sécurité de Ziran envoya la capsule faire un tour, lui ordonnant de revenir à l'entrée de la maison de retraite après avoir passé vingt minutes à faire le tour du pâté de maisons.

Si Rhimes n'avait pas réussi à s'échapper avec la sœur de Wexley d'ici là, il n'aurait plus besoin de la capsule.

En montant vers l'entrée de la maison, Rhimes resta sur la droite près des arbres. La marche provoqua une prise de conscience, une qui ne l'avait pas frappé pendant le vol, les trajets en capsule et les négociations avec Braden, barista extraordinaire : si Rhimes parvenait à s'enfuir avec la sœur de Wexley, comment la convaincrait-il de livrer les codes des drones ?

— Bon sang, Zhan-Yo, marmonna Rhimes.

Le révolutionnaire finirait par le faire tuer.

Mais Zhan-Yo ne voulait pas de génocide. Comparé à Wexley, c'était suffisant.

Braden passa à l'action au moment où l'entrée de la maison apparut. Rhimes entendit le gamin crier, s'en tenant à l'idée dont ils avaient discuté : un homme étrange le poursuivait, besoin d'aide et tout ça. La voix d'adolescent de Braden s'y prêta, se brisant en faussets aigus qui brisèrent le calme artificiel autour de l'endroit. Les oiseaux s'envolèrent de leurs perchoirs, et les aides-soignants qui étaient prêts à s'en prendre à Rhimes plus tôt se retrouvèrent à vérifier leurs Tamas.

Deux d'entre eux, vêtus de leurs uniformes couleur crème, se précipitèrent par l'entrée principale. L'un d'eux lança un regard insistant à Rhimes en passant, mais celui-ci désamorça le regard avec un hochement de tête poli. Pas d'agression ici, juste quelqu'un qui voulait réessayer.

Ces doubles portes vitrées, fermées et verrouillées, attendaient. L'interphone était situé à droite, son cercle noir défiant Rhimes d'appuyer sur le bouton d'appel et de demander Regina Porter à nouveau.

Il avait joué la carte de la gentillesse une fois. Pas une seconde.

Rhimes se dirigea droit vers la porte. Il ne s'arrêta qu'à un mètre. Il planta son pied et frappa avec sa botte à embout d'acier de qualité militaire. Le coup frappa le milieu vulnérable de la porte, la fissurant, brisant le verre dans une progression satisfaisante de toile d'araignée puis d'éclats. Les débris tombèrent au sol dans une pluie épaisse.

Et Rhimes se mit à courir. Il fonça comme un camion sans freins.

Au-delà des doubles portes, le hall de la maison de retraite s'ouvrait sur un espace de réunion conçu pour le calme. Des fauteuils rembourrés de couleur olive, qui devaient dater de plusieurs décennies, étaient disposés autour de tables rondes en bois basiques. Une verrière laissait entrer un peu de couleur naturelle tandis que les murs s'effaçaient au profit de photographies montrant les résidents profitant des divers sites de Chicago.

Le hall offrait des options à Rhimes.

Un ascenseur menant à un deuxième étage se trouvait sur sa droite, tandis que deux couloirs, droit devant et à gauche, offraient des possibilités. Les chances auraient été égales sans un petit détail : Wexley voulait le meilleur, et il le voulait efficacement. Tout droit vers le fond, la plus grande et la meilleure chambre de la maison.

La poignée d'invités du hall — quelques familles déjeunant avec leurs proches — leva les yeux quand Rhimes passa en trombe. Pas un seul ne se leva pour lui barrer la route, pas un seul ne fit un geste pour le faire trébucher. Pas de héros.

Tant mieux.

Si l'établissement avait des employés prêts à intervenir, ils restèrent cachés pendant que Rhimes traversait le hall pour entrer dans le couloir, où il se retrouva coincé entre un jardin zen et des portes fermées menant aux chambres de résidents dont il se moquait. La moquette étouffait ses pas, maintenant le silence que Rhimes désirait.

Le couloir se terminait en T, le choix de gauche offrant un retour détourné vers le hall tandis que celui de droite promettait des récompenses à travers un panneau noir et or scintillant indiquant que la chambre zéro-un se trouvait par là. Après un rapide coup d'œil à gauche pour confirmer l'absence de sécurité en approche — aucune ne se montrait —, Rhimes pivota aussi discrètement que ses bottes le lui permettaient.

La chambre une et son occupante vedette apparurent plus vite que Rhimes ne s'y attendait, sa porte rouge rosé et sa plaque noire tranchant avec le mur beige de gauche sans préambule. Il n'y avait pas de poignée, juste un scanner Tama.

Hmm.

Des cris se firent entendre dans le couloir, pas du genre paniqué mais des appels calmes et contrôlés d'une équipe bien entraînée répondant à une urgence. Évidemment que Wexley placerait sa sœur dans un endroit habitué aux évasions, aux intrusions, aux événements anormaux. Évidemment qu'ils réagiraient au coup de Rhimes avec une réponse complète et mesurée.

Adieu l'espoir que le chaos emporte Rhimes et sa proie hors d'ici. Les efforts vaillants de Braden le barista sur le sentier nature seraient terminés maintenant, donc les aides-soignants allaient revenir. Pire encore, bien pire, seraient les drones appelés en renfort.

Rhimes fixa la porte. Prit une profonde inspiration. Elle semblait assez solide, mais il devait espérer que l'établissement avait réduit son budget quelque part et laissé ces choses fragiles. Il commença par un autre coup de pied, juste au-dessus du scanner Tama. Le coup frappa le bois, laissa une marque et pas grand-chose d'autre. Il réessaya rapidement.

Un éclat tomba. Aussi gros que le pouce de Rhimes.

Pas bon signe.

À sa gauche, en arrière dans le couloir, Rhimes aperçut des ombres avançant contre l'éclairage pittoresque des appliques du bâtiment. Il était temps de tout donner, en espérant que ces coups de pied avaient suffisamment affaibli la porte.

Le point d'inflexion. Chaque mission en avait un. Le levier qui allait soit tout faire échouer, soit le propulser vers le succès. Parfois, ce levier se trouvait au bout du canon d'une arme. D'autres fois, Rhimes plaçait son destin entre les mains de ses alliés et de ses ennemis, leur faisant confiance pour faire les bons et les mauvais choix.

Le plus souvent ? Le levier dépendait de lui.

Rhimes mit toute sa masse musculaire dans la charge, se penchant en avant et dirigeant son assaut juste au-dessus du cercle noir marquant la serrure de la porte. Là où ses coups de pied précédents avaient fait leur travail.

La porte s'ouvrit. Elle pivota sur le côté alors que Rhimes l'atteignait, révélant une femme curieuse vêtue pour un après-midi à l'intérieur. Rhimes saisit les détails dans la milliseconde frénétique avant de percuter la sœur de Wexley : ses cheveux bouclés, son visage frais, son air perplexe. L'expression de quelqu'un tellement habitué à la routine qu'il ne croyait jamais qu'elle puisse être brisée.

Elle vola sur un mètre sans toucher le sol quand Rhimes la heurta. Les pieds de Regina touchèrent le sol en premier, leur prise sur la moquette la projetant en arrière avec une telle force qu'elle rebondit avant de glisser jusqu'à l'arrêt. Ses cheveux s'étalèrent sur le sol derrière elle, et Rhimes entendit les sons saccadés et haletants alors que Regina essayait de retrouver son souffle.

Rhimes jura, ferma la porte derrière lui. Ce mouvement lui permit de confirmer l'absence de loquet intérieur, aucun moyen pour Regina de garantir son intimité. Wexley avait peut-être payé pour la plus belle cellule, mais c'était toujours une prison.

La pièce de Regina contenait un lit queen-size drapé de draps forestiers, une unique table de chevet en noyer noir ornée d'une photo de famille encadrée que Rhimes reconnut — la même trônait sur le bureau de Wexley au siège de Ziran. À droite, un fauteuil inclinable et une table basse accueillaient des romans à dix sous empilés en colonnes vacillantes, s'appuyant les uns contre les autres à des angles étranges.

Pas de télé, pas de Tamas.

— Désolé, dit Rhimes en s'approchant de Regina, se penchant pour l'aider à se relever. J'essaie de te faire sortir d'ici, pas de te tuer.

Elle toussa. Haleta. Le souffle définitivement coupé.

La porte trembla. La serrure cliqua alors que le Tama de quelqu'un obtenait l'autorisation.

Rhimes souleva Regina dans ses bras, comme une princesse, bien qu'en robe de chambre et pantoufles. Elle toussa à nouveau, mais ses yeux ouverts étudièrent Rhimes alors qu'il se dirigeait vers les grandes fenêtres à l'arrière de la pièce.

Aucune chance de passer à travers tous ces gardes, mais il pourrait briser tout ce verre. Rouler dehors avec seulement quelques coupures.

La porte s'ouvrit. Quelqu'un cria à Rhimes de s'arrêter. L'air près de son oreille *siffla* et une fléchette paralysante se planta dans le mur à côté des grandes fenêtres. Intentionnel ou non, le message était clair : Rhimes ne sortirait pas sans prendre un tir dans le dos.

Les otages ne constituaient pas une stratégie solide. Enchaînez un corps à vous et vous devez le porter partout, et un otage vivant comme Regina était sûr de se retourner contre lui.

Mieux valait jouer la surprise, trouver une ouverture.

Rhimes mit Regina debout, leva les mains vers les aides-soignants et leurs cris lui ordonnant de bouger très lentement. Il fit face à ses poursuivants, le quatuor semblant costaud et pas tant en colère que ravi que leur quotidien ait été si glorieusement interrompu. Ces gars avaient un âge suffisamment avancé pour avoir perdu des carrières chéries au profit des Paragons et de leur mandat de maintien de l'ordre face aux anomalies.

Tous les quatre fixèrent Rhimes et ses bras levés. Quatre pistolets paralysants pointés sur sa poitrine. Rhimes attendit la gâchette, la pression. Rien ne vint.

— Qui t'a envoyé ? demanda l'aide-soignant de droite, le plus âgé du groupe. Plus intéressant que la question était son ton : une curiosité honnête.

— Dis-nous, dit le suivant, plus jeune et impatient. C'était lui ?

Oh.

— Regina ? dit Rhimes aux pistolets paralysants immobiles et aux visages rigides qui les tenaient. Le quatuor ne semblait pas respirer, mais ils inclinèrent tous la tête à l'unisson, un geste franchement flippant. Rhimes essaya de ne pas tressaillir. Que fais-tu ?

— Réponds à la question, dit la troisième, une femme qui avait passé plus de temps dans la salle de musculation que les deux premiers.

— Maintenant, grogna le quatrième, grand et mince, pressé contre le mur.

Mentir à une anomalie ? Une qui tenait quatre fléchettes contre son zéro ?

— Zhan-Yo, dit Rhimes. Il pensait que tu pourrais aider ton frère.

Après plusieurs longs battements de cœur, le quatuor commença à trembler, des tics qui ressemblaient à des convulsions simultanées. Comme s'ils luttaient pour contrôler leur propre corps.

— Allez, dit Regina de sa propre initiative, en prenant le bras de Rhimes et en avançant. Pousse-toi avant qu'ils ne se souviennent qui ils sont.

— Se souvenir qui ils sont ?

Regina, dans ses chaussons, dans sa robe de chambre, suivit Rhimes alors qu'il se frayait un chemin à coups de coude parmi les aides-soignants. Ils tombaient autour de lui, haletant, tirant sur le col de leur chemise beige.

— Je les ai fait se replier profondément en eux-mêmes, répondit Regina tandis qu'ils descendaient le couloir d'un pas lourd. Un vide dans leur esprit que j'ai rempli pendant un court moment.

Derrière eux, un juron retentit, et Rhimes se mit à courir.

— Tu aurais pu les retenir plus longtemps.

— Ils ont été gentils avec moi. Si on pousse trop loin, il n'y a pas de retour possible.

Une anomalie de plus à éviter.

Dehors, les gyrophares indiquaient que la police était sur place. Les drones auraient été alertés. Wexley serait bientôt au courant, peut-être l'était-il déjà.

Le Tama de Rhimes n'avait pas vibré une seule fois depuis qu'il avait défoncé la porte de la maison de soins. Wexley avait-il appris à ce moment-là que Rhimes était un traître ?

Des soucis pour plus tard.

— Ensemble, dit Regina, ses longs doigts fins agrippant Rhimes. Ça fait longtemps que je n'ai pas fait ça à autant de personnes.

Rhimes compta cinq policiers humains et deux drones. Les drones planaient sur les côtés, laissant les agents utiliser leurs pods blindés comme barricades. Comme les aides-soignants, la police était équipée de pistolets paralysants, qu'ils pointaient depuis derrière leur protection de verre incurvé comme si Rhimes allait déchaîner l'enfer.

Ce n'était pas son intention, mais Regina pourrait bien le faire.

Les policiers crièrent quand Rhimes fit sortir Regina, leurs mots se chevauchant tandis que les drones intensifiaient leurs lumières. Encore une situation impossible, mais peut-être que si Rhimes virait brusquement à droite, entraînant Regina avec lui, ils pourraient...

— Rendez-vous, dit Regina. Fais-moi confiance.

Quel choix avait-il ?

— Ne tirez pas ! dit Rhimes. J'ai fini. Je me rends.

Les agents s'avancèrent, prudents. L'un d'eux prit les devants, rangeant son pistolet paralysant sous une protection plus importante que Rhimes n'en avait jamais eu lors de ses missions Ziran. L'homme tendit des menottes, et Rhimes le laissa les lui passer.

— Vous venez aussi, dit l'agent, faisant un signe de tête vers Regina. Nous avons des questions.

Rhimes n'avait pas besoin de bien voir pour sentir la

surprise des autres agents. La façon dont leurs têtes s'inclinaient, leurs lèvres bougeant et marmonnant, suggérait que leur collègue qui procédait à l'arrestation enfreignait le protocole.

— Dans le pod, tous les deux, dit l'agent, tapant sur la machine avec son Tama. La porte blindée obtempéra, son épais verre bordé d'une lueur orange d'avertissement. Direction le centre-ville.

Rhimes s'exécuta et Regina suivit, l'agent l'aidant à monter dans le pod. La porte se referma derrière elle, incitant les autres agents à poser des questions, des mots qui avaient à peine le temps de sortir avant que le pod ne s'ébranle, ses portes solidement verrouillées contre toute tentative de sortie forcée.

Les drones, leur proie apparemment capturée, s'éloignèrent en tournoyant dans le début d'après-midi. Rhimes, Regina et le léger grondement des roues du pod roulèrent vers la route.

Regina se tourna vers Rhimes, tous deux, en particulier Rhimes, occupant bien l'unique siège du pod. La sœur de Wexley secoua ses poignets, puis sa tête. Soupira.

— Il va lui falloir au moins une semaine pour s'en remettre, dit Regina, ses yeux glissant vers la fenêtre avant du pod, une conscience coupable se dissimulant.

— L'agent ?

— Il s'est battu à la fin. Quand il a réalisé ce que nous faisions.

Rhimes n'avait pas grand-chose à dire à cela. Il se serait battu aussi, à la place de l'agent. Pas que ça ait servi à grand-chose. Regina se débarrassa rapidement de sa conscience coupable, plongeant la main dans la poche de sa robe de chambre pour en sortir la petite carte striée servant de clé aux menottes. Le Tama d'un agent pouvait aussi les déverrouiller, mais dans un monde numérique, avoir une solution de secours analogique n'était pas une mauvaise chose.

— A-t-il commencé à se battre quand il t'a donné ça ? demanda Rhimes tandis que Regina insérait la carte dans l'étroit bloc entre ses menottes.

— Il a commencé à chercher, répondit Regina. Les menottes s'ouvrirent d'un coup, et Rhimes se frotta les poignets. Parfois, ils ne remarquent pas ce qui se passe si je les garde proches de ce qu'ils veulent. Quand ils s'en aperçoivent, ils cherchent une raison. Sont-ils en train de rêver, sont-ils malades ?

— Combien de temps cela prend-il ?

— Jusqu'à ce qu'ils se souviennent de ce que je suis.

Rhimes se pencha en avant, essayant de saisir une destination sur la console du pod. La police avait verrouillé son itinéraire, avec une fenêtre pop-up noire exigeant l'identifiant de Rhimes pour changer de cap. N'ayant aucun numéro de ce genre, Rhimes balaya la demande et regarda plutôt la carte, la destination.

— Où allons-nous ? demanda Regina.

— Un commissariat proche. Ta capacité fonctionne-t-elle sur les machines ?

— Non. Regina le regarda de travers. Dis-moi, m'as-tu kidnappée sans aucun plan du tout ?

— Aujourd'hui, j'improvise. Dehors, le pod roulait le long des rues de la ville, se mêlant à la circulation en passant devant des centres commerciaux, des écoles et des parcs boisés. Rhimes tapa du doigt sur la vitre du pod, testant la sensation. Trop épais pour le casser.

— Je suppose que je devrais commencer à mettre au point mon histoire, dit Regina, se calant dans le canapé du pod. Au secours, il m'a menacée. C'était tellement effrayant, je ne savais pas quoi faire.

— Ça te va bien. Rhimes alla sur son Tama, fit glisser sa console Ziran. Son accès lui permettrait de signaler un drone à proximité, d'ordonner à la machine d'arrêter le pod et de leur donner une chance de s'échapper.

Quand le Tama se connecta aux serveurs de Ziran, quand le logo blanc et orange clignnota dans un démarrage animé, Rhimes sentit son sang se glacer.

Un petit rectangle aux coins arrondis apparut au centre de son Tama. À l'intérieur, un texte crème sur fond gris clair disait à Rhimes ce qu'il attendait, redoutait d'entendre.

Bloqué. Exilé.

Traqué.

CHAPITRE 16
ARRIVÉE

LA GARE UNION AVAIT CHANGÉ. Cassidy n'aurait pas dû être surprise — elle n'était pas venue à Los Angeles depuis son enfance, lors de vacances en famille qui s'étaient bien passées. Maintenant, les trains grinçants avaient cédé la place à des trains flottants, leur base maintenue par des aimants alors qu'ils glissaient vers leurs destinations. Les gens qui y montaient avaient aussi changé : têtes baissées, pieds traînants, aucun regard vers les drones postés autour de la gare ou ceux qui canalisaient les nouveaux arrivants.

Des logos Ziran pendaient sur le mur vitré, d'énormes bannières dégoulinantes de slogans sur la prospérité, l'égalité, la protection. Cassidy en voyait les résultats autour d'elle, observait le groupe grandir au fil des heures depuis qu'on l'avait ramassée ce matin-là.

Le drone qui l'avait capturée avait déposé Cassidy devant la gare, aboyé quelques instructions tout en pointant une arme sur sa tête. Une mince barrière guidait Cassidy vers le côté gauche de l'entrée et dans la gare elle-même, se terminant par un enclos improvisé. Des poteaux dorés avec des cordes en velours rouge délimitaient sa demeure temporaire, des décorations arrachées à leur but festif et jetées dans un usage plus sinistre.

La barrière n'était pas destinée à arrêter qui que ce soit, seulement à éloigner les piétons curieux. Les gladiateurs, naturellement, faisaient cela mieux que n'importe quelle clôture. Quant aux anomalies dans l'enclos avec Cassidy ? Elles traînaient, certaines assises près du mur, d'autres sur des bancs de fortune tirés dans l'espace. Des toilettes portatives s'attardaient dans le coin du fond, unique concession aux besoins. Contre le mur du fond, bien centrées, deux portes en bois sans fenêtres portaient une pancarte sur leurs poignées indiquant *Fermé*.

À l'entrée, l'annonceur de la gare diffusait les heures d'arrivée d'un ton guindé. Des regards froncés se tournaient vers elle alors qu'elle marchait seule entre les cordes, et Cassidy eut l'impression que les passagers scrutaient son visage pour s'assurer qu'elle n'était pas quelqu'un qu'ils connaissaient. Une fois confirmé, certains lui faisaient un léger signe de tête, d'autres se détournaient, mais tous ne regardaient jamais une seconde fois.

Elle suivit les cordes en velours jusqu'à l'enclos, où trois anomalies attendaient déjà. L'une avait la tête basculée en arrière sur un banc. Les deux autres étaient allongées sur le carrelage. La cause devint évidente lorsque le seul garde de sécurité Ziran, un jeune homme jovial portant le même uniforme que Cassidy connaissait autrefois des magasins Ziran, s'approcha d'elle avec une pilule.

— Ça te gardera calme pendant que tu attends, dit l'homme.

Sur la droite, une pauvre âme commençait un contrat pour jouer du piano dans l'espace central de la gare.

— Calme comme eux ?

L'homme ne se démonta pas. Son sourire resta en place. La main tenant la pilule resta à niveau. L'autre se gratta le nez.

— Exactement, dit l'homme.

— Est-ce que j'ai le choix ?

— Tu ne l'as pas.

Être un pion sur un échiquier avait certains inconvénients. Cassidy devait suivre le plan. Improviser une sortie maintenant, lancer des vides autour et causer le chaos pourrait nuire aux étapes que Thane avait en cours. Du moins, c'est ce que Cassidy préférait penser, préférait croire.

Cette préférence lui permit de rendre le sourire au jeune homme, de trouver les mots pour dire :

— Eh bien, qu'attendons-nous alors ?

Elle prit la pilule de la main de l'homme, garda ses yeux fixés sur les siens pour qu'il se sente obligé de faire de même. Avec sa main gauche, Cassidy fit apparaître un vide, un tout petit, au bout de ses doigts. Alors que Cassidy glissait la pilule vers sa bouche, elle fit jaillir le vide de sa taille. Le trou déchirant s'interposa entre la langue de Cassidy et la pilule, réduisant la capsule à néant. Le vide tira sur les lèvres de Cassidy, et une piqûre douloureuse annonça qu'un cheveu avait été aspiré, mais quand Cassidy dissipa le trou, le jeune homme gardait toujours son sourire impassible.

— Miam, dit Cassidy.

— Content que ça t'ait plu, répondit l'homme, et ses épaules se détendirent, cette main gratta à nouveau son début de barbe. Merci de ne pas avoir fait de scène. Je déteste devoir appeler les robots.

— Ça arrive souvent ?

Hochements de tête. — Plus que tu ne le penses.

— Je n'en suis pas si sûre, Cassidy fit un geste derrière l'homme, vers les bancs. Combien de temps attendons-nous ici ?

— Jusqu'à ce qu'on atteigne le quota d'un wagon, l'homme haussa les épaules. Ça pourrait prendre une heure, ou toute la journée. Ça a été plus lent dernièrement.

— Moins d'approvisionnement ?

L'homme commença à répondre, puis sembla se rappeler

qu'il parlait, en fait, à cet même approvisionnement. Une rougeur joua autour de son col et il s'écarta :

— Ils ne me disent pas ça. Je, euh, prendrais un banc tôt. Ils partent vite.

— J'imagine, dit Cassidy, acceptant l'invitation à le contourner.

Elle sentit les yeux de l'homme sur elle, suivant sa marche jusqu'à ce que Cassidy choisisse un banc pour elle-même. Gris ardoise avec un léger rebond, le banc battait les griffes des drones sur l'échelle du confort, mais pas grand-chose d'autre. S'asseoir amena l'esprit de Cassidy à la question plus importante, celle qui avait plané en marge pendant le trajet en drone, l'arrivée dans cet endroit nocif.

Thane voulait qu'elle soit ici pour son plan. Pourquoi ?

Ou, sinon ici, alors où Ziran les emmènerait.

Thane connaissait son pouvoir, connaissait les inclinations de Cassidy. Elle avait passé beaucoup de temps sur l'île-prison de Mynx. Mettre Cassidy dans une autre cellule n'allait pas générer de bons sentiments. Cela pourrait, en fait, la pousser à faire quelque chose d'imprudent. Provoquer une réaction.

Attirer l'attention de Ziran.

D'accord, donc peut-être que son rôle dans le plan de Thane n'était pas si compliqué.

Cassidy jeta un autre regard à ses compagnons anomalies allongés dans l'enclos. Plusieurs heures s'écoulèrent, Cassidy passant le temps à regarder les arrivées et les départs défiler sur les écrans géants de la gare. L'air à l'intérieur passa progressivement du petit-déjeuner café-viennoiseries à la nourriture grasse de friture pour la foule du déjeuner. D'autres anomalies arrivèrent au compte-gouttes, toutes prenant les pilules offertes par l'homme et la plupart ayant l'air hébétées même avant d'avoir mordu dedans.

Plus d'une vingtaine remplissaient l'espace lorsque l'homme de Ziran siffla, l'horloge s'approchant du milieu de l'après-midi. Comme pour clore un opéra, il déplaça une corde de velours à travers l'entrée de l'enclos, puis se tourna vers la foule.

— Bonjour, les recrues ! s'exclama le jeune homme en faisant un signe de la main, ayant apparemment besoin à la fois de mots et de gestes pour attirer l'attention de ses sujets hagards. Nous sommes prêts pour vos prochaines étapes.

— Quelle joie, marmonna Cassidy, essayant par ailleurs de rester aussi vague que tous les autres.

Imiter un zombie était plus difficile que prévu. Surtout lorsque les portes en bois sombre s'ouvrirent et que deux autres membres de Ziran — ceux-ci en tenue plus lourde, avec des fusils ostensiblement exposés sur des sangles croisées sur la poitrine — firent signe à l'ensemble de passer. Les autres anomalies tressaillaient et trébuchaient, certains rampaient. L'hôte original de Ziran arriva derrière, réveillant les prisonniers endormis avec de violentes claques au visage.

Cassidy feignit de trébucher, traîna son pied droit et essaya de ne rien regarder en marchant. Les anomalies autour d'elle semblaient venir de partout. Certains portaient des vêtements de marque, des bijoux pendaient à leurs oreilles et des bagues à leurs doigts. D'autres avaient l'air et l'odeur des égouts ou des banlieues poussiéreuses. D'autres encore empestaient l'eau salée et les épices d'au-delà de Pacifica, comme s'ils venaient tout droit d'une barge-prison de Ziran.

Les portes ne préparèrent guère Cassidy à ce qui se trouvait de l'autre côté : une atmosphère classique s'ouvrait sur une plateforme futuriste, si neuve et immaculée qu'elle se demanda si Ziran l'avait construite au cours des deux derniers mois. Elle l'aurait cru, jusqu'à ce qu'elle remarque les logos effacés imprimés sur les carreaux.

Des signes 'P' de Paragon, frottés jusqu'à ce que seules les rainures subsistent.

— Tu es nouvelle en ville ? grommela un homme costaud aux dreadlocks, qui se traînait à côté d'elle. Son apparence suggérait un présent sombre, mais Cassidy vit de la vivacité dans ses yeux. Tu fixes ces trucs comme si tu ne savais pas ce qu'ils signifient.

— Je sais ce que c'est, dit Cassidy alors qu'ils continuaient à avancer sur la large plateforme. Une voie de mag-lev impeccable, toute bleue et lumineuse, se trouvait dans le renfoncement devant eux, une ligne d'avertissement rouge bordant le bord. Je ne m'attendais juste pas à quelque chose d'aussi moderne ici.

— Ils ont installé un tas de choses pour le sommet, soupira l'homme, d'une voix de basse grondante. Dommage que ça se soit terminé comme ça.

En effet. Apinya avait mentionné cela en Thaïlande. Une tragédie qui, d'une manière ou d'une autre, n'émouvait pas tant Cassidy que ça. Les Paragons s'étaient fait de nombreux ennemis, il était temps que l'un d'eux frappe fort.

— Dommage que *ça* se termine comme ça, dit Cassidy, en jetant des regards de tous côtés autour du groupe.

— Je savais que ça finirait par arriver, répondit l'homme. Je m'appelle Vick. Et toi ?

— Cassidy.

— Comment ils t'ont eue ?

— J'ai fait une promenade dans un parc. Mauvaise décision.

Un rire, sans aucune amertume. D'autres anomalies le remarquèrent, quelques-unes firent l'effort de se rapprocher. Pour écouter peut-être, ou simplement chercher de la compagnie avant la fin.

— Tu sais où ils m'ont trouvé ? demanda Vick sans attendre que Cassidy réponde à cette question impossible. Dans ma propre maison, putain. Je travaille toute la nuit à distribuer des flacons à la pharmacie, je rentre chez moi pour souffler un peu, et je me retrouve avec du métal dans la figure.

Cassidy grimaça, — Je suis désolée.

Le trio de Ziran, qui s'était dispersé pour couvrir l'assemblée d'anomalies, annonça que leur train serait là sous peu. Cassidy remarqua que le jeune homme avait troqué ses pilules contre un pistolet paralysant, ses jeunes mains serrant l'arme fermement comme si elle risquait de lui échapper.

Combien d'employés de Ziran s'étaient retrouvés mutés à ce poste, combien s'étaient vu dire d'abandonner leurs comptoirs de vente, leurs boxes de support technique pour monter la garde sur leurs semblables ?

Combien avaient dit non ?

— C'est quoi ton truc, Cassidy ? demanda Vick. Tu as des astuces ?

— Quelques-unes. Les vides, toujours prêts, lui picotaient les doigts. Et toi ?

— Quelques-unes, qu'elle dit. Vick secoua la tête, pointant vers le tunnel où une lumière s'intensifiait. Je pourrais dire la même chose. J'espère qu'elles sont bonnes, là où on va.

— Où allons-nous ?

Vick la regarda, — Tu viens vraiment d'ailleurs. Il n'y a qu'un seul endroit où ce train va. Un aller simple en plus.

— Tu n'as pas l'air triste à ce sujet ?

L'étincelle de Vick s'estompa maintenant, juste un peu. — Pourquoi être triste ? Ces deux derniers mois, ils ont pris mes amis, ma famille. J'aurai peut-être la chance d'en revoir certains, si j'ai de la chance.

Le train à sustentation magnétique arriva, s'arrêtant devant Cassidy. Les portes s'ouvrirent, donnant sur des sièges propres. Vick alla directement s'asseoir sur l'un d'eux. Cassidy prit celui à côté de lui. Les gardes de Ziran ne suivirent pas les anomalies dans le train, un geste audacieux jusqu'à ce que Cassidy remarque le plafond au-dessus : des drones traqueurs, leurs corps de mille-pattes, s'accrochaient tous les quelques mètres au toit du train. Il semblait certain qu'ils plongeraient et déchiqueraient toute anomalie courageuse.

Au moins les sièges étaient rembourrés : une nette amélioration par rapport à ce banc.

— Toute ta famille et tes amis étaient des anomalies ? demanda Cassidy à Vick.

— J'ai été tracé il y a longtemps. Le traqueur était un bon gars. Bordel, il est peut-être encore un bon gars si ces types ne l'ont pas encore tué.

— Donc tu travaillais pour les Paragons.

— Plutôt comme si je travaillais pour qui ils me disaient. Ce n'était pas un problème. On s'y habitue, et avoir des représentants n'est pas mal.

Le train démarra, une accélération en douceur depuis la gare Union et sur la voie surélevée. Cassidy aperçut les montagnes, l'océan au-delà des bâtiments à sa gauche sur un horizon scintillant sous le soleil. Direction le nord, donc.

— Ta famille, alors ? demanda Cassidy. L'idée que les frères et sœurs de Vick aient pu tous être des anomalies... qu'en était-il de ses enfants ?

— Pas ma famille de sang, tu comprends ? Vick releva sa manche, montrant un petit tatouage. Des chiffres et des lettres à l'encre vert-noir. C'est notre numéro de traçage. Notre traqueur, un bon gars comme je l'ai dit, a rassemblé tous ses tracés et on s'est fait ça pour commémorer. Happy hours, matchs de baseball. Un autre hochement de tête, mais nostalgique cette fois. On y entre en pensant qu'on va se faire utiliser, mais à la place on finit par trouver des gens comme soi qui comprennent, qui savent ce qu'on traverse.

— C'est eux que Ziran a pris ? Les autres que ce traqueur a tracés ?

— Maintenant tu sais pourquoi je suis là, dit Vick, avant de se tourner dos à elle pour regarder par la fenêtre. Je me dis que je vais jeter un dernier coup d'œil à la maison.

— Tu pourrais revenir.

Un autre rire, — Non, Cassidy. J'ai vu beaucoup de gens partir dans ce train. Je n'en ai jamais vu un seul revenir.

Une heure plus tard, le train sortit d'une vallée rocheuse pour entrer dans une plaine ocre. Alors que le véhicule ralentissait, Cassidy aperçut des clôtures et d'énormes tentes par les fenêtres, y compris un bâtiment à plusieurs étages qui semblait aussi solide que tout ce qu'on pouvait voir en ville. Ziran ne plaisantait pas ici.

Il y avait eu des rumeurs en Thaïlande à propos de la capture d'anomalies, comme quoi Ziran les voulait pour des expériences folles plutôt que pour un simple massacre. Personne n'avait vérifié ce qui se passait et, dans ces marécages, personne ne pouvait rien y faire, alors Cassidy avait relégué ces bruits de fond. Ici, voir tous ces murmures se transformer en quelque chose de réel lui faisait courir un frisson désagréable dans les nerfs.

Vick siffla.

— Je ne voulais pas que les Paragons gagnent, dit Cassidy alors que le train entrait en gare. Je pensais qu'ils étaient horribles, ce qu'ils faisaient faire aux anomalies.

Les portes s'ouvrirent avec un tintement. Quelqu'un à l'extérieur ordonna à tout le monde de sortir. Les drones au plafond frémirent, suivant le mouvement des anomalies qui se levaient de leurs sièges. Vick se mit debout, puis tendit la main à Cassidy.

— De mal en pis, mon amie, marmonna Vick. Je suppose qu'on n'aura plus à s'en soucier très longtemps.

Ils rejoignirent la file d'anomalies quittant le train, débouchant sur un quai à ciel ouvert gardé par des gladiateurs sur les côtés et des drones aériens planant au-dessus. Plusieurs autres soldats de Ziran — Cassidy changea de terme car ces gars portaient une armure lourde, pas l'accoutrement de guide touristique de l'homme à la gare — firent avancer la file, la divisant en trois. Chacune se dirigeait vers une station en forme de boîte gérée par un autre employé de Ziran, surveillée par un gladiateur.

Au-delà des stations se trouvait l'intérieur du camp, y compris ce grand bâtiment.

— Je n'abandonnerais pas encore, dit Cassidy. Les choses pourraient changer.

Vick hocha la tête, posa une main sur son épaule, et semblait sur le point de dire quelque chose quand une anomalie juste devant s'arrêta. Un type maigre, le gars se figea, puis secoua la tête, les mains volant vers son crâne. La file se resserra autour de Cassidy, Vick, et leur obstacle, et Vick prit les devants.

— Hé mon pote, dit Vick. Ça va ?

Par-dessus les bruits de pas et les annonces au-dessus d'eux, Cassidy avait du mal à entendre ce que l'homme marmonnait pour lui-même. Elle s'approcha, aurait voulu se pencher mais Vick lui lança un regard d'avertissement, tendant sa main droite pour repousser Cassidy.

— Doucement maintenant, continua Vick, lent et régulier. N'essaie pas ce à quoi tu penses. Ça n'en vaut pas la peine.

L'homme se dégagea du bras de Vick, fusillant du regard le nouvel ami de Cassidy. Le corps de l'anomalie semblait changer avec ce mouvement, se brouillant et se redressant, comme s'il luttait pour garder sa forme.

— Ils prennent tout le monde, dit l'anomalie, sa voix résonnant alors qu'il parlait, son visage ondulant comme de l'eau dans le vent. Je ne peux pas, je ne les laisserai pas me prendre aussi.

Vick leva les mains, paumes vers l'homme, et Cassidy jura avoir vu une fine ligne turquoise, de la même couleur que ces pilules, s'étirer entre Vick et l'anomalie changeante. Elle vit une connexion, l'anomalie prenant une profonde inspiration, les yeux fermés, et vit cette connexion se rompre avec le bang retentissant d'un tir. Un second suivit, Vick et l'anomalie tombant tous deux au sol alors qu'un gladiateur en vol passait au-dessus. La chaleur des réacteurs du drone frappa

Cassidy alors même qu'elle s'accroupissait, essayant d'atteindre Vick.

Une main agrippa son bras, orange, blanche et blindée.

— Laisse-les tranquilles, ou tu seras la prochaine.

Le garde la tira vers la gauche, loin des corps. Cassidy se débattit d'abord, sentit ces vides l'appeler, et elle aurait lancé l'un d'eux, aurait fait échouer le plan de Thane là, sur-le-champ, si le drone gladiateur n'avait pas ramassé les deux corps pour les emporter vers ce grand bâtiment.

Deux flaques de sang restèrent derrière, les anomalies les contournant sans un mot de plus.

CHAPITRE 17
OUVERTURE

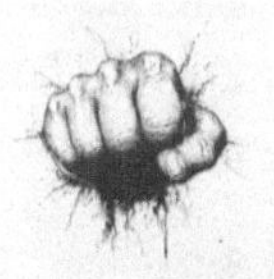

AEGIS RATTRAPA le terroriste dans un canyon calcaire ombragé, une entaille entre deux collines plus grandes que son Tama avait placées près de l'Usine. Zhan-Yo s'était posté sur la droite dans une alcôve lisse creusée par un cours d'eau asséché depuis longtemps. L'homme avait sorti son propre Tama, fronçant les sourcils devant l'écran. Plus haut, surveillant avec un doigt sur l'arme à sa ceinture, Particle s'appuyait contre son propre rocher. Derrière Aegis, Celice arriverait bientôt, avec d'autres plaintes sur la langue.

Elle l'avait fustigé au cours des dernières heures alors qu'ils couraient à travers les broussailles, la terre et les rochers. Une litanie qui avait commencé comme une supplication et s'était terminée comme une accusation. Aegis écoutait par intermittence, ne se donnant pas la peine d'offrir une réponse même si les flèches de Celice atteignaient leurs cibles encore et encore.

Non, les Paragons n'étaient pas parfaits. Non, les Champions n'étaient pas toujours idéaux.

Au-delà de cela, Aegis ne voulait pas aller plus loin. Dans ces profondeurs, il ne trouverait qu'une folie nihiliste.

— Il l'a, dit Zhan-Yo alors qu'Aegis approchait. Rhimes avance. Ils sont dans la ville maintenant.

Ce succès surprit Aegis et il dissimula sa surprise par un regard étudié vers le sol, sur plusieurs cailloux et une seule araignée fatiguée essayant de trouver refuge en dessous. Le pari de Zhan-Yo avait passé son premier grand test : Rhimes volant la sœur de Wexley de son enclave.

— Ils ont les codes ? répondit Aegis.

— Le code. Au singulier. Et si elle ne l'a pas, alors personne ne l'a.

Zhan-Yo examina Aegis.

— J'ai de l'eau en plus si tu en veux ?

— J'essaie de te tuer.

— Ça ne peut pas attendre qu'on ait empêché la fin du monde ? Avec un peu de chance, je mourrai peut-être même pendant le raid. Comme ça, tu n'auras pas à te salir les mains.

— Mes mains sont déjà bien sales.

— Papa, dit sa fille en descendant maladroitement dans le canyon. S'il te plaît.

Aegis avait les mains ouvertes, reposant sur ses cuisses. Une profonde inspiration. La course avait été longue, plus épuisante qu'Aegis ne l'avait prévu. Elle avait aussi eu cet effet que l'exercice avait tendance à avoir : éclaircir ses pensées, surtout une fois que Celice avait arrêté ses récriminations. Zhan-Yo avait le bon argument, la meilleure perspective.

Vaincre Wexley et son armée de robots devait être la priorité, et Zhan-Yo serait soit disponible pour un abattage en règle après, soit les drones résoudraient l'équation du terroriste.

— Bien, dit Aegis. Tu peux vivre pour l'instant.

— Hourra.

Zhan-Yo regarda à sa droite.

— Particle, dis-moi qu'on y est presque. Si je dois marcher un kilomètre de plus, je pourrais abandonner.

Particle se décolla de son rocher, rejoignit le groupe pendant que tout le monde prenait une pause pour boire obligatoire. Aegis, Zhan-Yo et Celice étaient couverts de poussière sur chaque centimètre, mais Particle était resté propre. Sa démarche était silencieuse, et rien dans son attitude ne suggérait la moindre inquiétude concernant les conflits internes du groupe.

— Nous quittons le canyon par là, dit Particle, et Aegis sentit ses yeux se diriger brusquement vers la sortie lointaine du canyon. Cela nous mettra au-dessus de l'entrée d'amarrage de l'Usine. C'est gardé, mais notre approche devrait nous permettre de nous rapprocher sans déclencher d'alarme. Nous neutralisons les drones à l'entrée, appelons les renforts, et ensuite c'est à vous de jouer.

Particle termina avec un regard rapide entre Zhan-Yo et Aegis, comme pour insinuer qu'ils n'étaient pas sûrs de qui exactement dirigerait, mais certainement pas eux.

— Si vous êtes prêts, ajouta Particle.

— Ils sont prêts, dit Celice, et Aegis remarqua qu'elle s'était encore une fois placée entre le Champion et Zhan-Yo.

Intelligente, celle-là.

Aegis prit la tête, avec Zhan-Yo et Celice fermant la marche. Particle resta à la droite du Champion alors qu'ils avançaient furtivement dans le canyon vers le rebord. Aegis attirerait l'attention initiale, Particle détournerait aussi longtemps que possible jusqu'à ce que Zhan-Yo et Celice puissent nettoyer. Une stratégie simple qui devrait fonctionner tant que les drones ne les surpassaient pas en nombre de manière significative.

— Ils vont essaimer, avait dit Zhan-Yo, dans la cachette dimensionnelle de Pocket. Thane, Zhan-Yo, Celice, Mathieu et plusieurs autres s'étaient regroupés autour de la table sous la lueur pourpre-noire. Nous en avons besoin.

— Pourquoi ? avait demandé Thane.

— Quand mon homme déclenchera l'arrêt, nous devrons

détruire autant de drones que possible. Pas parce que ça ralentira Ziran, mais parce que ça nous donnera plus de temps pour atteindre Wexley.

Éliminer le chef, gagner la guerre. Leur principe directeur pour cet assaut, pour tout ce qui suivrait une fois qu'Aegis aurait franchi cette falaise. Ziran tomberait avec Wexley, la confusion créant un chaos que les Champions, les Paragons et tous les alliés normaux pourraient nettoyer.

Bien sûr, Ziran n'était pas tombé quand Zhan-Yo avait disparu. Un autre corps, pire encore, avait simplement pris sa place.

Aegis jeta un coup d'œil en arrière, vit sa fille. Comme Particle pour Aegis, Celice restait à quelques mètres de Zhan-Yo. De l'espace pour agir si nécessaire. Si l'occasion se présentait. Chacun ici avait ses objectifs déclarés. Aegis ne doutait pas que des objectifs secondaires, secrets, demeuraient non dits. Il n'avait pas réduit Zhan-Yo en bouillie ici dans les rochers, mais une balle ou un couteau dans le dos quand les choses seraient sécurisées ferait l'affaire.

Le canyon débouchait sur une légère dépression. La lumière du soleil s'étalait au-dessus, projetant des ombres rocheuses sur le corps d'Aegis tandis qu'il s'approchait de la sortie et du ciel bleu au-delà. La protection offerte par les hautes parois s'estompait pour laisser place à des buissons rabougris lorsqu'Aegis, accroupi, sortit. Toute conversation entre les membres de l'équipe cessa alors que la mission commençait véritablement, un silence couvert par le bourdonnement des insectes et une brise hurlante occasionnelle.

Descendant en pente comme ce qui avait pu être une cascade dans un lointain passé, les derniers mètres du canyon donnèrent à Aegis le temps de ramper sous des buissons chétifs. Les branches cassantes s'accrochaient à son uniforme, se brisant au passage d'Aegis qui continuait d'avancer. Ses genoux et ses coudes raclaient contre la pierre recouverte de sable, chaude et rugueuse.

Le rebord n'avait aucun avertissement, apparaissant sans préambule lorsqu'Aegis le trouva avec son bras. En contrebas et au-delà se trouvaient le quai de chargement de l'Usine et les gladiateurs qui le gardaient. Les deux drones observaient les capsules de cargaison et les ouvriers qui les manipulaient, assistés par des machines plus ordinaires, déplaçant les matières premières à l'intérieur et les créations terminées vers l'extérieur : des drones emballés faisant leur sortie, attendant d'être expédiés vers une région lointaine.

Autre complication : le plan n'avait pas prévu la présence de civils.

Mais aucun plan n'était jamais parfait.

Le Tama d'Aegis vibra et le Champion jeta un coup d'œil à son poignet gauche, prêt à donner le signal de départ. Tout le monde était en position. Il était temps de sauver le monde, ou de mourir en essayant.

Une sensation familière.

Appuyant ses pieds contre la roche, Aegis se redressa d'un bond pour s'élancer. Il se propulsa du rebord, planant dans les airs pendant quelques secondes à vous retourner l'estomac avant d'atterrir sur la rue en contrebas dans une roulade. Ses os brûlaient sous l'effort, la capacité d'Aegis les ressoudant avant même que le Champion ne se redresse complètement.

Les chargeurs, leurs drones assistants et les deux gladiateurs le fixaient. Les machines armées les plus imposantes avaient le regard le plus intense, leurs yeux rouges se détachant alors que le soleil les transformait en silhouettes. Aegis attendit d'être reconnu avant de se rappeler qu'il ne portait pas les couleurs bleues de Paragon cette fois-ci. La praticité importait plus que la publicité aujourd'hui.

— Fuyez, annonça Aegis aux humains. Vous ne voulez plus être ici.

Pour ponctuer son ordre, Aegis se mit à sprinter, passant en trombe devant les ouvriers vers les deux gladiateurs. Les drones de garde comprirent son intention avant les autres, levant leurs quatre bras et activant des systèmes trop variés pour qu'Aegis s'en souvienne tous. Les divers bourdonnements et cliquetis déclenchèrent enfin une réaction chez les chargeurs, les envoyant se précipiter vers leurs capsules. Les drones assistants ne s'en souciaient guère, donnant une idée à Aegis.

Tendant la main droite en courant, Aegis saisit le côté d'une machine de chargement cubique. Plantant sa jambe gauche au pas suivant, Aegis tira la malheureuse machine entre son corps et les grands gladiateurs. Les monstres de Mynx s'adaptèrent rapidement, retenant leur feu et avançant plutôt à grands pas sur leurs pieds métalliques grinçants.

Il y avait deux façons de traiter les gladiateurs : soit les frapper de front en espérant qu'Aegis puisse percer les générateurs d'énergie dans la poitrine de la chose, soit se baisser et se couvrir assez longtemps pour qu'un tir neutralisant fasse effet.

Aegis avait une nette préférence.

Il poussa contre le drone de chargement, la machine aboyant sa propre alarme sur les risques de blessures personnelles, un appel à des temps plus raisonnables. Les gladiateurs tinrent compte de l'alarme autant qu'Aegis : pas du tout. Bien qu'ils dominassent le drone de chargement, la poussée accroupie d'Aegis fit opter les grandes machines pour dégager la couverture. Aegis sentit les secousses lorsque les griffes métalliques s'enfoncèrent dans le drone de chargement, sentit la traction lorsqu'un gladiateur arracha le pauvre robot.

Aegis chargea.

Le temps entre l'identification d'une cible et l'action pour l'éliminer, avait dit Mynx il y a bien trop de nuits, se comptait en millisecondes. Lever une arme, viser Aegis prendrait un peu plus de temps.

Les gladiateurs, cependant, avaient un problème : derrière Aegis, regroupés dans leur champ de tir, se trouvaient tous ces ouvriers montant dans leurs capsules. Des tirs manqués pourraient causer des dommages collatéraux innocents. Acceptable dans certains paramètres, si certains risques — comme si Aegis pouvait lui-même causer plus de morts — étaient atteints.

Aegis tout seul ? Attaquant deux drones devant une forteresse scellée ?

Les gladiateurs retinrent leur feu, balayant plutôt le Champion. Aegis n'avait pas de capacité à esquiver les balles, mais éviter des coups de poing lourds ? Ça, il pouvait le faire.

Le drone qui avait déplacé le chargeur avait ses bras inférieurs inclinés vers la droite, là où ils avaient poussé le chargeur. Ses deux bras supérieurs s'abattaient vers Aegis, tentant de l'écraser, tandis que l'autre gladiateur s'agenouillait pour un balayage au niveau de la cheville. Aegis ne vit pas tant les mouvements qu'il ne les *sentit*, un instinct aiguisé par tant de duels contre un ennemi perfide ou un autre. Rebondissant sur son pied gauche, Aegis s'étira dans un plongeon, sautant par-dessus le balayage. Les deux coups de marteau arrivèrent plus vite qu'Aegis ne bougeait, attrapant ses jambes et projetant les genoux d'Aegis contre le béton.

Rester immobile signifiait la mort, alors Aegis ignora l'impact qui lui secouait les nerfs et baissa l'épaule, repliant ses jambes dans une roulade avant pour conserver son élan. Sur le dos entre les jambes du gladiateur de droite, Aegis regarda vers le haut la mort métallique orange-blanche.

Et donna un coup de pied.

Il avait traversé des murs, brisé des os et des dos avec un coup de pied puissant de jambes chargées de la force qui venait de n'avoir aucun risque de blessure, aucune peur des conséquences. Aegis frappa l'articulation du genou du gladiateur, un disque orange néon qui aurait dû se déboîter, aurait dû envoyer le drone dans une reddition à genoux.

La jambe ne bougea pas. Aegis jura.

Mynx ne cessait de faire ces foutues améliorations,

rendant chaque version plus forte. Maintenant Aegis ne pouvait même plus blesser ces choses ?

Le gladiateur activa ses réacteurs de jambe, sautant en arrière loin d'Aegis, exposant le Champion à la visée armée de l'autre gladiateur. Plus de danger civil maintenant. Quatre bras, chacun avec son propre canon tirant des fléchettes ou des balles, se verrouillèrent.

— Trop tard, dit Aegis, espérant avoir bien calculé son coup.

Des salves frappèrent le côté du gladiateur, projetant des éclairs bleus à travers son torse, sa tête et ces armes. Particle et Celice criblèrent le drone depuis le rebord au-dessus et Aegis se surprit à sourire alors que le gladiateur ne parvenait pas à tirer, que la machine tressautait, ses fils et circuits grillant.

Sa vue bascula. Un instant, Aegis avait la victoire en vue et l'instant d'après, son cou se tordit pour voir l'autre gladiateur, celui qui avait jeté le chargeur de côté, prenant le relais de son ami tombé. Les bras se levant, les armes prêtes à l'action.

Aegis roula vers le dangereux gladiateur, l'épaule et la poitrine sur le béton avant de se redresser d'un bond sur ses bras pour se tenir droit, ramenant ses pieds pour présenter un profil étroit. Les balles jaillirent, illuminant l'endroit sur le béton où se trouvait la tête d'Aegis un instant plus tôt. Des éclats volèrent, des douilles brûlantes marquèrent l'uniforme d'Aegis devant et derrière tandis que le drone le prenait en tenaille avec des munitions réelles.

Plus d'espace.

Prenant appui sur son pied droit, Aegis tendit la main vers le bras inférieur gauche du gladiateur. Il sentit des impacts violents alors que plusieurs tirs faisaient mouche, les balles déchirant ses vêtements, percutant le gilet pare-balles en dessous. Le bras droit d'Aegis s'engourdit, et quelque chose dans son abdomen répandit une douleur acide dans son estomac alors qu'un tir à bout portant le touchait, mais ce mouvement avait amené Aegis à l'intérieur de la portée du drone.

Même engourdi — une sensation qu'Aegis avait expérimentée plus souvent qu'il ne l'aurait voulu entre les mains de divers vilains — le Champion mobilisa son bras droit, puis son gauche pour escalader le gladiateur. Le gros drone essaya de se débarrasser d'Aegis, mais il esquiva, se balança, et grimpa sur le dos de la machine. Malgré son éclat poli, les accessoires du gladiateur offraient de nombreuses prises. Certaines extrémités métalliques, devenues brûlantes, blessèrent les mains d'Aegis lorsqu'il s'y accrocha, mais il ignora la douleur.

Il aurait le temps de tout ressentir plus tard.

Arrivé à la tête du gladiateur, Aegis leva son poing gauche, frappant et déformant la plaque crânienne du drone. Sur sa droite, Aegis vit le premier gladiateur, toujours sous le feu de Celice et Particle, reprendre ses esprits. Après que Ziran eut capturé un gladiateur en utilisant des munitions IEM, personne dans le groupe ne s'attendait à obtenir les mêmes résultats ici. Ils devaient juste le ralentir suffisamment pour que...

Zhan-Yo arriva en courant depuis l'arrière droit, ayant emprunté un chemin plus long depuis le rebord jusqu'au champ de bataille. Contournant un mur de soutènement incliné et festonné, le leader révolutionnaire paya physiquement son engagement à sa cause avec ses deux épées. Zhan-Yo n'essaya pas de trancher le drone chancelant, un geste qui aurait pu briser ses lames sur le blindage, mais travailla comme un chirurgien, poignardant entre les articulations et sectionnant les connexions. D'abord une jambe puis l'autre s'embrasèrent, étincelant et s'effondrant alors que la capacité du drone à contrôler sa posture disparaissait.

D'en haut, Aegis eut une vue imprenable lorsque Zhan-Yo porta ses lames à la tête du drone tombé, achevant le coup de grâce avec une finesse désinvolte. Aegis aurait applaudi s'il n'avait pas été en train de marteler sa propre cible, brisant l'armure plus légère du haut. Maintenant, les fils et le métal se révélaient, prêts à être saisis, arrachés et jetés.

Le gladiateur s'éleva brusquement, une ascension grondante forçant Aegis à s'agripper à la tête fracturée du drone pour ne pas tomber. Tout comme le drone sur le bateau de Ziran, le gladiateur supposait qu'Aegis ne survivrait pas à une chute d'une telle hauteur, et cette fois il n'avait pas d'eau dans laquelle tomber.

Génial.

Aegis, espérant que sa main droite engourdie pourrait maintenir sa prise, frappa de sa gauche. Il sentit ses doigts s'enrouler autour des fils et tira, ignorant les coupures alors que des fragments métalliques entaillaient sa chair en sortant. Le gladiateur trembla, mais les fusées maintinrent leur poussée. En dessous de lui, Zhan-Yo et sa victime s'éloignaient. Celice et Particle l'observaient depuis le rebord, retenant leurs tirs. Les ouvriers avaient enfin fait démarrer leurs nacelles, les trois véhicules s'éloignant rapidement de l'Usine.

La brise se leva à nouveau, le soleil couchant, libéré de toute ombre, réchauffait le dos d'Aegis tandis que le gladiateur montait. Aegis frappa encore, cette fois brisant net les articulations de la tête. Le crâne métallique du drone se détacha, laissant Aegis sur les épaules d'une machine se dirigeant vers les étoiles.

Quelle fin ce serait, le Champion original s'élevant de plus en plus haut jusqu'à se consumer dans l'atmosphère ? Ou bien suffoquerait-il d'abord, perdant conscience avant de s'écraser sans cérémonie ?

C'était un risque qu'Aegis ne pouvait pas prendre. Il avait un héritage à préserver, une légende à protéger.

Alors il lâcha son bras droit, rassembla ses jambes et se propulsa du drone dans les airs.

CHAPITRE 18
CHERCHER ET TROUVER

ELLE DEVAIT TROUVER Calvin avant que Ziran ne la trouve.

Kat se redressa de l'écran, jetant un nouveau coup d'œil derrière elle au corps sur le sol, puis à la porte fabriquée, d'un argent aussi brillant que tout le reste dans ce bâtiment improvisé. Elle l'avait verrouillée en entrant, en glissant un verrou. La sécurité analogique partout s'avérait un avantage, car Kat n'avait rien pu tirer d'utile de l'homme à lunettes.

Elle l'avait d'abord fait trébucher, puis avait appuyé son coude sur sa gorge tout en l'immobilisant de son poids. Si l'homme avait été un culturiste, Kat aurait pu avoir des problèmes, mais pousser des crayons signifiait qu'il ne pouvait pas obtenir l'effet de levier dont il avait besoin. Quand il s'est affaissé, Kat a fait un calcul difficile.

Laisser l'homme inconscient, prendre le risque qu'il se réveille et donne l'alerte. Le tuer et peut-être que Kat pourrait gagner du temps, mais elle ajouterait un autre corps à son compte, une autre vie à sa conscience. Dans la fureur du moment, comme lorsqu'elle avait abattu les mercenaires de Wexley sur ce lac gelé, Kat pouvait faire le geste fatal sans regret.

Mais là ? Dans cette cellule avec un drone armé d'une seringue qui la fixait en silence ?

Elle a pris l'injection de la machine et l'a injectée à l'homme à la place. Il l'avait appelé un sédatif, peut-être que ça le garderait inconscient plus longtemps. Après avoir poussé la seringue, Kat a fouillé les poches de l'homme, a pris le badge d'identification de sa chemise. Son Tama s'était déjà éteint, faisant de son mieux pour garder les secrets de son propriétaire.

Puis Kat s'est enfuie, a passé les deux heures suivantes à se déplacer dans la base en essayant de comprendre ce qui se passait ici. Les couloirs fluorescents et sans âme se confondaient les uns dans les autres, des panneaux collés donnant de vagues indices sur des endroits comme « ingénierie » et « analyse des spécimens ». Chaque fois qu'elle rencontrait une porte scellée avec un verrou à scanner Tama, Kat allait dans l'autre sens.

Quand la traqueuse croisait quelqu'un qui passait, ils gardaient la tête baissée et elle faisait de même. Les conversations de couloir n'avaient pas leur place dans cet endroit, ce qui ne dérangeait pas Kat. Elle a fini par tomber sur la cafétéria, six tables de cartes spartiates servies par plusieurs distributeurs automatiques. Le long du mur du fond de la pièce ?

Des bureaux improvisés pour l'abeille ouvrière occupée.

Et l'un d'eux était occupé, la porte légèrement entrouverte. À proximité, une âme solitaire prenait quelque chose dans un distributeur sur la droite. Kat est allée au distributeur à l'opposé, a lu les options déprimantes pour tous les parfums de barres énergétiques qu'elle pouvait désirer. A attendu que l'autre mangeur prenne son prix et parte.

Roulant ses pieds, restant silencieuse, Kat s'est rapidement dirigée vers la porte du bureau ouverte. Elle a écouté, entendu une voix qui fredonnait pour elle-même. Kat a jeté un coup d'œil à l'intérieur, a vu quelqu'un faire défiler ce qui ressemblait à une effrayante boîte de messages. Tant d'éléments non lus et de haute priorité parsemaient l'écran. Ziran gardait ses abeilles occupées.

Avec sa main droite, Kat a exercé la plus légère pression sur la porte, son cadre mince bougeant comme de l'air. Un pas glissé à l'intérieur, sa proie fredonnant toujours, l'approche de Kat passant inaperçue. Du moins jusqu'à ce que Kat ferme la porte et tourne le verrou.

La femme s'est retournée, son expression toute de curiosité innocente. Comme si rien de mal ne pouvait arriver ici dans ce sanctuaire déformé.

— Salut, a dit Kat, et désolée.

Kat a frappé la femme, paume vers le haut, droit dans le nez. La tête de la femme a volé en arrière et Kat, tirant la chaise de la femme loin du bureau, a saisi la gorge exposée et l'a tenue fermement. Trop de secondes de lutte plus tard, avec Kat les passant toutes à dire à la femme d'arrêter et qu'elle vivrait, et la dame a finalement perdu connaissance.

Calant le corps de la dame au bout du bureau, là où quiconque ouvrirait violemment la porte le cognerait contre une collègue, Kat s'est installée dans la chaise et a commencé à tapoter.

— Comptabilité, a grimacé Kat en balayant les messages, les feuilles de calcul remplies de chiffres et de formules. Non merci.

Malgré l'opinion de Kat sur la comptabilité, la femme avait laissé sa vie électronique impeccablement organisée. Une fois que Kat eut effacé les programmes ouverts, elle fixa des options propres et étiquetées la dirigeant vers le personnel du camp, ses listes, son calendrier d'expérimentation, et d'autres choix juteux que Kat aurait explorés si elle avait eu le temps.

Elle est d'abord allée à la liste, une base de données dynamique qui transformait chaque anomalie ici en variables.

Taille, poids, origine génétique couplés à des noms et zéro autre description pour créer une liste impersonnelle. Peut-être que la feuille vierge facilitait la tâche du personnel du laboratoire pour mener ses tests, mais pour Kat, cela semblait trop familier.

En tant que traqueuse, Kat avait longtemps consulté une base de données pas très différente de celle-ci. Des noms associés non pas à des statistiques physiques mais financières. Des représentants et des contrats énumérés les uns après les autres pour que Kat puisse se concentrer sur ses anomalies les plus productives. Prioriser la capture de fugitifs aux pouvoirs similaires pour augmenter ses revenus.

Nulle part la base de données des traqueurs du Paragon n'ajoutait de la couleur, nulle part elle ne décrivait l'état mental d'une anomalie, sa vie de famille, si elle appréciait ou non les contrats qui lui étaient imposés par une entité toute-puissante.

Kat a fermé les yeux, s'est frotté le front, a essayé d'ignorer la sensation nauséeuse et visqueuse qui s'insinuait dans son abdomen. Il y avait des liens évidents mais elle ne les ferait pas. Elle n'essaierait pas de combler le fossé entre les Paragons et Ziran.

Un pont ne semblait pas aussi loin qu'il y a une minute.

Avalant sa salive, regrettant de ne pas avoir acheté une boisson aux distributeurs dehors, Kat a tapé dans la barre de recherche et entré le nom de Calvin. Elle a tapé sur la petite loupe, une icône qui existait avant même que Kat n'existe et qui n'avait jamais changé, et a fixé le message apparaissant au centre :

Aucun résultat.

Quoi ?

Kat a réessayé, a relu ce qu'elle avait tapé pour vérifier les erreurs éventuelles.

Aucun résultat.

Elle se rassit dans le fauteuil, essayant de réfléchir. Peut-être que la recherche ne ciblait pas les anomalies, peut-être qu'elle était défectueuse. Peut-être que la liste était ancienne.

— Elle n'est pas défectueuse, dit une voix basse derrière elle, et Kat se retourna brusquement dans le fauteuil, tombant en position accroupie. D'une poussée, Kat aurait pu envoyer le fauteuil en arrière sur la femme, qui s'appuyait, les fesses au sol, contre le mur du fond du bureau. Le mal de tête est bien pire.

La comptable tâtait son nez d'une main tandis que l'autre massait sa gorge. Ses yeux trouvèrent Kat, et Kat y vit la même curiosité qu'elle avait aperçue lorsque la traqueuse avait fait irruption dans la pièce.

— J'en déduis que tu n'es pas censée être ici ? dit la comptable.

— Ton nez n'est pas cassé parce que je n'en avais pas besoin, répondit Kat, gagnant du temps pour essayer de trouver une explication ou un moyen d'empêcher la comptable d'appeler à l'aide. Elles étaient trop éloignées pour un coup de poing rapide et Kat n'avait pas d'armes. Je n'essaie de tuer personne ici.

— C'est un soulagement, répliqua la femme, laissant ses mains retomber sur ses côtés. La plupart des anomalies qui s'échappent font des victimes avant d'être abattues. Devant le clignement de Kat, la femme haussa les épaules. Pas que je t'invite à essayer de battre leur record.

Kat évalua la distance entre les mains de la femme et la porte. Elle devrait se redresser, tendre le bras, défaire le verrou, puis ouvrir la porte et la contourner pour s'enfuir. Trop de temps, trop de distance. La comptable aurait besoin d'aide, mais...

— Tu ne cries pas. Pourquoi ? demanda Kat.

— Parce qu'on n'est pas censés le faire, répondit la comptable. C'est dans la formation qu'Adriana nous a tous donnée. Les études montrent que les rencontres avec des anomalies sont plus souvent fatales si l'anomalie est agitée. La comptable se pencha en avant, posant un doigt sur sa propre joue. Tu n'es pas agitée, n'est-ce pas ?

Deux cartes à jouer ici. Kat pouvait opter pour l'approche de l'anomalie en fuite que la comptable croyait déjà, ou elle pouvait rapidement passer à autre chose. Inventer une histoire d'espionnage, peut-être, ou de soldat Paragon en quête de vengeance. Ou la vérité ?

Non, jamais ça.

— Assez agitée. Kat déplaça sa main gauche du fauteuil, la tenant en l'air comme si elle allait lancer un sort. Choisis : aide-moi ou je te mets hors d'état de nuire, et ce ne sera pas aussi gentil la deuxième fois.

— Que veux-tu ?

Pas d'hésitation. Kat pouvait apprécier cela.

— J'essaie de retrouver un ami. Il est venu ici avec moi, mais je ne le vois pas sur la liste.

La comptable regarda l'écran. — Je peux ?

— Lentement.

Kat se leva, se déplaça vers la porte, le dos au mur, pendant que la comptable passait devant elle et prenait le fauteuil. Elle regarda Kat et attendit, serviable et sincère. La traqueuse dut se réajuster à nouveau. Elle n'avait jamais rencontré un otage aussi coopératif.

Soit Ziran aimait vraiment ses employés et serait prêt à révéler des secrets pour sauver ne serait-ce qu'une vie, soit Adriana et Wexley n'avaient jamais pensé que quelqu'un oserait attaquer leurs gens.

D'ailleurs, toute cette situation n'était-elle pas due au fait que Wexley avait pris Mynx en otage et, en récompense, s'était retrouvé roi des drones ?

Kat donna le nom de Calvin à la comptable et, au début, la comptable fit la même chose que Kat.

— J'ai déjà essayé ça, dit Kat lorsque la même fenêtre pop-up apparut.

Plutôt que d'être frustrée, cependant, la comptable se

contenta de hocher la tête et passa à une autre base de données, celle-ci beaucoup plus petite avec différentes valeurs affichées à côté de chaque nom d'anomalie. Les colonnes listaient les progressions, les traitements et les prochaines injections. Sans laisser à Kat le temps d'analyser ce nouveau panorama, la comptable lança une autre recherche avec le nom de Calvin.

Bingo.

— Lui ? demanda la comptable alors que la base de données se centrait sur Calvin, montrant qu'il commencerait son troisième cycle aujourd'hui. Tu as dit que vous étiez entrés en même temps ?

— Où est-il ? rétorqua Kat.

La comptable était l'otage, c'était elle qui devait répondre aux questions.

— Dernier étage, répondit la comptable, se tournant vers Kat et croisant les mains sur ses genoux. Il est au dernier stade. C'est toujours un spectacle. Tu vas me tuer maintenant ?

Kat fronça le nez. — Non. Compte jusqu'à cent, puis tu pourras partir.

— Et aller où ? La comptable sourit à nouveau, un sourire doux qui n'exprimait aucune plainte, seulement une douce acceptation. C'est mon travail et, pour l'instant, ma maison.

— Alors tu devrais en trouver un autre, répliqua Kat. Elle fit glisser le verrou de sa main droite, poussa légèrement la porte. Et vite.

La comptable ne dit rien lorsque Kat partit, fermant la porte derrière elle. La cafétéria avait plus de monde maintenant que l'après-midi virait franchement vers le soir. Kat remarqua les files d'attente pour les barres énergétiques, les boissons énergisantes, les snacks salés et réalisa qu'elle n'avait aucune idée d'où venaient ces gens, où ils vivaient. Leurs uniformes mélangeaient science et technologie, avec quelques blouses de maintenance vert terne contrastant avec le standard des bureaux de Ziran pour le reste. Un garde armé sirotait un soda avec une paille près de la sortie, regardant distraitement son Tama.

Pas un seul ne s'était dirigé vers le bureau volé de Kat. Tous pourraient venir à la défense de la comptable si la femme faisait du bruit.

En d'autres termes, il était temps de partir.

Kat quitta rapidement la cafétéria, son équipement de traqueuse attirant les regards. Le garde aussi plissa les yeux dans sa direction alors qu'elle passait, mais la pause devait primer et Kat sortit sans être inquiétée.

Le bâtiment, tel qu'il était fabriqué, n'avait qu'un seul ascenseur, et un ascenseur branlant qui plus est. La cage traversait le centre du bâtiment — pour autant que Kat puisse en juger — et son trajet était jumelé à un large escalier double. Kat évalua l'ascenseur en s'approchant, vit le bouton de descente illuminé alors qu'un autre homme de maintenance attendait, les yeux sur son Tama.

Trop de risques avec la machine. Les ascenseurs pouvaient être arrêtés à distance, pouvaient être transformés en cages mortelles. Mieux valait être libre.

Les escaliers s'avérèrent bruyants mais propres, des marches métalliques fragiles correspondant à l'esthétique argentée et rebondissant à chaque pas. Le bruit de Kat se mêlait à celui de nombreux autres montant et descendant dans un constant barrage de ping-pong. Les conversations des collègues se confondaient sous le vacarme, poussant une fois de plus Kat à se demander comment diable les gens pouvaient être si normaux dans un endroit comme celui-ci.

Quelqu'un pouvait-il vraiment s'adapter si vite ? Décider qu'un salaire valait la peine d'accueillir des anomalies et de les soumettre à Dieu sait quoi ?

L'empathie menaçait de faire son chemin, d'humaniser les gens dans ce bâtiment avec Kat, mais elle atteignit le dernier étage avant que quoi que ce soit de vraiment dangereux ne déraille son plan : libérer Calvin, puis s'enfuir, de préférence en brûlant cet endroit jusqu'aux fondations dans le processus.

Le dernier étage ne donnait pas une impression de penthouse. Kat quitta la cage d'escalier lentement, entrouvrant la porte et jetant un coup d'œil avant d'entrer complètement dans un couloir qui aurait pu correspondre mètre par mètre à celui qu'elle avait quitté en bas. La seule différence ? Moins de portes.

Des toilettes se trouvaient à gauche et à droite de Kat, et au-delà, le couloir se poursuivait sans autre particularité jusqu'à une fin abrupte près du bord du bâtiment. Des portes verrouillées par Tama, couvertes de panneaux d'avertissement rouges, fermaient ces côtés, et Kat les laissa tranquilles, tournant son attention vers les portes principales devant elle.

De l'autre côté du couloir se trouvait un double ensemble opaque. Contrairement aux fines portes chromées ailleurs dans le bâtiment, celles-ci avaient du poids, une peinture blanche avec le logo orange de Ziran au centre. Elles avaient aussi une serrure Tama. Des panneaux « Personnel autorisé uniquement » étiquetaient également chaque porte, confirmant l'objectif de la serrure.

Kat s'approcha de la porte et y colla son oreille. Elle n'entendit rien, bien qu'elle ne puisse dire si les portes bloquaient le son ou si la comptable avait menti sur l'emplacement de Calvin.

Un autre choix difficile. Défoncer les portes et sacrifier sa discrétion, ou essayer de se cacher et d'attendre, disons, dans l'une de ces salles de bain pour une autre opportunité de prise d'otage ?

L'approche lente avait son attrait, mais les nerfs de Kat brûlaient déjà. La comptable n'attendrait pas éternellement, même si elle comptait réellement jusqu'à cent au rythme le plus lent connu de l'homme. Et si Calvin était là-dedans, s'ils lui faisaient quelque chose, alors chaque seconde que Kat attendait dehors pourrait être sa dernière.

Prenant une profonde inspiration tout en reculant d'un grand pas de la serrure Tama, Kat évalua ses pieds, ses jambes et ces portes. Elle pouvait utiliser un gadget pour passer, mais peut-être...

Kat prit une longue inspiration et donna un coup de pied sec, envoyant son talon botté s'écraser directement dans la serrure Tama. Le petit écran et le scanner n'eurent aucune chance, se brisant en plastique noir et en verre. Une alarme retentit avant que le pied de Kat ne retourne au sol, un son grêle qui réaffirmait la construction hâtive du bâtiment. Les lumières ne changèrent même pas : pas de rouge sinistre, pas de verrouillages rapides.

La traceuse n'attendit pas, mais glissa vers la droite, dos au mur et les doubles portes à sa gauche. Une autre inspiration profonde, un autre pari.

Quelque chose cliqua dans les portes, et Kat sentit un choc lorsqu'un verrou bougea. Un second bruit sourd suivit et les portes s'ouvrirent. Kat ne vit rien en regardant à gauche, retenant un petit juron. Elle avait espéré que les gens dirigeant les expériences seraient stupides, qu'ils se précipiteraient dans le couloir, mûrs pour une mise KO surprise.

Au lieu de cela, ces gars avaient des tactiques.

— Qui que ce soit là-dehors, rendez-vous, aboya un homme, sa voix sortant modulée. Un casque, donc. Nos renforts arrivent. Vous êtes en infériorité numérique.

Quel négociateur, ce type.

— D'accord, dit Kat sans bouger. D'accord. Ne me faites pas de mal. Je me rends.

— Alors venez avec les mains en l'air, le visage dégagé.

— Je ne pense pas pouvoir marcher. Je me suis blessée à la jambe en donnant un coup de pied au scanner.

Le négociateur ou son collègue garde n'attendit pas, mais contourna le côté de la porte alors que Kat finissait de parler. L'homme avait un pistolet paralysant levé et prêt, il aurait appuyé sur la gâchette si Kat ne s'était pas jetée sur ses chevilles avant qu'il ne franchisse la porte.

Le plongeon de Kat heurta les mollets de l'homme et le repoussa, un trébuchement qui aurait pu le laisser debout si Kat n'avait pas utilisé sa main gauche pour tirer la jambe droite de l'homme vers l'avant. Alors que l'homme tombait, alors que des voix commençaient à crier — Kat grimaça intérieurement en entendant plusieurs drones cracher leurs exigences mécaniques — Kat continua à bouger ses jambes, se poussant contre l'homme tombé.

Une couverture reste une couverture, même si elle est vivante.

Le penthouse était enfin à la hauteur de cette promesse de Ziran : la vaste pièce n'avait pas de sol carrelé, mais abritait un tapis blanc et orange d'un bout à l'autre. Des fenêtres s'alignaient du sol au plafond autour de l'espace, offrant un coucher de soleil spectaculaire. Un assortiment hétéroclite de drones, de scientifiques et de soldats profitait de cette vue, et Kat imaginait que même les cinq anomalies debout au centre auraient apprécié ce spectacle comme dernière vision avant leur long sommeil.

De sa main droite, Kat luttait contre le garde qui se débattait pour son pistolet paralysant. Son copain, sa voix trahissant le négociateur, accourut avec son propre pistolet paralysant visant un tir à bout portant. Un tir qui aurait fait mouche si la traceuse n'avait pas roulé. Le bras gauche de Kat encaissa le coup alors qu'elle faisait basculer le garde plaqué sur sa poitrine, espérant sentir le choc du pistolet paralysant frapper l'homme.

Le négociateur retint son tir. Il attendit que le garde plaqué, au-dessus de Kat, termine le roulé. Allongée sur le dos, exposée, Kat fixa le canon du pistolet paralysant et le visage totalement figé de l'homme qui le tenait.

Derrière lui, la regardant avec la mâchoire presque tombée au sol, se tenait Calvin. Un drone grondait à côté de lui, une seringue s'étendant vers le bras gauche de Calvin. Un bras qui menait à une main, étalée sur le sol.

Et la main droite de Calvin ?

Alors que les drones traqueurs, ces mille-pattes métalliques montant la garde, brisaient leur couverture, alors que les autres anomalies cédaient à leur désespoir et commençaient à bouger, Calvin tendit la main vers elle.

CHAPITRE 19
DE RETOUR À LA MAISON

LA MAISON, balayée par le vent et usée par les intempéries, portait le printemps de Chicago dans les vieilles feuilles, la terre et les brindilles obstruant ses gouttières. Les vestiges de l'hiver s'accrochaient aux recoins, supportant tant bien que mal la brise de l'après-midi et le ciel mi-couvert. Une demeure à deux étages qui aurait davantage sa place sur une côte de l'Est que dans une avenue de banlieue, Rhimes appréciait cette singularité. Il monta lentement les marches du perron, la main sur la rambarde blanche glissante de pluie, sentant les marches en bois craquer sous ses bottes.

Il avait vécu ici pendant des années en travaillant pour Ziran, alternant entre Zhan-Yo et Wexley dans des rôles glissant vers l'obscur et le sombre. Maintenant, il avait été évincé par Wexley et avait envoyé une mise à jour à Zhan-Yo, à laquelle Z avait répondu par un seul mot :

Va

Z devrait attendre une minute. Derrière Rhimes, Regina remontait l'allée avec des yeux de touriste vagabonde. Plus loin encore, la nacelle empruntée retournait dans la rue, partie chercher un autre passager. Rhimes s'était frayé un chemin depuis le Ziran à un kilomètre au nord, un geste désespéré qui avait forcé la programmation d'urgence de la nacelle à entrer en jeu, déposant le duo à la sortie de l'autoroute.

Ils s'étaient glissés et faufilés à travers des quartiers humides avant de prendre deux autres nacelles à la suite, Rhimes déterrant de vieux alias et leurs comptes de réputation poussiéreux pour couvrir ses traces. Il les avait utilisés pour la dernière fois pour embaucher des mercenaires, acheter des armes et gérer la petite tuerie d'Élémentaires de Wexley d'une manière que les Paragons ne pouvaient pas remonter jusqu'à son propriétaire.

Drôle comme certaines choses reviennent.

— C'est ta maison ? demanda Regina tandis que Rhimes essayait la porte.

Une serrure manuelle, et toujours verrouillée. Il devait supposer que la clé était... Rhimes marcha trois mètres vers la droite, se pencha et souleva le fin bardage. Là, niché dans l'isolation, reposait l'objet terni. Exactement là où Rhimes l'avait laissé il y a des mois avant de partir capturer un drone gladiateur avec Wexley.

— Je t'ai posé une question, dit Regina alors que Rhimes se redressait.

Elle avait les bras croisés comme si Rhimes, qui devinait avoir quelques années de plus qu'elle, était son enfant.

— Je t'ai entendue, dit Rhimes, plongeant la clé dans la serrure et la tournant. Ce n'est pas la mienne.

— Alors à qui est-elle ?

Rhimes poussa la porte. Il sentit la poussière, l'air lourd laissé à l'abandon. Des planchers en bois sombre, des moulures couronnées, et un escalier montant. Pas de photos sur les murs bleu clair. Frais à l'intérieur aussi, le chauffage soit mort soit coupé par les comptables pointilleux de Ziran : pourquoi payer pour un endroit qui n'est plus utilisé ?

— C'est à Ziran, dit Rhimes alors que Regina le suivait à l'intérieur. Il la laissa passer devant lui dans le couloir avant de fermer la porte, la verrouillant derrière elle. J'espère qu'ils l'ont oubliée.

— Avec mon frère, c'est un mauvais plan.

— Parfois, tous les plans sont mauvais.

Rhimes passa devant Regina, jeta un coup d'œil à la porte de la cave le long du couloir. L'arsenal avait été vidé, réparti entre les mercenaires qui avaient abattu ce drone. Tous sauf quelques-uns choisis laissés derrière, inutiles contre les machines mais parfaits pour la chair et le sang.

— Alors c'est pour ça qu'on est venus ici, dit Regina dans la cuisine, quand Rhimes ouvrit le placard au-dessus du frigo, en sortant une mallette remplie de couteaux en céramique. Fragiles mais presque indétectables. Tu penses que quelques couteaux nous feront entrer dans le bureau de Wexley ?

— En dernier recours, dit Rhimes, en prenant trois et les glissant dans sa veste, un dans sa chaussette. Il tendit le dernier à Regina, le retournant dans sa paume pour que le manche en cuir noir soit vers elle. Tiens.

— Je ne sais pas me battre avec un couteau, dit Regina, plissant les lèvres et fixant la lame.

— Quand tu seras désespérée, tu trouveras. Rhimes poussa à nouveau le manche vers Regina, et quand elle ne fit aucun geste, il soupira, retourna la lame pour mettre le manche dans sa paume. Il le glissa dans sa manche et le cala là. Ou pas.

— Les outils sont pour ceux qui en ont besoin. Les yeux de Regina se tournèrent vers le garde-manger. Dis-moi, Ziran approvisionne-t-il ses planques en nourriture ?

— Tant que la fraîcheur n'est pas une exigence, sers-toi. Ensuite, on bouge.

Regina trouva des céréales dures comme de la pierre, du beurre de cacahuète solide comme du ciment, et quelques barres énergétiques comestibles. Cette dernière option semblait attrayante jusqu'à ce que Rhimes essaie le robinet et découvre que l'eau avait été coupée aussi.

— Ton frère est radin, dit Rhimes, refermant le robinet.

— Il dépense tout pour moi, plaisanta Regina, grignotant tout de même la plaque de granola au chocolat.

Le Tama de Rhimes sonna : la nacelle qu'il avait appelée attendait dehors, prête à les emmener au centre-ville. Les deux se dirigèrent vers la porte d'entrée, Rhimes en tête, la main tendue vers la serrure.

La porte explosa vers l'intérieur. L'onde de choc envoya Rhimes voler en arrière sur Regina, les renversant tous les deux sur le sol du couloir tandis que des éclats de bois pleuvaient autour d'eux. Les oreilles sifflantes, les yeux piquants, Rhimes se redressa et regarda la petite sphère flottante d'un drone de suppression. Non létal mais très dangereux, la boule planait au-dessus du porche tandis que son arme choisie se rétractait.

— Bouge, dit Rhimes, sa voix semblant petite et métallique à travers son audition engourdie. Par l'arrière.

Regina semblait comprendre, se levant et se dirigeant vers la cuisine. Rhimes la suivit, faisant deux grandes enjambées avant que la porte-fenêtre coulissante en verre de la cuisine n'imite sa sœur de l'entrée, explosant dans un fracas assourdissant. Rhimes attrapa Regina alors que les éclats volaient vers eux et se précipita vers la droite, à travers la porte et en bas des escaliers de la cave dans une course trébuchante.

En atteignant le bas, Rhimes chercha un interrupteur et le trouva, lui aussi, inutilisable. Avec seulement un mince filet bleu filtrant par la porte ouverte, Rhimes sentit plus qu'il ne vit Regina s'éloigner de lui, reculant vers le centre de la pièce.

— Comment nous ont-ils trouvés ? demanda Regina.

— Tu sais ce que fait ton frère, n'est-ce pas ? répondit Rhimes, ignorant une cheville douloureuse tout en époussetant le verre de ses épaules.

— Je croyais que tu avais trouvé un moyen de disparaître ?

Rhimes agita son Tama lumineux vers Regina tout en

regardant vers la porte. Ces drones étaient non létaux, mais cela ne signifiait pas qu'ils ne pouvaient pas faire très mal à Rhimes. Sans parler du fait que si lui et Regina ne partaient pas bientôt, le plan de Zhan-Yo n'aurait aucune chance.

Et si Zhan-Yo échouait, alors Rhimes serait traité comme un traître.

— J'espérais qu'il ne nous trouverait pas si vite, dit Rhimes. Je me suis trompé.

Regina recula, s'adossant à un mur éclairé par le Tama de Rhimes. Autour d'elle, des crochets racontaient l'histoire de l'arsenal disparu.

— Reste loin de moi, dit Regina tandis que Rhimes observait. Le pire qui puisse m'arriver, c'est d'être ramenée à la maison.

Ça faisait mal, mais Rhimes ne pouvait pas blâmer la femme. L'instinct de survie et tout ça. À la place, il se baissa vers l'escalier. Sous les marches en bois se trouvaient de vieilles caisses et boîtes utilisées pour expédier les armes, et bien que les caisses elles-mêmes fussent vides, le pied-de-biche utilisé pour les ouvrir était toujours à sa place. Rhimes souleva la barre noire et poussiéreuse, essayant de se sentir comme un dur à cuire.

Les drones traqueurs lui volèrent ce sentiment, leurs pattes d'acier aiguisées cliquetant alors qu'ils prenaient le relais de leurs frères flottants de suppression. Rhimes entendit les clics au-dessus alors qu'ils passaient du carrelage brillant au bois épais. L'homme tendit la main vers son Tama pour couper la lumière, puis s'arrêta.

Les drones pouvaient voir dans le noir.

— Qu'est-ce que c'est que ces choses ? dit Regina, ses yeux suivant quelque chose au-dessus de la tête de Rhimes.

Rhimes entendit la question mais écouta, à la place, les griffes du drone traqueur atteindre la fin des marches. Levant le pied-de-biche, Rhimes commença à se déplacer dans cette direction, prévoyant d'asséner un coup par-dessus avant que le drone ne puisse réagir. Il leva le pied-de-biche, abaissa son épaule gauche, et sentit quelque chose agripper son arme.

— Il y en a deux ! cria Regina, clarifiant la panique alors que Rhimes s'éloignait des escaliers vers le centre de la pièce, tirant sur le pied-de-biche.

Le drone ne put maintenir sa prise sur l'arme et Rhimes la libéra, reculant en trébuchant, se préparant alors que les deux drones traqueurs, leurs carapaces argentées de mille-pattes, glissaient vers lui de chaque côté. Les deux se dressèrent comme des cobras, les petites fentes cachant leurs pistolets à fléchettes s'ouvrant.

Pas question que Rhimes se laisse abattre si facilement.

Il choisit la droite, faisant un pas et balançant la barre comme une batte de baseball. Le coup s'écrasa sur le milieu du drone, rebondissant sur son armure avec un léger creux et un fort tintement. Les fléchettes furent tirées. L'une se planta dans son dos, une seconde dans son épaule gauche.

Elles brûlaient, et Rhimes perdit sa main gauche alors qu'il balançait le pied-de-biche une seconde fois. Il visa par-dessus, visant l'œil du drone traqueur, mais n'y parvint jamais. La machine courba sa colonne vertébrale, se retirant hors de portée de Rhimes. Encore une fois comme un cobra, le drone se jeta en avant après le coup, poussant Rhimes au sol. Une patte frappa le pied-de-biche, l'envoyant rouler à travers la pièce.

Ses mandibules métalliques planant au-dessus de sa tête, Rhimes grimaça face à la gueule d'acier tandis que son corps s'engourdissait. Au moins, avec deux fléchettes, il pourrait perdre conscience. Il ne sentirait certainement pas la douleur si ces choses décidaient de le mettre en pièces.

Derrière lui, Rhimes entendit la voix de Regina, murmurant *s'il vous plaît non* encore et encore. Il supposait qu'il avait dû faire quelque chose de bien si elle ne voulait pas qu'il meure.

Rhimes ne pouvait pas sentir son Tama vibrer, mais il vit

l'écran s'allumer. Un appel entrant de la personne à qui il ne voulait vraiment, vraiment pas parler à ce moment-là. Heureusement, il ne pouvait pas répondre au Tama même s'il le voulait.

Le drone traqueur s'abaissa, posa deux pattes acérées sur la poitrine de Rhimes. Avec une autre, la machine étendit une griffe d'acier et tapota le Tama, acceptant l'appel. Le visage de Wexley, baigné de soleil et portant des lunettes de soleil, remplit l'écran.

— Rhimes, tu ne sais pas à quel point ça me fait mal de te voir comme ça, dit Wexley. À son crédit, Wexley avait l'air blessé, avait l'air fatigué. Me poignarder dans le dos juste quand j'ai le plus besoin de toi ?

— Tu ne voulais pas écouter.

Rhimes n'avait pas les poumons pour parler plus fort qu'un murmure. Il essaya de trouver un peu de force quand même, de faire quelque chose pour ne pas avoir l'air, ne pas sonner si faible. Le drone enfonça sa griffe plus profondément, déchirant la chemise de Rhimes, marquant sa poitrine.

— Écouter quoi ? demanda Wexley. Quel est le problème, Rhimes ? Qu'est-ce qui est si grave que tu doives m'enlever ma sœur ? Wexley leva la main, retira ses lunettes et se frotta les yeux. Je ne comprends même pas ce que tu essaies de faire, en l'emmenant dans cet ancien entrepôt.

— Ce n'est pas-

— Hé, drone, dit Wexley, ma sœur est-elle là ?

Le drone s'inclina, enfonça une griffe dans le bras de Rhimes, coupant profondément. Rhimes ne sentait rien, mais il pouvait voir la goutte rouge dans la lumière du Tama alors que le drone tirait le bras de Rhimes au-dessus de sa tête, donnant au Tama une bonne vue.

— Je suis là, Wexley. Regina avait trouvé du courage quelque part : Rhimes n'entendait aucune trace de gémissement. Laisse ce pauvre homme tranquille. Il ne savait pas ce qu'il faisait.

— Ça, je n'y crois pas une seconde. Il ne t'a pas fait de mal ?

— Non. Je pense qu'il me voulait pour quelque chose.

Sans dire quoi. Regina n'abandonnait pas tout de suite. Rhimes ne voyait pas vraiment comment sortir de ce désastre, mais savoir qu'il n'était pas tout seul le faisait se sentir un peu mieux. Pas qu'il allait ressentir quoi que ce soit encore longtemps.

— Ce qu'il veut n'a pas d'importance. Reste loin de lui, dit Wexley. J'ai une nacelle qui arrive pour te ramener. Quelque chose crépita à travers le Tama, le bourdonnement régulier d'une alarme. Wexley jura. Je dois y aller, Regina. Je t'aime.

L'appel du Tama s'éteignit, quelque chose que Rhimes ne sut que parce que le drone retira sa griffe de son bras. Libéré, le membre engourdi de Rhimes retomba au sol, l'écran du Tama vide devant ses yeux.

Maintenant venait l'exécution.

Le drone qui le surplombait se redressa, maintenant Rhimes immobilisé mais sans vraiment chercher à le déchiqueter. Son partenaire, sans préambule, s'éloigna à toute vitesse, ses pattes métalliques grimpant le long de la cage d'escalier vers la porte au-dessus. Rhimes en savait assez sur les tactiques des drones pour trouver cette manœuvre étrange : les drones pisteurs utilisaient leur nombre pour confirmer les éliminations. Le partenaire n'aurait pas dû partir avant que Rhimes ne soit un cadavre froid.

Non pas que le drone restant ne puisse pas s'en charger. Rhimes vit une patte, sa pointe acérée visible dans la lueur terne du Tama, s'orienter vers sa gorge. Rhimes ne sentait plus ses jambes, ses bras, ni quoi que ce soit, alors il essaya de garder un visage impassible. Déterminé, sans peur. Regina, au moins, pourrait rapporter cela à Wexley.

Le pied-de-biche fracassa l'œil gauche vitreux du drone. Des éclats se dispersèrent tandis que la machine tombait à la gauche de Rhimes, libérant le combattant de sa pression griffue — pas que Rhimes puisse faire grand-chose de cette liberté. Regina avança, balançant à nouveau le pied-de-biche et frappant une patte d'acier. Le coup ne fit pas grand-chose, mais le drone n'attaqua pas non plus la femme.

Les propres ordres de Wexley. Rhimes essaya de rire, toussa à la place alors que ses poumons luttaient pour obtenir assez d'air. Les drones de Ziran n'oseraient pas blesser la sœur de l'homme ou l'homme lui-même, des lignes de code que Rhimes s'était assuré que le personnel de Ziran ajoute lors d'une mise à jour précoce après avoir pris le contrôle de l'Usine.

— Va-t'en, dit Regina, comme si le drone allait l'écouter. Laisse-le tranquille !

Pris entre deux directives, le drone hésita. Regina le frappa à nouveau, Rhimes captant les coups du coin de son œil gauche. La machine voulait contourner Regina, atteindre Rhimes et terminer sa mission, mais chaque fois qu'elle faisait un mouvement, Regina la cognait de nouveau.

Au-dessus, la maison trembla. Des cris et des détonations rebondirent en échos à travers les couloirs. D'autres vitres se brisèrent. Rhimes crut entendre des ordres tactiques, mais qui diable d'autre pouvait être ici ? Tous ceux avec qui il travaillait étaient maintenant pris dans les missions de Ziran, et aucun ne choisirait la loyauté envers lui plutôt que la sécurité avec Ziran —

— Tu voudrais bien te dépêcher de te lever ? aboya Regina, assénant un autre coup digne d'un golfeur contre la tête approchante du drone. Ce n'est pas mon style !

— J'essaie, répondit Rhimes, la bouche pâteuse. Deux fléchettes, c'est beaucoup de drogues.

Rhimes avait besoin de temps, et le drone n'était pas assez stupide pour le lui accorder. Il se déplaça vers la droite, entraînant Regina avec lui, et quand il feignit à nouveau vers Rhimes, elle souleva le pied-de-biche pour un autre coup à tout-va. Le drone se faufila sous le coup, s'aplatissant presque sur ses pattes brillantes, et courut le long de la poitrine de Rhimes.

— Non, espèce de sale brute ! cria Regina, chargeant après la machine.

— Eh bien, merde, dit Rhimes alors que le drone se redressait et abattait ses griffes.

Même avec les fléchettes, Rhimes sentit ces entailles.

CHAPITRE 20
SOULÈVEMENT

CASSIDY ESTIMAIT à une trentaine le nombre de corps entassés dans la cellule sans fenêtre, enserrés par des clôtures bon marché et des drones gladiateurs tout à fait disposés à garder leurs armes pointées sur les prisonniers.

Trente corps, et chacun d'entre eux sursauta lorsque l'anomalie, une fille accroupie dans le coin, hurla.

Pas de terreur, mais de colère vive et énergique.

Sous une grande tente divisée en six de ces larges enclos, un espace près du centre de la base où, d'après ce que Cassidy avait compris, les livraisons d'anomalies seraient regroupées et triées, le cri galvanisa les captifs. Cassidy ne pouvait pas l'expliquer : une seconde plus tôt, elle regardait vers les collines beiges, se demandant comment Vick était mort si vite, et la suivante ? Elle se ruait vers la clôture avec les autres anomalies.

Non, elle pouvait l'expliquer : une autre capacité qui brisait le monde.

Les vides jaillirent au bout de ses doigts, prêts à tirer tandis que Cassidy s'écrasait contre des corps qui défiaient une loi physique après l'autre. Certaines anomalies s'élançaient dans les airs, filant à travers la tente ou plongeant vers un garde sans se soucier de tactique. D'autres s'enflammaient, lançaient de fantastiques globes lumineux, ou se fondaient dans le sol pour réapparaître à côté d'un drone gladiateur et le frapper de leurs poings inutiles.

Les drones firent ce pour quoi ils étaient conçus : leurs quatre bras entrèrent en éruption dans un tir ciblé, des balles jaillissant dans la foule. Un recoin de l'esprit de Cassidy réalisa qu'elle allait mourir, qu'ils allaient tous mourir, mais cette même anomalie cria à nouveau et ce doute s'évanouit. Au lieu de cela, Cassidy bondit sur un corps blessé et tombant devant elle et utilisa cette hauteur pour lancer un vide sur le gladiateur le plus proche.

Le couteau invisible fendit l'air, trouva sa cible et engloutit le crâne métallique du drone. Les fils se déchirèrent et s'arrachèrent du corps de la chose, ses bras-canons s'arrêtant, s'effondrant. Une autre anomalie suivit l'attaque de Cassidy, courant vers le drone et, d'un simple toucher, réduisit le gladiateur à la taille d'un humain tout en augmentant la sienne.

La grande anomalie rugit, la foule rugit avec elle, et, alors que la voix de Cassidy redescendait de l'appel, un laser de précision transforma la nouvelle anomalie géante en victime. L'émeute hurla, tournant son attention vers le meurtrier de l'anomalie.

Cassidy se retourna aussi, les vides prêts à déchiqueter les monstres de Ziran et leur base jusqu'à ce qu'il ne reste que des cendres. Descendant de sa plateforme humaine, Cassidy commença à se fondre dans la cohue jusqu'à ce qu'une autre anomalie massive, fonçant avec un chant guerrier s'échappant de sa bouche, fracasse la tête de Cassidy avec son épaule.

Elle tourna, tomba, et aurait été piétinée si sa petite escapade, son lancer de vide, ne l'avait pas placée à l'arrière du groupe. Quelques pieds nus écrasèrent ses jambes, l'un pressa ses cheveux dans la poussière, mais elle respirait. Vivait.

Retrouva sa lucidité.

Depuis le sol, la terre tassée fraîche contre sa joue, Cassidy vit sous les clôtures, hors de la tente et vers la base du bâtiment. Ce qui avait été un éclat métallique de fortune était maintenant obscurci par la poussière, le feu et un enchevêtrement de drones et d'humains. Des balles dures craquaient dans l'air, fendant les cris exigeant le calme et un mélange sonore plus profond défiant toute description : des anomalies et leurs capacités se brisant, claquant, tonnant et résonnant.

Cassidy avait l'impression d'être revenue à son adolescence, coincée dans un sous-sol bondé à écouter des groupes hétéroclites beugler sur des instruments aléatoires.

Dans le chaos, cependant, vivait l'opportunité. L'île avait au moins appris cela à Cassidy.

Elle se releva, rassembla les combats qu'elle voyait, les pouvoirs flamboyants et les armes brûlantes, et essaya d'élaborer une stratégie. Celice avait dit que la venue de Cassidy ici faisait partie d'un plan. Thane ou Aegis avaient-ils orchestré l'explosion, le soulèvement ? Et si oui, dans quel but ?

À la gauche de Cassidy se trouvait la jeune femme, celle qui criait et qui avait déclenché la ruée déchaînée. La femme cria à nouveau, mettant ses mains en porte-voix pour donner plus de force à l'ordre, l'appel à écraser les machines de Ziran et leurs gardiens meurtriers. Cassidy sentit l'envie, mais elle glissa sur sa logique, son contrôle de soi. Comme la Duchesse sur l'île, savoir qu'une anomalie était la source supprimait la menace.

— Que fais-tu ? dit Cassidy à la femme, haussant la voix pour être entendue.

— Je saisis une chance, répondit la femme, examinant Cassidy. Une grimace indiqua qu'elle n'était pas impressionnée. Pourquoi n'aides-tu pas ?

La réponse à cette question leur parvint par les pieds, accompagnée d'une brise différente, plus chaude. Une qui ne sentait pas la mer ou la végétation éparse, mais les gaz ionisés, l'énergie électrique produite par un moteur. Cassidy prit le bras de la femme, la tira en arrière de la foule en lutte. Lançant un vide, Cassidy trancha la clôture, permettant aux deux de sortir par l'arrière de la tente et sous le ciel ouvert.

— Voilà pourquoi, dit Cassidy, pointant vers l'horizon sud.

Un nuage sombre et mouvant fonçait vers le camp. Des drones de toutes sortes fusaient vers l'évasion des anomalies.

— Ils n'essaieront pas de nous sédater, poursuivit Cassidy. Ils voleront au-dessus de nous, nous massacreront, et Ziran pourra recommencer quand nous serons morts dans la poussière.

La femme se dégagea de la main de Cassidy, fixant le nuage qui approchait, — Donc tu veux abandonner ? Fuir ? Ça ne marchera pas.

— Se battre comme une foule non plus.

Cassidy vit un mouvement, un éclair dans le soleil alors qu'un drone traqueur, tout en métal brillant, descendait du toit de la tente et se précipitait vers le duo. La Vide poussa la femme sur le côté — elle tomba dans la poussière avec un juron — et lança deux petits trous noirs sur la machine. Ils déchiquetèrent le drone, envoyant des moitiés étincelantes de chaque côté.

Hochant la tête vers le drone détruit, Cassidy tendit une main à la femme, qu'elle prit puis relâcha avec un sifflement.

— Je crois que tu m'as brûlée, dit la femme.

— Désolée, répondit Cassidy. Mais c'est de ça dont je parle. On a besoin d'un plan, et on doit rallier tous ces gens rapidement.

La femme regarda tour à tour Cassidy et le drone détruit, puis se releva. — D'accord, mais ne me fais pas tuer.

Un vrai leader, celle-là.

— Je ne promets rien, dit Cassidy.

Lissy, la crieuse, avait quelques bons tours dans son sac. Avec Cassidy qui lui soufflait des stratégies glanées au cours de mois passés à se cacher en Thaïlande et d'années à diriger des anomalies sur l'île, Lissy manipulait les émotions du camp à chacun de ses cris. Tandis que Cassidy créait des vides pour couvrir sa progression vers le centre, Lissy se lançait dans une cadence stridente.

Le cercle dévasté, qui se formait naturellement à mesure que les anomalies et les drones combattaient sur un périmètre toujours plus large, permettait à Lissy de pivoter en lançant ses appels, captant les différentes parties de la bataille avec ses cris. Le premier hurlement de Lissy tomba sur la mêlée enragée, explosive et frappante comme de l'eau sur un feu de forêt : elle atténua la colère, inspira la prudence. Même cette première étape fit une différence immédiate alors que les anomalies regardaient autour d'elles, suivant les instructions de Lissy pour travailler ensemble, trouver des moyens de se défendre et d'attaquer à parts égales.

Cassidy écoutait Lissy répéter son cri dans les autres directions, sa voix résonnant au-dessus des têtes métalliques et humaines. Les drones gladiateurs se dressaient sur les bords, certains tombant tandis que d'autres continuaient à tirer sans relâche sur des anomalies sans défense ou, si elles avaient les bons pouvoirs, protégées. Au-dessus, les anomalies capables de voler s'emmêlaient avec les drones de suppression, des poings et des objets aléatoires frappant des sphères soudées qui n'hésitaient pas à riposter.

Des corps tombaient, des éclats les rejoignaient.

Et ce nuage sombre se rapprochait toujours. Devant lui, orange maintenant que le soleil se couchait à l'Ouest, le sommet du bâtiment Ziran bouillonnait. Les fenêtres se brisaient tandis que les anomalies, les gardes et les drones s'enchevêtraient dans un combat que Cassidy ne pouvait pas distinguer, ne comprenait pas. Lissy aurait pu y voir une opportunité, mais le petit groupe là-haut ne pourrait pas aider dans la guerre ici-bas.

— Phase deux ! dit Cassidy alors que Lissy terminait le premier appel.

— J'ai besoin de reprendre mon souffle, répondit Lissy, tentant de faire exactement cela.

Cassidy fit passer un vide devant la crieuse, un trou noir en spirale qui engloutit le tir entrant d'un gladiateur renégat. La machine tenta de changer de cible, mais une lame bleu néon, surgissant du sol comme un pic perdu, la trancha en deux. Cassidy ne put dire qui avait fait apparaître cette chose, qui se dissipa en braises azur après son attaque.

— Allez Lissy, ce n'est pas le moment, dit Cassidy, essayant de regarder partout à la fois.

— D'accord, d'accord. Lissy se redressa, inspira plus d'air que Cassidy ne pensait possible, comme un oiseau se gonflant avant de chanter, et lança son commandement.

Si le premier appel avait inspiré la prudence et la solidarité, le suivant de Lissy portait l'attention sur ses mots : se replier et se regrouper. Les lignes de bataille autour du camp s'effilochèrent alors que les anomalies aux meilleures capacités fonçaient en avant tandis que les plus faibles mouraient ou restaient en arrière. Rien qu'en observant les drones gladiateurs et en voyant lesquels explosaient et lesquels se rapprochaient, Cassidy pouvait lire le conflit. Le camp lui-même offrait sa propre page à lire alors que ces tentes s'effondraient, s'écroulant sous les attaques sauvages des anomalies et des drones.

Alors que le cri de Lissy, répété encore et encore, atteignait leurs oreilles, les prisonniers aux super-pouvoirs reculaient. Certaines anomalies dressaient des boucliers de couleur unie ou scintillants tandis que d'autres projetaient des ombres ou courbaient la lumière, faisant tirer les drones dans les airs ou sur des parcelles de terrain vides. Progressivement, le chaos s'organisait, les anomalies se retrouvant entourées non pas de métal mortel mais d'alliés. Les explosions s'estompèrent, bien que les drones continuassent à déverser des tirs sur les défenses des anomalies, des tirs qui ne trouvaient pas de cible.

C'était ce que Thane voulait, la raison pour laquelle il avait envoyé Cassidy ici. Il savait qu'elle pouvait commander une force d'anomalies rebelles, savait qu'elle comprendrait comment les maintenir en vie parce qu'elle l'avait fait pendant des années sur cette île. Il savait, il voyait que Cassidy se souciait de ces enfants en Thaïlande, se souciait de sa famille ici.

Il savait qu'elle tenterait tout pour faire sortir ces anomalies saines et sauves.

Et, bon sang, Thane avait raison.

Maintenant, Cassidy ne savait toujours pas comment Thane avait pu deviner qu'une bataille éclaterait, mais ce serait une question pour une autre fois. De préférence, une qui n'aurait pas un ciel crépusculaire se remplissant de monstres métalliques.

— Et maintenant ? dit Lissy entre de longues inspirations. Je ne sais pas si tu as remarqué, mais ces drones continuent d'arriver.

Cassidy, cependant, ne regardait plus les drones. Elle gardait son attention sur le sommet du bâtiment, où le combat se poursuivait avec acharnement. Des corps tombaient occasionnellement par les fenêtres brisées pour atterrir sur le sol en contrebas, et une lueur de flammes parlait de mauvais moments à l'intérieur. Les drones entrants, eux aussi, semblaient plus concentrés sur ce conflit que sur la force d'anomalies qui se rassemblait à l'extérieur.

Les anomalies avaient besoin de deux choses pour survivre : une évasion et une distraction pour éloigner les drones. Cassidy avait une idée pour la première, peut-être que ce bâtiment pourrait servir pour la seconde.

— Madame ? répéta Lissy.

— La gare, dit Cassidy. C'est notre seul billet de sortie. Fais-y aller tout le monde.

— Et toi ?

— Je vais nous obtenir une couverture.

— Ça me va.

L'héroïsme sans enthousiasme de Lissy dessina un sourire sur le visage de Cassidy alors qu'elle se dirigeait droit devant. Les anomalies, tandis que Lissy les frappait d'un autre commandement, un qui donnait à Cassidy l'impression qu'elle devait se rendre à la gare si elle voulait vivre, partirent vers la gauche. Elles apparurent, volèrent, coururent ou se téléportèrent carrément devant Cassidy. Celles qui maintenaient les boucliers les gardèrent levés tout au long du déplacement, le spectacle multicolore marchant avec la foule.

Les drones au sol, les gardes de Ziran suivirent, leurs armes silencieuses.

Ils avaient été bien entraînés, bien programmés. Cassidy brûlait si elle lançait trop de vides, la plupart des anomalies avaient des coûts similaires pour leurs pouvoirs. Tous ces gens finiraient par se fatiguer, par trouver leurs capacités sans réponse éventuellement.

Alors ce ne serait plus qu'un nettoyage.

À moins que Cassidy ne puisse changer l'équation.

Tandis qu'ils marchaient, les anomalies grognaient et grondaient, se faisaient des suggestions mutuelles. Des stratégies de bataille se mêlaient à des blagues sur la survie. Des soldats enrôlés dans une armée improvisée, et la scène correspondait : Cassidy sentait la sueur, la peur maîtrisée par la manipulation de Lissy. Des vêtements déchirés, des cendres flottaient dans la brise. Des chocs faisaient vibrer le sol alors que les drones de plusieurs tonnes déplaçaient leur masse. Au-delà de tout cela, l'alarme du bâtiment continuait de retentir, un avertissement bien trop faible pour la situation.

Alors qu'elle approchait de la fin de la ligne, Cassidy sentit les vides venir au bout de ses doigts. Elle aurait une seconde, peut-être, avant que les drones ne réalisent qu'elle n'était pas protégée. Ce serait suffisant comme temps.

Son front devint chaud, ses bras brûlants tandis que le cœur de Cassidy battait de plus en plus vite. Les deux dernières anomalies la dépassèrent en lui jetant des regards inquiets, marchant à reculons alors que leurs étranges barrières — l'une un ovale blanc laiteux, l'autre un carré statique en cascade comme une vieille télé — continuaient de couvrir leur retraite. Cassidy se faufila entre eux, regarda le bâtiment et ce qui se dressait entre eux.

Huit gladiateurs ici, avec deux fois plus de gardes Ziran. Machines et humains stoppèrent leur poursuite grinçante lorsque Cassidy franchit les barrières. Les fusils se levèrent, les gladiateurs inclinèrent leurs bras-canons. Les derniers efforts du soleil teintaient leur peinture blanche de violet, l'orange d'un noir trouble.

L'essaim approchait, volait au-dessus et autour de la tour. Une tempête imminente et imparable.

— Je me rends, annonça Cassidy en levant les bras.

L'énergie s'échappa de ses mains, jaillit du bout de ses doigts et fila dans l'air, tous ces vides chuchotant à Cassidy que c'était le moment, qu'ils pouvaient s'élancer et détruire l'ennemi.

C'était une journée lumineuse, un matin précoce. Elle tenait un café dans ses mains, regardant depuis l'allée son fils lancer un ballon de basket vers le panier fixé au-dessus du garage, le sac à dos du gamin attendant sur la pelouse. Le ballon monta, frappa l'anneau et rebondit vers la rue. Derrière elle, la porte s'ouvrit alors que son mari faisait sortir la fille de Cassidy, prête pour sa propre marche vers l'école.

La voiture, un gros SUV comme tant d'autres dans la rue, fonçait vers le ballon, vers son fils qui le poursuivait. Cassidy ne réfléchit pas, ne fit rien d'autre que suivre les vides et leurs instincts. Elle tendit la main, envoyant un trou noir tourbillonnant vers la voiture qui approchait. Le vide engloutit les roues avant, arracha le pare-chocs et provoqua un arrêt brutal du SUV dans un crissement d'étincelles, son avant s'écrasant contre l'asphalte.

Son fils, sa fille fixaient la voiture. Le mari de Cassidy ne regardait qu'elle.

Ensemble, les vides se lièrent, s'envolèrent, formant un disque tournoyant assez large pour trancher une tour. Les drones, les gardes, Cassidy les regarda voler au-dessus de leurs têtes. Alors que ses mains se levaient, la chaleur montait avec elles, consumant Cassidy comme une fièvre ultime. Sa vision se brouilla, ses genoux fléchirent, et avant même que la première balle ne soit tirée dans sa direction, Cassidy s'effondra au sol, déjà partie.

CHAPITRE 21

SONNEZ LA CLOCHE

AEGIS DONNA un coup de pied dans le vide, suspendu dans le ciel alors que son élan ascendant luttait, et perdait, contre l'attraction terrestre. Autour de lui, le coucher de soleil aveuglait ses yeux de violet et d'orange. Les moteurs du drone, s'élevant à l'infini, l'éclaboussaient de chaleur. Pas si loin en dessous, Los Angeles s'étendait comme une couverture urbaine, et sur la droite, Aegis aperçut l'océan, étincelant.

Ses oreilles reconnurent la chute avant son estomac, le vent rugissant alors qu'Aegis entamait sa descente. Elle commença et s'arrêta aussitôt que son coup de pied latéral le propulsa vers le flanc de la colline. Un grand pin attrapa le Champion, ses branches formant un coussin griffu alors qu'Aegis dégringolait, se brisait, se fendait et se fracassait sur trop d'étages avant d'atteindre la couverture sale, poussiéreuse et couverte d'aiguilles au sol. Des déchirures et des craquements abondaient entre ses articulations, son cerveau cognait à l'intérieur de son crâne comme un hochet qui sonne, mais l'homme ne mourut pas lorsqu'il trouva enfin le sol.

À travers la canopée, Aegis pouvait distinguer les premières étoiles, les rares assez courageuses pour percer les lumières de la ville de Los Angeles. Il respirait superficiellement, remuait ses orteils, clignait des yeux à plusieurs reprises. Une minuscule boule de feu, loin au-dessus, témoignait de la fin du drone.

Aegis rit. Un de plus à ajouter à son tableau de chasse.

Il se recroquevilla, se leva, épousseta de haut en bas son uniforme déchiré. Ses oreilles sortirent progressivement de leur silence abasourdi pour entendre les cris, les appels de sa fille et de Particle qui criaient son nom. Tordant son cou d'avant en arrière pour en chasser les raideurs, Aegis se remit en mouvement.

Ç'avait été un sacré premier round, mais l'équipe avait réussi à passer au second.

La brise soufflait alors qu'Aegis quittait la forêt, glissant et dérapant le long de la colline vers la grande entrée de l'Usine. Zhan-Yo se tenait à califourchon sur le gladiateur abattu comme un roi conquérant, son tachi pointé vers le béton. Celice et Particle, voyant qu'Aegis n'était pas devenu une victime de plus, se mirent à couvert derrière le drone, armes prêtes.

— Suis-je arrivé trop tard ? lança Aegis en trottinant sur la scène.

— Pour une fois, tu es en avance, répliqua Zhan-Yo.

Celice leva les yeux au ciel, mais Aegis aperçut l'ombre d'un sourire qui signifiait le monde pour lui.

— Qu'est-ce qu'il attend ? demanda Aegis, jetant un coup d'œil vers la grande porte fermée. Il a peur ?

— Wexley est prudent. Il nous observe, essaie de nous comprendre. Il se demande ce que je fais ici.

— Alors je vais le lui dire.

Le vent fouettait alors qu'Aegis s'approchait du quai de chargement, s'engouffrant dans les murs de béton et soufflant d'avant en arrière, anxieux de s'échapper sans savoir comment. La grande porte arborait le logo de Paragon, une version dorée incrustée, en y regardant de plus près, de lignes gravées comme sur un circuit imprimé. Il n'y avait pas de heurtoir, pas de moyen d'ouvrir cette chose de l'extérieur.

— Wexley ! appela Aegis. Il ne pouvait pas voir la caméra, mais Mynx lui avait montré des années auparavant qu'elle se trouvait juste dans le cercle décalé du P. Le Champion afficha sa meilleure expression de héros, fixant l'œil invisible. Tu as une de mes amies là-dedans. Laisse-la sortir, ou j'entre. C'est toi qui choisis.

Personne ne répondit.

— Bien joué, Papa, lança Celice. Vraiment effrayant.

Aegis leva un doigt bien particulier. Zhan-Yo soupira bruyamment. Particle, sagement, garda ses pensées pour lui.

— Aegis ! La voix de Wexley, forte et claire venant de la caméra, couvrit le vent qui claquait. Merci de m'épargner le temps de vous traquer. Le monde est prêt à passer outre vos erreurs, et moi aussi. Veuillez patienter encore un instant et vous aurez ce que vous cherchez.

Pas tout à fait le monologue auquel Aegis s'attendait. La plupart des méchants, dans leur triomphe, s'étendaient beaucoup trop longtemps sur telle ou telle grande ambition, un mystère jusqu'à ce qu'Apinya, lors d'une conversation révélatrice dans les premiers jours de Paragon, révèle que les méchants voulaient de la reconnaissance. Ils voulaient que leurs plus grands ennemis comprennent leurs objectifs, le qui, quoi, où et pourquoi qui constituait leur destin.

Après cela, Aegis faisait tout son possible pour les assommer avant que ces idiots ne commencent à parler. Ça faisait gagner du temps, et aucun ne méritait mieux.

Wexley tint parole. Après avoir laissé à Aegis une autre respiration pour que son corps se répare, le quai de chargement gronda en s'ouvrant. Une montée progressive, centimètre par centimètre, donnant un aperçu des drones qui montaient la garde de l'autre côté. Gladiateurs, traqueurs, suppresseurs, et qui sait quoi d'autre se trouvait dans cette masse métallique.

Aegis siffla. Fit craquer ses articulations.

Ses yeux dévièrent, se fixant sur un point derrière les drones. Le panneau de contrôle d'un ascenseur, à peine visible entre toutes ces armes, l'argent et l'acier luisants. Il fallait s'en remettre à Particle pour garder son attention sur l'objectif.

Trois gladiateurs formaient la première ligne alors que la porte achevait son ouverture. Douze bras chargés pour la mort se mirent en marche. Sous eux, les drones traqueurs s'avancèrent, leurs pointes mordant le béton.

Aegis sourit, sentit ce vent dans son dos, coulant autour de lui et dans l'embrasure désormais ouverte. Baissant l'épaule, Aegis fit un grand pas en avant, seul.

Et, l'instant d'après, plus du tout.

Apparaissant à la gauche d'Aegis surgit une énorme silhouette aux poings battants. La bête de colère musclée de Thane, crachant sa rage, rivalisait presque en taille avec un drone gladiateur. Son coup de poing vint du vent, frappant avec un craquement, envoyant sa cible de quatre mètres s'effondrer en arrière dans la force des drones.

À droite d'Aegis, un jeune Paragon s'accroupit, les mains poussant vers l'extérieur. Le Champion ne sentit rien, mais les drones sur le côté droit de la formation s'écrasèrent les uns contre les autres, leurs pièces métalliques s'entrechoquant et se collant fermement. Arrivant dans le sillage du vent après l'homme, l'une des recrues d'Apinya, Kamnan, un homme plus âgé, bombarda l'amas de drones avec une lumière brûlante, fondant le groupe en une boule brillante et ardente.

Pourtant, Aegis avait son propre gladiateur juste devant lui. Il lui fit face, fixa ces armes, et se lança dans une charge. Il s'élança alors que deux mains agrippaient ses épaules par derrière. Aegis sentit ses vêtements, son corps, tout se figer. Une cible immobile.

Jusqu'à ce qu'une seconde anomalie propulse Aegis et son passager en avant. Le gladiateur leva ses armes pour ne plus trouver Aegis à plusieurs mètres de distance, mais juste devant lui, le corps invincible du Champion percutant la machine comme un boulet de canon. Aegis s'écrasa contre la poitrine du gladiateur, sa protection ne subissant aucun dommage, sa vitesse fissura l'armure du drone et repoussa la machine.

Aegis se remit en mouvement dès que les deux mains le lâchèrent, Samir se jetant sur le drone endommagé. D'un simple toucher, le Paragon figea le gladiateur cabossé dans une stase invincible, épargnant à Aegis une fusillade mais gardant Samir à portée de main, agenouillé aux pieds du gladiateur.

Parfait pour ces drones traqueurs et leurs griffes tranchantes.

— Celice ! cria Aegis en se dirigeant vers celui de droite.

Le drone argenté contourna le gladiateur, se dirigeant vers Samir avec ses mandibules avant. Aegis frappa vers le bas, délivrant suffisamment de force pour rediriger le drone dans le béton. Des étincelles jaillirent, Aegis sentit le coup lui fissurer une jointure.

Le temps que son deuxième coup atteigne sa cible, brisant la colonne vertébrale du drone traqueur, cette jointure s'était déjà reconstituée.

Derrière Aegis, des coups de feu retentirent en une succession rapide. Un second drone traqueur encaissa les tirs et changea de tactique, sautant sur le dos d'Aegis et se précipitant vers la tête du Champion. Les griffes de la machine lacérèrent son uniforme, entaillèrent profondément la peau du Champion, et bien qu'Aegis lançât ses bras en arrière, son instinct lui dit qu'il n'aurait jamais le temps de s'en saisir pour sauver sa propre vie.

Une douleur fulgurante le traversa et Aegis cria, s'attendant à trouver une coupure mortelle. Au lieu de cela, la pression sur son corps disparut. Aegis fit volte-face et vit, alors que d'autres drones et anomalies s'entrechoquaient, Thane tenant le drone traqueur en l'air. Les griffes de la chose raclaient contre la peau de Thane, traçant des lignes rouges sur la chair tendue et marbrée de l'homme.

Thane déchira le drone traqueur. S'agrippant au métal et à ses griffes tranchantes, Thane se mit à l'œuvre sur la horde de machines, frappant et déchiquetant les drones partout où il frappait.

Cela faisait longtemps qu'Aegis n'avait pas combattu aux côtés de Thane, longtemps que cette anomalie avait revendiqué l'amour du Champion. Aegis ne pardonnerait jamais ce moment au monstre, mais pour l'instant, avec tout ce qui était en jeu, il pouvait apprécier d'avoir la créature de son côté.

— Je relâche ! cria Samir.

Le gros drone revint à la vie, trouva sa cible, seulement pour qu'une cascade de munitions EMP s'abatte sur sa masse. Les mercenaires de Zhan-Yo, les commandos de Mathieu, arrivèrent dans plusieurs nacelles, se formant avec Celice et Particle pour fournir un tir de couverture pendant que les anomalies se préparaient à avancer.

Et ils frappèrent maintenant.

Avec la force des Paragons émergeant du vent, les capacités combinées des anomalies submergèrent le comité d'accueil de Wexley. Des éclairs, des explosions et des rafales frappèrent les petits drones dans les airs et criblèrent les plus gros de feux, de boules d'acide et de courts-circuits électriques. Des machines explosèrent, tombèrent inertes au sol, ou se retournèrent contre leurs congénères dans une rupture maniaque avec leur programmation.

Aegis sauta au milieu, suivant Thane et trouvant un rythme avec l'anomalie plus imposante. Alors que Thane attaquait en hauteur, Aegis visait bas, esquivant les larges coups du monstre pour attraper un drone traqueur et le jeter dans le revers déchiquetant de Thane. Un drone de suppression criblait le flanc droit de Thane de fléchettes paralysantes, qui rebondissaient sur la peau de l'homme, et Aegis profita de la concentration du drone pour en faire un avantage : le Champion saisit la machine sphérique et la lança dans la hanche d'un autre gladiateur, la brisant et créant un trou dans l'armure du gladiateur.

Ce gladiateur se retourna pour voir son assaillant, seulement pour que des EMP frappent directement dans le petit trou.

— Merci pour l'ouverture, dit Particle, leur voix grésillant dans l'oreillette d'Aegis. Les progrès suivent le calendrier.

— Quel calendrier ? dit Aegis, roulant sur le côté alors que Thane affrontait un autre gladiateur, la danse devenant trop intense pour lui.

— Le mien, répondit Zhan-Yo. Notre cavalier du vent va chercher des renforts, mais ils n'arriveront pas immédiatement. Nous devons entrer dans l'Usine où nous pourrons nous défendre.

— On se débrouille très bien ici, répliqua Aegis, se précipitant vers un autre drone traqueur pour le détruire.

Leur avancée porta la force de frappe anomalie-normale au-delà des lèvres du quai de chargement, les amenant juste à l'intérieur du bâtiment lui-même. Sans les confins étroits du béton, Aegis aperçut les vastes niveaux de l'Usine, tous éclairés d'un blanc vif sur des sols en métal bleu-noir maintenus propres par encore plus de drones. Ici, même avec le bruit constant du combat, Aegis pouvait sentir les chaînes de l'Usine produire davantage de machines, certaines pouvant sauter de la dernière étape directement dans la bataille.

Avec de l'espace ouvert au-dessus et en dessous, avec chaque drone capable de voler ou de grimper, le groupe d'Aegis pouvait être frappé sous tous les angles. Bien qu'ils fussent maintenant plusieurs dizaines, ces effectifs diminueraient rapidement sans l'effet de surprise de leur côté.

— Continuez ! cria Aegis, sa voix passant par l'oreillette et résonnant au-dessus du combat. Une fois à l'intérieur, dispersez-vous vers vos objectifs ! N'attendez pas !

Les drones semblèrent sentir le changement de dynamique. Ou peut-être qu'un superviseur Ziran décida d'économiser ses machines pour un meilleur champ de bataille. Les quelques gladiateurs restants reculèrent, activant leurs réacteurs dès qu'ils atteignirent l'intérieur de l'Usine et s'élevant hors de vue. Les drones traqueurs et leurs frères volants de suppression s'enfuirent aussi, la plupart se faisant pulvériser au passage.

Le groupe d'Aegis avança en courant, les commandos normaux se rabattant sur un tir de couverture. Thane, déjà en tête, ignora toute planification, partant plutôt sur la gauche et chargeant le long du niveau principal de l'Usine. Aegis se forma avec Zhan-Yo, Celice et Mathieu juste à l'intérieur de l'entrée, le Champion scrutant l'ascenseur principal.

— Et le maniaque ? demanda Celice, pointant vers Thane.

— Il attirera l'attention, dit Zhan-Yo.

— Et s'il meurt, tant mieux, ajouta Aegis. Je m'occupe de Mynx. Vous trois, allez au centre de commandement.

— Tu n'y vas pas seul, dit Celice.

Aegis aurait accepté de l'aide, aurait pris un allié ou sept avec lui, mais de nouveaux bruits attirèrent leur attention. Particle, qui surveillait les portes du quai de chargement, tourna brusquement les yeux. À l'extérieur, de nouveaux drones atterrissaient, des gladiateurs s'écrasant contre les nacelles que les commandos avaient conduites. Derrière eux aussi, de nouvelles alarmes retentissaient dans l'Usine alors que les systèmes de sécurité s'activaient.

Celice leva son fusil d'un geste vif, pressa la détente pour envoyer une balle au-dessus de l'épaule d'Aegis. Elle frappa un panneau qui s'ouvrait, perforant un canon tourelle de l'autre côté. Des étincelles pleuvaient. Commandos et anomalies signalaient à l'unisson d'autres armes qui apparaissaient, l'Usine se dressant contre les intrus.

— Tu ne peux pas te passer d'une seule âme, dit Aegis, se précipitant vers l'ascenseur tandis que tous autour de lui se lançaient dans une action pour sauver leur vie. Je vais chercher Mynx, restez en vie.

— Fais vite ! répondit Celice, déjà en train de viser et de tirer sur une autre cible.

Les balles volaient, les lasers flashaient, les pouvoirs des anomalies jaillissaient de toutes les surfaces alors que leurs reflets se répercutaient sur la peau polie de l'Usine. Un beau chaos, une mission risquant tout. Aegis sentait son adrénaline pomper aussi vite que ses jambes couraient alors qu'il atteignait l'ascenseur, frappant le bouton pour le faire descendre. Terrible, mortel, et absent de sa vie depuis trop longtemps.

Les Champions s'étaient autrefois fait un nom avec des frappes comme celle-ci, le travail d'équipe triomphant face à des obstacles impossibles. Maintenant, il y était à nouveau, une dernière fois pour sauver le monde.

Y avait-il quelque chose de mieux que ça ?

CHAPITRE 22
BAGARRE AU BUREAU

LA MORT se tenait devant elle, déguisée en garde ziran dans une armure orange et blanche. Son fusil, prêt à tirer, était pointé sur Kat, dont les pieds glissaient sur le carrelage. Pas de couverture, nulle part où aller. Elle leva une main pour se protéger le visage tandis que le garde s'apprêtait à appuyer sur la gâchette.

Kat avait déjà fait face à la mort. Elle en avait été très proche, et jamais sa vie n'avait défilé devant ses yeux. Jamais le temps ne s'était ralenti pour laisser place à une dernière introspection. Cette fois-ci ne faisait pas exception, bien que la situation semblât étrange : en un clin d'œil, l'homme avait son arme braquée sur elle. L'instant d'après, un cercle réfléchissant volait entre eux.

Le garde appuya sur la gâchette, et le fusil déchargea son contenu dans le cercle lancé, fabriqué à partir du même sol sur lequel Kat était assise. Une fraction de seconde plus tard, le cercle continuait sa course, allant s'écraser dans le couloir. L'homme tenait toujours son arme, sa main toujours sur la gâchette.

Mais Kat avait gagné un instant.

Elle tordit son poignet gauche et deux orbes argentées en

jaillirent, frappant la visière du garde. Il trébucha en arrière tandis que Kat roulait sur elle-même, se couvrant les yeux. Le flash lumineux se déclencha, visible sous les paupières de Kat comme une lueur violette et verte. La traqueuse se redressa sur ses deux bras alors que des cris, des hurlements et des ordres envahissaient la pièce.

Quelque chose lui entailla la cheville, déchira sa botte, mais Kat garda l'équilibre en s'enfonçant plus loin dans la pièce. Tout pour mettre de la distance entre elle et le fusil du garde. Un objet brûlant lui frôla l'oreille droite, et Kat ouvrit les yeux pour voir ce qui ressemblait à un essaim d'abeilles orange incandescentes bourdonnant près d'elle. L'essaim fila derrière elle tandis que Kat pivotait, les insectes anomaliques rattrapant un drone traqueur qui chargeait.

Les abeilles entraient et sortaient, et même *traversaient* le drone, chaque marque en fusion le dévorant. La machine vacilla, ses fils sectionnés, ses processeurs désintégrés. En quelques secondes, le drone s'écrasa au sol, réduit à une carcasse perforée. Les abeilles s'éloignèrent en quête d'autres proies.

Kat serait heureuse de ne jamais avoir à tracer cette anomalie.

Pas que le traçage soit le problème le plus urgent du moment : l'étage supérieur de la tour explosa dans un chaos autour de Kat, les drones et les gardes zirans s'emmêlant avec les anomalies qui flairaient une chance de liberté. À travers le vaste espace bordé de fenêtres de tous côtés, sauf sur la gauche où s'étendait le couloir, le conflit s'intensifia, rapide et brutal. Les gardes et les drones tiraient des fléchettes paralysantes sur les anomalies, certaines touchant leur cible, d'autres étant bloquées par Calvin qui arrachait le sol pour ériger de fines barrières rigides.

Les abeilles essaimaient le long de la ligne. Leur meneuse, une femme aux cheveux emmêlés qui lui couvraient tout le corps et plus d'encre sur la peau que quiconque Kat ait jamais vu, les dirigeait de ses mains ondulantes.

À l'autre bout de la pièce, plusieurs gardes s'étaient regroupés autour de quelqu'un que Kat ne pouvait pas distinguer, bien qu'elle pût entendre la voix forte de la femme qui donnait des ordres. Défendre, les capturer vivants, tuer l'intrus, tout le tralala habituel.

Il y avait un plan : atteindre la femme derrière les gardes, et Kat pourrait peut-être négocier une trêve, mettre fin à cette folie. S'en sortir vivante, et pas seule.

Kat repéra Calvin, croisa son regard pendant une longue seconde jusqu'à ce que ses yeux s'écarquillent et que l'anomalie disparaisse à travers le plafond qui s'effondrait. Kat aurait avancé si ce n'était pour le garde qui avait failli lui tirer dessus et qui voulait une deuxième manche.

Remis des orbes étourdissantes de Kat, le garde avait de nouveau son arme levée dans sa direction. Kat, cette fois sur ses pieds, agita son poignet gauche pour récupérer son grappin. Elle tira vers le haut, sautant au moment où le garde faisait feu. La fléchette paralysante passa près de ses jambes, une cible plus fine que son corps. Le grappin trouva prise dans le plafond, que Kat maintint jusqu'à ce que la fléchette soit passée.

Relâchant le grappin, Kat atterrit en courant, se rapprochant du garde qui balançait son fusil dans un mouvement latéral vers la tête de Kat. Un coup de poing prévisible. Kat se pencha à la taille, laissant sa tête tomber sur le côté et le fusil fendre l'air. De sa main gauche, Kat porta un uppercut gantée, frappant le menton du garde. Sa tête partit en arrière, les bras de l'homme s'écartant tandis qu'il reculait.

Juste à la distance parfaite pour un coup de pied.

Retombant dans la pratique affinée par tant de bagarres au bar *Carver's*, Kat décocha un coup de pied à plat dans l'estomac du garde. L'armure de l'homme donnait l'impression à Kat de frapper un mur, mais le garde lui-même n'était pas si solide. L'homme tomba sur les fesses, assis dans une position idéale pour un enchaînement.

Kat pivota sur ses pieds, se stabilisant sur sa jambe gauche et levant la droite pour ce qui aurait dû être le coup de grâce, sauf qu'un craquement sonore retentit, un sifflement passant tout près de l'oreille de Kat. La balle frappa et traversa la fenêtre derrière Kat, confirmant son statut de munition réelle et mortelle. Kat abandonna son coup de pied et partit sur la gauche, utilisant l'entrée de la pièce et son étroite couverture pour se protéger de la phalange de trois gardes à l'opposé de la salle.

Soit Ziran savait que Kat n'était pas une anomalie, soit ils avaient décidé d'arrêter de jouer.

Ce glissement à couvert donna à Kat une seconde pour réévaluer le combat, et elle remarqua un vaste silence, tant sonore que dans l'action. L'assaut des abeilles brûlantes avait cessé lorsqu'un drone traqueur, tombant du plafond, avait plaqué la femme au sol, lui injectant quelque drogue assommante. Les autres anomalies qui se battaient férocement un instant plus tôt semblaient s'être calmées, bien que la pièce bourdonnât sous l'effet du vent qui s'engouffrait par les fenêtres brisées. Des morceaux de drones étaient éparpillés dans tout ce que Kat pouvait voir, avec divers corps parmi eux.

La femme aux commandes lançait maintenant différents ordres, demandant aux drones de nettoyer, à ses gardes d'avancer et, chose intéressante, à quelqu'un d'envoyer rapidement des renforts depuis l'Usine.

Des renforts pour quoi ?

Le garde que Kat avait combattu commençait à se relever, alors Kat tendit le bras et posa une main sur son épaule. L'homme se figea. En prenant soin de rester cachée derrière l'embrasure de la porte, Kat parla doucement, lentement.

— Essaie quoi que ce soit, et je te brise la nuque, dit Kat.

— Ils briseront la tienne dans une minute, répondit le garde. J'attendrai.

Kat ne pouvait pas le contredire. Elle entendait les drones et les gardes avancer dans la pièce vers sa position. Ils auraient pu la submerger, mais leur hésitation avait du sens quand l'ascenseur derrière Kat annonça une nouvelle arrivée. Pourquoi prendre des risques quand ils avaient leur cible piégée ?

Elle devait changer la situation.

— Lève-toi, dit Kat. Maintenant.

Le garde, heureusement, ne discuta pas. Avec l'aide de Kat, l'homme se mit rapidement debout. Dès que ses semelles furent à plat sur le carrelage, Kat le poussa au coin. Derrière elle, plusieurs autres gardes firent claquer leurs bottes en sortant de l'ascenseur, l'un d'eux sommant Kat de se rendre.

— Ne me tirez pas dessus ! cria le prisonnier de Kat alors qu'elle le poussait, elle-même sur ses talons, au-delà du coin.

Quand les collègues du garde ne tirèrent pas, Kat poussa son otage en avant, s'orientant très légèrement vers le centre de la pièce.

— Écartez-le du chemin, ordonna la femme.

Kat entendit les drones traqueurs, entendit les gardes derrière elle armer leurs armes. Elle poussa son otage, l'envoyant trébucher vers la protection de la femme. À sa droite, un drone traqueur descendit du plafond, ses griffes se balançant vers elle. Une vive douleur fleurit le long du bras et de la jambe droits de Kat.

Le traqueur plongea.

Le trou de Calvin n'offrait pas beaucoup d'espace, mais Kat n'avait pas la carrure de l'homme. Elle s'y engouffra la tête la première, se faufilant entre deux lampes suspendues pour atterrir sur un bureau cabossé. Le choc lui comprima les poumons et lui embrouilla le cerveau. Du verre, déjà brisé sur la surface du bureau, lui entailla le front.

Avant que Kat ne puisse comprendre où elle était tombée,

des mains la saisirent et la jetèrent hors du bureau. Des balles s'écrasèrent à l'endroit où elle se trouvait, perforant le meuble. Kat jura, un murmure haché de juron, et tenta de reculer davantage. Elle essaya, du moins, jusqu'à ce qu'elle voie des lignes de bois et de métal se tisser au-dessus d'elle, formant une toile tendue à travers le trou du plafond.

— Ils ont une douzaine de moyens de descendre ici, alors bougeons, dit Calvin. Si tu vas bien ?

Le clinquant vitré de l'étage supérieur avait cédé la place à la puissance d'un centre de traitement, bien que les fenêtres entourent toujours les bords. Des bureaux et des postes de travail tapissaient la pièce où Kat avait atterri d'un bout à l'autre, les écrans brillant de demandes de noms d'utilisateur et de mots de passe. Au-delà des écrans, la plupart des bureaux avaient des boîtiers contenant des flacons, beaucoup d'un rouge foncé familier. Le genre que Kat avait en ce moment même qui coulait le long de son bras.

— Je suis loin d'aller bien, dit Kat.

Calvin semblait indemne après le combat, son t-shirt Ziran et son pantalon léger lui donnant plus l'apparence d'un moine de friperie que d'un prisonnier anomalie. Il était passé d'un fan de Paragon à un look émacié, ses yeux bouffis et une nouvelle barbe noire lui donnant un air négligé autour du menton. Pourtant, Kat voyait toujours l'homme qu'elle poursuivait et ne put résister à une étreinte serrée.

Une étreinte serrée que Calvin interrompit, se dégagea, la regarda.

— J'aurais dit la même chose jusqu'à ce que tu sauves ma vie, dit Calvin.

Cette fois, leurs lèvres se rencontrèrent, une pression rapide interrompue par des bruits de déchirure et de lacération. Une terrible façon de gâcher ce qui aurait dû être un moment sacrement bienheureux. La propre douleur de Kat, sa frustration et son épuisement se transformèrent en une chaleur blanche.

— On parlera plus de ce qui vient de se passer plus tard, dit Kat alors qu'ils se tournaient vers les progrès du drone traqueur. Qui est la femme là-haut ? Elle semble être la clé de toute cette histoire.

— Adriana, dit Calvin. C'est...

— Une seconde, dit Kat alors que le drone traqueur passait par le trou.

La machine à découper heurta le même bureau que Kat et Calvin avaient utilisé comme point d'atterrissage, se redressant juste à temps pour que le grappin de Kat transperce le drone à travers ses mandibules frontales. Le crochet d'acier s'enfonça profondément dans la machine, et Kat ne fléchit pas le poignet quand elle le tira en arrière à deux mains. Barbelé, le grappin arracha des fils, coupa des circuits alors que Kat tirait, finissant par ressortir par le trou d'où il était venu avec un désastre étincelant à la traîne.

Le drone traqueur tituba vers eux, instable, essayant toujours d'accomplir sa mission. Essayant, du moins, jusqu'à ce que Calvin le poignarde avec plusieurs éclats métalliques arrachés à un autre bureau.

Tout triomphe s'évanouit quand une serrure cliqueta sur les portes de la pièce. Kat et Calvin plongèrent tous deux derrière un autre bureau, blottis épaule contre épaule alors que les gardes faisaient une entrée fracassante.

— Dis-moi que tu as un plan, dit Calvin.

— Bien sûr, on met la main sur Adriana, puis on la force à nous laisser sortir, dit Kat. Facile.

— Tellement facile.

Malgré sa confiance, Kat ne savait pas vraiment ce qu'ils allaient faire. Calvin pourrait peut-être percer un autre trou dans le plafond, mais ils finiraient par se faire prendre. Briser les fenêtres signifierait un plongeon vers un écrasement brutal. Trois étages jusqu'au sol signifiaient qu'ils ne mourraient peut-être pas, mais une jambe cassée serait tout aussi mauvaise. Une fusillade sans armes — mis à part le grappin de Kat — ne tournerait pas non plus en leur faveur.

Elle voulait peut-être faire d'Adriana un otage, mais Kat ne pouvait pas concrétiser cette idée.

L'éclairage au-dessus de Kat changea, s'assombrit alors qu'un treillis bleu profond se développait autour d'eux. Calvin se rapprocha, son épaule frôlant celle de Kat, la main droite de l'anomalie levée, la gauche posée sur un sol qui reculait. Les gardes de Ziran criaient, l'un d'eux tira une balle inoffensive qui ricocha.

— Je nous achète du temps, dit Calvin, jusqu'à ce que tu trouves ce plan facile que tu as.

Le dos contre le treillis, Kat remarqua un détail intéressant à l'extérieur des fenêtres : des drones se dirigeaient vers le bâtiment. Le ciel virait au blanc et à l'orange dans la lueur persistante du coucher de soleil, des reflets brillant sur les carapaces polies.

Tous ces robots étaient-ils là pour elle ? Pour Calvin ?

La main de Kat trouva la paume de Calvin posée au sol. Tous ces gladiateurs les détruiraient, peu importe la quantité de carrelage que Calvin tisserait en bouclier. L'anomalie remarqua aussi les drones, jura, mais continua de faire croître sa barrière. Maintenant, la sphère saphir frôlait le dos de Kat, tissant son sceau autour du bureau. Ses filaments les plus éloignés s'étendaient au-dessus de sa tête, gouttant dans son champ de vision comme des flocons de neige s'élargissant par un matin de Chicago.

— Je suis contente de t'avoir trouvé, dit Kat.

— Désolée de t'avoir fait tuer.

— Ça allait arriver de toute façon.

La traqueuse grimaça lorsque les drones s'approchèrent de la tour, leurs réacteurs s'embrasant. Dans une seconde, ils allaient traverser les fenêtres, dans une seconde, ils allaient lever leurs canons et tirer. Dans une seconde, ils allaient-

— Quoi ? dit Calvin alors que les drones se dispersaient, contournant la tour comme un essaim d'oiseaux.

Ils ne venaient pas pour Kat et Calvin après tout. Kat relâcha le souffle qu'elle retenait, aspirant l'air à grandes goulées alors que les machines les laissaient en vie, les laissaient tranquilles.

Un garde se glissa autour du treillis de Calvin, son arme levée. Kat ne réfléchit pas, elle sauta simplement devant Calvin, tendant la main vers l'arme du garde. Elle avait déjà été touchée une fois, l'avait ressenti deux fois. À quel point une troisième fois serait-elle pire ?

Le monde bascula, le garde tomba en arrière, sa balle partant vers le plafond. Les alarmes stridentes s'éteignirent alors que le plongeon protecteur de Kat se transformait en une roulade avant. Le bouclier de Calvin s'effondra tandis que l'anomalie rejoignait Kat dans une dégringolade grondante vers les fenêtres. Ces grandes vitres se fissurèrent et volèrent en éclats alors que la tour, toute la foutue tour, basculait en arrière.

Il y a des moments pour ralentir, pour réfléchir à la prochaine action et faire le meilleur choix. Kat n'en avait pas vécu beaucoup. Au lieu de cela, elle avait agi sur des jugements instantanés, sur un instinct de vie ou de mort, et maintenant cet instinct lui disait de se retourner et de tirer son grappin vers le haut.

— Tiens-moi ! cria Kat alors que des fioles, des fournitures de bureau, des bureaux et les malheureux gardes roulaient vers elle et Calvin.

Le grappin de la traqueuse fila tout droit, frappant le mur arrière sans fenêtre de la pièce et s'y enfonçant. Calvin agrippa les jambes de Kat dans une étreinte d'ours, levant les siennes pour laisser passer les débris. Leur suspension ne dura pas longtemps : le sommet de la tour suivit sa base, glissant vers le sol.

Kat fit claquer son poignet, ordonnant au grappin de les

ramener. L'appareil se mit en marche, tirant Kat vers le haut alors qu'ils tombaient. Calvin jura à nouveau. Les gardes, toujours en vie, hurlaient. En dessous et derrière eux, un rugissement monstrueux grondait, broyant et déchirant comme si une créature géante se régalait de la construction de Ziran. Une force tirait sur la tenue de Kat, une légère pression la ramenant vers le centre du bâtiment.

Que diable se passait-il ?

— Prépare-toi ! dit Kat.

Il n'y avait pas le temps d'expliquer quoi. Alors que le grappin mordait, Kat se balança, utilisant son élan pour donner un coup de pouce à Calvin. L'anomalie atteignit le plafond, le sol rocheux du désert s'approchant rapidement en dessous d'eux. Des fils pendaient, des morceaux de plancher brisé flottaient autour d'eux, et Kat enroula ses bras autour de la poitrine de Calvin, son grappin tenant toujours bon.

La traqueuse sentit le bras de Calvin tomber, sa main s'écartant alors que Kat repliait ses jambes.

L'instinct lui donnait une chance.

Calvin lui donnait de l'espoir.

CHAPITRE 23
CENTRE-VILLE

RHIMES VIT cinq visages le regarder. Il en reconnut un : celui de Regina, intense mais toujours un peu détachée, comme si les événements n'étaient jamais assez cool pour elle. Un autre appartenait à un homme torse nu arborant un nouveau tatouage d'oiseau qui s'enroulait autour de sa poitrine.

Les trois autres étaient identiques. Exactement le même homme d'âge moyen qui le regardait avec les yeux plissés, en triple exemplaire.

— Soit je suis dans l'enfer le plus bizarre qui soit, soit vous êtes des anomalies, dit Rhimes.

Tout en parlant, Rhimes fit le point sur lui-même et sur la situation. Au-dessus de lui, le plafond de la cave de la maison était toujours là où Rhimes l'avait laissé. Sous lui, le sol en ciment était aussi dur que d'habitude. Ce qui ne se sentait pas pareil, franchement, c'était Rhimes lui-même.

Son corps *chantait*. Les douleurs et les courbatures avaient disparu. Les effets engourdissants de la fléchette paralysante s'étaient dissipés. Le mal de gorge qui le gênait depuis le vol pour Chicago ?

Envolé.

— L'enfer ? Tu aimerais bien. Regina pointa du doigt le type torse nu. Cet homme t'a sauvé la vie pour que tu puisses sauver la sienne. Lève-toi.

— Oui, mademoiselle, rit Rhimes en acceptant la main tendue par l'un des trois clones pour se relever.

— Ça, dit l'anomalie torse nu tandis que Rhimes se redressait, en dessinant le contour du magnifique tatouage de faucon en plein vol, c'est toi. La seule raison pour laquelle j'avais de la place, c'est que ta compagnie a tué tous ceux que j'avais sauvés avant. L'homme plongea son regard dans celui de Rhimes. Elle dit que tu peux nous rembourser toute cette douleur. Si tu ne le fais pas, je te la rendrai.

Certains auraient pu être intimidés en regardant dans les yeux de cet homme et en y voyant la colère et la perte qui s'y reflétaient. Rhimes avait vu des regards similaires chez ses mercenaires, et chez ses soldats avant eux. En y regardant de plus près, Rhimes pouvait voir les étranges zones propres sur la peau de l'homme, des endroits qui auraient été parfaits pour des motifs d'encre. Tous ceux qui avaient perdu quelqu'un portaient les marques d'une manière différente.

— Je ne peux rien changer à ce qui s'est passé, dit Rhimes. La pitié ou les excuses seraient insultantes pour celui-là. Mais je peux faire en sorte que ça s'arrête.

D'un signe de tête, Rhimes se retourna pour remercier le triplet qui l'avait aidé à se relever, mais il vit l'homme se flétrir, son uniforme moulant et tout, pour devenir une poussière brune et desséchée. Rhimes recula, mais Regina le stabilisa avec son bras.

— Désolé, dit la seule copie restante en haussant les épaules. Ça fait partie du jeu. Ils grandissent, ils meurent. Je m'appelle Weed, et je suppose que tu vas nous faire entrer ?

— Entrer ?

— Dans le quartier général de Ziran, dit Weed en faisant un signe de tête à Regina. Elle a dit qu'elle avait un code pour désactiver les drones, mais qu'elle avait besoin d'un ordinateur spécifique ?

— Pas un ordinateur, un endroit, répéta Rhimes au groupe rassemblé dans la cuisine quelques minutes plus tard. Ziran n'a que deux endroits avec un accès à l'ensemble du réseau. L'un est à l'Usine à LA, installé après que nous... je veux dire Ziran, l'a prise. L'autre est ici même à Chicago, dans l'ancien bureau de Zhan-Yo.

— Pourquoi ? demanda Beth, la chef locale des Élémentaires, une femme que Rhimes avait traquée plus de fois qu'il ne voulait s'en souvenir.

— Parce que Zhan-Yo ne voulait personne sur son chemin quand viendrait le moment de diffuser la révolution. Si on fait entrer Regina dans ce bureau, elle pourra entrer un code qui touchera chaque drone sur la planète et les mettra hors service, au moins pour un moment.

— Tu connais ce code ? demanda Beth à Regina, tous les visages dans la cuisine se tournant vers elle.

— Oui, dit Regina. Du moins, j'ai une bonne idée de ce que ça pourrait être.

— Alors dis-le-nous. Si tout repose sur ce code, nous devrions tous le connaître.

Regina secoua la tête.

— Je ne veux pas que mon frère meure, et je ne veux pas que le monde redevienne comme avant. Faites-moi entrer dans la tour et j'appellerai Wexley. Si je n'aime pas ce qu'il dit, j'entrerai le code.

Beth tendit la main et la posa sur Regina. Weed, de l'autre côté du cercle improvisé dans la cuisine exiguë, fronça les sourcils. Deux autres Élémentaires changèrent de position, libérant leurs mains. Les Parangons firent de même.

— Hé, dit une nouvelle voix en se frayant un chemin dans le cercle, celle d'un homme que Rhimes mit une minute à reconnaître. Il avait examiné trop de dossiers pendant sa carrière chez Ziran, trop de cibles, pour identifier Gordon

Holyoak au premier coup d'œil. Ils attaquent déjà l'Usine. On n'a pas le temps de jouer. Arrête ça, Beth.

La chef des Élémentaires lança à Gordon le regard le plus glacial que Rhimes ait jamais vu — et connaissant Wexley, c'était dire quelque chose — puis relâcha Regina, qui soupira avant de lancer son propre regard noir à Beth.

— Essaie encore de me manipuler, avertit Regina, et tu n'aimeras pas ce qui se passera.

— Très bien, dit Rhimes en se plaçant au centre du cercle. Regina garde le code. Je comprends que vous vouliez tous aider, et j'en suis reconnaissant, mais nous sommes en retard. Je vais escorter Regina jusqu'en haut de la tour, et je le fais maintenant. Si vous voulez jouer un rôle, montez dans une capsule et rejoignez-nous là-bas.

— Rhimes, Regina, dit Gordon. J'en ai déjà une prête, si vous êtes d'accord ?

Cette fois, personne n'essaya de les arrêter. Rhimes quitta la maison en homme mort ramené à la vie, et l'air du début de printemps de Chicago, sa fraîcheur nocturne, ne lui avait jamais semblé aussi merveilleux.

La capsule de Gordon filait vers le centre-ville, les rues du soir plus calmes que Rhimes ne l'aurait pensé. En même temps, avec tous les journaux télévisés concentrés sur le conflit qui éclatait à Los Angeles, tant à l'Usine que dans une installation Ziran un peu plus au nord, les gens n'avaient peut-être pas envie de sortir. Les drones aussi semblaient se faire rares : le ciel de Chicago était dégagé, les lumières de la ville et la lune se disputant la domination.

— C'est le protocole de crise, expliqua Rhimes lorsque Gordon l'interrogea sur l'absence des machines. Ziran ne va pas envoyer les drones en patrouille au hasard, mais les garder pour défendre les infrastructures critiques. Les gens.

— Comme l'endroit où nous allons ?

— En fait, non, rit Rhimes. On n'aimait pas l'image que ça donnait. Les drones surveilleront les ponts, les centrales électriques. La mairie. Le siège de Ziran devrait être peu surveillé ce soir.

— Tu sembles confiant, dit Regina, affalée sur le côté droit de la capsule.

— J'ai eu assez peur aujourd'hui, répondit Rhimes en croisant les mains derrière sa tête au milieu de la capsule. Maintenant qu'on est en route, mieux vaut se concentrer sur ce qui nous attend.

— Je peux comprendre ça, dit Gordon.

— Vraiment ? demanda Rhimes. Tu ne comprends pas ce qu'un traqueur fait ici ?

— Disons simplement que j'ai tout intérêt à ce que ça se passe bien pour mon camp.

— Parasites, marmonna Regina.

— Pardon ? demanda Gordon, réussissant admirablement à garder tout venin hors de son ton.

— Les traqueurs, vous saignez les anomalies pour votre argent. Tout ce que vous voulez, c'est que la poule aux œufs d'or continue de pondre.

Rhimes avait posé sa main sur Gordon avant que Regina ne finisse. Son léger hochement de tête rencontra le visage amusé de Gordon. Le traqueur se dégagea de la main de Rhimes et rit.

— On m'a traité bien pire, dit Gordon. Il va falloir faire beaucoup mieux pour me vexer.

Regina, cependant, garda le silence jusqu'à ce que la capsule s'arrête, comme pour une affaire importante, à l'entrée de la tour Ziran. Un mur d'entrée les accueillit, surélevé au-dessus du large trottoir et au-delà d'une cour décontractée avec des bancs entourant des Z orange vif sur des piédestaux. Tape-à-l'œil, tout comme Zhan-Yo et Wexley.

Rhimes suivit Regina hors de la capsule, ses yeux parcourant rapidement les étages tandis qu'il prenait pied sur le trottoir. Gordon les rejoignit. Sur un signe de Rhimes, le trio avança, traversant le béton humide. Des ampoules blanches à leurs pieds baignaient les statues orange d'une douce lueur, tandis que les lampes encerclant l'auvent couvrant l'entrée se mêlaient à l'éclairage diffus de Chicago pour guider leur chemin.

Comme c'était après les heures de bureau, deux gardes en uniforme Ziran se tenaient dehors, sans armes visibles. Tous deux avaient la tête dans leurs Tamas mais levèrent les yeux quand les trois s'approchèrent de l'entrée. De tout le mur, seules les deux portes du milieu seraient ouvertes après les heures de bureau.

— Confiance, dit Rhimes. Ils ne vous connaîtront pas.

— N'est-ce pas là le problème ? demanda Gordon, mais il ne s'arrêta pas de marcher tandis que Rhimes atteignait la poignée de la porte.

— Bonsoir, dit Rhimes au garde le plus proche et reçut un hochement de tête en retour, un visage placide par ailleurs ombragé par la casquette en tissu de l'homme.

Gordon entra le premier, Regina suivit. Rhimes, s'attendant à une réaction de l'un ou l'autre garde mais n'en obtenant aucune, laissa la porte se refermer derrière lui.

Et grimaça.

Une grande statue dominait le hall de Ziran, représentant la famille de Zhan-Yo, ou du moins l'idée qu'un sculpteur s'en faisait. Les fontaines à sa base bouillonnaient continuellement, la lueur changeante des lumières à la base de l'eau se mêlant aux pièces jetées pour créer un effet scintillant. Rhimes ne le remarquait jamais pendant la journée, quand la lumière naturelle et l'agitation constante des employés se combinaient pour noyer et faire disparaître la magie de la fontaine. La nuit, cependant, avec un éclairage tamisé partout, l'ensemble semblait magique.

Ce qui rendait Brielle, la meilleure soldate de Rhimes, et les mercenaires qui se tenaient avec elle dans le hall d'autant plus décevants. Cela aurait pu être une belle marche vers la victoire.

Au lieu de cela, ce serait une bataille sanglante jusqu'à la fin.

Brielle, son long fusil en bandoulière tandis qu'une arme plus courte, à courte portée, occupait ses mains, commença à applaudir lentement. Rhimes compta huit autres combattants avec elle dans le hall, tous portant un équipement Ziran usé destiné aux conflits avec les anomalies. Ils suivirent leur chef, laissant pendre leurs fusils, leurs couteaux, leurs grenades pour délivrer un accueil moqueur.

— Restez en arrière, chuchota Rhimes, posant une main sur l'épaule de Regina et se plaçant devant. On avait prévu ça.

— Un mauvais plan, répliqua Regina.

— Rhimes ! interrompit Brielle, ses applaudissements s'estompant, ses doigts retournant sur la gâchette. Quand Wexley m'a dit de te suivre, j'ai pensé qu'il était paranoïaque. Elle désigna Regina et Gordon de son arme. Mais tu nous as tous bernés. Chacun de ceux qui se sont engagés chez Ziran pour travailler avec toi, qui croyaient en la mission, tu nous as eus, Rhimes. Félicitations !

Il y avait des choix à faire. Rhimes voulait s'asseoir avec Brielle, esquisser dans un bar quelque part toutes les petites choses qui avaient mené à ce moment. Elle avait l'intelligence, le savoir-faire, l'humanité pour comprendre d'où venait Rhimes. Elle comprendrait, pourrait même le rejoindre dans sa mission.

Mais pas ici, pas avec elle menant le groupe qui leur barrait la route. Chacun de ces hommes et femmes avait une vie à soutenir avec les salaires de Ziran et Brielle ne jetterait pas tout ça aux orties juste parce que Rhimes le lui demandait.

Bon sang, il ne le ferait pas à sa place.

Ce qui signifiait une tactique différente.

— Tu as vu ce qui se passe dehors ? demanda Rhimes, écartant largement les mains, ne donnant aucune indication qu'il avait une arme prête. Tu vois ce que Wexley fait, ce qu'Adriana fait ?

— Ils nous protègent, c'est ce que je vois, répondit Brielle. Tu as combattu les Parangons. Tu as capturé des anomalies pour les expériences d'Adriana...

— Des expériences ? entendit Rhimes demander Gordon, mais Brielle continua à charger, superposant preuves et accusations en un gâteau d'hypocrisie.

— Tu agis comme si tu avais trouvé Dieu ou quelque chose comme ça. Brielle secoua la tête. On n'est pas propres, Rhimes. Ce business est sale. Il est violent. Mais il est aussi nécessaire. On redonne le choix aux gens.

— Non, répliqua Rhimes, bien que les mots de Brielle ne fussent pas faciles à balayer. Rhimes se dit qu'il devrait faire face à ses propres choix et déterminer exactement où les lignes avaient été franchies, mais cela viendrait plus tard. Avec du whisky. On l'a juste pris à un maniaque pour le donner à un autre.

Brielle releva brusquement son arme, allumant un viseur laser. Son point rouge trouva la poitrine de Rhimes, planant au-dessus de son cœur.

— Dernière chance, dit Brielle. Abandonne, et je dirai à Wexley que tu as eu une crise psychotique. Tu pourras la rejoindre dans la maison de retraite.

Un homme debout à la gauche de Brielle, grand et intense, leva sa propre arme, pointant la mitraillette au-dessus de la tête de Rhimes. Brielle ne le remarqua pas, ne s'en aperçut pas jusqu'à ce que l'homme appuie sur la gâchette et arrose de balles les hautes fenêtres du hall. Le verre se brisa, pleuvant sur le carrelage. L'homme pivota, comme sur un axe, et ouvrit le feu sur la cage d'ascenseur, pulvérisant aussi sa coque de verre.

Regina donnait le signal, lançant ce mauvais plan pile à l'heure.

Pendant que Brielle criait sur le soldat, écartant l'arme de l'homme, une forme traversa les fenêtres brisées. Un homme et une femme, tous deux en tenue tactique Paragon. L'homme, ramassé sur lui-même, amortit l'atterrissage, laissant aller la femme. Tenant une cigarette électronique, la femme souffla de la fumée vers l'équipe de Brielle alors qu'ils réalisaient, enfin, que de nouveaux joueurs s'étaient ajoutés à la partie.

L'équipe de Brielle se brouilla, se transformant en taches informes. Derrière Rhimes, les deux gardes de sécurité s'effondrèrent contre les portes, assommés. Les assaillants incriminés surgirent par les portes déverrouillées une seconde plus tard, les nombreuses copies de Weed déferlant comme une mini-inondation humaine. Les clones ne s'arrêtèrent pas à Regina, Gordon ou Rhimes : ils continuèrent tout droit, à travers ce flou et de l'autre côté.

— Vous feriez mieux de bouger, dit Smoke, et elle partit à droite, vers l'avant.

En direction des ascenseurs.

— Allez, venez. Rhimes joignit le geste à la parole, Regina et Gordon le rejoignant rapidement.

Le plan prévoyait qu'une guerre fasse rage ici, se battant pour occuper les drones et le personnel de Ziran jusqu'à ce que Regina et Rhimes puissent entrer le code d'arrêt. Le plan ne prévoyait rien d'autre, car le temps les obligeait à continuer d'avancer.

— Par ici, dit Rhimes alors que Smoke les escortait vers les ascenseurs. Il approcha son Tama du scanner, espérant que Wexley n'avait pas encore bloqué son compte.

Le scanner cligna d'un rouge furieux. Rien.

— Sympa, dit Gordon. Ça commence vraiment bien.

— Ça n'aide pas, répliqua Regina.

— Rapprochez-vous, dit Lob, qui fermait la marche. Je ne peux pas en prendre plus de deux à la fois.

Rhimes et Regina passèrent en premier, se serrant l'un contre l'autre tandis que Lob les entourait de ses bras. Les coups de feu continuaient à résonner dans le hall, les clones de Weed attaquant. Rhimes crut entendre aussi d'autres Élémentaires se joindre à la bataille. Au moins un flash vert vif indiquait qu'une autre anomalie était arrivée.

Avec un peu de chance, Brielle survivrait. Elle avait été une bonne soldate, elle ne méritait pas de mourir pour avoir choisi le mauvais boulot.

— Tout ça, c'est de ta faute, dit Regina alors que Lob leur faisait signe de s'accroupir.

— Je sais, répondit Rhimes. Je ne le sais que trop bien.

Sans préambule, Lob sauta, transportant le trio plusieurs étages plus haut jusqu'à la mezzanine, exactement là où le soldat volé de Regina avait brisé une ouverture.

— Accrochez-vous bien, dit Lob, ça va prendre quelques sauts.

— Fais juste vite. Rhimes regarda son Tama tandis que Lob les enveloppait à nouveau.

Un autre message de Zhan-Yo :

Dépêchez-vous.

CHAPITRE 24
VÉRITÉ DOUCE

LA DIRECTRICE l'appela depuis la salle de classe. Cassidy lança une vidéo éducative pour les élèves et laissa le drone assistant prendre le relais pendant qu'elle quittait la pièce. Pour la période d'après-déjeuner, les couloirs étaient calmes, pas un bruit de chaussures qui couinent sur le carrelage stratifié. En temps normal, Cassidy aurait parcouru le passage jusqu'au bureau sans inquiétude, confiante que la discussion à venir porterait sur un élève difficile, un changement de programme, ou une demande d'accompagnement pour un événement.

Aujourd'hui, Cassidy sentait les vides. Ils surgissaient avec ses nerfs et, tout comme ce matin, ils étaient prêts. Le SUV endommagé signifiait que son fils avait survécu, et bien que l'enfant n'ait pas fait le lien, Cassidy avait vu le regard de son mari et savait qu'il avait suffisamment compris la situation.

Il n'avait pas répondu à ses appels de toute la journée.

La directrice était assise à son bureau, une femme épuisée avec une moue d'excuse sur le visage. La raison de cette moue venait des deux hommes en uniforme bleu-noir debout dans la pièce. Ils firent un signe de tête à Cassidy lorsqu'elle entra, et l'un d'eux lui tendit sa main gantée. Elle la serra, sentant le cuir solide et la poigne en dessous.

Elle essaya de s'imaginer dans la même tenue, sans succès.

— Tu sais pourquoi ils sont là ? demanda la directrice.

Elle pouvait deviner, mais Cassidy espérait plutôt un miracle.

— Ton mari, commença celui de gauche, d'un ton aussi désolé que l'expression de la directrice, nous a envoyé un message ce matin, incluant quelques photos d'un véhicule endommagé. Il a dit que tu avais abîmé la voiture et affirmé que tu cachais tes capacités d'anomalie. Le Paragon fixa Cassidy du regard. — Il n'y aura aucune conséquence si tu nous dis la vérité, Mme...

La porte du bureau de la directrice s'ouvrit à nouveau, suffisamment fort cette fois pour que Cassidy sursaute. Elle se retourna et vit quelqu'un qu'elle n'attendait pas, quelqu'un qui n'avait pas sa place ici.

Aucun Champion n'était venu pour elle. Pas si tôt, du moins. Le souvenir devint flou, le rêve devenant lucide alors que Cassidy tentait de concilier la présence d'Apinya, le Champion qu'elle avait appris à connaître en Thaïlande, se tenant là. Le Champion portait la robe blanche banale que Cassidy avait vue sur d'autres captifs Ziran, mais semblait par ailleurs inchangé. Apinya, pour sa part, lui offrit son sourire caractéristique, agaçant et infiniment patient.

— Alors c'est ici que tout a commencé, dit Apinya, hochant la tête en direction des deux Paragons derrière Cassidy. Une discussion dans un bureau crée le Vide, et elle, à son tour, sauve les choses mêmes qu'elle déteste.

— Sauve ? demanda Cassidy.

Apinya agita la main et le bureau disparut, remplacé par une plage insulaire. Des vagues qui se brisent, des palmiers, l'odeur salée dans l'air. Le sable était chaud sous ses pieds nus, les grains chatouillant ses orteils. Ciel bleu, pas de nuages, le soleil quelque part derrière elle.

— Prends une grande inspiration, Cassidy, dit Apinya, debout à côté d'elle. Ensuite, j'aurai besoin que tu te réveilles. Il reste beaucoup à faire.

— Je pensais que j'allais mourir, répondit Cassidy. Ce vide aurait dû me consumer.

— Peut-être, mais s'il y a un moment pour se dépasser, c'est bien quand on est entouré d'anomalies. Apinya rit légèrement. — Elles te surprendront toujours.

Les yeux de Cassidy s'ouvrirent brusquement dans la terre. Son corps lui faisait mal, la sueur s'accumulait dans ses vêtements trempés, et Cassidy aurait fait n'importe quoi pour un peu d'eau. Au lieu de cela, elle vit un visage couvert d'une visière Ziran et sentit une main blindée sur son épaule.

— Elle est réveillée, dit le garde à quelqu'un que Cassidy ne pouvait pas voir. Que faisons-nous maintenant, monsieur ?

— Aidez-la à se lever, si vous voulez bien, répondit la voix d'Apinya, pas tout à fait le locuteur clair et calme qu'il avait été dans l'esprit de Cassidy. Ici, sa voix était rauque, faible.

Les mots d'Apinya s'élevaient au-dessus des combats qui continuaient, des cris, des rugissements veloutés des drones à réaction propulsant leurs corps mécaniques dans les airs. Cassidy sentait l'odeur du sang, le riche fer, sur sa langue. Elle sentit le garde prendre son épaule et, lentement, doucement, aider l'anomalie à se mettre sur pied. Les genoux de Cassidy fléchirent, comme si ses os n'étaient pas tout à fait prêts à la soutenir, alors elle s'appuya sur le garde. L'homme, heureusement, avait suffisamment de stabilité pour l'aider sans se plaindre.

Une fois debout, le champ de bataille fit une mauvaise première impression. Cassidy vit le bâtiment, la tour, et resta bouche bée. Son tiers supérieur s'était effondré, laissant des barres d'armature transpercer le ciel. De la fumée s'élevait de l'intérieur, son serpent noir ondulant grimpant haut tandis que les drones bourdonnaient autour des décombres comme des abeilles. Les machines de Ziran s'étendaient également à la gauche de Cassidy, rabattant les anomalies vers la gare dans un piège qui se refermait, marqué par des tirs, par des éclairs mourants alors que les quelques anomalies aux capacités dangereuses les épuisaient.

Son pari, la tentative de tuer le leader, avait apparemment échoué.

— Pas tout à fait, dit Apinya, venant se tenir à côté d'elle. Cassidy ne voyait personne d'autre avec le Champion, vêtu de la même robe blanche Ziran — celle-ci plus sale, avec une tache de sang autour des genoux d'Apinya — que précédemment. — Ton geste audacieux m'a libéré et a sauvé plusieurs autres qui travaillaient déjà à changer cette issue.

— D'autres ? Cassidy regarda à nouveau vers la tour. Il y avait des corps dans la terre, oui, mais personne ne marchait vers eux avec la victoire en main. — Quels autres ?

— Ceux que nous allons aider, dit Apinya. Peux-tu marcher ?

— À peu près.

— Alors allons-y. Apinya se détourna des drones et des anomalies qui luttaient contre eux. — Le temps presse.

Le garde Ziran tourna Cassidy pour suivre Apinya, mais elle résista. Elle essaya de se concentrer, de trouver des vides. Ils étaient là, ces petits trous noirs, effleurant ses doigts, mais silencieusement. Un picotement, pas une envie pressante. Le dernier avait dû presque la tuer et, pour une fois, les vides de Cassidy semblaient faire preuve d'un peu de retenue.

— Tu les abandonnes ? dit Cassidy, repoussant le garde. Cette fois, ses genoux tinrent bon, bien que des picotements répétés la mettaient en garde contre le fait de trop les tester. — Les anomalies là-bas ?

— On les aidera davantage si on se dépêche, dit Apinya. Tu peux te jeter à nouveau sur ces drones et voir combien de temps tu survivras, mais ce serait tellement du gâchis si tu le faisais.

La désapprobation d'Apinya face à cette idée jeta un froid

sur Cassidy. Marcher vers ces drones lui semblait maintenant l'idée la plus stupide au monde. Elle serait abattue en quelques secondes, sans jamais avoir la chance de revoir sa famille, ni de voir si tout ce grand chaos allait bouleverser le monde.

Du gâchis, en effet.

Cassidy, Apinya et le garde avaient presque atteint la tour avant que le Néant ne réalise ce qu'elle faisait, où ils allaient. Ses pieds bougeaient sans son consentement actif, traînant avec Apinya pendant que Cassidy luttait pour remettre ses idées en place. Ce rêve avait semblé si réel : ce bureau, ces Paragons.

Elle avait quitté ce bureau en prisonnière, dévastée et sur le point de perdre plus d'une décennie.

— Nous y sommes, annonça Apinya.

Alors que le Champion parlait, les horreurs s'évanouirent de l'esprit de Cassidy, comme un voile qu'on retire. L'intrusion devint évidente.

— Espèce de salaud, siffla Cassidy en secouant la tête. Ne rentre plus jamais dans mon esprit.

— Alors ne m'en donne pas de raison, Apinya fit un signe de tête au garde qui tenait Cassidy. Ce pauvre homme a décidé que je devais mourir. Je ne suis pas sûr qu'il pensera à nouveau par lui-même un jour.

Le garde Ziran regardait dans le vide, perdu et engourdi. Cassidy serra les poings.

— Tu vois, c'est exactement le problème avec les Paragons, commença Cassidy, mais Apinya leva un doigt et le pointa derrière elle.

La voix de Cassidy s'estompa alors qu'elle terminait sa phrase, qualifiant les Champions de pires entre les pires.

Sortant du hall endommagé de la tour, un étrange groupe apparut. Trois gardes Ziran soutenaient une femme que Cassidy reconnut, une des hauts responsables de Ziran dont les vêtements à la mode n'avaient pas bien résisté à l'effondrement du bâtiment. Derrière eux, tout aussi malmenés mais tenant debout par leurs propres moyens, venaient deux autres personnes que Cassidy ne put identifier. Ils tenaient leurs propres armes pointées sur les gardes Ziran et leurs dos.

— Calvin, Kat, dit Apinya alors que le groupe approchait. J'aimerais vous présenter Cassidy, la femme qui a fait sauter le bâtiment sous vos pieds.

— Sans vouloir te vexer, Apinya, dit Kat, une jeune femme à gauche qui semblait très à l'aise avec cette arme et qui portait elle-même une sorte d'armure étrange, mais il y a un gros combat là-bas que je pense qu'on pourrait arrêter.

— D'accord, dit Calvin. On a récupéré Adriana. Calvin agita son arme vers les gardes Ziran. Vous trois, tenez-la bien fermement. Pas de gestes brusques. On a presque fini.

Au moins, ces deux-là avaient la bonne idée. Adriana, cependant, ne semblait pas vraiment en état. Une entaille lui barrait le front, un de ses bras pendait dans un angle bizarre. Les gardes Ziran n'avaient pas meilleure mine, leurs armures étaient cabossées et brisées. Leurs visières fissurées.

— Comme vous voulez. Apinya s'approcha d'Adriana et posa une main sur son front blessé.

Les yeux d'Adriana s'ouvrirent brusquement, se fixant sur le Tama à son poignet. Ces appareils étaient pratiquement indestructibles, et celui-ci s'alluma dès qu'il capta le regard d'Adriana. Cassidy ne pouvait pas voir l'écran alors qu'Adriana le tenait près de son visage, mais la femme grimaça et gémit en essayant de bouger son bras droit cassé pour tapoter l'écran. Apinya gardait sa paume sur son front, comme une infirmière solennelle.

Les trois gardes Ziran obéirent à l'ordre de Calvin et restèrent immobiles. Le garde personnel d'Apinya fit de même. Kat et Calvin, eux-mêmes meurtris et ensanglantés, se contentèrent de garder leurs armes prêtes.

— Cassidy, pourrais-tu l'aider ? demanda Apinya. Adriana, s'il te plaît, indique les étapes à Cassidy.

Se sentant un peu comme une enseignante venant aider une élève en difficulté, Cassidy se faufila dans l'espace d'Adriana. Ce faisant, Cassidy entendit les murmures d'Adriana. À peine plus audibles que le souffle du vent, Cassidy capta les faibles directives et obéit, sélectionnant une application Ziran sur le Tama de la femme et tapant son code.

La première commande avait du sens, un ordre rappelant tous les drones de la zone à l'usine. Estampillée de la signature d'Adriana, la directive fut rapidement transmise. Les drones encerclant les anomalies se figèrent, puis s'élevèrent dans les airs. Les drones traqueurs s'éloignèrent en rampant, se dirigeant vers le sud tandis que les gladiateurs et les suppresseurs, ces sphères agaçantes, s'envolaient. Quelques anomalies tirèrent des coups de départ, touchant leur cible, que les drones ignorèrent.

Les gardes Ziran restants, laissés sans leurs protecteurs mécanisés, prirent la bonne décision : les armes tombèrent, des acclamations s'élevèrent.

— Ce n'était pas si difficile, dit Kat. Il a juste fallu faire s'écrouler un bâtiment pour gagner.

— Tu n'as pas vécu ici pendant des mois, répliqua Calvin. C'était sacrément dur.

Cassidy songea à intervenir avec une remarque sur le fait de vivre dans une prison Paragon pendant des années, mais Adriana recommença à parler. Cette fois, Cassidy comprit le processus alors qu'elle balayait et tapait : Adriana lui faisait extraire toutes les données du laboratoire stockées sur les serveurs de Ziran. Tous ces tests, toutes ces expériences, rassemblant le tout en un gros paquet.

— Supprime tout, dit Adriana.

Cassidy s'arrêta, la main en suspens au-dessus de l'écran du Tama. Tout supprimer ? Cassidy n'était pas exactement une flic, mais tous ces noms, tous ces sacrifices sur des mois de tâtonnements pour voir quel pourrait être un remède potentiel à la condition d'anomalie semblaient être des preuves.

— Tu l'as entendue, dit doucement Apinya. Supprime les données.

— Pourquoi ? demanda Cassidy. Ça prouve qu'elle est une criminelle, ça prouve toutes les horreurs...

— Si elle a trouvé quelque chose là-dedans, interrompit Apinya, quelque chose qui pourrait être utilisé pour créer ou stériliser des anomalies, alors le libérer dans le monde ferait beaucoup plus de mal. Les anomalies devraient être des miracles, pas des produits.

Kat toussa, de manière exagérée. Elle agita son arme vers Apinya, un mouvement que Cassidy capta du coin de l'œil.

— Je vois d'où tu viens, Apinya, mais je vais devoir être en désaccord avec toi là-dessus, dit Kat. Je ne sais pas si tu as fait attention dernièrement, mais il me semble qu'un paquet de conflits pourraient être résolus si on enlevait le mystère. Kat fit un signe de tête vers Calvin. Personne ne le mettra à nouveau dans un laboratoire comme celui-ci si on rend les données publiques. Et, personnellement, plus on se rapproche de pouvoir désactiver ces bombes d'anomalie avant qu'elles n'explosent, mieux c'est.

— Les anciennes méthodes sont révolues, mec, ajouta Calvin.

Apinya considéra le duo, un examen qui se transforma en une appréciation silencieuse. Le Champion prit une longue inspiration. Cassidy sentit la pression sur son esprit, un murmure lui disant que supprimer les données avait le plus de sens, que le statu quo serait l'idéal, disparaître. Comme si elle émergeait de sous l'eau, le monde lui parut plus net, ses sens et ses pensées redevinrent entièrement siens.

— Aegis a dit qu'il prévoyait de prendre sa retraite avant que tout cela ne s'effondre, dit Apinya. Peut-être est-il temps de se retirer.

— Bonne idée, dit Kat. Maintenant, qu'est-ce qu'on fout ici ?

Personne n'avait de bonne réponse. Cassidy avait été la dernière d'entre eux à interagir avec Aegis et les autres Paragons qui planifiaient, mais ils l'avaient laissée dans l'ignorance. Apinya était allé directement du jet écrasé à la prison du laboratoire d'Adriana, tandis que Kat et Calvin n'en avaient jamais eu la moindre idée.

Le Champion maintenant tous les gardes Ziran en stase mentale, le groupe a rejoint les anomalies libérées. Les individus dotés de pouvoirs ont profité de la fuite des drones pour jeter le personnel restant de Ziran dans les anciens enclos. D'autres anomalies se sont aventurées dans les décombres pour piller des fournitures médicales, de la nourriture et de l'eau pour qui en voulait.

Pour Cassidy, cela ressemblait un peu aux villages sur l'île de Mynx. Des camps improvisés avec des ressources limitées, chacun essayant de reconstruire une vie dans des circonstances qu'ils n'auraient jamais pu imaginer. Poussiéreux, sales, mais l'espoir persistait alors que des conversations naissaient. L'attention se tournait vers la gare, vers la ville la plus proche.

Éviter Ziran une fois de retour dans la société.

Cassidy avait une bouteille d'eau récupérée et une barre énergétique — Kat affirmait que ces trucs étaient dégueulasses, mais l'estomac grondant de Cassidy n'allait pas faire la fine bouche — quand une nouvelle anomalie est apparue de nulle part. Cassidy a reconnu la Paragone instantanément, l'ayant vue auparavant en Thaïlande.

À l'époque, elle avait été discrète, essayant de faire monter le groupe d'Apinya dans un jet pour Pacifica. Maintenant, elle courait vers le Champion et la foule d'anomalies. Criant quelque chose à propos d'une attaque, du besoin de chaque anomalie capable de se battre pour l'accompagner à l'Usine.

Le plan de Thane, celui que Celice ne voulait pas transmettre. Envoyer Cassidy ici pour libérer quelques anomalies ? Ridicule.

— Ce n'est pas là-bas que tu viens d'envoyer tous ces drones ? demanda Kat à Apinya, interrompant les pensées de Cassidy, alors qu'ils se levaient pour accueillir la Paragone.

— Je pensais nous acheter du temps pour nous échapper, réfléchit Apinya, un long doigt usé sur le menton. Il semble que je me sois trompé.

— Un Champion qui admet une erreur ? dit Cassidy. Je n'aurais jamais cru vivre assez longtemps pour voir ça.

— Tu pourrais ne pas vivre assez longtemps pour en voir une autre si nous ne partons pas tout de suite, dit la Paragone coureuse du vent, tendant ses mains. Le vent souffle fort aujourd'hui. Si nous partons maintenant, nous ne serons pas loin derrière.

— Alors qu'est-ce qu'on attend ? demanda Kat, regardant les anomalies assemblées et aguerries. Allons casser du drone.

CHAPITRE 25
GRIFFES ET MÂCHOIRES

L'USINE ÉTAIT DEVENUE une nécessité détestée. Mynx l'avait proposée après que les Champions eurent consolidé leur conquête mondiale, pour finalement constater qu'il était difficile de gouverner des milliards d'individus avec seulement quelques millions d'anomalies. Les choix étaient drastiques : soit recruter des normaux — ce que les Paragons ont fini par faire de toute façon, bien que dans des rôles de police plus standards — soit compléter leurs anomalies avec des armées mécaniques.

Aegis avait observé les premiers drones accompagner ses Paragons lors de patrouilles et de missions. Au début, Mynx les avait maintenus passifs, transmettant des observations aux Paragons sur le terrain ou signalant les crimes en préparation pour que les Paragons puissent attraper les responsables. À partir de là, c'était devenu un problème mathématique : deux Paragons assistés de drones pouvaient être aussi efficaces que cinq.

Puis dix.

Puis vingt.

Bientôt, ils n'avaient plus besoin des Paragons pour effectuer les patrouilles, le travail mineur. Les drones avaient gagné en puissance et avec cette puissance étaient venues de nouvelles préoccupations. Des vilains, des anomalies et des normaux aux grands rêves et aux mauvaises ambitions avaient pris le contrôle des premières usines, celles qui produisaient des produits de base datant d'avant l'ère des Paragons. Après trop de crises provoquées par des aspirants rois déclarant une quelconque révolution robotique, Mynx avait rapatrié la production des drones.

Elle avait construit ce fichu endroit et l'avait gardé pour elle seule.

— Tu aurais pu mettre quelques fenêtres de plus, Mynx, marmonna Aegis alors que l'ascenseur descendait vers l'étage principal de l'Usine.

L'ascenseur avançait à une vitesse lente conçue pour le métal lourd, donnant à Aegis le temps d'apercevoir les drones, les défenses s'activant autour des Paragons plus haut. Tandis que les drones déjà à l'intérieur de l'Usine arrivaient par vagues désordonnées à mesure que les techniciens de Ziran les activaient dans une apparente panique, les tourelles offraient une puissance de feu plus efficace.

Les canons en forme de lame jaillissaient des fentes et crachaient des éclairs. Mynx n'avait pas conçu l'Usine pour une incursion humaine mais plutôt pour un soulèvement de machines, donc des flashs lumineux grillant les circuits étaient projetés au lieu de balles. Aegis n'avait jamais été touché par ces tirs auparavant, mais à en juger par la douleur transmise par son oreillette, ce n'était pas agréable.

Les Paragons ripostaient contre les tourelles aussi vite qu'ils le pouvaient, des éclats de métal pleuvant autour d'Aegis. Les morceaux métalliques heurtaient le sol noir et brillant, rebondissaient sur l'armure des drones et fournissaient une couverture aux drones traqueurs cherchant à tendre une embuscade au Champion premier des Paragons.

Quatre machines semblables à des mille-pattes grimpèrent sur les bords autour d'Aegis. L'ascenseur offrait une dalle de quatre mètres sur quatre, bordée d'une ligne noire et jaune. Aegis se planta au milieu, faisant les cent pas sur des talons souples, attendant de voir quel drone ferait le premier mouvement.

— Allez, bande de lâches, dit Aegis. Une fois que cet ascenseur aura atteint le fond, je serai parti.

Les drones se dressèrent comme des cobras, se tenant sur leurs griffes arrière et cliquetant leurs mandibules vers Aegis. Une technique étrange, et qu'Aegis ne reconnaissait pas. Les défenseurs avaient l'avantage quand ils pouvaient prévoir l'attaque, et ce groupe ne le rendait pas difficile.

Un cinquième drone frappa les épaules d'Aegis par-dessus, le plaquant sur le sol de l'ascenseur. Les griffes du traqueur s'enfoncèrent dans la veste d'Aegis, et il entendit les quatre autres commencer leurs bonds sautillants. Bientôt, ils le lacéreraient de toutes parts.

Pas bon.

Aegis lança son coude gauche en arrière, le faisant rebondir sur le visage métallique du drone traqueur. Avec l'espace supplémentaire, Aegis projeta ce même coude vers l'avant, plantant sa paume sur l'ascenseur et poussant. Aegis roula, entraînant le drone qui lui lacérait le dos et l'écrasant sous lui. Les quatre amis de la machine ne semblaient pas se soucier que le ventre d'Aegis soit exposé, leurs griffes tranchantes visant l'abdomen d'Aegis.

Ils l'auraient peut-être touché si Aegis n'avait pas pratiqué ses abdominaux. Ramenant ses genoux — récoltant au passage quelques vilaines égratignures — Aegis effectua une roulade arrière, plaçant ses paumes derrière sa tête pour rouler hors du drone écrasé et gagner un peu d'espace.

Ses adversaires, infatigables et affamés, pivotèrent avec le mouvement et le poursuivirent. Le quatuor se rua alors qu'Aegis recula jusqu'au bord de l'ascenseur. Le Champion n'avait pas d'armes, et encore moins le temps de les dégainer s'il en avait eu. Ses poings ne seraient pas non plus très utiles contre ces créations d'acier.

Alors Aegis tricha et sauta.

L'ascenseur avait encore une bonne dizaine de mètres à parcourir jusqu'à l'étage principal, mais comparé à la chute du drone gladiateur quelques minutes plus tôt, cela semblait un saut de lapin. Aegis roula en touchant le sol spacieux, maintenu ouvert pour les démonstrations d'armes des drones. Autour de lui, les côtés de l'étage principal cédaient la place à des terrains d'essai, de grandes arènes creusées dans les collines autour de l'Usine pour que Mynx puisse tester ses créations sans causer d'agitation chez les civils.

La véritable cible d'Aegis se trouvait derrière lui, une zone banale sur le côté laissée pour un ascenseur plus petit menant au vrai sous-sol de l'Usine. Alors qu'Aegis se tournait vers elle, les quatre drones traqueurs restants se laissèrent tomber, claquant dans sa direction à travers le sol. Il ne pouvait pas les distancer à la course, mais ici, avec tout cet espace, le calcul changeait.

— Papa ? La voix de Celice grésilla dans l'oreillette.

— Je suis occupé.

Aegis feinta sur la gauche, poussa sur la droite. Il jouait un jeu d'angles, espérant atteindre un drone juste un peu plus vite que les autres ne le rattraperaient. La feinte lui acheta assez d'hésitation, les algorithmes des drones effectuant une sorte de danse pour déterminer où l'humain pourrait aller. Il s'avéra qu'il se dirigea vers celui tout à droite, les choses ressemblant à des insectes tressaillant pour suivre sa nouvelle trajectoire.

— On se fait piéger, dit Celice alors que des coups de feu retentissaient autour d'elle, mêlés à des jurons. Il y a de plus en plus de drones qui arrivent de l'extérieur. Trop nombreux. On a besoin d'aide.

Aegis atteignit le drone, avec une seconde d'avance sur les autres. Le monstre de métal tenta de le mordre, ses mandibules cherchant sa gorge. Aegis bloqua l'attaque avec son bras gauche tout en frappant de la droite. La force de l'impact envoya le drone rouler vers ses compagnons. Les trois autres traqueurs grimpèrent sur leur camarade, ce délai donnant à Aegis le temps de s'enfuir en courant.

Ce faisant, Aegis demanda à son Tama de changer son canal de communication.

— Thane ? demanda Aegis.

Un rugissement sans mot lui parvint en réponse.

Trois secondes avant que les drones traqueurs ne le rattrapent. Cinq secondes avant qu'Aegis n'atteigne l'ascenseur.

— Ramène ton cul ici et aide ma fille, dit Aegis. Tu lui dois bien ça.

Thane émit des grognements aléatoires en réponse, comme une radio changeant de fréquence.

Avant qu'Aegis ne puisse choisir quelle insulte envoyer à Thane, quelque chose tira sa jambe gauche. Aegis roula en avant avec la chute, une culbute qui se termina quand deux autres serres transpercèrent ses chevilles. L'élan du Champion le libéra de l'emprise du drone mais le fit atterrir sur le dos, face à un trio cliquetant avec leur quatrième pas loin derrière.

Au cours d'une vie de combats, Aegis avait connu plus de douleurs différentes que la plupart des gens ne pouvaient l'imaginer. Il avait été touché par balle, frappé, poignardé et électrocuté. Brûlé et battu. Lâché de grandes hauteurs et mordu par des chiens, des hyènes, et un âne particulièrement hargneux. Sur cette longue liste, deux coups semblables à des couteaux de la part des drones traqueurs ne se classaient pas très haut.

— Repasse sur le canal général de l'escouade, dit Aegis, gardant sa voix égale. Deux drones se précipitèrent vers ses jambes tandis que le troisième partait sur la droite, visant la tête d'Aegis. Son Tama sonna, le changement effectué. Aegis donna un coup de pied violent aux drones tout en reculant avec ses mains. Feu de couverture sur le sol de l'usine !

L'ordre semblait désespéré, les mots presque incroyables. Depuis que les Champions s'étaient séparés il y a bien trop longtemps, Aegis préférait de loin mener ses missions en solo. Ainsi, il n'avait pas à sauver qui que ce soit, ni à dépendre de personne pour faire son travail.

Et voyez où cela l'avait mené ?

Un monde où ses plus grands alliés s'ignoraient les uns les autres. Tous ces anciens Champions, ceux qui avaient combattu à ses côtés pour construire l'avenir des Paragons, coincés dans leurs propres régions à lutter pour leur survie. Pas ensemble, pas unis.

Tant d'erreurs.

Aegis ramena ses jambes sous lui alors que les drones traqueurs s'élançaient à nouveau. Le mouvement le sauva des morsures des deux derniers, mais le troisième, celui qui visait le cou d'Aegis, arriva dans un bond volant par sa droite. Aegis se retourna, leva ses bras pour protéger son visage alors que les griffes, déjà mouillées de son sang, s'abattaient sur lui.

Aucune balle ne vint. L'appel à l'aide d'Aegis se mêla à un canal déjà saturé de suppliques similaires. Des cris confus demandant de l'assistance, les ordres secs de Zhan-Yo commandant à tel ou tel groupe d'avancer, les indications de cibles de Particle.

Aegis arrêta les griffes du drone traqueur sur ses poignets, les sentit s'enfoncer profondément. Il fixa ces lames d'argent grinçantes dans la gueule du traqueur, conçues pour percer la peau d'anomalie la plus épaisse et déposer, si possible, un traceur.

Au lieu de cela, le reflet sur tout ce métal donna une idée à Aegis.

Écartant brusquement ses bras, Aegis croisa les griffes l'une sur l'autre, le bord qui ne mordait pas sa peau servant à sectionner les griffes du corps du traqueur. Ayant perdu son appui, le drone tomba aux pieds d'Aegis, se débattant déjà vers les mollets du Champion. Un deuxième drone fit son propre bond, un éclair repéré dans la vision périphérique d'Aegis.

Sentant ces griffes s'enfoncer, Aegis frappa vers le bas avec son bras gauche, orientant le coup de sorte que l'extrémité brisée de la griffe, dépassant de son poignet, serve de lance déchiquetée. Dans le même temps, comme dans une pose de yoga horrifiante, Aegis leva son bras droit, amenant ce bord tranchant là où sa tête aurait dû être.

Le drone à ses pieds se retrouva avec un nouveau trou dans son crâne d'acier. Le coup perçant d'Aegis enfonça la machine dans le sol, des étincelles volant. Les griffes restantes du drone essayaient toujours de pousser la machine en avant et Aegis aurait répété son coup si son bras droit n'avait pas été secoué, puis tiré tout le corps du Champion dans une torsion déchirante des muscles.

Il avait attrapé un drone, l'accrochant à son bras. Le couple le fit tourner, tirant Aegis vers son côté droit. Libéré de son attaque, Aegis sentit son bras gauche traîner sur le sol, laissant une ligne argentée alors qu'il éraflait la dalle de métal noir. Le troisième drone suivit ses amis — les drones avaient-ils des amis ? Mynx avait-elle prévu cela ? — et agrippa les pieds d'Aegis.

Heurter la dalle eut un avantage inattendu : le rebond libéra le bras droit d'Aegis. La griffe du drone tenait toujours son poignet droit, bien qu'elle se soit détachée en emportant des fils arrachés, trempés de liquide de refroidissement. Des chocs électriques brûlèrent le Champion alors que le crochet déchirait le milieu du drone. Aegis se tordit en tombant, ramenant ses bras griffus en travers de son corps alors que son dos heurtait le sol.

Le troisième drone copia son partenaire précédent, plongeant vers le visage d'Aegis. Ses poignets attrapèrent le drone de chaque côté, capturant la machine qui se débattait et la bloquant en l'air. La machine s'étendit, les mandibules tranchant vers Aegis.

La charge IEM frappa, des éclairs bleus parcourant le drone et le réduisant à un tas inerte. Des décharges résiduelles descendirent le long des griffes, électrocutant les bras d'Aegis et dressant ses cheveux en pointe. Son Tama émit un bip de protestation, un rugissement statique envahit l'oreillette d'Aegis.

— Tu veux que je te laisse le dernier ? dit Particle alors que le rugissement s'éteignait.

— Non, dit Aegis.

— C'est fait.

Une autre charge IEM flasha. Aegis ne pouvait pas voir où elle avait frappé, mais le drone devait se déplacer rapidement, car son corps inerte heurta les pieds d'Aegis.

— Qu'est-ce qui t'a pris si longtemps ? dit Aegis, jetant le drone abattu sur le côté.

Sa vision bascula d'elle-même, Particle forçant le Champion à voir les niveaux supérieurs de l'usine. L'aspect propre qui avait été présent chaque fois auparavant avait disparu. Des panneaux de plafond fumants témoignaient des tourelles détruites. Des drones suppresseurs planaient, tirant des fléchettes paralysantes et pire sur des Paragons qu'Aegis ne pouvait pas voir. Deux gladiateurs se dressaient, leurs pieds griffus crachant des jets pour les maintenir en place.

Le seul son qui dominait les cris et les ordres lancés ? Un rugissement particulier, qu'Aegis connaissait bien. Plus proche maintenant qu'après la charge initiale de Thane.

Peut-être que le monstre avait entendu l'appel d'Aegis.

Peut-être.

Aegis se détourna du contrôle de Particle et regarda au-delà des drones éparpillés autour de lui. Pour le moment, du moins, les combats au-dessus le laissaient tranquille. Rien ne se dressait entre lui et l'ascenseur, ni ce qui se trouvait en bas.

Zhan-Yo avait sa clé, un code qui désactiverait les drones

jusqu'à ce que Ziran trouve un moyen de contourner le blocage. Mynx serait la seule issue, la dernière chance de mettre ses propres créations mécanisées hors service pour de bon.

Aegis ne savait pas comment Mynx ferait cela, mais il devait espérer, devait y croire. Si Mynx ne pouvait pas s'avérer être la clé pour les drones qu'elle avait créés, alors Aegis devrait détruire jusqu'au dernier. Si Wexley abandonnait et laissait les machines désactivées, tant mieux.

Mais espérer cela, en dépendre, était un pas de trop.

L'ascenseur n'avait pas de scanner Tama, apparemment Mynx pensait que la sécurité externe de l'Usine était suffisante et Wexley était d'accord. Parfois, la folie jouait en faveur d'Aegis, et il appuya sur le bouton d'appel.

— Statut ? dit Aegis, parlant dans l'oreillette. Je suis à l'ascenseur, je vais bientôt atteindre Mynx.

— Nous tenons l'entrée, intervint ensuite Zhan-Yo, d'un ton morne. Pour combien de temps, c'est incertain. Dépêche-toi.

— Nous nous dépêchons, dit Celice, le bruit des tirs et le rugissement de Thane résonnant fortement. Thane détruit tout sur son passage, mais je ne pense pas que Mynx va apprécier ce qu'il a fait à sa maison.

— Si nous nous en sortons, je paierai moi-même les réparations, dit Aegis.

La porte de l'ascenseur sonna et s'ouvrit. Le Champion recula à l'intérieur, résistant à l'envie de regarder une dernière fois vers les combats au-dessus. C'était déjà assez difficile d'appuyer sur le bouton du sous-sol de l'Usine, assez difficile de laisser ses amis et sa famille tenir le terrain contre un ennemi sans fin.

Ce serait pire de tous les perdre pour rien.

CHAPITRE 26
EN CHASSE

KAT PERCUTA CALVIN, qui heurta le sol en premier. L'anomalie *rebondit* sur l'herbe rugueuse jonchée de débris, avant que Kat ne le plaque à nouveau contre le sol. Elle roula sur elle-même, l'instinct prenant le dessus alors que ses os et ses muscles se contractaient. S'éloignant de Calvin, encore emportée par son élan, Kat heurta un coussin. Un coussin invisible qui l'amena doucement sur l'herbe safran.

En levant les yeux, elle vit une pluie de verre et de poutres brisées. Ils se courbaient, s'écoulaient autour de Kat, autour de Calvin comme s'ils heurtaient un toit. Sans le risque de mort imminente, Kat aurait peut-être trouvé cette désintégration belle, les débris se répandant comme des flocons de neige industriels s'écrasant contre la barrière de l'anomalie.

— Calvin, dis-moi que c'est toi, dit Kat.

— Moi, haleta Calvin.

— Désolée de t'avoir écrasé.

— C'est, un autre halètement, pas grave.

Kat roula sur sa droite et regarda Calvin enfoui dans l'herbe au milieu des décombres. Sous elle, la terre gronda alors que la tour, coupée en deux, se stabilisait. Des appels à l'aide s'élevèrent tandis que le craquement et le grondement de l'effondrement s'estompaient et que la poussière retombait. Le ciel nocturne apparut, les étoiles parsemant le noir d'une manière que Kat n'avait pas vue depuis, eh bien, depuis cette randonnée nocturne dans la neige à la poursuite de cette anomalie renégate, l'illusionniste.

— Tu es toujours en vie là-bas ? demanda Kat.

Elle pouvait entendre Calvin respirer, sinon elle aurait été un peu plus alarmée. La plupart des capacités des anomalies drainaient leur énergie comme un sprint, alors le gars aurait peut-être besoin d'une minute. Cela dit, elle-même pouvait utiliser une minute de répit.

Les choses étaient devenues vraiment étranges ces derniers jours.

Kat préférait l'introspection avec un verre à la main, de préférence plusieurs. Avec un barman servant d'oreille bien rémunérée, elle pouvait déverser ses inquiétudes à quelqu'un dont elle savait qu'il s'en ficherait après la fin de la nuit, quelqu'un qui, au moins, offrirait des conseils sans filtre.

Calvin grogna une réponse.

— Tu sais, dit Kat, je n'ai pas eu beaucoup de chance avec les relations, mais depuis que je t'ai rencontré, j'ai failli mourir plusieurs fois. J'ai eu une balle tirée dans l'estomac. J'ai bu un milkshake attachée à une chaise...

— Quoi ? toussa Calvin. Un milkshake ?

Une centaine de drones ou plus planaient au-delà des vestiges de la tour. Des gardes Ziran survivants pourraient être en train de fouiller les décombres à la recherche de survivants. Des anomalies déterminées à détruire les deux camps et tout ce qui se trouverait entre les deux pourraient être en train de déchaîner la dévastation.

Tout cela était vrai, mais pendant une minute, peut-être dix, Kat voulait juste parler. Regarder les étoiles. Respirer. Savourer le fait d'être en vie parce que, bon sang, il semblait que sa chance finirait par tourner bientôt.

Elle raconta à Calvin comment elle avait essayé de le

retrouver. Comment elle avait passé des mois à retourner Chicago à la recherche du moindre indice. Elle avait kidnappé, interrogé en remontant la hiérarchie de Ziran. Attendu dans des bars où les employés traînaient et s'était attaquée aux solitaires. Tous disaient qu'ils n'avaient jamais entendu parler de l'anomalie, qu'ils ne savaient pas où Ziran pouvait les emmener. Jusqu'à ce que...

— Gordon m'a trouvé ? Calvin tendit la main et attrapa celle de Kat. Ce mec. Il assure dans les moments critiques.

— J'ai failli le tuer, répondit Kat. Tu lui dois une bière quand on rentrera.

— C'est noté.

Kat sourit, sentant l'herbe dans ses cheveux.

— Comment as-tu fait ? Pour nous garder en vie ?

— J'ai poussé l'air d'un côté à l'autre. Une grande poche, comme si on entrait dans un tunnel de vent. Calvin soupira. Je faisais ça plus souvent quand j'étais gamin. Je sautais des immeubles pour m'amuser.

— Ton enfance était bizarre.

— Dit la fille qui... Calvin s'interrompit. Laisse tomber. Je ne veux pas aller par là.

L'anomalie n'avait pas besoin de continuer. Un bruissement dans l'herbe attira leur attention, en particulier lorsque ce bruissement se révéla être un garde Ziran malmené. L'homme tenait une arme, la pointant sur le duo.

— Rendez-vous, dit le garde.

Kat jeta un coup d'œil à droite, remarqua le petit sourire de Calvin, et comment l'anomalie pointait sa main droite vers la cheville du garde.

— Bien sûr, dit Kat, et Calvin fit voler la jambe de l'homme sous lui.

Se retournant, Kat désarma le garde, s'emparant de l'arme et tâtonnant autour de la gâchette. Détourner le regard des étoiles offrait une scène lugubre, avec des corps éparpillés, des drones brisés et des débris brûlant des trous dans le paysage. Un groupe attira son attention, un duo aidant une femme à se relever. Ils ne prêtaient pas attention à Kat, ni à Calvin.

— Je pense que ça pourrait être notre ticket, dit Kat alors que l'anomalie se levait à côté d'elle. Prêt ?

— Jamais, répondit Calvin. Allons-y.

Maintenant, Kat tenait à nouveau la main de Calvin. Ils avaient échangé les étoiles contre un collectif, quelques dizaines d'anomalies avec des pouvoirs utiles et assez d'endurance pour continuer. Ils avaient tous formé un cercle, la nouvelle Paragon à une extrémité fermant les yeux et lançant un compte à rebours. Le vent que la Paragon semblait vouloir se leva, ondulant à travers la foule. Derrière tout le groupe, les anomalies trop blessées ou inutiles au combat se rassemblaient près de la gare. Quelques braves continuaient des expéditions aller-retour dans la tour pour récupérer des fournitures.

Il semblait peu probable que Ziran maintienne un horaire de train normal dans ce désastre, mais Kat ne voulait pas perdre trop de temps à s'inquiéter pour les réfugiés. Elle venait de rencontrer son premier Champion, Apinya, et il était sorti de la légende pour recruter la traqueuse.

Kat pouvait être cynique, mais elle ne pouvait pas dire non à ça.

Voler dans un avion n'avait rien à voir avec le fait d'être littéralement *le* vent. En un clin d'œil, Kat avait les pieds sur le sol. L'instant d'après, elle avait disparu, son corps et son esprit s'élevant dans le ciel au-dessus du camp Ziran. Elle voyait les tentes, les bâches toutes déchirées. La tour, dont les ruines fumaient encore, se recroquevillait contre les collines escarpées.

La brise emporta Kat au-dessus de l'océan. Les vagues scintillaient d'argent sous la lune montante dans un ciel sans nuages. La direction et sa destination vers l'océan Pacifique suscitèrent une interrogation sur le contrôle total que l'anomalie avait sur le vent dans lequel elle les avait tous aspirés, mais il était difficile de s'en inquiéter vraiment.

Peut-être que Kat et Calvin pourraient chevaucher la bourrasque jusqu'à Hawaï. Ils pourraient savourer quelques cocktails en bord de mer, revenir quand les Champions auraient fini de sauver le monde. Ou, si la bataille tournait mal, se cacher dans une charmante cabane dans la jungle. Le grappin à son poignet pourrait être très utile pour la pêche au harpon...

Un doux balancement poussa Kat — et les autres ? Kat ne voyait personne d'autre, donc elle devait le supposer — vers le sud. L'immense métropole de Los Angeles dominait déjà l'horizon dans cette direction, sa lueur plus vive et sans vie éclipsant le clair de lune. Les collines avaient cependant leur beauté. Des arbres et des canyons avec l'autoroute côtière qui serpentait, les phares des voitures formant des points mouvants.

La rêverie d'Hawaï souleva une autre question, plus importante. Si Kat et Calvin survivaient, que se passerait-il ensuite ? Pas tant pour le monde en général — Kat supposait que les personnes prenant ces décisions n'incluraient pas une traqueuse et un Paragon de bas niveau quelconque — mais pour elle, pour lui. Et pour Seeker, bien sûr, coincé à Chicago et se demandant sans doute où tout le monde était passé.

D'abord, elle ne changerait rien. Elle garderait son appartement jusqu'à ce que Kat voie comment les choses allaient évoluer. Voir si le pistage resterait un métier qui existe. Quelles seraient ses perspectives de réputation. Calvin pourrait l'emmener dîner une fois ou deux. À un match de baseball. Ils verraient des combats chez *Carver's*. Voir s'il y avait quelque chose entre eux au-delà de l'intervention en cas de crise.

Et s'il y en avait, eh bien, Kat ne prendrait pas cette décision et celles qui suivraient toute seule. Pour la première fois depuis longtemps.

Cette pensée n'était pas aussi effrayante que Kat l'avait imaginé : comparé aux drones tueurs et aux entreprises monstrueuses, devoir travailler avec quelqu'un d'autre ne semblait pas si terrible.

La brise s'accéléra alors qu'elle descendait bien trop vite, plongeant dans un autre sillon. Celui-ci menait à une structure dominante en béton et panneaux solaires. De vastes angles aigus s'élevaient de la terre et Kat les contournait sans effort.

Maintenant, elle voyait les drones. Toutes les machines qui avaient fui le camp atterrissaient, se déployant dans ce que Kat supposait être l'Usine. Une horde mécanisée s'engouffrant par d'immenses portes ouvertes. Le vent tourbillonnait à l'entrée, offrant une vue sur un combat désespéré à l'intérieur. Des Paragons, des normaux, tiraient et se faisaient frire alors qu'ils se tenaient derrière des barricades de fortune faites de corps de drones à l'intérieur de cette entrée.

D'une perspective de vent soufflé, sans corps, le combat ressemblait à un film. Du côté plus rationnel de Kat, la bataille ressemblait à un endroit où elle n'avait vraiment, vraiment pas sa place.

Le Paragon les y déposa quand même.

Une trentaine d'anomalies et une traqueuse harassée prirent forme physique au milieu du chaos. Kat se jeta dans une plongée dès que ses pieds touchèrent le carrelage autrefois lisse de l'Usine, maintenant recouvert de terre, de poussière et de sang. Des anomalies s'écrasaient au sol autour d'elle, frappées par les drones et leur ciblage précis dès qu'elles apparaissaient. D'autres s'appuyaient sur leurs capacités, les oreilles et les yeux de Kat choqués par un désastre assourdissant et aveuglant alors que les mutations génétiques tordaient les lois physiques.

Elle rampa sur ses coudes. Devant elle, flou dans sa vision, Kat vit la ligne des Paragons qui tenait au-delà de l'entrée. La coureuse du vent, quel que soit son nom, avait opté pour l'effet de choc et d'effroi en larguant les nouveaux arrivants au milieu des drones. Génial pour certaines anomalies, peut-être, mais pas pour elle.

Elle devait sortir.

Maintenant.

Quelque chose attrapa son pied, tira. Kat donna un coup de pied, se dégagea de l'emprise. Quand la main revint avec une double tape, Kat abandonna sa reptation pour regarder en arrière. Son poignet gauche et son grappin toujours prêt étaient prêts, tandis que sa main droite glissait vers son holster à la taille, le pistolet Ziran qu'elle avait volé occupant une place dans son arsenal improvisé.

Calvin la regardait, l'homme et sa blouse de laboratoire en lambeaux semblant encore plus malmenés dans les secondes qui avaient suivi leur largage. La bouche de l'anomalie bougeait mais Kat n'entendait pas un mot.

Elle pouvait lui prendre la main.

Ensemble, ils rampèrent jusqu'à la ligne des anomalies, marquée par une barrière fluctuante et fragile qui semblait ralentir les projectiles entrants lorsqu'ils passaient par les portes du quai de chargement de l'Usine. En la traversant, Kat sentit son propre rythme devenir lent pendant une longue seconde, comme si elle nageait dans du miel.

— Reculez et dégagez le passage, exigea une voix tranchante.

Kat aperçut son propriétaire et fit un double-take. C'était ce fichu Zhan-Yo, terroriste recherché et le gars qui avait commencé tout ça. Que diable faisait-il ici, à aider les Paragons ? L'homme le plus recherché du monde ne s'offusqua pas du visage ébahi de Kat, utilisant plutôt deux commandos et leur tir de couverture pour se glisser à travers et tirer Kat, et par extension Calvin, derrière la couverture d'un corps de drone.

Zhan-Yo ne prit pas le temps de les briefer, se détournant de sa paire sauvée pour retourner au front. Kat observa, remarquant que l'homme n'avait pas d'arme. Au lieu de cela, Zhan-Yo se concentrait sur les ordres, dirigeant les forces. Un PDG devenu général de champ de bataille.

— Ça va ? cria Calvin dans son oreille, des mots qui parvenaient à peine à son ouïe traumatisée.

— Non !

Kat voulait se recroqueviller, voulait plonger de l'étage supérieur où ils se trouvaient et se cacher quelque part dans les pièces les plus profondes de l'Usine. Elle voulait aussi Seeker, son énergie joyeuse et aboyante pour la ramener sur Terre.

Au lieu de cela, Kat se trouvait au milieu d'une lutte avec des enjeux plus importants qu'elle n'avait jamais souhaité en faire partie. Gagner et perdre signifiait plus que des réputations, que traquer une autre anomalie en fuite. Bon sang, cela signifiait donner à ces anomalies que Kat avait traquées une chance d'avoir une meilleure vie. Ces machines terrifiantes, marchant et délivrant la mort sur un caprice...

Calvin se leva, affichant un air déterminé, — J'y vais !

Kat lui attrapa le bras, s'en servant pour se relever. Un commando à trois mètres d'eux disparut lorsqu'une roquette tirée par un drone le toucha de plein fouet, la chaleur roussissant les sourcils de Kat. Derrière l'éclair, d'autres gladiateurs marchaient vers la barrière, d'autres drones de suppression planaient sous les avant-toits. Beaucoup trop nombreux.

— Nous devons arrêter la source ! cria Kat. Pas les drones, la main qui les dirige !

Calvin semblait confus alors que Kat le poussait le long de la ligne des Paragons, sur le côté du couloir. Zhan-Yo, derrière eux, appelait d'autres à venir combler le vide. Quelqu'un s'avança, une autre mort presque certaine.

Une que Kat pourrait peut-être empêcher s'ils arrivaient à atteindre Wexley à temps.

Toute la journée, Kat avait dû faire face à des situations pour lesquelles elle n'était décidément *pas* formée. Des bagarres générales avec des drones ? Des immeubles qui s'effondrent ? Voler dans les airs en fusionnant avec le vent lui-même ?

Pas vraiment dans le manuel du traqueur.

Mais trouver quelqu'un dans des environnements peu familiers ? Ça, Kat savait le faire. L'analyse fut rapide lorsque Calvin demanda à la traqueuse où pouvait se trouver Wexley, comment ils pourraient le localiser dans l'Usine. L'endroit avait des étages à revendre, de vastes cavernes bordées de drones attendant de surgir comme une créature d'horreur pour les découper en morceaux. Wexley devait être profondément enfoui à l'intérieur, assis dans une pièce sécurisée et attendant que les drones accomplissent leur sanglante besogne.

— Sauf qu'il ne savait pas, dit Kat en continuant à s'éloigner des portes du quai de chargement. Pas vers le grand ascenseur de l'Usine, déjà au rez-de-chaussée et bien loin, mais plutôt vers le couloir principal menant au cœur de l'Usine. Les Paragons n'auraient pas pu entrer ici si Wexley avait eu le temps de se préparer.

— Donc il est surpris ? Calvin poussa Kat vers la droite, contre la rambarde surplombant le vaste centre de l'Usine, tandis que plusieurs autres commandos repartaient dans la direction opposée pour renforcer la ligne de front. Il ne serait pas quand même dans les bureaux ? Quelque part par ici ?

Ils atteignirent une bifurcation, la passerelle de l'Usine se séparant. De la route sur leur droite provenaient des sons désagréables, des coups de feu masqués par des rugissements presque constants. Comme si un énorme tigre avait été lâché. Cette voie semblait mener plus profondément dans l'Usine, mais Kat hésita.

— Tu entends ça ? dit Kat. On a déjà des gens qui se battent là-bas. Si Wexley était par là, on le saurait. On abandonnerait probablement cette porte pour se concentrer sur le gars.

Droit devant, en revanche, régnait un calme relatif. Les murs portaient des traces de coups et des égratignures, comme si quelque chose de gros avait fait des ravages dans cette direction puis, si Kat interprétait correctement les marques sous l'éclairage fluorescent bleu-blanc, était revenu. Étrange, mais le silence l'attirait.

— Donc tu veux aller là où il ne se passe rien ? dit Calvin, lançant à Kat un regard sceptique. Je comprends l'envie de rester en vie, Kat, mais même moi je ne suis pas aussi lâche.

— Alors tu peux rester ici, ou tu peux me suivre, répliqua Kat, passant outre l'anomalie et se mettant à courir. Si je t'ai attrapé, je peux attraper ce type.

Mynx avait l'habitude de briefer tous les traqueurs quelques fois par an. De grandes sessions vidéo auxquelles Kat se connectait depuis son appartement de Chicago. À chaque fois, Mynx se joignait depuis un point de vue idyllique sur l'océan. Elle disait que c'était sa maison, et tout le monde savait que Mynx vivait à l'Usine. Arriver par la brise donnait une vue claire des lieux de l'Usine, y compris de l'emplacement de l'océan par rapport aux portes du quai de chargement.

En d'autres termes, le couloir silencieux devrait mener directement à la résidence de Mynx. Et si Wexley avait pris la maison de Mynx comme la sienne, où ailleurs serait-il lors d'une attaque à l'heure du dîner ?

Calvin rattrapa Kat alors que le couloir se transformait en un escalier montant, se terminant par une porte fermée plus normale. Gris ardoise, avec un P doré de Paragon gravé en son centre. Une grande bosse dans ce P montrait la seule tentative d'entrée de quelqu'un.

Les deux fixèrent la porte tandis que Kat expliquait son raisonnement à Calvin. Cette fois, l'anomalie ne discuta pas, ne fit rien de plus qu'un haussement d'épaules.

— On est là, et c'est mieux que de se faire tirer dessus, dit Calvin. Entrons.

— C'est là le problème, répondit Kat. Je ne vois pas de scanner Tama.

— Mynx fait probablement quelque chose de sophistiqué. Je m'en occupe. Couvre-moi.

L'anomalie s'avança, posa sa main gauche sur la porte. Il tendit sa main droite derrière lui, et Kat s'écarta quand des globules gris et or commencèrent à jaillir des doigts de Calvin comme une lance à incendie de ciment. Le liquide aspergea les marches, frappant et durcissant instantanément. Plus intéressant encore était la porte : là où Calvin avait sa main gauche, une cuillère concave s'élargissait, perçant de l'autre côté après quelques secondes.

— Tu travailles vite, dit Kat, sortant son arme et la pointant à travers le trou grandissant.

— Ça va vite quand je n'essaie pas de faire quoi que ce soit avec le matériau, répondit Calvin, glissant sa main gauche le long du bord du trou pour le faire grandir. Ça a l'air carrément sympa là-dedans.

Le décor efficace de l'Usine disparaissait de l'autre côté de la porte. Bien que Kat n'appellerait pas la résidence chaleureuse, un éclairage plus doux perçait d'abord à travers le trou de Calvin. À mesure qu'il s'élargissait, Kat distingua du carrelage en marbre menant à une entrée avec des crochets pour manteaux, un banc à chaussures. Des espaces plus clairs sur les murs crème à festons indiquaient aux deux que des œuvres d'art avaient disparu.

La redécoration de Wexley n'en était qu'à ses débuts.

Et aucun drone en vue.

— Prête ? dit Calvin alors que le trou atteignait une taille suffisante pour que les deux puissent s'y faufiler.

— Jamais, plaisanta Kat tandis que Calvin s'écartait de l'ouverture. Allons-y.

La traqueuse se glissa à l'intérieur, l'anomalie suivit.

À l'intérieur, la maison de Mynx s'ouvrait. Au-delà de l'entrée se trouvait la cuisine, avec la grande véranda sur le côté droit et la chambre de Mynx - maintenant celle de Wexley - sur la gauche. Des escaliers intérieurs menaient à un niveau inférieur, que Kat ignora pour le moment, ignora parce qu'elle voyait quelque chose sur cette véranda, sur la table en verre qui la dominait.

Une bouteille de vin ouverte, du blanc apparemment. Levant un doigt à ses lèvres, Kat traversa la cuisine sur la pointe des pieds, pointant son arme vers la terrasse. Pas âme qui vive dessus. La porte coulissante, cependant, avait été laissée grande ouverte. Calvin sur ses talons, Kat sortit, pivota à droite et à gauche, ne vit personne sur la terrasse.

Mais en bas sur la plage se tenait une ombre prise dans les lumières extérieures de la maison. Les vagues léchaient les pieds de l'homme. Il avait un bras largement tendu, exactement là où l'on tiendrait un verre de vin.

— Eh bien merde, chuchota Calvin. On dirait qu'on l'a trouvé. Comment on joue ça ?

Kat pointa son arme sur l'ombre. Elle voulait appuyer sur la gâchette, mais tuer Wexley n'arrêterait probablement pas tous ces drones de massacrer les Paragons. Ils avaient besoin de l'homme vivant, effrayé et prêt à se rendre.

— Frappons-le fort et vite, répondit Kat. Ne le laissons pas appeler qui que ce soit à moins que ce ne soit pour arrêter ces drones. Essayons de ne pas le tuer.

— Facile.

Kat hocha la tête, bien que tandis qu'ils commençaient à descendre les marches vers la plage, son instinct lui disait le contraire. Wexley tenait le monde dans sa poigne de fer.

Ils allaient devoir le lui arracher.

CHAPITRE 27
TRANSMISSION

LOB BONDISSAIT d'étage en étage, ne s'arrêtant à chaque palier que pour poser ses pieds, s'accroupir et sauter au suivant. Pour un homme qui n'avait pas l'air de passer sa vie dans une salle de musculation, Lob semblait néanmoins se moquer éperdument de porter Rhimes, qui n'était pas un poids plume, et Regina, plus compacte mais loin d'être une brindille. Ce n'est qu'en atteignant l'avant-dernier étage — Ziran réservait son niveau le plus élevé à un observatoire — qu'il laissa partir Regina et Rhimes avec un profond soupir. Les bras libérés, Lob tituba vers une chaise proche et s'y effondra.

— À vous de jouer, dit Lob.

— J'y vais, répondit Rhimes, déjà en mouvement à travers le hall en direction du bureau de Zhan-Yo, non, de Wexley.

L'étage avait un plan simple : l'ascenseur central s'ouvrait sur une salle d'attente sécurisée, un mur de verre orné d'un Z orange flamboyant séparant les visiteurs du trio de bureaux de l'autre côté. Le PDG de Ziran disposait du plus grand, tandis que les espaces attenants à gauche et à droite étaient réservés aux employés que le PDG estimait les avoir mérités.

Selon la légende, Zhan-Yo avait un jour donné l'un de ces

bureaux au directeur de l'entretien du bâtiment pour honorer son travail acharné. Ce directeur avait gardé la vue pendant un mois avant d'y renoncer, déclarant que les allers-retours en ascenseur étaient trop fastidieux. Néanmoins, le message était passé : le titre seul ne donnait pas accès au sommet.

Et Rhimes n'avait aucun titre du tout.

Normalement, une secrétaire aurait pu être assise de l'autre côté de la vitre, prête à faire entrer les visiteurs qualifiés. Maintenant, ce bureau était vide, les lumières de l'étage s'allumant au fur et à mesure que Rhimes et Regina pénétraient dans le hall.

— On n'a pas une autre mitrailleuse pour briser cette vitre, dit Regina.

— Pas besoin, répondit Rhimes en saisissant une chaise. Lob regarda Rhimes soulever le grand siège en bois et le lancer.

Le meuble s'écrasa contre la vitre, provoquant d'énormes fissures sur toute la hauteur du panneau central.

— Vraiment primitif, commenta Regina, observant Rhimes projeter à nouveau la chaise contre la vitre. Un vrai style homme des cavernes.

— Je suis un homme simple.

Rhimes souleva la chaise une troisième fois.

Le panneau vola en éclats, jonchant le beau carrelage de fragments. Rhimes, faisant signe à Regina de le suivre, écrasa ces mêmes débris en passant. Là, devant eux, se trouvait le bureau de Wexley. Une porte blanche audacieuse avec un Z en verre gravé au centre. Pas de scanner Tama, pas de verrous de sécurité.

Si on arrivait jusque-là, semblait être la logique, c'est qu'on y avait sa place.

Rhimes saisit la poignée, déverrouilla la porte et l'ouvrit en grand. Au-delà s'étendait un vaste bureau dépouillé. Un projecteur pendait au centre du plafond, prêt à projeter des images sur les fenêtres allant du sol au plafond qui entouraient l'espace. Les lumières nocturnes de Chicago brillaient à travers, leur éclat se mêlant à la douce lumière jaune du bureau.

Le poste de travail dédié devait être là, prêt à l'emploi.

L'ascenseur tinta.

— Vas-y, dit Rhimes, laissant Regina se glisser devant lui dans le bureau. Trouve l'ordinateur, entre le code.

— Comme si je savais faire ça, dit Regina, mais elle y alla quand même.

L'ascenseur s'ouvrit, révélant un soldat de Ziran meurtri et en colère. Elle avait perdu sa grosse arme dans les combats en bas, mais Brielle avait toujours un pistolet à courte portée, qu'elle leva en sortant de l'ascenseur. Lob se redressa brusquement de son siège, bondissant vers elle, mais Brielle pivota, tira et abattit l'anomalie d'un tir rapide dans la poitrine. Gémissant, Lob s'effondra à nouveau dans une chaise.

— Brielle, dit Rhimes, les mains levées, s'éloignant du bureau. Arrête.

— Arrêter ? demanda Brielle, s'avançant lentement, son pistolet imperturbable entre ses mains. Arrêter ? C'est vraiment ce que tu me dis en ce moment ?

— Que veux-tu que je te dise ?

— J'ai perdu une escouade en bas, Rhimes. Je ne sais pas combien sont morts, mais plus d'un, la voix de Brielle restait calme, sans panique, sans hystérie. Une soldate. Nous sommes tous venus ici pour toi, un traître, et ils ne rentreront pas. Alors je commencerais par des excuses.

Le hall et l'entrée du bureau ne laissaient pas beaucoup d'options à Rhimes. Jeter une autre chaise, plonger derrière le bureau de la secrétaire ne marcherait pas face au tir précis de Brielle. Rhimes ne pouvait pas se retourner et s'enfuir, et Brielle avait arrêté sa propre avancée bien hors de portée physique. Tout coup de poing, coup de pied ou charge d'épaule serait accueilli par une balle fatale.

S'il devait mourir, autant que Rhimes achète à Regina tout le temps possible.

— Alors je suis désolé, dit Rhimes, gardant les mains bien écartées. Il ne regardait pas l'arme, mais droit dans les yeux de Brielle. Il était sincère et elle devait le voir. Je suis venu seul ici pour éviter que d'autres personnes ne soient blessées.

— Dis ça à mon équipe.

— Tu peux le faire. Et tu peux leur dire pourquoi je fais ça.

— Parce que tu n'es pas d'accord avec Wexley. D'accord. Tu aurais pu démissionner.

— Ce n'est pas qui je suis, répondit Rhimes. Je ne fuis pas ce en quoi je crois.

— Ah ouais ? Et c'est quoi, exactement ? Parce que pour moi, on dirait bien que tu ne cours qu'après la réputation depuis longtemps.

D'accord, ce n'était pas la bonne direction. Rhimes avait fait parler Brielle, ce qui signifiait qu'elle était vraiment curieuse, qu'elle voulait vraiment savoir pourquoi les choses avaient si mal tourné. Maintenant, il devait la mettre sur une piste qui l'amènerait à retirer son doigt de la gâchette.

— Je l'étais, je l'ai fait, dit Rhimes. Mais d'abord, j'étais un soldat. J'ai servi mon pays et ses causes. Quand les Paragons m'ont retiré ça, j'étais perdu. Ziran m'a embauché, sécurité privée. Rhimes prit une inspiration, vit que Brielle n'avait pas faibli. Elle ne l'avait pas non plus interrompu. — Wexley est efficace, fort. Zhan-Yo est plein d'espoir, plus un prophète qu'un dirigeant. Ils voulaient tous les deux la même chose, mais s'y prenaient différemment. Quand Wexley a pris le contrôle, je l'ai suivi parce que, hé, c'est amusant d'être du côté des gagnants. Rentable aussi.

— Jusqu'à ?

— Jusqu'à ce que tu réalises que toutes ces répétitions ne signifieront rien si nous sommes assis sous les yeux de fer d'un drone toute la journée. Rhimes secoua la tête. — Combien de temps penses-tu garder ton travail, Brielle ? Combien de temps avant que nous ne fassions tous que ce que les machines veulent que nous fassions ?

— Ouais, eh bien, on avait ça avec les Paragons, dit Brielle. Au moins, ça a une chance d'être différent. Adieu Rhimes.

Brielle visa, Rhimes plongea en avant. Il tendit le bras, sachant qu'il n'arriverait pas à temps. Brielle appuya sur la gâchette. L'arme claqua, la balle passa au-dessus de l'épaule de Rhimes. Un raté, qui permit à Rhimes de plaquer Brielle de plein fouet. Rhimes la plaqua au sol, frappant le poignet de Brielle contre le tapis et faisant voler l'arme au loin.

Brielle donna un coup de genou dans l'estomac de Rhimes, profita de son recul pour se dégager de dessous l'homme. Rhimes roula, tendit le bras et trouva le pistolet de Brielle avec sa main gauche. Son côté droit explosa de douleur quand Brielle frappa d'un coup de pied, forçant Rhimes à protéger sa tête avec sa main droite tout en essayant de braquer le pistolet.

Son élève prit la défense de Rhimes comme une opportunité pour balancer sa jambe droite dans un coup de pied claquant sur le bras gauche de Rhimes, qui engourdit sa main de tir et, à nouveau, envoya l'arme glisser sur le carrelage vers l'ascenseur.

On dirait qu'ils allaient régler ça à mains nues et à coups de pied.

Avec sa main droite, Rhimes tira sur la jambe gauche de Brielle, la déséquilibrant alors qu'il se relevait dans une charge tête baissée, poussant Brielle en arrière dans une chaise. Elle tomba à travers, puis par-dessus le meuble, reculant dans une roulade. Se rattrapant contre la vitre restante, Brielle se releva juste à temps pour encaisser une charge d'épaule de Rhimes.

Les deux traversèrent la vitre affaiblie, atterrissant sur le carrelage au-delà avec des éclats pleuvant autour d'eux. Rhimes arma son poing, vit le visage de Brielle comme cible avec des coupures dues au verre et hésita.

Il avait travaillé avec elle au début, dans une force de police en déclin remplaçant ses officiers les moins efficaces par des drones. Elle avait trouvé sa niche avec les armes à longue portée, comblant les lacunes du tireur d'élite avec un entraînement au corps à corps pour éviter d'être licenciée. Elle et Rhimes s'étaient entraînés souvent à Chicago ces dernières années, et bien qu'ils aient échangé coups de poing, parades, coups de pied et projections sur des tapis à travers la ville, ceci...

Brielle grogna, ramena ses jambes sous Rhimes et le repoussa d'un coup de pied. Rhimes atterrit en craquant sur le verre, vit Brielle courir devant lui vers l'ascenseur, l'arme.

Un autre coup de feu. Rhimes se redressa, vit Brielle chanceler d'un pas. Lob, assis contre l'ascenseur, tenait le pistolet dans sa main. La visée de l'homme était basse, instable, mais le mouvement de Brielle rendait évident qu'elle avait été touchée. Lob leva à nouveau l'arme.

— Arrête ! cria Rhimes en se levant. C'est fini. Ne tire pas.

Lob toussa, les yeux vitreux regardant Rhimes, secouant la tête. Concentré sur l'arme. Rhimes bougea, se plaça entre Brielle, qui avait les mains plaquées sur son abdomen, et Lob.

— Le nombre de morts est déjà assez élevé comme ça, dit Rhimes. Ne fais pas ça, mec. S'il te plaît.

— Elle ne va pas s'arrêter, haleta Lob. Elle va continuer d'essayer.

Rhimes jeta un coup d'œil à Brielle. La douleur gravée sur un visage déjà pâle. Ses yeux croisèrent les siens et Rhimes n'y vit plus de haine, ne vit plus la détermination d'un soldat. Il vit ce qu'il voyait chez tout le monde à la fin : la peur et la solitude.

— C'est fini, répéta Rhimes à voix haute. Elle ne va rien tenter. Utilise ton Tama, Lob, et fais monter de l'aide médicale ici.

Face à Brielle, regardant derrière elle, Rhimes répondit à une question lancinante. Impossible que Brielle ait raté ce premier tir à bout portant. Impossible que Rhimes ne soit pas en train de baigner dans son propre sang en ce moment.

Regina compléta le tableau.

La sœur de Wexley était assise par terre à l'entrée du bureau, une main sur la porte blanche ouverte et l'autre pressée sur une épaule gauche très rouge et très humide. Sa tête pendait bas. Rhimes jura, aida Brielle à s'asseoir sur une chaise, puis courut vers Regina.

Sans elle, sans ce code, rien de tout cela n'avait d'importance.

— Hé, dit Rhimes en s'agenouillant à côté de la sœur de Wexley. Lors d'une mission normale, équipé de matériel, il aurait eu des trousses de secours, quelque chose qui aurait pu arrêter l'hémorragie ou retarder le choc. Ici, avec toute cette précipitation, il n'avait rien. — Tu m'entends ?

— Ça fait tellement mal.

— Ouais, se faire tirer dessus n'est pas drôle. Rhimes grimaça en voyant la blessure. Un tir aussi haut ne devrait pas être fatal, mais tout dépendait de ce que la balle avait fait, de comment Regina réagissait. — On doit se concentrer, Regina. As-tu entré le code ?

— Je n'ai pas pu le faire.

— Pourquoi ?

— Pas d'accès.

Une variable. Rhimes ne l'avait pas exactement oubliée, mais il avait espéré que Regina aurait son propre moyen d'accès. Ou que le poste de travail personnel de Wexley n'aurait pas la sécurité. Ou que son propre accès ne serait pas restreint si rapidement.

À la place, il allait devoir improviser.

Rhimes jeta un coup d'œil à Brielle, — Dis-moi le code, Regina. Je vais l'ouvrir.

La sœur de Wexley leva les yeux vers Rhimes, pâle, respirant doucement, — J'ai essayé de l'arrêter, de l'empêcher de te tirer dessus, mais elle est forte. Elle s'est débattue, voulait tellement appuyer sur cette gâchette. Mais elle ne voulait pas te tuer, Rhimes. C'est pourquoi j'ai dévié la visée. Regina frissonna, la main de Rhimes sur son épaule indemne. — Je ne veux plus que personne soit blessé comme ça.

Regina donna le code, un mélange de date et de nom qui ne signifiait rien pour Rhimes. Il le répéta, Regina hocha la tête pour confirmer, et Rhimes fit volte-face, se précipita vers Brielle. Au bout de la pièce, l'ascenseur descendait à toute vitesse. Soit pour des soins médicaux, des renforts, ou des ennemis. Rhimes ne pouvait attendre aucun d'entre eux.

Lob semblait s'être évanoui. Ou être mort.

— Allez, dit Rhimes en soulevant Brielle. Elle cria, puis étouffa son cri, enfouissant sa tête contre l'épaule de Rhimes. Je sais que ça fait mal, mais j'ai besoin de ton Tama.

Brielle ne résista pas, laissant Rhimes la porter au-dessus de Regina et dans le bureau de Wexley. En se déplaçant, Rhimes sentit du sang chaud et poisseux couler sur sa propre chemise. Elle avait été gravement touchée, avec peut-être quelques minutes avant que les choses ne s'aggravent trop pour la sauver. Il essaierait néanmoins.

Dans le bureau, Rhimes se dirigea directement vers la gauche où Regina avait mis en marche le terminal sur le bureau de Wexley. L'écran affichait une demande de connexion, attendant qu'un Tama soit scanné.

— J'ai juste besoin d'emprunter ton bras gauche une seconde, dit Rhimes en installant Brielle dans le fauteuil en cuir blanc.

— Tu détruis tout ce pour quoi tu t'es tant battu, murmura Brielle d'une voix serrée et saccadée.

— Je brûle tout pour que quelque chose de meilleur puisse pousser, répondit Rhimes, faisant biper le scanner.

Le terminal se déverrouilla, offrant à Rhimes de nombreuses icônes parmi lesquelles choisir. Une seule comptait : la balise d'urgence, un message qui serait envoyé à tous les drones de la région avec un code de réponse. Rhimes cliqua dessus, amplifia la zone pour couvrir le globe. La plupart des gens n'avaient pas accès à ce type de diffusion, mais Brielle, grâce à Rhimes qui l'avait promue, si.

— Wexley, la voix de Regina venait de la porte du bureau tandis que Rhimes préparait la diffusion. Je suis désolée, mais l'un de tes hommes m'a tiré dessus.

Rhimes tapa le code, vérifia deux fois les mots, les chiffres.

— Ce n'est pas sa faute, répondit Regina. Elle ne faisait que le travail que tu lui as donné.

Il ne pouvait pas entendre la réponse de Wexley, n'en avait pas envie. Le code était prêt, Rhimes lança l'envoi. Il se retourna vers Brielle. Elle s'était effondrée comme Lob. Rhimes posa un doigt sur sa gorge, sentit un pouls. Faible, mais présent.

Dehors, dans le hall, l'ascenseur sonna.

— Je ne sais pas si je vais m'en sortir, dit Regina. C'est pour ça que je t'ai appelé. Pour te dire que je t'aime, et que je suis désolée.

Le programme de Ziran confirma l'envoi. Les tours de transmission allaient diffuser le signal à travers le monde, frappant partout et mettant en stase chaque drone trouvé. Rhimes pensait que Ziran pourrait, et allait les réactiver, mais pendant ces précieuses minutes les Parangons auraient une chance.

Zhan-Yo aurait sa chance.

— Il a raccroché, dit Regina alors que Rhimes arrivait à ses côtés. Mais pas avant d'avoir dit qu'il m'aimait quand même.

Dehors, Rhimes vit Weed portant une trousse de premiers secours, et cet Élémental tatoué avec un drone médical d'urgence planant au-dessus de Lob. L'homme ajouterait maintenant quelques noms puissants de plus à sa collection, plus de ficelles à tirer.

— Ton frère s'est perdu, Regina, dit Rhimes en déchirant une partie de sa propre chemise pour l'appuyer contre la blessure de Regina. J'espère qu'ils le retrouveront.

— Moi aussi. Regina toussa. Le code ? Tu sais ce que c'est ?

Rhimes secoua la tête.

— Mon anniversaire, mélangé. De toutes les choses, Wexley a toujours tenu à sa famille.

Regina s'appuya contre Rhimes, et l'homme appela le trio médical, leur disant que deux personnes de plus avaient besoin d'attention ici. Puis il regarda à droite, au-delà du bureau de Wexley vers la ligne d'horizon de Chicago.

Des lumières vives brillant à nouveau sur un monde en changement.

CHAPITRE 28
GESTION DES DÉGÂTS

LE VENT déposa Cassidy au milieu du quai de chargement, son corps émergeant de l'air sous la forme imposante d'un gladiateur. Planer lui donna l'occasion d'évaluer la bataille, de voir le chaos avant d'y être plongée, si bien qu'au moment où ses doigts retrouvèrent leurs sensations, ces vides apparurent, prêts à l'action.

Cassidy projeta un vide de la taille d'une assiette droit vers le haut, son nexus tourbillonnant découpant et vaporisant le noyau central du gladiateur. Des explosions mineures se propagèrent alors que les batteries perdaient leur cohésion, que les fils et les tubes se retrouvaient amputés de leur milieu. Lubrifiants, éclats et chaleur tombèrent sur Cassidy, collant ses cheveux et recouvrant sa tenue déjà très débraillée d'une couche de crasse.

Cela dit, elle était déjà couverte de terre et de poussière un instant auparavant, alors c'est la vie.

Les composants les plus lourds du drone vacillèrent après le tir de Cassidy, alors elle joua à pile ou face mentalement et se dirigea vers l'intérieur de l'Usine. C'est de là que semblaient provenir les attaques d'anomalies, d'où venaient des cris à consonance humaine. Les drones répétaient leurs propres ordres de se rendre au milieu de tous les rayons, des tirs, des décharges statiques, un courant sous-jacent constant de folie pour accompagner le moment.

Une main saisit l'épaule de Cassidy alors qu'elle quittait l'ombre du gladiateur qui s'effondrait. Une poussée et Cassidy se retrouva blottie contre le côté du quai de chargement, Apinya accroupi à côté d'elle. Plusieurs fléchettes étourdissantes rebondirent sur le sol là où Cassidy s'était trouvée, là où elle aurait été sans l'intervention du Champion. Cassidy suivit la trajectoire jusqu'à un drone suppresseur flottant et fit jaillir un autre vide, sentant la sueur perler sur son front.

Le vide de la taille d'une soucoupe traversa le côté du drone suppresseur, la machine virant et se stabilisant, une cible parfaite immobile dans les airs. Trois balles dures s'écrasèrent dans l'orbe depuis la ligne Paragon, les projectiles déchirant la fine peau du drone et envoyant la boule s'écraser sur le sol jonché de débris.

— Merci pour le sauvetage, dit Cassidy alors qu'ils reprenaient tous deux leur marche vers la ligne Paragon.

— De même, répondit Apinya, sa tête allant et venant rapidement de leur objectif aux ennemis autour d'eux. Ces scènes ne sont pas mon fort.

— Pas d'esprits à contrôler ?

— Pas de chance de se concentrer même s'il y en avait. Ma place est à la table des négociations, pas sur le champ de bataille.

À leur droite, un Paragon ressemblant à un soleil bouillonnant chargea un gladiateur. L'homme de petite taille esquiva les griffes du drone plus grand, chaque mouvement laissant une gerbe de feu dans son sillage. Les explosions brûlaient le drone, mais ne semblaient faire que l'irriter. Avec Apinya qui la tirait, Cassidy n'eut pas l'occasion de faire réapparaître ses vides, pas l'occasion d'aider alors que le Paragon fit un faux mouvement.

Les flammes jaillirent, le gladiateur les ignora, et son coup de pied tournoyant attrapa le Paragon en pleine foulée. Le coup envoya le Paragon voler dans les airs où le gladiateur, ses bras armés suivant l'anomalie, le criblèrent de trop de balles pour survivre. Au moment où le Paragon toucha le sol, son feu s'était déjà éteint.

— Alors pourquoi es-tu venu ? dit Cassidy en déglutissant. Des flashbacks de l'évasion de l'île dansaient derrière ses yeux, tous ces drones grouillant autour de leur bateau de fortune, les anomalies mourant une par une. Si tu ne peux pas aider...

— Je suis ici pour Wexley, pas pour ses machines, dit Apinya. Nous avons besoin d'une couverture maintenant.

Cassidy savait reconnaître un ordre quand elle en entendait un. Ils avaient atteint l'extrémité du quai de chargement, là où l'Usine s'ouvrait sur un large couloir. La ligne Paragon se trouvait à mi-chemin, les corps des drones formant des remparts pour les combattants de l'autre côté. Traverser ce couloir signifiait un sprint de plusieurs mètres sous le feu, un trajet que certains réussissaient — Cassidy aperçut cette traqueuse et son ami anomalie se faufiler sur leurs ventres — tandis que d'autres mouraient, cloués au sol par les tirs trop précis des drones.

Sentant la chaleur monter, Cassidy joignit ses doigts, créant un vide de plusieurs mètres de large. D'autres anomalies se battaient encore derrière eux, se téléportant, frappant et tranchant au milieu de la force de drones qui approchait. Elle ne pouvait pas simplement envoyer un vide tournoyant sur toute la largeur du quai de chargement sans tuer dix ou quinze Paragons au passage.

Bien que si les choses tournaient suffisamment mal, Cassidy pourrait le faire quand même. Pour avoir une chance de revoir sa famille, très peu de choses franchissaient la ligne.

Au lieu de cela, elle fit apparaître le vide, le maintenant entre elle, Apinya et les drones. Les quelques machines qui s'occupaient du duo envoyèrent des balles, un tir laser, une fléchette étourdissante dans leur direction. Tout disparut dans le vide.

— Allons-y avant que je ne m'évanouisse, dit Cassidy. Maintenir un seul vide ne lui donnait que l'impression d'avoir une mauvaise fièvre, pas l'effondrement terrible et brumeux qu'elle avait expérimenté sur le bateau de l'île ou dans le hall d'Apinya à Bangkok. Néanmoins, ce combat n'avait pas l'air de se terminer de sitôt. Perdre son énergie ici et maintenant semblait être un sprint rapide vers l'au-delà. Maintenant !

Apinya ne remit pas en question l'ordre de Cassidy. Dans un mouvement qui manquait de la dignité habituelle du Champion, Apinya traversa le couloir en courant accroupi. Sa robe de laboratoire Ziran s'accrocha et se déchira sur les débris, le faisant ressembler encore plus à une victime de catastrophe en lambeaux. Cassidy le suivit, traînant le vide derrière elle.

La ligne Paragon offrait une protection de fortune. S'en approcher donnait un peu l'impression de se précipiter dans une scène de film. Des gens armés — qui étaient-ils ? — sortaient la tête entre les tas de métal pour tirer des coups de feu, les balles sifflant au-dessus de la tête de Cassidy. Les anomalies prenaient le relais chaque fois que les tireurs devaient recharger, joignant leurs mains pour envoyer des rayons, lancer des grenades à lueur bleue ou envoyer des essaims grouillants et fluorescents dans la mêlée.

Malgré la panique et la mort, l'adrénaline montait aussi. Si l'évasion de l'île avait été une fuite désespérée, ceci était une véritable bataille. L'avenir du monde reposait sur ce petit corridor, les anomalies faisant tout leur possible pour se préserver face à une entreprise, un pouvoir qui les voulait morts.

Et Cassidy était *là*, dans l'instant présent, au cœur de l'action. Pas sur une plage, ni emprisonnée, ni même en train de remplir sa déclaration d'impôts chez elle devant un bon cabernet. Elle jura, plus par émerveillement que par autre chose.

Un bras se tendit, saisit le poignet de Cassidy et la tira par-dessus le mur de drones. Le Vide laissa son vide se dissiper. Elle allait se lever quand ce même bras, appartenant à l'un des normaux armés, la força à rester au sol.

— Lève-toi et tu es morte, cria l'homme, avant de pivoter vers son poste, les doigts déjà sur la gâchette.

En effet. Inutile de se laisser emporter par la cause au point d'en mourir avant d'avoir pu agir.

— Cassidy, disait Apinya, par ici !

Le Champion était accroupi avec un visage que Cassidy reconnut d'Internet. Zhan-Yo, le terroriste qui avait bombardé Los Angeles, qui avait déclenché toute cette révolution. Étrangement, Apinya n'avait pas l'air en colère, il n'essayait pas d'étrangler l'homme. En s'approchant, Cassidy saisit des mots comme position, force de frappe et objectifs.

Zhan-Yo était-il de leur côté maintenant ? Et portait-il des *épées* ?

— Écoute, dit Apinya alors que Cassidy s'accroupissait avec eux. Zhan-Yo dit qu'un groupe est allé dans la salle de contrôle de l'Usine. Ils essaient de prendre le contrôle pour que, quand notre atout interviendra, Ziran ne puisse pas réinitialiser les drones aussi vite.

— Notre atout ?

Zhan-Yo balaya la question d'un geste, — Pas le temps. On a besoin que tu ailles sur la passerelle, prends la première à droite. Suis les combats. Vas-y.

— Désolée, mais depuis quand tu me donnes des ordres ? répliqua sèchement Cassidy.

— Cassidy, dit Apinya, et le Vide sentit cette pression calme sur son esprit, ce doux apaisement qui effaçait ses aspérités. On a besoin que tu fasses ça. Thane est là-bas.

La vraie raison, donc. Thane au milieu d'une fusillade était un jeu dangereux. L'anomalie était un boulet de démolition, plus il encaissait de coups, plus il s'énervait jusqu'à ce que tout devienne une cible.

— Tu veux que je le raisonne ou quelque chose comme ça ? dit Cassidy.

— Non, répondit Zhan-Yo, et Apinya fit écho au regard sombre de l'homme. Thane connaissait le risque en venant. S'il ne peut pas être arrêté, s'il commence à tuer les siens, on a besoin que tu l'élimines.

Incroyable comme une confiance héroïque pouvait s'évanouir rapidement. Participer à sauver le monde ressemblait soudain moins à une grande aventure et plus à un écœurant travail de tueur à gages.

— S'il te plaît, dit Apinya, et cette pression s'intensifia. L'opposé d'un mal de tête, la colère de Cassidy se dissipa en sérénité, en paix avec la demande. Malgré toute la violence autour d'elle, Cassidy sentit qu'elle pouvait respirer, acquiescer, comprendre que la requête avait parfaitement sens. On a besoin de toi maintenant.

Elle ne pouvait pas dire non, même si elle le voulait.

Cassidy se fraya un chemin le long de la passerelle jusqu'à l'intersection. Elle avait suivi le traqueur et cette anomalie par là, mais ils avaient continué tout droit. Au lieu de cela, elle regarda à droite, où la passerelle se transformait en un couloir standard, sa rambarde ouverte cédant la place à un corridor à deux murs avec une pente descendante. Des corps, de drones et autres, jonchaient le chemin. Des panneaux de plafond fumants révélaient des tourelles qui avaient connu leur fin.

Les effets apaisants d'Apinya s'estompèrent et la frustration de Cassidy revint, atténuée. Le raisonnement avait du sens : détruire les drones n'aurait pas d'importance si un Thane invincible et incontrôlable massacrait les Paragons en même temps qu'eux.

Pas qu'elle allait tuer Thane. Certainement pas. Mieux valait d'abord éliminer tous ceux qui le mettaient en colère.

Elle s'élança en courant.

Le corridor plongeait puis tournait brusquement à gauche. Plusieurs panneaux muraux défoncés exposaient des tourelles détruites. Une porte brisée avait son milieu enfoncé. Puis une autre porte après, et une troisième, chacune renforcée par des tourelles en ruine et crépitantes.

Mynx prenait sa sécurité au sérieux, ou peut-être Ziran avait apporté ces changements.

Au bout du corridor, le couloir s'épanouissait en un espace plus large aux carreaux noirs. Cassidy perçut les combats en approchant, entendit les coups de feu, les ordres des drones de cesser et de se rendre. Et, plus clairement, les rugissements qui résonnaient alors qu'une anomalie particulière poursuivait son déchaînement. Contrairement au quai de chargement, cette grande salle avait son espace encombré de rangées et de rangées de serveurs.

Des cubes noirs installés sur des étagères métalliques, le bourdonnement des ordinateurs et le froid glacial qui traversait la pièce offraient un décor différent au combat. Des drones traqueurs, des commandos et quelques anomalies semblaient danser entre les rangées, tirant et tailladant les uns sur les autres. Au milieu de la salle, devant la seule autre entrée que Cassidy pouvait voir, se tenait Thane. La grande anomalie faisait face à trois gladiateurs, les drones combinant leur puissance de feu pour repousser Thane sous une tempête de balles et de fléchettes paralysantes.

Cassidy pouvait arranger ça. Elle s'avança, sentant les vides venir au bout de ses doigts. Elle ramena son bras en arrière, se préparant à lancer un vide assez large pour trancher les trois têtes de gladiateurs. Et Cassidy l'aurait fait, si un canon de pistolet ne s'était pas pressé contre sa tempe.

— Cassidy, ne fais pas ça, dit Celice, on ne peut rien détruire ici.

Le canon s'éloigna et Cassidy jeta un coup d'œil à sa gauche, déplaçant déjà ses vides pour découper en rubans la personne offensante. Une jeune femme, glaciale et confiante, se tenait là. Elle avait de petits pistolets dans chaque main, l'un visant un drone traqueur serpentin qui se faufilait vers elles.

— Désolée, il fallait que j'attire ton attention, dit Celice, pivotant ses deux pistolets pour viser le drone. Dans une succession rapide et précise, la femme envoya six tirs ricocher sur le visage du drone, brisant ses caméras et envoyant la machine s'écraser contre le mur du fond. On a besoin que Thane continue d'occuper ces gladiateurs.

— Je peux les détruire, dit Cassidy, dépassant Celice et lançant un petit vide vers le traqueur blessé.

Le vide coupa le drone en deux, creusant une jolie ligne dans le mur derrière la machine.

— Joli, mais ce n'est pas le but, répliqua Celice. Derrière ces drones, il y a un groupe de techniciens de Ziran qui font fonctionner des ordinateurs auxquels on a besoin d'accéder. Si Thane passe ces gladiateurs, ces techniciens seront les suivants.

Cassidy comprit, — Et les ordinateurs deviendront des dommages collatéraux.

Au moment même où l'argument de Celice prenait forme, les tirs qui résonnaient dans la pièce cessèrent. Le cliquetis des drones s'arrêta, avec différents bangs qui résonnèrent alors que les drones traqueurs tombaient des murs, du plafond et des étagères de serveurs au sol. L'un atterrit aux pieds de Celice, ses griffes étendues et apparemment prêt à porter un coup fatal.

Au lieu de cela, la machine resta là, inerte.

— Non, murmura Celice. Il l'a vraiment fait.

— Fait quoi ?

Un rugissement coupa court à la réponse de Celice et la paire se tourna vers les gladiateurs qui affrontaient Thane. Les grosses machines restaient immobiles, et le hurlement victorieux de Thane se mua en déchirures et lacérations. Avec chaque main arrachant un drone différent et sa tête fracassant le troisième, l'anomalie poursuivait sa rage de berserk. Les gladiateurs ne réagissaient pas, ne faisaient rien tandis que Thane arrachait des membres et les jetait à travers la pièce, poussant les commandos qui émergeaient de leur couvert à replonger.

— Il faut le calmer, dit Celice en passant devant Cassidy.

— Plus facile à dire qu'à faire, répondit Cassidy en la suivant.

Elle avait déjà vu Thane sortir de ces rages auparavant, mais jamais d'une aussi intense. La dernière fois que l'anomalie avait été aussi désespérée, aussi profondément plongée dans sa propre monstruosité, Cassidy était inconsciente. Thane avait nagé avec elle sur des kilomètres, traînant Cassidy jusqu'à une plage lointaine. Selon Thane, il avait finalement succombé d'épuisement.

L'anomalie n'avait pas l'air fatiguée maintenant.

Au-delà de Thane, dans la pièce que ces gladiateurs protégeaient, de nouvelles voix s'élevèrent. Confuses, appelant à l'aide alors que leur protection métallique se désintégrait et que le personnel de Ziran avait son premier aperçu rapproché d'un Thane rugissant et crachant. Voir les drones démembrés, les membres d'acier brisés en morceaux leur donnait probablement une bonne idée de ce qui allait se passer.

Cassidy, ayant vu le laboratoire de Ziran, les expériences là-haut, avait du mal à trouver beaucoup de sympathie.

Celice, cependant, criait à Thane. Lui disait d'arrêter, de se calmer.

— C'était le plan ! cria Celice, l'anomalie l'ignorant, continuant à déchirer le dernier gladiateur. Entrer et empêcher Ziran de ramener les drones, tu te souviens ?

— Il ne va pas t'entendre, dit Cassidy, croisant les bras et regardant la femme continuer son approche. Il doit s'épuiser tout seul.

— Et si les gens dans cette pièce savaient quelque chose

dont nous avons besoin ? C'est plus grand que ta colère, Thane ! Plus grand que ces drones !

Avec un dernier cri ricanant, Thane lança la poitrine fendue du dernier gladiateur dans la salle de contrôle. Un technicien de Ziran poussa un hurlement aigu. Un autre supplia, fort, Thane de montrer de la pitié, que ce n'était pas leur faute.

Ils ne faisaient que suivre les ordres.

Cassidy serra les lèvres, secoua la tête. Ces techniciens avaient choisi le mauvais camp, et ils auraient continué à rester assis ici, signant l'arrêt de mort et la capture des anomalies jour après jour, année après année sans cela. Thane fit un pas tonitruant dans la pièce centrale, puis un autre. Apportant la torture aux tortionnaires.

Le coup de feu retentit par-dessus les cris. Par-dessus les commandos restants qui se rassemblaient, s'aidant mutuellement, restant sur les côtés. Par-dessus l'approche grondante et rauque de Thane.

Celice tira à nouveau, puis une troisième fois. Cassidy vit les balles atteindre leur cible, rebondissant sur la peau épaisse de Thane et laissant de petites marques rouges là où elles frappaient. La dernière toucha la tête de Thane, une entaille minuscule entachant les cheveux clairsemés de l'homme.

Et attirant l'attention de Thane.

Celice laissa tomber un pistolet, saisit son autre arme à deux mains, visant avec le pistolet alors que Thane se retournait complètement, le visage vieux et durci de l'homme présentant une image de folie. Des yeux injectés de sang grand ouverts, une peau ridée et étirée, des muscles saillants non seulement aux endroits habituels mais aussi le long de ses joues, de son cou. Ce qui restait des vêtements de Thane était déchiré et brûlé, lacéré par les griffes des drones et criblé de trous de balles. Les tirs de Celice ne faisaient qu'ajouter à une cicatrisation complète, à tel point que Cassidy ne put retenir un hoquet.

Vivant ou non, le corps de Thane semblait noir sur toute sa poitrine. Ses jambes et ses bras saignaient là où les coups des drones gladiateurs avaient été assez forts pour percer la peau. Une pointe de jambe d'un drone pisteur était plantée dans la cuisse gauche de Thane, profondément enfoncée dans l'anomalie.

Tant de dégâts, tant de colère. Ceci, ceci ne se terminerait pas par un avertissement.

— Celice, dit Cassidy, laissant retomber ses bras. Il faut qu'on s'enfuie. Maintenant. Il ne va pas s'arrêter.

— Alors il faut qu'on l'arrête.

Celice appuya à nouveau sur la gâchette. La balle frappa directement le front de Thane, un placement expert. La balle rebondit. Les yeux de Thane se plissèrent.

— Thane ! Tu as tué ma mère ! Je me fiche que tu meures !

Tué sa mère ?

Cassidy resta bouche bée. Thane rugit. Celice tira à nouveau.

L'anomalie chargea. Un seul grand bond. Celice tira une troisième fois alors que Thane fonçait vers elle. Elle aurait dû être aplatie, aurait dû l'être, sauf qu'un commando plongea sur le côté et tacla Celice hors de la trajectoire. L'homme aplatit Celice avec son propre corps alors que Thane atterrissait sur le sol, les carreaux eux-mêmes se fissurant sous son poids. L'anomalie se déplaça, baissa les yeux vers le couple normal. Ils n'avaient nulle part où aller, nulle part où fuir.

— Thane ! appela Cassidy, n'obtenant aucune réaction. Ne m'oblige pas à te tuer.

Ce mot, ce seul mot fonctionna. Les yeux de Thane se tournèrent vers Cassidy, virent ses bras et ses mains écartés. Des vides attendaient, prêts à entailler l'anomalie. Il l'avait sauvée une fois, deux fois, trois fois. Pourrait-elle le sauver de lui-même ?

— S'il te plaît, dit Cassidy. Souviens-toi de moi, souviens-toi de qui tu es.

Thane grogna, ses énormes mains se refermant en poings, se décrispant. De grandes respirations faisaient monter et descendre sa poitrine. Chaque vaisseau sanguin saillait.

Cassidy savait où elle lancerait ces vides, avait ses propres muscles tendus.

— Ce n'est pas toi, dit Cassidy, plus doucement cette fois. Elle fit un pas, petit et lent, vers Thane.

Le mouvement rompit le charme. Thane donna un coup de pied, frappa Celice et son commando protecteur et les envoya voler. Puis il tourna ses yeux fous vers Cassidy, hurla, et chargea.

CHAPITRE 29
SAUVETAGE

PENDANT QUE L'ASCENSEUR DESCENDAIT, Aegis arracha les griffes du drone traqueur de ses avant-bras. Laissant tomber les morceaux de métal et secouant ses poignets, le Champion sentit le picotement familier de ses cellules se mettant au travail. Avant son internement dans le réservoir de Mynx et la restauration quasi totale opérée par Mila, la guérison de telles coupures lui aurait pris presque une journée entière.

Maintenant ? Lorsque les portes de l'ascenseur s'ouvrirent, Aegis en sortit tel un homme neuf, prêt à l'action.

On ne pouvait pas en dire autant de son uniforme tactique, qui semblait bon pour la poubelle. Ses fragments déchirés et troués flottaient sur la peau d'Aegis. Plus un châle gothique qu'une tenue digne d'un Paragon, mais peu importait. Il avait atteint le sous-sol de l'Usine, le même long couloir menant à Mynx, à Mila.

À la déconnexion de Ziran de ses drones.

Six gardes de Ziran — des gens dans ces combinaisons blindées blanches et orange — attendaient dans le corridor. Leurs armes, des fusils et ce qui ressemblait à des matraques électrifiées, étaient prêtes dans leurs mains. Deux se tenaient juste devant les portes de l'ascenseur, visant dans leur direction à l'ouverture. Aegis vit les quatre autres positionnés plus loin, nichés derrière des barricades de fortune, des portes arrachées de leurs gonds, un bureau renversé.

— Bonsoir, messieurs, annonça Aegis lorsque la porte de l'ascenseur s'ouvrit.

Il bondit en avant et à gauche alors que les gardes hésitaient. La réaction habituelle face à l'apparition d'un vrai Champion en chair et en os.

Aegis saisit le fusil du garde de gauche et l'arracha de sa prise, le balançant dans le visage du garde de droite qui s'effondra en arrière. Le garde de gauche tenta d'attraper sa matraque mais se retrouva soulevé du sol et propulsé en arrière. Aegis utilisa l'homme comme bouclier, chargeant en avant.

Les employés de Ziran n'étaient pas totalement homicides. Ils retinrent leur feu tandis qu'Aegis courait, un compte à rebours s'égrenant dans la tête du Champion jusqu'à ce que le garde qu'il avait assommé près de l'ascenseur se relève et tire dans son dos. Alors qu'il s'approchait de la deuxième paire de gardes de Ziran, tous deux se dirigeant vers la droite du couloir pour éviter la charge, Aegis poussa son otage, le projetant sur ses deux compagnons.

Les trois corps s'effondrèrent derrière une table renversée, utilisée une seconde auparavant comme couverture, et Aegis suivit, plongeant sur le tas alors que le garde près de l'ascenseur tirait quelques coups. Les balles volèrent au-dessus de sa tête tandis qu'Aegis heurtait la pile. Les deux gardes à l'arrière retinrent leur propre tir, respectant une fois de plus la vie de leurs camarades.

Un changement agréable par rapport à certains vilains qu'Aegis avait affrontés dans le bon vieux temps, ceux qui considéraient leurs hommes de main comme de la chair à canon. Peut-être que Ziran n'était pas totalement maléfique.

Peut-être.

De sa main droite, Aegis asséna de rapides coups de poing assommants aux gardes qui se débattaient, cognant les crânes dans les casques jusqu'à ce que les corps deviennent inertes. De sa gauche, Aegis libéra un fusil et maintint la gâchette dans un tir de barrage sans but vers les deux derniers gardes, les forçant à se mettre à couvert. Se dégageant de la pile, Aegis se redressa d'un bond, pivota et tira des rafales en direction de l'ascenseur. Le garde là-bas paniqua, plongea dans l'ascenseur et frappa frénétiquement les boutons, fermant la porte de l'ascenseur.

Aegis pouvait s'en accommoder.

Une balle le frappa à l'épaule, faisant pivoter Aegis vers la droite. Le projectile métallique s'enfonça, laissant une douleur aiguë. Un second tir passa à côté, et à ce moment-là Aegis avait déjà le doigt sur la gâchette, envoyant des balles vers les portes endommagées derrière lesquelles les deux gardes s'abritaient. Ils se baissèrent, donnant à Aegis le champ libre pour avancer.

— Allez les gars, lança Aegis, gardant le fusil volé prêt. Deux contre un Champion ? Mauvaises probabilités. Jetez ces armes et je vous laisserai partir d'ici. Gardez-les, et vous aurez droit à la justice Paragon, version rapide et mortelle.

Le silence accueillit les paroles d'Aegis, le Champion continuant son avancée. Devant et à droite, il pouvait voir la salle des capsules, les réservoirs qui devaient contenir Mynx et Mila. Presque arrivé.

— Tu promets de nous laisser partir ? demanda le garde de gauche. J'ai une famille qui m'attend. Deux enfants. L'un se marie dans un mois.

— Promis. Aegis fut un peu surpris de constater qu'il le pensait vraiment, mais après la violence de la journée et les combats à venir ? Il pouvait laisser ces employés partir. Mais vous démissionnez après aujourd'hui.

— Marché conclu, répondit le même garde, et son arme vola en arrière alors qu'il prononçait ces mots, claquant sur le sol du couloir. De toute façon, ils ne nous paient pas assez.

— Ils ne le font jamais, répliqua Aegis, déplaçant son viseur. Maintenant, ton copain.

Un juron, un soupir, et le deuxième fusil rejoignit son frère sur le sol du couloir. Les mains en l'air, les deux gardes se levèrent de derrière leurs barricades. Aegis hocha la tête en direction de l'ascenseur.

— Prenez vos copains avec vous. Dites aux gars là-haut que je vous ai autorisés à partir, ordonna Aegis. Si vous êtes sympas et qu'ils ne sont pas trop en colère, vous pourriez rentrer chez vous ce soir.

Trois capsules brillaient dans la pièce. Deux, remplies d'un liquide étrange, contenaient Mynx et Mila. Un drone chargé de surveiller les capsules avec ses bras bien trop nombreux était posé sur la gauche. La machine ne s'activa pas lorsqu'Aegis entra dans la pièce, un signe qu'Aegis choisit d'interpréter comme positif. Maintenant, il devait juste trouver comment vider ces capsules et libérer les deux Champions.

Chaque capsule était équipée d'un écran Tama affichant les signes vitaux. Les deux affichaient des indicateurs verts brillants alors qu'ils flottaient, les yeux fermés et des masques à oxygène sur le visage. Sur ces écrans se trouvait également un simple bouton indiquant Libérer.

— Assez simple, marmonna Aegis, et il appuya sur celui de la capsule de Mynx.

Le masque à oxygène et les bras mécaniques élancés qui maintenaient Mynx stable et en suspension se détachèrent. La Championne coula, ses yeux s'ouvrant brusquement alors qu'elle se réveillait, complètement immergée dans un bocal de verre. Aegis jura, regarda le Tama et ne vit que des clignotements rouges. Aucune réponse.

Il devrait trouver la solution lui-même.

Aegis se mit en position et frappa de toutes ses forces d'un coup de poing droit sur le verre de la capsule. Le coup porta, fissura, et, au second impact, brisa. Le verre et l'eau se déversèrent partout, suivis de Mynx. Aegis rattrapa la Championne, qui toussait, et la maintint hors des débris de verre.

— Qu'est-ce que tu fais, bon sang ? haleta Mynx en clignant des yeux.

— Je te sauve, répondit Aegis.

— Comme un idiot, dit Mynx, ses cheveux trempés collant aux côtés de sa tête.

— Ce n'est pas comme s'il y avait un mode d'emploi sur ces trucs.

Mynx lui lança un regard noir, puis le chassa d'un geste, — Si tu es là et que je suis dehors, j'imagine qu'il se passe quelque chose de stupide ?

Aegis expliqua, évoquant la prise de contrôle par Ziran, l'assaut en cours. La nécessité de couper les drones de Ziran avant qu'ils ne puissent être réactivés. Pendant ce temps, Mynx balayait et tapotait sur le Tama fixé à la capsule de Mila. Cette fois, l'eau s'évacua, les bras déposant Mila sur le sol de la capsule.

Alors, et seulement alors, Mynx la libéra du masque à oxygène et des bras.

— Tu vois ? dit Mynx, interrompant la digression d'Aegis sur les nombreuses attaques de l'Usine. Ce n'est pas si difficile.

Alors que la capsule sifflait et s'ouvrait, Aegis passa sur sa radio, levant son Tama et confirmant sur le canal général qu'il avait effectué le sauvetage. Deux Championnes récupérées, prêtes à monter et à aider.

— Les drones viennent de s'éteindre, répondit rapidement Zhan-Yo. Amène-la au centre de contrôle. Celice, on l'a ou pas ?

Statique.

Mynx aida Mila à se mettre debout, frottant les bras de la Championne pour l'aider à se réveiller. Mila cligna des yeux, secoua la tête.

— On est de retour, chuchota Mynx. Mais on n'a pas le temps de se reposer. Ce n'est pas un simple enlèvement, mais une prise de contrôle totale.

— Une prise de contrôle ? demanda Mila. De quoi ?

Aegis fit un signe de tête vers la sortie, — Je t'expliquerai en chemin. Tu peux marcher ?

— Lentement.

Tout progrès valait mieux que rien, alors Aegis se dirigea vers la sortie de la pièce. Zhan-Yo combla le silence, expliquant qu'ils démontaient autant de drones que possible pendant que les machines restaient figées. Les Parangons et les commandos avaient subi de nombreuses pertes et des capsules d'urgence arrivaient pour emmener ceux qu'ils pouvaient vers les hôpitaux.

Plus intéressant encore, Ziran n'avait envoyé ni humains ni policiers en renfort. Ils avaient plutôt établi un périmètre, laissant leurs robots faire le travail sans risquer d'autres vies. Une position avantageuse pour les Parangons, et sûre pour Ziran.

Des corps loyaux ne faisaient jamais bon effet aux informations.

Le couloir menant à l'ascenseur resta vide, les gardes ayant suivi le conseil d'Aegis et fui au loin. Cela laissait une longue distance, amplement le temps de mettre Mynx et Mila au courant pendant que les deux Championnes fraîchement réveillées réanimaient leurs muscles.

Quand les secousses commencèrent, Aegis ne s'alarma même pas. Il y avait eu tellement de violence, peut-être qu'un système de l'Usine, sa climatisation ou sa pression d'eau avait cédé. Les vibrations venaient d'en haut lorsqu'Aegis atteignit l'ascenseur et appuya sur le bouton d'appel.

Le grondement s'amplifia. Mynx et Mila levèrent les yeux, la première fronçant les sourcils.

— Rien ne tombe, dit Mynx.

— Quoi ? Aegis leva les yeux, vit des fissures se former au

plafond, mais ressemblant plus à des plis, comme si quelque chose au-dessus pinçait la terre.

La secousse se transforma en un craquement, un rugissement déchirant. L'ascenseur émit une alarme d'instabilité, s'arrêtant avant son arrivée. Les fissures s'étendirent, et Aegis bougea. Il dit à Mynx et Mila de s'accroupir et se plaça au-dessus d'elles, enveloppant les deux plus petites dans une grande étreinte. Ce n'était pas une protection parfaite contre ce qui semblait sur le point d'arriver, mais c'était mieux que de laisser les deux vivre un effondrement sans la moindre protection.

— Je n'arrive pas à croire que je me suis réveillée juste pour mourir, dit Mynx. Ton timing est nul, Aegis.

— Au moins, il a essayé, répondit Mila. C'est déjà ça, non ?

— Tout ce que je sais, c'est que je faisais de super rêves.

— Si ce couloir nous tombe dessus, dit Aegis, criant par-dessus le bruit, vous aurez tous les rêves que vous voulez.

Un bref silence. Le rugissement s'évanouit, le déchirement s'arrêta, et Aegis eut cette lueur d'espoir que les choses pourraient bien se terminer.

Jusqu'à ce qu'il sente la première pierre frapper son dos. Il en vit une seconde heurter le sol à sa droite.

Il entendit un rugissement différent, le genre émis par une créature en colère plutôt que par des processus industriels défaillants. Un son de grincement et de rage qu'Aegis reconnut.

Et avec lui, le plafond s'effondra.

Les carreaux, les pierres, les tuyaux et le métal ne tombèrent pas en pluie, ils s'effondrèrent simplement. D'un coup, Aegis sentit les débris le plaquer au sol. Il planta ses poignets, fit ce qu'il put pour garder la masse loin de Mynx et Mila. Même avec tout cet entraînement de musculation, tous ces exercices, Aegis savait qu'ils seraient enterrés.

Mais après la première vague, peu suivit. Comme si quelqu'un avait évidé le sol de l'Usine et n'avait laissé qu'un peu derrière. Aegis se redressa, repoussant les gravats, et aperçut une lumière fluorescente brillant à travers un puits incliné et net. Comme si une foreuse parfaite avait creusé un trou.

À travers ce trou se débattait une silhouette familière. Tout en os et cartilage laids, en muscle et en masse, Thane hurlait vers le puits. Les débris s'accumulaient jusqu'à la taille de Thane, mais Aegis pouvait distinguer les dégâts de l'anomalie, les cicatrices, les brûlures et les parties saignantes. La charge de l'homme contre l'ennemi ne s'était pas parfaitement déroulée, bien qu'Aegis ne voulût pas savoir ce que Ziran avait été capable de créer pour former ce puits.

— Restez en bas ! cria une voix qu'Aegis croyait avoir déjà entendue mais ne parvenait pas à identifier. Ne reviens pas, Thane, ou... s'il te plaît, ne le fais pas.

Thane rugit en réponse. Aegis sentit Mynx et Mila se dégager de sous lui, creusant leur propre chemin pour se relever. Les gravats de pierre et de carrelage s'écroulèrent autour d'eux, et la rage de Thane s'interrompit, ses yeux injectés de sang se tournant dans leur direction.

— Salut, dit Aegis en faisant craquer ses jointures. Après tout ça, affronter Thane n'était pas en haut de sa liste, mais à quelle fréquence le Champion pouvait-il choisir ses batailles ? Tu vas te calmer ?

— Aegis, dit Mynx. Ce n'est pas le moment.

— Alors éloignez-vous. Aegis se plaça au centre du couloir. Je ne pense pas qu'il soit en état d'écouter. Le Champion reporta son attention sur le monstre. Allez, mon pote. C'était ton plan, tu te souviens ? Ça fonctionne comme tu l'avais dit. Ne gâche pas tout en te comportant comme un connard.

Thane frappa des poings dans les décombres, les dégageant et forçant Aegis à se couvrir le visage pour se protéger des pierres. La grande anomalie se libéra, la taille de Thane l'obligeant à se tenir à moitié accroupi alors qu'il grognait contre Aegis. Ses yeux se posèrent sur Mynx et Mila qui reculaient.

— Non, non, dit Aegis en faisant un pas de plus. Ces deux-là sont hors limites. Si tu veux te battre contre quelqu'un, ce sera moi. Il écarta les bras. Après tout, c'est moi qui t'ai mis dans cette cage pendant toutes ces années. Tu m'as pris ma femme, et je t'ai pris tes années. Tu devrais me haïr, Thane, parce que moi, je te hais.

Quelque chose fonctionnait encore dans ce monstre. Thane reporta son attention sur Aegis, ouvrant la bouche pour montrer ses dents acérées. Et bondit en avant.

Le plafond bas et éventré fit que le saut de Thane l'entraîna dans la roche et les tuiles. D'autres débris tombèrent en pluie. Aegis plongea en avant, esquivant les crochets gauche et droit de Thane pour en asséner un lui-même. Pas un coup aveugle mais un qui visait directement une cicatrice de brûlure noire. Aegis sentit la peau de Thane craquer sous le coup, l'anomalie hurlant.

Aegis lança un second jab, frappant bas et faisant reculer Thane d'un pas. Le troisième coup de la combinaison atteignit le genou droit de Thane, le pliant largement. Aegis sentit les pattes de Thane se refermer pour une étreinte dont il ne voulait vraiment pas et plongea sous ce genou plié, roulant sur les poutres brisées et le ciment fissuré pour se relever dans un accroupissement.

Thane pivota vers Aegis, ses mains attrapant des débris et les lançant sur le Champion. Une barre d'armature frappa Aegis comme le coup de batte d'un joueur vedette, projetant le Champion sur le dos. Du gravier atterrit sur le visage d'Aegis, dans ses yeux et sa bouche. Des cailloux se coincèrent entre ses dents.

Pas qu'il ait le temps de se les nettoyer.

— Sortez d'ici ! cria Aegis en direction de Mynx et Mila, ou de l'endroit où elles avaient été, alors qu'il roulait sur le côté, esquivant un coup de Thane tandis que l'anomalie se rapprochait et en encaissant un autre sur son épaule.

La dislocation faisait mal. Le coup suivant qui envoya Aegis voler contre le mur du couloir faisait mal aussi. Le cri de guerre de Thane rempli de salive ne faisait pas si mal, mais le coup de poing dans le ventre, un poing noueux enfonçant Aegis dans le même mur qu'il venait de heurter avant de s'étaler en une prise à main ouverte, ajoutait définitivement des douleurs à la symphonie croissante de souffrances d'Aegis.

Le Champion cligna des yeux pour les ouvrir, sa vision floue fixant le visage hideux de Thane. L'anomalie avait son poing gauche qui se repliait, visant directement la tête d'Aegis. Aegis devait retarder la chose d'une manière ou d'une autre, donner à Mynx et Mila le temps de fuir.

— Tu sais quoi, dit Aegis, elle ne voulait pas que tu meures. À la fin, une fois qu'on l'a sortie de tes griffes, elle m'a fait promettre.

Thane colla son visage tout près, soufflant son haleine fétide directement sur Aegis. Grognant. Aegis toussa, continua.

— Dans cette chaise, tu étais en sécurité, nous étions en sécurité, dit Aegis. Tu aurais dû y mourir. En paix.

Thane rugit, se redressa, son poing prêt à frapper. Aegis ne pouvait pas voir les deux autres Champions. Avec un peu de chance, ils s'étaient échappés.

Des bras métalliques surgirent des ombres bleutées. Des tentacules s'étendant, saisissant le bras reculé de Thane et le maintenant en place. Thane lança un regard furieux dans cette direction, Aegis faisant de même, pour voir le drone d'entretien des capsules en pleine action. Mynx se tenait derrière, sa main sur le corps massif de la machine.

Et courant autour d'eux, vers Aegis, vers Thane dans un mouvement suicidaire, arrivait Mila. La Championne avait les mains tendues, une vers Aegis, une vers Thane. Aegis commença à crier quelque chose, les traitant d'idiotes pour être restées, mais s'arrêta lorsque des filaments bleu-blanc, de petites lignes fendirent l'air entre lui et le monstre qui le plaquait contre le mur.

Ces filaments piquaient, une douleur de pression comme lorsqu'on donne son sang. De plus en plus se déployaient depuis Aegis et transperçaient Thane. L'anomalie hurla, non pas de rage, mais de confusion.

— Tenez bon, dit Mila, bien qu'Aegis ne puisse dire à qui elle s'adressait.

Il sentit son corps lutter contre lui-même, les fils de Mila aspirant la vie d'Aegis tandis que sa guérison la reconstituait. Thane, qui maintenait Aegis contre le mur, frissonna. Sa peau noircie s'écailla. Les contusions se rétractèrent, disparurent. Les cicatrices rouges là où les balles ou les débris avaient fait leur œuvre rosirent, laissant place à une peau fraîche et saine. Les rides et les imperfections disparurent, et de nouveaux cheveux blancs et frais poussèrent sur le crâne de Thane.

La chute survint sans préambule. L'emprise de Thane faiblit et Aegis heurta le sol, s'effondrant sur sa poitrine. Le Champion avait l'impression de pouvoir à peine respirer, ses muscles semblaient manquer de volonté, de capacité à se contracter, à bouger. Mais il n'était pas mort, Aegis le savait.

Et Thane ne rugissait plus.

Progressivement, les picotements s'estompèrent. Une à une, les pressions s'allégèrent et le corps d'Aegis commença à gagner sa bataille pour se reconstituer. Aegis sentit ses doigts, sentit son cœur battre, sentit cette épaule douloureuse se remettre en place. Il leva les yeux et vit un homme, un homme normal et plus âgé qui regardait ses propres mains.

— Thane ? demanda Mila, et l'homme la regarda.

Lentement, comme s'il ne croyait pas à la façon dont il s'était retrouvé là, Thane hocha la tête.

CHAPITRE 30
FRONT DE MER

ACCROUPIS, les deux s'aplatirent sur le sable. Wexley se tenait toujours là où les vagues venaient mourir, le visage illuminé par la lueur d'un Tama. De si près, Kat et Calvin pouvaient entendre la voix de Wexley, mais le fracas des vagues noyait ses paroles. En contrebas et au-delà du bruit naturel, éclatait le combat entre les drones et les anomalies, ses réverbérations faisant trembler le sol.

— Il est plutôt calme pour un homme sur le point de tout perdre, chuchota Calvin.

— Il n'a pas encore perdu, répondit Kat. Tu peux l'atteindre d'ici ?

— Une cible comme ça ? Facile, dit Calvin.

L'anomalie posa sa main droite sur la paroi de la falaise. Kat avança à petits pas, se laissa tomber sur le ventre et mit en joue le fusil volé. Si Wexley avait un tour dans son sac, le traqueur serait celui qui prendrait la décision fatale. Un Wexley vivant serait préférable pour le monde, mais un Wexley mort ferait tout aussi bien l'affaire.

Par-dessus son épaule droite, Kat aperçut Calvin qui formait une fine aiguille à partir de la pierre de la falaise.

L'anomalie avait sa main gauche enroulée autour, prêt à la lancer comme une fléchette. Un long lancer, mais Kat avait déjà vu Calvin empaler des ennemis à maintes reprises à distance. Cette fois ne devrait pas être différente.

— Prête ? demanda Calvin.

— Pour une douche. Finissons-en.

Calvin lança l'aiguille de calcaire. Kat observa le projectile voler, vit une ombre sombre glisser pour l'intercepter. Des étincelles jaillirent et le drone intercepteur s'écrasa dans le sable. Apparemment, Wexley n'était pas seul.

Plan B.

Kat pressa la détente, visant à travers le viseur. Elle ne se considérait pas comme une tireuse d'élite, mais une cible immobile, même dans l'obscurité, devrait être viable.

C'est alors que Wexley eut le culot de se retourner, les mains en l'air, pour leur faire face.

— Il se rend ? demanda Calvin, et Kat remarqua que l'anomalie avait une autre aiguille de pierre prête à être lancée. C'est différent.

— Venez, dit Wexley. Mes mains sont levées. Pas d'armes.

Kat ne pouvait nier l'attrait viscéral de se lever pour affronter celui qui lui avait tiré dessus autrefois. Elle avait plus que l'avantage maintenant, elle tenait Wexley en joue avec un fusil d'assaut. PDG de Ziran, meurtrier des toits, une centaine d'autres noms que Kat pourrait probablement déterrer si elle le voulait, et le voilà qui la regardait en clignant des yeux tandis qu'elle descendait la plage dans sa direction.

— Kat ? dit Calvin dans son dos. Qu'est-ce que tu fais ?

— Toi ? dit Wexley, et son visage, d'un gris fantomatique dans la lumière provenant de la maison, reflétait le choc dans sa voix. Comment est-ce possible que ce soit toi ?

— Longue histoire, dit Kat, et j'espère vraiment une fin rapide. Éteins ce Tama.

Wexley jeta un coup d'œil à son poignet gauche tandis que Kat dirigeait le canon de son fusil dans cette direction. L'homme haussa les épaules, tendit la main et appuya sur le bouton d'alimentation de l'appareil. L'écran s'éteignit.

— Voilà. Plus de drones. Wexley regarda autour de Kat, cherchant des formes qui n'étaient pas là. Je m'attendais à Aegis. Peut-être l'un des autres Champions. Sont-ils toujours en vie ?

— Peu importe. On le saura dans une minute et tu ferais mieux d'espérer qu'ils ne soient pas morts. Je n'imagine pas que ceux qui restent te traiteront avec bienveillance dans le cas contraire.

— Si tu penses que je vais aller ailleurs que dans l'au-delà, tu es naïve, dit Wexley. Je connaissais les risques quand j'ai pris Mynx il y a des mois.

Les détonations, les explosions, les crépitements et les rugissements s'éteignirent tandis que Wexley parlait, une fin qui s'essoufflait au loin. Kat se figea, se demandant si ce changement signifiait que la ligne des anomalies était tombée, si ces Paragons avaient tous succombé aux balles des drones et aux griffes métalliques.

Wexley sourit. — On dirait que la partie n'est pas encore terminée.

Calvin regarda à gauche, sa main effleurant l'épaule de Kat comme s'il se préparait à la faire pivoter pour faire face aux drones surgissant de l'Usine. Tandis que l'anomalie se tournait, Kat gardait son fusil braqué sur Wexley. Elle devait espérer que les drones avaient perdu et non l'inverse, pas le désastre.

Elle avait déjà combattu une armée de drones aujourd'hui. Sa chance ne tiendrait pas face à une autre.

Le sable vola, projetant du gravier dans les yeux de Kat. Elle appuya sur la détente par réflexe, mais Wexley plongea en avant pour éviter le recul, laissant les balles filer au-dessus de son épaule dans l'océan. Kat encaissa la charge de l'homme sur le menton, Wexley fonçant dans son cou et l'envoyant voler en arrière. Elle sentit aussi une traction sur le fusil alors qu'elle tombait, ses mains tenant bon et gardant l'arme avec elle lorsqu'elle atterrit dans les dunes.

Sa lèvre intérieure brûlait là où l'attaque de Wexley l'avait projetée contre ses dents. Les yeux de Kat s'embuèrent tandis qu'elle clignait des paupières, chassant le sable. Elle releva le fusil, vit deux ombres sombres danser à un mètre devant elle. Sans le Tama de Wexley, le clair de lune offrait un sac en nuances de gris. Les falaises qui s'élevaient autour d'eux coupaient l'éclat en fines tranches, Calvin et Wexley échangeant des coups de poing et de pied entre eux.

La capacité de Calvin pouvait être extraordinaire, mais Wexley refusait de laisser l'anomalie trouver un moyen de l'utiliser. Le PDG de Ziran adoptait une position de bagarreur, s'approchant avec des coups serrés conçus pour garder l'homme à proximité. Calvin, comme le combat dans le sous-sol de *Carver's* l'avait appris à Kat il y a si longtemps, encaissait les coups. L'anomalie utilisait ses coudes, sa plus longue portée pour écarter les coups de Wexley et lui asséner quelques contre-attaques.

Suffisamment pour que Kat, qui suivait le combat avec ses doigts de retour sur la gâchette, retienne son tir.

— N'est-ce pas ce que tu voulais ? dit Wexley, entamant une conversation tout en tentant une combinaison de trois coups vers les côtes de Calvin. Une chance d'être une star à part entière ?

— Tu ne me connais pas, répliqua Calvin, grognant lorsqu'un des coups de Wexley fit mouche.

L'anomalie répondit par un méchant coup de coude gauche, atteignant Wexley à la mâchoire, son bras de frappe trop éloigné pour se remettre en garde. Wexley trébucha, parvenant à garder assez de lucidité pour placer Calvin entre lui et Kat.

— Si, pourtant, dit Wexley, reprenant sa position. Calvin se secoua, jouant un jeu prudent. J'ai pris les données de Mynx. Je sais tout de toi et de ta vie de fugitif.

— Comme si j'en avais quelque chose à faire.

L'anomalie lança un coup de poing avec sa main droite, loin du visage de Wexley. Néanmoins, Wexley fut projeté en arrière, atterrissant dans les vagues. Kat sourit. Calvin aurait soufflé un peu d'air derrière ce coup, lui donnant la poussée d'un petit ouragan.

Calvin suivit son coup dans le vide d'une marche lente tandis que Kat se relevait et secouait le sable de ses vêtements.

— Reste à l'écart, dit Kat. J'ai de nouveau le tir.

Wexley se redressa dans l'eau alors que Calvin s'approchait.

— Tu vas la laisser faire le travail à ta place, anomalie ? Une fin normale pour notre combat ?

— Mec, d'où tu sors ce genre de discours ? rétorqua Calvin, les vagues éclaboussant aussi ses chaussures. C'est fini pour toi, terminé.

— Jamais, grogna Wexley, se recroquevillant avant de plonger vers les jambes de Calvin.

Kat appuya sur la détente. Elle entendit un déclic, le fusil tressauta. Rien ne se produisit.

Enrayé. Trop de sable.

Un éclaboussement. Kat leva les yeux et vit Calvin et Wexley se battre dans les vagues. Jetant le fusil de côté, Kat se mit à sprinter vers le duo en plein combat. D'un mouvement du poignet gauche, Kat arma son fidèle grappin. Elle le visa quand Wexley se hissa sur Calvin, les mains sur la gorge de l'anomalie. Le PDG de Ziran lui lança un regard noir, repérant le poignet levé de Kat.

Elle tira.

Wexley s'aplatit sur la poitrine de Calvin, le grappin passant au-dessus de sa tête pour finir dans l'océan.

— Déjà vu ça, aboya Wexley, glissant son bras gauche en une prise serrée sur la gorge de Calvin.

— Vraiment ? dit Kat, faisant un mouvement brusque du poignet gauche et baissant le bras.

Le grappin se rétracta, jaillissant de l'océan un demi-mètre plus bas que son point d'entrée. Wexley n'entendit pas le bruit, ne se baissa pas, et le grappin le frappa à la poitrine, s'y accrocha et tira Wexley de la forme haletante et suffocante de Calvin.

Kat franchit la distance, asséna un coup de pied dans le ventre de Wexley qui envoya le leader de Ziran dans le sable mouillé, sur le dos. La traqueuse ne s'arrêta pas alors que le grappin se rétractait dans son poignet. D'un mouvement, elle envoya à nouveau le crochet d'acier, cette fois-ci le plantant dans la jambe de Wexley.

Exactement là où elle l'avait touché il y a si longtemps sur les toits de Chicago.

Il glapit cette fois comme il l'avait fait alors, mais l'homme n'avait pas dit son dernier mot. Wexley recula la jambe avec le grappin, un mouvement qui devait être horriblement douloureux. Le geste tira Kat d'un pas en avant, suffisamment pour que Wexley puisse attraper sa cheville.

Comme il l'avait fait à Calvin une minute plus tôt, Wexley tira, s'attendant à ce que Kat tombe dans la poussière. Au lieu de cela, Kat se jeta en avant avec la prise à la cheville, atterrissant sur Wexley avec un bruit sourd. Leurs visages proches, les yeux fous de Wexley fixaient les siens. Kat y vit tout ce désespoir, toute cette panique, toute cette maladie qu'elle avait vue chez tant d'anomalies lorsque leurs propres rêves s'effondraient à son arrivée.

Sauf que ces anomalies allaient vers de nouvelles vies stables. Wexley, non.

— C'est fini, dit Wexley, levant ses mains autour de son cou.

— Pour toi, répliqua Kat, hochant légèrement la tête.

Sa combinaison détecta la pression, envoyant sa visière, portant encore la cicatrice de balle du tir de Rhimes des mois auparavant, glisser sur le visage de Kat. Alors que les mains de Wexley appuyaient sur son cou, Kat projeta sa tête en avant, la cognant contre celle de Wexley.

Un coup fit relâcher sa prise, fit loucher ses yeux. Deux coups les firent rouler en arrière, Wexley tombant inconscient dans le sable.

— Ce type, dit Kat, reprenant son souffle et regardant vers Calvin. L'anomalie s'assit dans l'écume, les mains massant sa propre gorge. Ça va ?

— Oh, putain ouais. Jamais été mieux.

Une vague frappa, ensevelissant l'anomalie sous son écume blanche.

Le duo traîna Wexley sur la plage. Kat n'avait pas de menottes paralysantes, mais Calvin utilisa le sable abondant pour enfermer le PDG de Ziran dans une gangue rappelant un sphinx. Puis, pendant ce qui sembla à la fois trop peu et trop long, Kat et Calvin observèrent les vagues, les étoiles, et attendirent. Soit les Paragons avaient gagné et les héros arriveraient en trombe, soit les drones de Ziran avaient remporté la victoire, auquel cas Kat et Calvin seraient soit morts, soit...

— Une île, dit Calvin. J'en ai entendu parler. Je crois que c'était à Mynx. On peut échanger la vie de Wexley contre une place sur l'île si les choses tournent mal.

— Tu veux dire tout quitter pour aller vivre sur une plage avec un tas d'anomalies criminelles ? Kat s'occupait les mains en nettoyant le pistolet, délogeant les grains de sable. Quel paradis.

— Tu parles comme si tu n'adorerais pas ça. On n'aurait pas de loyer à payer, pas d'impôts. Juste une cabane d'où on pourrait regarder le soleil se lever, les étoiles briller.

— Pas de conventions de comics sur une île.

Calvin haussa les épaules.

— Avec toutes ces anomalies, je parie qu'il y aurait assez de divertissement.

Kat réfléchit, posa le pistolet sur ses genoux. Les yeux de Wexley étaient toujours fermés, l'homme n'ajoutant rien à la conversation.

— Si je pouvais emmener Seeker, je suppose.

— Bien sûr que le chien viendrait. Calvin hocha la tête comme si toute l'idée était réglée.

Des bruits de pas sur des planches de bois mirent fin à la conversation, Kat roulant sur le ventre, le fusil levé et stable dans ses mains. Plusieurs silhouettes se déplaçaient lentement au clair de lune. Quand le leader arriva en vue et vit Kat, il leva les mains.

Plusieurs pensées se bousculèrent à ce moment-là. La première apporta le soulagement : Kat n'avait jamais vu un drone, aussi ressemblant soit-il à un humain, se rendre. La deuxième fut un éclair de reconnaissance des appels vidéo à Chicago, le leader ressuscité des Paragons donnant des ordres depuis sa tronche aux cheveux gris clairsemés. Et la troisième ?

Ils avaient gagné.

— Bonjour, dit Aegis alors que Kat baissait le fusil, le Champion apercevant Wexley dans sa prison de sable. Qui êtes-vous ?

Au vainqueur les complications. Malgré tout leur travail pour capturer Wexley, Kat et Calvin se retrouvèrent rapidement mis sur la touche alors que les Champions et autres personnalités importantes se rassemblaient sur la plage. Sur ordre d'Aegis, Calvin libéra Wexley uniquement pour que l'homme se fasse menotter avec des menottes paralysantes par un Zhan-Yo bien trop solennel.

— Je suis désolé, mon ami, dit le révolutionnaire en refermant les menottes sur les poignets de Wexley. Ça n'aurait pas dû en arriver là.

— J'ai créé le monde que tu voulais, dit Wexley, et puis tu l'as mis en pièces.

— Tu as créé le monde que *tu* voulais, répliqua Zhan-Yo tandis que les autres observaient ou s'écartaient, parlant dans leurs Tamas pour gérer les détails en cours.

Un drone, petit et volant avec un plateau attaché, bourdonna près de Calvin et Kat. Des tasses remplies de café chaud ornaient ses supports métalliques.

— Vous en voulez ? vint une voix terriblement agréable, que Kat reconnut des messages et réunions de traqueurs.

— Reeves ? demanda Kat. Je croyais que Ziran t'avait effacé.

— Un bug dans le système, j'en ai peur. Ils ont essayé, ils ont échoué.

— Et ça leur a coûté cher, dit Mynx, s'approchant et prenant la seule tasse sur le drone remplie de thé à la place. La Championne portait ce qui ressemblait à des vêtements de sport pris dans son placard. Devinez qui a fourni à Aegis les données sur ces cargaisons qu'il n'arrêtait pas de piller ?

Les yeux de Kat allèrent de la Championne au drone.

— Euh, Reeves ?

— Exactement. Mynx sourit. Parmi toutes les machines que j'ai créées, je pense qu'il est ma meilleure création.

Calvin haussa un sourcil, Kat se contenta d'acquiescer. Alors que l'adrénaline post-combat retombait, Kat se retrouva sans l'énergie nécessaire pour suivre. Ces acteurs majeurs tentaient de mettre en place un nouveau monde pour la deuxième fois en quelques mois. Thane, Aegis et Apinya, rejoints maintenant par Mynx et Zhan-Yo, débattaient de la structure mondiale, leurs Tamas brillant avec des interlocuteurs connectés du monde entier. Des sommets seraient organisés, des gouvernements construits.

Kat observait la conversation en clignant lentement des yeux, les vagues derrière les discussions semblant invitantes.

— Hé, dit Calvin en tapotant l'épaule de Kat. Je ne sais pas pour toi, mais je pense qu'on n'est pas nécessaires ici.

Kat sourit. — Tu ne penses pas qu'on est importants ?

— Oh, on est super importants. Trop importants pour ces conneries, répliqua Calvin. Et si on laissait ces tocards s'occuper des détails pendant que toi et moi on va prendre un bon petit-déjeuner ?

— Un bon petit-déjeuner ? Tu connais un endroit par ici ?

— Kat, fais-moi confiance.

Il s'avéra que Calvin connaissait effectivement un endroit. Il s'avéra aussi qu'il le connaissait parce que ç'avait été une planque fréquente pendant un long séjour que Calvin avait fait dans la ville durant son adolescence. Il avait enchaîné les services dans ce repaire de petit-déjeuner animé et hallucinogène sur le thème d'Hollywood entre des périodes de dérive indépendante dans les enclaves les plus dures de Los Angeles.

Aux premières heures du matin, après un trajet en nacelle depuis une Usine grouillante de personnel d'urgence, de Paragons et d'équipes de presse, Kat se retrouva devant une pile de pancakes dégoulinant de beurre. Des œufs et du bacon de culture sur le côté. Calvin avait la même chose, couteau et fourchette déjà à l'œuvre.

Une télé diffusait pour des box presque pleines, travailleurs de nuit en pause et vagabonds prenant des repas bon marché. Des présentateurs aux yeux cernés, maquillage et cravates de travers, livraient des analyses abasourdies les unes après les autres. Des images du monde entier attiraient sans cesse le regard de Kat vers l'écran pour voir des anomalies et des normaux danser autour de drones hors service. Des Champions sur d'autres continents faisaient des discours solennels sur des lendemains meilleurs.

Et, le meilleur et le pire de tout, des familles se retrouvaient alors que des êtres chers émergeaient du laboratoire-prison de Ziran au nord. Des bus apportaient des retrouvailles à chaque voyage. Adriana était arrivée dans le premier, rejoignant Wexley dans une prison de haute sécurité particulière qui, Mynx promettait à une caméra, malgré l'évasion récente de Zhan-Yo, les retiendrait sans problème.

— Hé. Calvin avait la bouche pleine de pancakes, l'homme ressemblant à un hamster idiot, ses mots sortant pâteux. Tu ferais mieux de manger ça avant que ça refroidisse.

Ah, oui. Le petit-déjeuner. Kat cligna des yeux, acquiesça, prit sa fourchette et son couteau.

La première bouchée avait un sacré bon goût.

CHAPITRE 31
CRIMINELS

RHIMES OBSERVAIT les Paragons de l'autre côté du hall. Les deux semblaient meurtris, fatigués, contraints à un devoir officiel alors que les Paragons reprenaient instinctivement le contrôle du monde. Selon les informations, les détails étaient en train d'être réglés entre les factions et l'avenir allait être un peu différent. Pour l'instant, cependant, les anomalies remplaçaient les drones, revenant à la routine habituelle.

Le soldat resserra son manteau autour de lui, gardant la visière de sa casquette de baseball baissée. Il jeta un coup d'œil vers le couloir, au-delà des ascenseurs. Les gens entraient et sortaient en masse, l'hôpital principal du centre de Chicago n'étant pas un endroit calme.

Récupérant son café sur la table d'appoint en bois scellée de magenta, Rhimes se leva lentement, comme on le voit souvent dans les endroits où le temps des gens ne leur appartient pas entièrement. Son mouvement lui fit prendre conscience de ses poches vides, ses poignets frôlant les boucles lâches de ses manches. Pas de couteaux ni d'armes aujourd'hui. Dans sa main gauche, Rhimes tenait un petit bouquet, des fleurs jaunes et blanches apportant un éclat printanier.

Aux ascenseurs, il rejoignit une médecin, la tête plongée dans son Tama, et une autre famille à l'air inquiet. Il appuya sur les boutons pour chacun, se retrouvant à être le premier à sortir dans un service de réanimation chirurgicale. Les drones médicaux dominaient ici, soutenant les infirmières et les médecins humains. Ils se déplaçaient comme des familles déformées, se suivant d'une chambre de patient à l'autre.

— Je peux vous aider ? demanda une hôtesse d'accueil derrière un bureau enveloppant en noyer, les écrans d'ordinateur faisant de leur mieux pour cacher sa tête. Elle parvint à jeter un coup d'œil par-dessus, cherchant le badge de visiteur en plastique de Rhimes jusqu'à ce qu'elle le trouve.

— Regina Porter, dit Rhimes.

— Famille ?

— Ami. Rhimes leva les fleurs. Je viens juste déposer ça.

L'hôtesse sourit, indiqua à Rhimes la chambre sept. Le soldat hocha la tête et passa. Le désinfectant pour les mains se mêlait aux odeurs du petit-déjeuner de la cafétéria pour créer une odeur d'anesthésique misérable tandis qu'une douzaine d'émissions, de films et de chansons différents bouillonnaient en un clash sonore éclectique. Tout cela s'ajoutait aux bavardages qui passaient, aux suggestions robotiques provenant des drones qui déambulaient à travers leurs algorithmes.

Presque aussi animé que Ziran dans les jours qui avaient suivi la prise de contrôle de Wexley. Tout le monde courait partout en assumant des tâches supplémentaires, exaltés par un monde tombé entre leurs mains. C'était excitant, c'était plein d'espoir, mais même alors, personne ne semblait savoir ce qui allait se passer ensuite. Comme le chien attrapant la proverbiale voiture, Ziran avait atteint son objectif et n'avait aucune idée de ce qu'il fallait en faire.

Maintenant, l'entreprise n'aurait plus rien. Rhimes ne connaissait pas les tenants et les aboutissants, mais Zhan-Yo lui envoyait de temps en temps une ligne ou deux. Ziran ne survivrait pas au paysage renégocié, une décision conçue à la fois pour décourager de nouvelles insurrections sanglantes et pour faire passer les Tamas de la sphère privée à la sphère publique.

La communication était apparemment trop précieuse pour être confiée à une seule entreprise.

La chambre sept avait une belle vue sur un parc. La journée pluvieuse donnait à tout l'intérieur une teinte bleu clair, s'étendant jusqu'au lit d'hôpital et à la femme en blouse qui y était allongée. Regina Porter avait les yeux fermés. Un moniteur connecté affichait tous les voyants au vert. Une chirurgie réussie pour retirer la balle, un peu de guérison boostée par l'anomalie, et Rhimes estimait qu'elle sortirait d'ici un jour ou deux.

Il posa le petit vase avec ses fleurs sur le rebord de la fenêtre. Il sortit une minuscule carte de sa poche et la glissa entre les tiges vertes coupées. Écrire à la main avait été amusant. Prendre un stylo arrivait si rarement, mais ça avait été bon de tracer ces courbes, de le lier personnellement aux mots.

Il n'avait laissé aucune signature, mais Regina serait assez intelligente pour le comprendre.

Après tout, combien de vies avait-elle sauvées ? Ça ne pouvait pas être si nombreux, n'est-ce pas ?

Rhimes quitta la chambre et tourna à gauche, s'éloignant davantage des ascenseurs et de la sortie. Vers l'extrémité du service, un autre Paragon était assis sur une chaise devant la chambre douze. Alors que Rhimes s'avançait dans cette direction, une infirmière, un drone médical et deux médecins passèrent devant le Paragon pour entrer dans la chambre. L'anomalie se leva et les suivit.

Pile à l'heure.

Sur la droite de Rhimes, une alarme incendie restait une possibilité, mais une qu'il ignora. Il n'avait pas retourné la table sur Wexley pour recommencer à blesser des gens au hasard, et trop de personnes dans ce service pourraient avoir besoin d'une attention sérieuse pour justifier une panique. Et Regina avait l'air si paisible sur ce lit.

Au lieu de cela, il continua à marcher jusqu'à ce qu'il dépasse la chambre douze, captant la conversation. Rhimes se posta à l'extérieur, faisant semblant de lire son Tama. De boire son café.

Brielle, contrairement à Regina, était bien éveillée. Les médecins passaient en revue son traitement, expliquant qu'elle aurait besoin de rééducation, qu'elle aurait besoin d'un suivi important étant donné que la balle avait éraflé certains organes. Le Paragon prit alors la parole par-dessus les soignants, disant que Brielle recevrait suffisamment de traitement pour survivre, mais qu'elle ne resterait pas ici plus longtemps.

Ça aussi, Zhan-Yo l'avait glissé à Rhimes. Aegis et les autres Champions étaient résolus à s'opposer aux combattants les plus zélés de Ziran. Ceux qui avaient tué, chassé des anomalies seraient jugés pour leurs actions, jugés et condamnés. Rhimes lui-même obtiendrait un sursis grâce à ses efforts, mais cela ne couvrait personne d'autre.

Ça ne couvrait pas non plus Zhan-Yo, mais quand Rhimes avait demandé à l'homme quel mouvement il allait faire, Z avait ignoré la question. Il avait complètement disparu des radars.

Quelqu'un qui n'avait pas disparu ?

Gordon Holyoak s'était révélé être un homme bon, un meilleur traqueur encore. Il avait aidé Rhimes à s'installer à nouveau dans cette maison blanche sans caractère, avait insisté pour que Rhimes obtienne son exemption, et quand Rhimes le lui avait demandé il y a deux jours, Gordon avait trouvé les informations sur Brielle, renseignant Rhimes sur la date et l'heure de sa sortie.

Gordon avait demandé à Rhimes, comme tant d'autres, pourquoi il s'était retourné contre Wexley. Quelle avait été la goutte d'eau qui avait fait déborder le vase, et Rhimes n'avait pas de vraie réponse. Ce n'était pas tant un moment précis qu'une inondation progressive, le délitement des idéaux par la haine, le désespoir, le pouvoir. Certains, comme Brielle, avaient été emportés par cette tempête. Non qu'elle n'ait aucune responsabilité, mais elle avait du talent, elle avait du potentiel.

Et Rhimes l'avait fait entrer dans Ziran, bon sang. Il lui devait une porte de sortie.

Les médecins, le drone et l'infirmière quittèrent la chambre. Le Paragon les suivit, continuant à discuter avec le personnel médical. Ils passaient en revue les détails du transfert, tout ce qui était nécessaire pour éviter que Brielle ne s'effondre en chemin. Ils se déplacèrent dans le couloir, pas trop loin, mais le Paragon avait le dos tourné à la chambre.

Rhimes en profita pour se glisser à l'intérieur. Il démarra un chronomètre dans sa tête.

Brielle, épuisée et pâle, regardait par la fenêtre. Contrairement à la chambre de Regina, la vue de Brielle donnait sur une autoroute couverte de capsules. Au loin, les avions allaient et venaient de l'aéroport en une ligne saccadée.

— Qu'avez-vous oublié ? demanda Brielle sans se retourner.

— Toi, répondit Rhimes, en gardant sa voix basse.

Brielle tourna son visage vers lui, les sourcils haussés. Rhimes l'ignora un instant, faisant un rapide examen. Une poche de perfusion et un moniteur étaient accrochés au bras gauche de Brielle. Son bras droit portait un bracelet qui l'attachait à son lit. Pas une extraction facile.

— Pourquoi es-tu ici ? demanda Brielle, et si tu réponds encore "toi", j'appelle l'infirmière.

— Tu ne mérites pas ce qui t'arrive ici.

— Tu en es sûr ? Brielle retroussa sa lèvre. On savait tous ce qu'on faisait. Pour la cause, pour l'argent, mais on n'était pas stupides. Tu ne peux pas me sauver des choix que j'ai faits. Des choix que tu as faits.

— J'ai l'impression de t'avoir laissé tomber.

— Oh, c'est le cas. Tu es un traître, Rhimes. Ça ne changera pas, peu importe ce que tu fais maintenant.

Rhimes hocha la tête. Il s'était dit qu'il y aurait deux possibilités. Soit Brielle sauterait sur l'occasion de s'enfuir, ils travailleraient ensemble et feraient une évasion désespérée. Soit elle ferait ça. Accepter son sort, donner à Rhimes une pilule amère, et ce serait tout.

Sauf que.

— Est-ce qu'ils t'ont dit ce qu'ils allaient te faire ? demanda Rhimes.

Brielle secoua la tête, — Me faire sortir d'ici. C'est tout. À partir de là, je ne sais pas.

— Moi si, Rhimes s'approcha du lit, s'assit sur la chaise à côté. Son chronomètre mental avait déjà dépassé la marque. Le Paragon allait revenir d'une seconde à l'autre, une évasion n'était plus possible. Le monde n'a pas besoin de plus d'exécutions. Ce n'est pas une bonne façon de commencer, alors ils vont expédier tous ceux qu'ils peuvent. Les sortir du jeu et les faire oublier.

— Nous expédier où ? demanda Brielle. En Antarctique ?

— Pas loin. Rhimes leva son Tama, balaya pour faire apparaître une image, un endroit. Mynx, la Championne-

— Je sais qui est Mynx.

— Elle a cette île. Il paraît qu'elle abritait autrefois des anomalies dont les Paragons ne savaient que faire, et maintenant c'est là qu'on nous envoie.

— Nous ?

Jusqu'à ce qu'il prononce ces mots, Rhimes n'avait pas prévu de s'inclure dans le groupe, mais cela avait du sens. Il était un soldat, il avait fait ses guerres. Pas de famille à retrouver sauf celle avec laquelle il avait travaillé pendant des années maintenant.

D'ailleurs, tremper ses orteils dans l'eau chaude du ressac ne semblait pas mal après tant d'hivers à Chicago.

— Wexley, Zhan-Yo, dit Rhimes. Tous les acteurs de Ziran, tous les conspirateurs, et plus que quelques Élémentaux aussi. Ils nous effacent de l'ardoise.

— Et ils nous mettent ensemble ? Sur une île ? Brielle secoua la tête. On va s'entre-tuer.

— Peut-être. Ou peut-être qu'on fera mieux que ce qu'on a jamais fait ici.

Le Paragon entra, curieux, trop nouveau pour soupçonner quelqu'un de mauvaises intentions ici dans cette maison de guérison. Rhimes fit un signe de la main, dit qu'il accompagnerait Brielle. Quand le Paragon mentionna qu'elle était une criminelle, Rhimes haussa les épaules, dit qu'il l'était aussi.

Le bateau qui les emmenait à l'île ressemblait à une forteresse. Les Paragons et les commandos de Mathieu couvraient chaque mètre carré disponible tandis que les prisonniers restaient confinés dans une section scellée au centre. Rhimes, un chapeau à larges bords ombrant ses yeux, regardait les vagues pendant que le bateau avançait. D'autres suivraient à mesure que les nouveaux gouvernements rassembleraient les criminels et décideraient s'il fallait les passer par le fil de l'épée ou les envoyer sur l'île.

En tant que système judiciaire, Rhimes estimait que c'était un peu barbare de larguer tout un tas de gens, dont beaucoup avaient peut-être eu des familles, sur une île sans possibilité de retour. D'un autre côté, ils ne pourriraient pas dans des cellules ou ne feraient pas face à un peloton d'exécution. Il se retourna, observa les gens qui partageaient son sort. La plupart avaient ce regard endurci qui venait avec des années passées en guerre. Quelques-uns fixaient les endroits vides sur leurs poignets où se trouvaient autrefois leurs Tamas.

Wexley était assis avec Adriana dans son propre coin. Leurs mains reposaient l'une sur l'autre, les plus grands leaders du monde maintenant semblables à tous les autres. Wexley portait toujours ces lunettes de soleil sombres, et quand il croisa le regard de Rhimes à travers ces verres, l'ancien PDG de Ziran fit un léger signe de tête au soldat. Un geste que Rhimes lui rendit.

Il comprenait, comme tous les autres sur le bateau, qu'une vie sur l'île signifiait un nouveau départ. Les anciennes rancunes ne serviraient qu'à faire tuer des gens. Une idée facile à dire, difficile à tenir. Qui savait combien de temps la paix durerait ?

L'autre homme, seul et à l'opposé de Rhimes, se battrait sans doute pour la maintenir aussi longtemps que possible. Zhan-Yo partageait le regard de Rhimes sur les vagues. Plutôt que le regard pensif et droit de Wexley, cependant, les rides de Zhan-Yo gardaient un petit sourire entre elles.

Ce matin-là, pour la première fois depuis tant de décennies, le globe avait commencé à tenir ses premières élections. Des dirigeants, anomalies et normaux confondus, se retrouveraient au pouvoir non pas à cause de la force, mais grâce à la liberté.

— C'est ce que tu voulais ? Brielle, marchant avec une canne pendant que sa convalescence se poursuivait, s'approcha de Rhimes.

— Je ne le savais pas jusqu'à maintenant, répondit Rhimes. Mais ça pourrait bien l'être.

CHAPITRE 32

NOUVEAUX PLANS, ANCIENS FOYERS

LA NACELLE s'engagea dans une rue à la fois familière et étrangère. Les maisons avaient un air de ressemblance, mais les peintures avaient changé. De nouveaux arbres poussaient sur des pelouses parsemées de nouveaux jouets. Des enfants bien différents des siens profitaient du soleil matinal. Cassidy s'adossa à son siège en essayant de ne pas penser à la vitesse à laquelle son cœur battait.

— Nerveuse ? demanda Thane, en forme et beau à ses côtés.

Les cheveux fins comme des moustaches de l'anomalie étaient devenus d'un blanc épais, les rides et les taches sur sa peau s'estompant ou disparaissant sous un éclat de santé. L'effet de Mila, disait-il.

Que Thane soit assis là était en soi une surprise. Après que Cassidy eut dirigé son vide vers le sol de l'Usine, le laissant déchirer un trou sous l'anomalie déchaînée, elle s'attendait à ne plus jamais revoir cet homme. Il serait soit piégé dans la roche, soit tué par quelque chose d'autre dans les profondeurs de l'Usine. Tant qu'elle n'avait pas à prendre la décision finale.

Ils avaient eu leurs désaccords, elle et Thane, mais sans

son ambition sans limite, elle serait encore coincée sur cette île.

Après avoir largué Thane dans la terre, Cassidy était restée avec Celice et les autres commandos pendant qu'ils prenaient le contrôle du centre de commande de l'Usine. Mathieu, celui qui avait éloigné Celice de l'avancée meurtrière de Thane, avait travaillé avec la fille d'Aegis sur une sorte de sorcellerie informatique pour désactiver les défenses restantes de l'Usine. De là, ils avaient lancé un ordre de blocage aux forces humaines de Ziran tout en empêchant toute tentative de réactivation des drones désactivés.

Cassidy se tenait à l'arrière de la pièce, gardant un œil sur la demi-douzaine de techniciens de Ziran poussés dans un coin. Après tout le chaos de la journée, jouer les gardes pour un groupe terrorisé semblait une belle pause, une chance de reprendre son souffle.

Puis Thane était revenu en rampant de ce trou, suivi par Aegis, Mynx et Mila. Le nouveau Thane, revenu à une taille raisonnable. Il avait lancé un regard de remerciement à Cassidy avant que le groupe ne continue son chemin : quelqu'un avait signalé sur le Tamas que Wexley avait été trouvé, appréhendé sur la plage.

Douches, repas chauds, possibilité de changer de vêtements. La civilisation revint presque trop vite. Cassidy se retrouva logée dans la tour du Paragon à Los Angeles, une grande flèche avec plus que suffisamment de chambres en raison, eh bien, de l'évidence. Cassidy passa la journée suivante à se remettre en ordre et, enfin, à prendre contact avec ceux qu'elle avait le plus besoin de voir.

Thane la trouva ce matin-là alors que Cassidy, un simple sac à dos du Paragon chargé de ses quelques possessions, partait pour prendre un vol rapide grâce à un nouveau compte de dépenses fourni par le Paragon.

Sauver le monde avait ses avantages.

— Tu ne pars pas, dit Thane juste à l'intérieur de la porte.

— Je rentre chez moi, répondit Cassidy, faisant un geste vers toute l'agitation dans la tour. J'ai joué mon rôle. C'est ton jeu maintenant.

— Non. Ça ne l'est pas.

La nacelle s'arrêta et Cassidy sortit, Thane la suivant. Quand elle ouvrit la porte, Thane alla de l'autre côté et ouvrit la sienne.

— J'attends, dit Cassidy en s'asseyant, Thane l'imitant.

Les portes se fermèrent, la nacelle s'éloigna en ronronnant.

— Sur l'île, j'avais tellement d'idées pour le monde, dit Thane. Tellement de façons de l'améliorer si seulement j'étais aux commandes. Je pouvais améliorer les drones, je pouvais faire en sorte que les gens m'aiment. Cassidy leva les yeux au ciel. Thane gloussa, un son étrange, comme si l'homme n'était pas tout à fait habitué à le faire. Tu vois ? Ça, juste là, ça me mettait tellement en colère avant.

— Parce que je pense que tu es ridicule ?

— Je l'étais. Je le suis. Et je ne l'ai pas vu jusqu'à Bangkok. Jusqu'à ce que Ziran prenne mon idée et la mette en pratique.

— Tu dis que tu voulais être un dirigeant génocidaire ?

— Dans ma tête, non. En réalité, c'est peut-être ce que je serais devenu. Thane pointa du doigt les bâtiments qui défilaient à l'extérieur, les gens qui marchaient vers les cafés, qui entraient dans les bureaux. Tu vois comme peu de choses ont changé ? En une nuit, l'ordre mondial a complètement changé, mais pour la plupart des gens, c'est quelque chose qu'ils remarqueront à peine. Tant qu'ils peuvent poursuivre leurs rêves, leurs désirs...

— Attends, dit Cassidy. C'est un long trajet jusqu'à ma destination, mais pas si long que ça. Thane, tu es monté dans cette nacelle avec moi. Pourquoi ?

Thane réfléchit et Cassidy attendit que le corps de l'homme se flétrisse, qu'il rétrécisse alors que son cerveau passerait en mode galaxie. La nacelle n'avait pas de canne, pas de déambulateur pour que l'homme puisse l'utiliser, alors avec un peu de chance, il n'irait pas si loin dans son terrier qu'elle devrait le porter dehors.

— J'ai passé tellement de temps sur la vue d'ensemble, à la fois dans une cellule, sur cette île et dans le camp d'Apinya, dit Thane, et voir Wexley me fait penser que j'ai raté quelque chose de plus important.

— Comme ?

— Mila m'a donné plus de temps que je ne l'espérais, répondit Thane. Je préfère le passer avec toi, plutôt que de me disputer avec ces vieux Paragons pour savoir qui va diriger la Sibérie.

— Je *serais* plus amusante que ça. Cassidy croisa les bras. Mais qui dit que je veux que tu viennes ? Tu m'as envoyée dans ce laboratoire. J'aurais été testée, on aurait fait des expériences sur moi.

Thane se gratta les cheveux. — Un stratagème. J'ai dit aux autres que tu sauverais Apinya. En vérité, je pensais qu'il faudrait trop de temps pour que quoi que ce soit se produise. Je voulais que tu sois écartée, hors du jeu. En sécurité.

— En sécurité ? Tu penses que cet endroit était sûr ?

— Plus sûr qu'un assaut sur l'Usine ? Oui, répondit Thane. La nacelle s'engagea sur l'autoroute, à présent un court trajet jusqu'à l'aéroport. Ziran n'essayait pas de tuer les anomalies là-bas. J'ai pensé que nous réussirions en une journée, bien avant que quelque chose de mal ne puisse t'arriver.

— Ou tu aurais pu me dire de rester à l'écart.

Thane sourit alors, — Mais tu ne l'aurais pas fait.

Non, elle ne l'aurait pas fait.

Ils arrivèrent devant une maison d'un jaune vif. La même couleur qu'elle avait ce matin-là quand Cassidy l'avait quittée pour la dernière fois. Une pelouse bien entretenue, un poirier trônant au centre. La lumière du soleil se reflétait sur l'allée couleur crème menant à un garage sans voiture, ouvert et rempli de cartons. Cassidy lut les étiquettes en s'approchant, Thane derrière elle.

— Mes affaires, dit Cassidy, passant ses doigts sur le carton. Il a tout emballé.

— Beaucoup de cartons.

— Pas seulement les miennes. Les jouets de nos enfants, leurs vieux vêtements. Tout de notre vie ensemble est là, dehors.

— Pas jetés.

— Peut-être qu'il n'a pas pu aller jusque-là. Cassidy réfléchit. Ou peut-être qu'il pensait que je reviendrais et ne voulait pas que je sois si en colère.

— Tu l'es ?

— Après tout ce temps ? Cassidy soupira. Oui, et aussi non. Si ça a un sens.

— Je peux comprendre, répondit Thane, et Cassidy supposa qu'il le pouvait probablement.

La porte d'entrée s'ouvrit. Quelqu'un, un jeune homme qui ne pouvait être que son fils, prononça son nom. Son vrai nom.

Maman.

— Prête ? demanda Thane, posant une main sur son épaule.

— Tu sais, je pense que je suis plus prête pour ça que je ne l'ai été pour quoi que ce soit dans ma vie.

CHAPITRE 33
LE TEMPS

POUR UNE FOIS, Aegis n'a pas joué un rôle dans la révolution. Il l'a déclenchée, avec tous les autres sur la plage cette nuit-là, mais au-delà de quelques remarques pleines d'espoir à des médias confus, Aegis s'est tenu à l'écart des projecteurs. Il a conclu des accords importants dans l'ombre, notamment pour envoyer Zhan-Yo, Wexley et leurs acolytes sur l'île de Mynx, et quand est venu le moment de proposer des noms pour la nouvelle direction, Aegis n'en avait qu'un seul à suggérer.

Celice.

— Ta propre fille t'a rejeté, dit Mynx en rejoignant Aegis sur sa vaste terrasse. Le thé et le café, les petits pains et les œufs flottaient derrière elle grâce à de petits drones. Comment te sens-tu ?

— Très bien. Aegis ajusta sa casquette pour se protéger du soleil. Si elle veut diriger son propre spectacle d'ombres, c'est son choix.

— Ce Mathieu est une mauvaise influence, dit Mynx, mais l'éclat dans ses paroles atténuait la critique.

— Tu sais, c'est le premier qui n'a pas pris la fuite après m'avoir rencontré. Ça doit bien compter pour quelque chose.

Mynx s'installa dans un fauteuil à côté d'Aegis avec un soupir satisfait. Ensemble, ils prirent le temps d'apprécier les vagues et la brise.

— Reeves pense que ça prendra quelques mois, mais nous aurons reconfiguré toute l'Usine d'ici la fin de l'été. Juste à temps pour s'amuser vraiment.

— On va se salir les mains ?

— Avec de la vraie terre, oui. N'est-ce pas ce que tu voulais ?

— Pas seulement moi. Aegis fit bouger ses doigts. Je crois que tu as dit que tu en avais assez de prendre des coups ?

De la construction de gladiateurs à la création d'artisans, des drones conçus pour travailler aux côtés des charpentiers, des agriculteurs, des fabricants pour construire, maintenir, soutenir. Mynx ne voulait pas mettre son Usine au rebut, alors c'était la meilleure solution. Elle et Aegis partiraient avec la première vague, se dirigeant vers les zones les plus touchées pour les aider à se reconstruire.

C'était l'idée de Zhan-Yo, proposée comme quelque chose qu'il avait si souvent vu en dirigeant Ziran, en gérant ses propres œuvres caritatives. Quelque chose que l'ancien PDG n'avait jamais eu le temps de faire, quelque chose que les anciens Champions pourraient apprécier.

Mynx hocha la tête, — Quand on passe tant de temps dans un tube, on commence à penser que ce serait bien de sortir un peu plus. Voir le monde sans avoir l'impression d'en être responsable.

— Je ne suis pas sûr d'y arriver un jour.

Être un héros, être en première ligne avait été toute l'identité d'Aegis pendant si longtemps. Il pouvait le sentir maintenant, la pression le poussant à se lever de sa chaise, à utiliser son Tama pour se connecter à la base de données du Paragon, voir quelles catastrophes existaient autour de la planète et comment les gérer au mieux. Quelles nouvelles anomalies et quels vilains ordinaires avaient besoin d'être neutralisés, quelles victimes de tempêtes et de tremblements de terre avaient besoin d'aide.

Il avait essayé, en fait, avant que Mynx ne sorte il y a une minute. Appuyé son doigt sur le petit scanner du Tama et été rejeté. Fait regarder son visage par la caméra pour obtenir le même refus en rouge.

Celice tenant sa promesse.

Aegis était dehors. Mynx était dehors. Tous les anciens Champions évincés pour faire place à une nouvelle foule, anomalies et normaux confondus, associés à des élus régionaux. Une refonte massive se déployant sur des semaines, des mois, des années.

— Je pense que ça va marcher, dit Mynx, devinant les pensées d'Aegis. Mieux que ce que nous avons fait, en tout cas.

— Étions-nous si mauvais ?

— Nous nous sommes fixé pour objectif de faire ce que nous pensions être le mieux, et nous l'avons fait, Mynx esquissa un sourire, Cela nous a donné plus de confiance que nous ne le méritions.

— Nous avons acheté la paix pendant plus de vingt ans.

Mynx hocha la tête, — Chacune de ces années a été une lutte désespérée pour maintenir ce que nous avions créé. Il est temps de les laisser essayer quelque chose de nouveau. Une vague s'écrasa, projetant des embruns qui captèrent la lumière du soleil en un micro arc-en-ciel. Mynx posa sa fourchette et regarda Aegis. As-tu déjà essayé le surf ?

— Je n'ai jamais eu le temps.

— Devine quoi, vieux ? Maintenant, tu l'as.

CHAPITRE 34
RETRAITE

LE PARDON VENAIT PLUS FACILEMENT dans la victoire. Sur cette plage, Zhan-Yo demanda ce qu'il ne méritait pas : une chance d'avoir une vie différente et meilleure. Il avait ouvert la voie à Wexley, à Ziran. Il avait fait exploser des bombes dans un stade bondé pour faire passer un message. Selon toute logique, le révolutionnaire méritait de pourrir dans un endroit sombre, humide et délabré.

Au lieu de cela, il demanda la rédemption.

— Il n'y aura pas d'autre occasion de refaire le monde comme nous l'avons maintenant, dit Zhan-Yo sur cette plage, au cœur de la nuit. Nous avons fait basculer la civilisation d'un côté à l'autre au cours des derniers mois, et il est temps de la laisser s'installer sur la meilleure voie.

Aegis, Thane, Mynx, Mila, Apinya, Celice et Mathieu l'observaient, leurs lueurs Tama se mêlant à la lumière des étoiles. La traqueuse et son ami étaient assis sur la plage à côté de Wexley, soit indifférents, soit trop épuisés pour participer. L'anomalie capable de manipuler le vide, celle que Thane avait envoyée dans la prison de Ziran, se tenait à l'écart, regardant les vagues.

Pas que chaque voix ait besoin de s'exprimer. Mieux valait

garder les choses simples pour le moment, quand tout semblait si fragile.

— Et quelle est cette voie ? demanda Apinya, bien que cela ressemblât plus à une invitation qu'à une question.

Aegis croisa les bras, Mynx lança un regard noir à Zhan-Yo. Les autres oscillaient entre curiosité et prudence. Ils soupçonnaient, voire savaient, ce que Zhan-Yo allait dire.

Il l'exposa quand même. Il exposa l'idée même avec laquelle il vivait depuis si longtemps à Chicago, celle qu'il aurait dévoilée à Aegis et aux Paragons sans tout ce bain de sang s'ils avaient seulement écouté. L'égalité, sans distinction entre anomalies et normaux. Diviser le monde comme il le souhaitait, avec des régions aussi variées que désirées. Stabilisé par une force mondiale composée, oui, d'anomalies et de normaux.

— Les Paragons, dit alors Aegis. Nous gardons le même nom, en supprimant les parties réservées aux anomalies. La transition sera plus facile.

— Et pas de drones, ajouta Thane. Plus jamais, pour aucune force.

Mynx haussa les épaules.

— Moins de travail pour moi.

D'autres détails furent échangés entre les acteurs, un cadre souple se solidifiant au fil des heures qui s'écoulaient vers l'aube. Ils grignotaient en parlant, les Paragons et les commandos faisant occasionnellement le point sur les blessures subies et la résistance de Ziran qui s'amenuisait à travers le monde.

— Une dernière chose, dit Zhan-Yo alors que le rose apparaissait derrière les montagnes. Nous ne pouvons pas faire partie de cela. Moi pour des raisons évidentes, mais vous. Zhan-Yo pointa du doigt Aegis, puis Mynx. Et vous. Thane. Les autres Champions. Nos réputations nous précèdent, elles éclipseront ce que nous faisons ici ce soir.

Que les Champions soient d'accord fut un choc, que cela

prît plusieurs longues minutes pour obtenir cet accord ne l'était pas. Néanmoins, ce moment resta gravé dans l'esprit de Zhan-Yo au fil des jours qui passèrent, l'accompagnant sur le bateau alors qu'il arrivait, enfin, sur l'île ensoleillée de Mynx.

Autour de lui à l'horizon : de l'eau claire et des nuages. Les drones ne planaient plus aux abords, attendant de massacrer les fugitifs. Au lieu de cela, alors que les passagers débarquaient sur le rivage, leur peine serait surveillée par un autre type de garde : humain, avec des visites régulières pour apporter de la nourriture, de l'eau fraîche. Des médicaments.

Une prison, certes. Un enfer, non.

Zhan-Yo s'étira, jetant un coup d'œil aux factions déjà en train de se former. Des gens partant le long de la plage, certains vers le volcan qui s'élevait au centre de l'île, d'autres vers l'est, où vivaient encore des anomalies.

— Ouest ? dit Rhimes, Brielle à ses côtés alors que les deux s'approchaient de lui.

— Ouest, répondit Zhan-Yo.

Une certaine anomalie lui avait dit qu'elle avait eu un village là-bas autrefois, avec un joli abri en chaume et une vue parfaite sur le coucher de soleil.

CHAPITRE 35
LA VOIE

MANHATTAN S'ÉTENDAIT sous les immenses fenêtres de Bastion. Celice se tenait près de l'endroit où son père s'asseyait souvent, scrutant les écrans alors que les résultats des élections commençaient à affluer du monde entier. Ça avait été une course précipitée pour tout mettre en place, mais avec l'omniprésence de Tamas, ils avaient réussi à lancer le vote en ligne sans trop de difficultés. Les premiers candidats étaient variés, mais parfois il fallait mettre la charrue en mouvement et s'inquiéter du chemin plus tard.

— Ça a l'air dangereux, dit Mathieu, debout à sa droite et faisant défiler ses propres écrans. Ne devrait-ce pas être l'inverse ? Le chemin tracé avant la charrue ?

— On verra bien, répondit Celice. Quelque chose d'important pour nous ?

— Il y a quelques apparitions d'anomalies ici et là, mais les Paragons locaux les ont sous contrôle. Quelques esprits brillants ont volé des drones hors service et les ont remis en marche, dit Mathieu, mais notre recrutement se passe bien.

— Les traqueurs ?

— Beaucoup se joignent à nous, répondit Mathieu. Je

pense que nous n'aurons pas de problème à trouver nos agents.

Celice hocha la tête. Quelqu'un d'autre pouvait diriger le grand spectacle des Paragons. Elle serait heureuse de rester dans l'ombre, de faire ce que son père avait toujours voulu : arrêter les menaces majeures sans être ensevelie sous la bureaucratie. Et maintenant, avec le programme de traqueurs démantelé, il y avait un tas de chasseurs qualifiés à la recherche d'un emploi.

— Maintenant, dit Mathieu, voici quelque chose d'intéressant. Bangkok. On signale des vols, en plein jour. Des gens deviennent sourds, aveugles, puis perdent leurs portefeuilles. Ils retrouvent tous leurs sens une minute plus tard. Les autorités locales n'ont aucune piste.

Celice jeta un coup d'œil à l'écran de Mathieu, parcourant le résumé.

— Quelque chose à déléguer ? demanda Celice.

Mathieu sourit, — On pourrait. Mais j'ai toujours voulu aller en Thaïlande.

— On a ce beau jet que Mynx nous a donné. Elle partagea son sourire. Tu peux faire tes bagages rapidement ?

———

Les morts appartiennent à Riven. Les vivants à la Terre. Mais alors que la guerre remplit Riven à ras bord, Carver doit trouver un moyen de maintenir ces frontières claires, sinon il n'y aura bientôt plus beaucoup de différence entre les mondes.

Commencez une nouvelle aventure de dark fantasy avec *Riven*:

REMERCIEMENTS ET NOTE DE L'AUTEUR

La Lumière du Libérateur conclut une série qui s'est développée à partir d'idées que j'avais eues il y a des années, mais que je n'avais jamais eu l'occasion de développer en romans complets, et encore moins en un arc comme celui-ci. L'idée de super-héros « médiocres » m'a toujours semblé amusante : qu'arriverait-il à ces pourvoyeurs de l'extraordinaire de pacotille ?

Si les pouvoirs constituaient la partie amusante, l'élément humain est devenu le plus intéressant. Que se passerait-il si des parties de la société, si longtemps ancrées dans leur sécurité, s'en trouvaient dépouillées par des gagnants de la loterie génétique ? Comment le monde réagirait-il face à une division très nette entre ceux qui ont des capacités et ceux qui n'en ont pas ?

Le Code du Héros a joué dans ce bac à sable, et en l'écrivant, j'ai trouvé que ses méchants, ses héros, ses spectateurs étaient (comme c'est souvent le cas) moins noirs et blancs, devenant bien plus gris. Au final, nous voulons tous ce que nous voulons, et que nous puissions effacer un bâtiment d'un claquement de doigts ou que nous renversions notre café du matin, nous nous efforcerons de l'obtenir dans les limites de ce qui correspond à nos idéaux. Dans ces histoires, Kat, Wexley, Calvin et Aegis essayaient de faire ce qu'ils pensaient être juste.

J'espère que vous avez trouvé leur voyage aussi intéressant à lire que moi à l'écrire.

À PROPOS DE L'AUTEUR

A.R. Knight tisse ses histoires dans une maison glaciale à Madison, dans le Wisconsin, principalement occupée par deux chats. Après avoir été happé par le rythme effréné du travail lors de la crise économique de 2008, il s'est retrouvé à s'évader dans l'espace et à vivre de grandes aventures lors de réunions ennuyeuses.

Au fil du temps, en s'adonnant au podcasting, à l'écriture de scénarios, de nouvelles et d'autres romans, il a trouvé une histoire dans laquelle il pouvait se plonger et des personnages à la fois divertissants et attachants.

A.R. Knight prévoit de sauter vers d'autres mondes et de découvrir de nouvelles histoires à raconter dans les confins illimités de notre imagination.

Merci, comme toujours, de votre lecture !

Pour plus d'informations :
www.blackkeybooks.com

À DJ